飞扬的风筝

中条山下风和煦
少年手中线儿牵
竹篾为骨纸为翼
一只风筝上青天
……

陈进◎著

南京出版传媒集团
南京出版社

图书在版编目（CIP）数据

飞扬的风筝 / 陈进著. -- 南京 : 南京出版社, 2025. 1. -- ISBN 978-7-5533-5191-9

Ⅰ. I247.7

中国国家版本馆CIP数据核字第2024AB4448号

书　　名	飞扬的风筝
作　　者	陈　进
出版发行	南京出版传媒集团 南 京 出 版 社

社址：南京市太平门街53号　　邮编：210016

网址：http://www.njcbs.cn　　电子邮箱：njcbs1988@163.com

联系电话：025-83283893、83283864（营销）　025-83112257

出 版 人	项晓宁
出 品 人	卢海鸣
责任编辑	赵菁
装帧设计	淮安通途图书有限公司
责任印制	杨福彬

印　　刷	淮安畅印印刷有限公司
开　　本	710毫米×1000毫米　1/16
印　　张	20.5
字　　数	307千字
版　　次	2025年1月第1版
印　　次	2025年1月第1版
书　　号	ISBN 978-7-5533-5191-9
定　　价	68.00元

用微信或京东APP扫码购书

用淘宝APP扫码购书

目录

飞扬的风筝／

楔子

阳春三月，春寒料峭。

一位年逾古稀的老妪，手捧着一只年代久远，坏得只剩下骨架的风筝放线架子，步履蹒跚，神情肃穆地向着一座烈士纪念园走来。她的身后，是密密麻麻来自四面八方自发前来瞻仰的普通的人民大众。

湛蓝的天幕下，一座高高矗立的纪念碑，像是两支背靠背挨在一起的上了刺刀的步枪。枪尖直指苍穹，仿佛要把头上的天幕挑破了似的。威武、雄浑、霸气，充满了张力，充满了刚性。似乎有一股压抑不住的怒火，从胸膛喷出，冲向云霄，直达寰宇。

这是坐落在苏北平原淮阴的一个普通小村庄刘老庄村的一处烈士陵园。陵园颇有些规模，分为南北两个区域。靠近大道的入口处，便是陵园的南部区域，是一个偌大的纪念广场，也是进入陵园的必经之处。一条沿着南北走向的道路，从中间将广场分为东西两半。广场靠近北端的中轴线上，是一个圆形的人工喷泉，喷泉中央有一尊高大的雕塑，高高的大理石基座上，是一组新四军战士英勇杀敌的形象。雕塑整体是用青铜铸就，显得古朴、凝重，生动传神地刻画出了战士们在战场上勇往直前、视死如归的大无畏气概。

雕塑的右侧，盖了一排房子，那里是游客接待中心。接待中心外面的墙壁上，竖立着一面跟墙一样大的电子屏。上面滚动播放着国庆大阅兵时刘老庄连走过天安门广场时的雄壮画面。人们看了让人禁不住激情澎湃，热血沸腾。雕塑的右侧，是绿化区域和可供百十辆汽车停放的停车场。

沿着雕塑向北，不到百余步，就是陵园的正门。这是陵园的北部区域，也是整个陵园的核心所在。正门整体呈三个拱门古典牌楼结构，庄严而肃穆，门檐上方横书“八十二烈士陵园”几个苍劲有力的大字，两侧镌刻着一副挽联，上联是“由陕西到苏北敌后英名传八路”，下联是“从拂晓达黄昏全连苦战殉刘庄”。

陵园内八十二棵青松蔚然成林，松涛阵阵，仿若八十二位勇士正在列队操练杀敌本领，又如排成战斗阵型冲锋陷阵的模样，那挺拔的身姿，不屈的呐喊，又再现了当年那血与火的战场，再现了英烈们为了民族的尊严和人民的安危“生命不息，战斗不止”的大无畏英雄气概。陵园里除了建有烈士纪念碑，还有烈士墓、烈士纪念馆、壮志亭、廊柱、战壕等众多纪念设施。

这天，3 月 18 日，恰逢烈士殉国纪念日。每逢这个日子，她都会准时来到陵园，亲手给烈士纪念碑献上一束鲜艳的花儿。这一送，竟然送了半个多世纪。只不过，这一次，她手中拿的不是鲜花，而是一只破旧的风筝。迎着众人不解的目光，她没有任何解释，也没有停下那已经不再利索的步履，毅然决然地前行着。她的脸上带着一种悲壮的情愫，只有自己才懂得的情愫，以一种大义凛然的豪迈，努力地挺起那已经肉眼可见的日渐佝偻的身躯，向着陵园深处走去……从陵园大门到烈士纪念碑，短短的三百多米的路程，她竟然走了十多分钟。终于，她走到了纪念碑前那高高的台阶下，站住了。短暂的停留后，她颤颤巍巍地抬起了右脚，有点吃力地向着第一级台阶跨去……一旁穿着制服的工作人员见了，连忙伸出双手想扶她一把，却被她拒绝了。她轻轻地摇摇头，神情坚决地谢绝了工作人员的好意，坚持着自己一个人，一步一步地走上去。

从第一级台阶到碑底，有三个平台，共有十八级台阶，寓意着“3月18”这个特殊的数字。这十八级台阶，对于一般人来说，只是一蹴而就的小事。而于她而言，无疑是十八级天路。一级台阶，又一级台阶……每上一级台阶，她都走得很吃力，很缓慢，也很踏实。这是一段漫长的路程，是她一生的长征之路。犹如一位朝圣者，每迈出一步，是不能用速度来衡量的，而是靠着对信仰的虔诚，执着、坚毅、无悔。一位有信仰的人，定会无惧荆棘、羁绊，无远弗届，终成其果。

终于，她走完了这十八级台阶，完成了自己的长征之路，来到了碑基前。她把手里那只风筝架子恭恭敬敬地放到了碑基上，深情地凝视着高大的纪念碑，嘴角翕动着，像拉家常般地喃喃说道：“哥哥啊，我又来看你了，我把你亲手扎的这只风筝给你带来了，让你看上一眼，就明白了我一辈子都没有离开过你，没有离开过和你在一起的这些大哥哥们，没有离开过我们的刘老庄。年轻时许下的诺言，我做到了。哥哥们啊，80年了，我想你们啊……”

偌大的花岗岩碑基上，在一朵朵黄色的、白色的、紫色的花儿的簇拥下，那只风筝架子安静地躺在花丛中，像是一位饱经沧桑的老者，默默地注视着眼前一个个恭恭敬敬前来拜祭的来者，向后人无声地诉说着那一段已经消逝的血与火的岁月……

一

南风之薰兮
可以解吾民之愠兮
南风之时兮
可以阜吾民之财兮
……

陆凡离开老家山西中条山前往苏北刘老庄地区的时候，是唱着这首《南风歌》走的。

那一年，陆凡刚刚虚岁 17 岁，说起来还是个稚气未脱的孩子，但在他的脸上，已经多了几分超越同龄人的成熟和坚毅。他身材中等，五官端正，浓眉大眼，鼻梁高挺，虽然从小就生活在山里，却瘦弱得像是黄豆芽似的，脸色因营养不良而显现出一种蜡黄色，给人一种病恹恹的感觉。但他的眼睛是明亮的，忽闪忽闪的，让人想起了中条山夜晚天幕上的星星，特别灵动、晶莹和清澈。

"你怎的像个女娃一样，一点也不结实？"

陆凡小的时候，父亲陆思财有一次怔怔地看着闷声不响趴在饭桌旁抓着面前的饭粒吃的儿子说道。

母亲张月红在一旁听了，十分反感父亲的话。她一把扯过陆凡搂在怀里，反驳丈夫道："汉子，你说这话就不中听了，我娃怎的就像个女娃？他哪里就像个女娃，有你这么说自己娃娃的吗？我娃长得弱，还不是因为你这当盐工的家里日子好过，才把我娃养得这么好？"

陆思财听了，脸涨得通红，鼻子里"哼"了一声，瓮声瓮气地说道："你不就嫌弃我是一个打盐工吗？你睁眼看看，我们这里谁家祖祖辈辈不是盐工出身，没有我们打盐，你吃啥、喝啥？现在好了，你倒看不上我了？早干吗去了？不想做打盐工的婆姨，就给我走，去找有钱的大户人家嫁了吧！"

张月红听了丈夫的话，气得眼泪在眼眶里打转，发狠道："汉子，甭整那些没用的。反正，我的儿子是绝对不能一辈子待在山下打盐的，就是爬，也要爬到运城去上学，不能跟你一样，当个睁眼瞎子，一辈子连个中条山都没有走出过。你要是想好好过日子，想咱家的娃将来有个好前程，就看着办吧，我的犟劲你是知道的。"

陆凡的家所在的中条山，是中华文化的发祥地之一，历史上三皇五帝中的尧、舜都曾在此生活过，留下了诸多历史文化遗址。中条山位于山西省南部，属于太行山系的一部分，远远看去，像一条春蚕自东向西俯卧在太行山和华山之间，山势挺拔俊美，山上云蒸霞蔚，气象万千，变化无常。南面山脚下，奔腾不息的黄河沿着山脉蜿蜒前行。倏尔，来了一个华丽的转身，以近乎九十度角的旋转，向着更远的东方昂然而去。据研究，中条山形成于十七亿年前的中条造山运动，后来，在喜马拉雅运动中，山体部分继续隆起，山地北侧的大断陷形成了山西运城盐湖盆地，形成了著名的七彩盐湖。

而陆凡的家，就在中条山北麓的山脚下。三间正房，二间偏屋，一堵围墙。所用的材料就地取材，全部是用中条山上开采出的石块砌成的，屋顶上的横梁用的是山上砍伐而来的黑槐，横梁上面覆盖着一层曾在黄河边上生长的芦苇编织成的席子，席子上面再铺上一层厚厚的产自山上的麦秸秆。院子里放着一个磨面的石碾子，石碾子的旁边生长着一棵上了年纪的老槐树，虬枝苍劲，枝繁叶茂。这就是陆凡的家。他的家面对着一望无垠的盐湖。从舜帝时期，盐湖的采盐收入就成为历代王朝重要的财政收入来源，从某种程度上说，谁拥有了运城盐湖，谁就具备了问鼎中原、一统天下的资本。也正因为如此，历代王朝都十分重视盐湖的开采，形成了一整套成熟的"集卤蒸发、过箩调配、储卤、结晶、铲出"五步开采工艺和管理体系。而中条山附近的山民多以采盐为业，世代因袭，生生不止。

像绝大多数普通的山民一样，陆凡的祖祖辈辈也都是以采盐为生的。到了陆凡出生后，陆思财自然也是希望儿子像自己一样，做一个本本分分的盐工，根本没有想过要送他去城里读书。不过在母亲张月红的坚持下，陆凡在10岁的时候，还是被父亲陆思财带到了城里。在送给一位在运城衙门里做事的远房亲戚一袋中条山山货后，陆凡得以顺利进入城南一个偏僻的官办小学里做了一名寄宿生。陆思财对儿子陆凡进城读书是不抱什么期待的，在他看来，一个男人读不读书不是什么最要紧的事，能有一把好力气，有一份安稳的营生，再娶一房媳妇才是最最正儿八经的事情，至于其他的什么都是扯淡，不值得一提。

这三件事，陆思财最看重的是第三件事。

“不孝有三，无后为大。”这是陆思财经常挂在嘴边的话，也是被他奉为祖训的生活准则。为了陆家的香火繁盛，他在婚后的十多年时间里，先后生了五个儿子，却夭折了三个，只有大儿子和三儿子存活了下来。等到陆凡呱呱坠地的时候，陆思财已经40岁出头了。按理说，这个时候的男人，正是精力旺盛、血气澎湃之时，而现实中的陆思财却早早地两鬓染霜，布满了沟沟壑壑的老脸像极了中条山上的松树皮，甭提有多粗糙了。昔日木桩似的身板，也不知什么时候开始佝偻了起来，显出了下世的迹象来了。尽管如此，他生孩子的欲望却像山脚下的黄河水，一直没有停息过。在生下儿子陆凡之后，陆思财23年间又断断续续生了两个，一个是儿子，另一个却是女儿，让他多少有点泄气了。也就是生下了最小的女儿后，陆思财才终于熄灭了继续生孩子的念想了。

陆凡的五个兄弟姊妹中，大哥陆大雨10多岁的时候就被送到二十里开外的镇子里一个染坊做了伙计，一年到头也回不了几次家。二哥陆长顺从来没有上过学，刚懂事就跟着父亲在盐场里跑来跑去，等到稍大一点能干活时，自然而然地就成了盐场里的一分子，做了一名小小的盐工了。四弟陆开来生下后体弱多病，不到5周岁就被山腰上的寺庙里的方丈要去，做了他的一名贴身俗家弟子了。一开始，父亲陆思财说破了大天也不同意让自己的儿子出家去做和尚，母亲张月红劝道:“汉子，你也忒死心眼了，儿子身体不好，正好去了庙里好调养调养。何况，儿子只是做个俗家弟子，又没有真正出家，什么时候要他回来还不是你说了算吗？再说了，寺庙离咱家也不远，什么时候想他了，晚饭后去看一趟都来得及。你说呢?”陆思财听了妻子的话，想想也是这个理，也就耷拉下脑袋不作声了。张月红见状，心里晓得丈夫已经让步了，就自己出头应下了这件事，让方丈把陆开来领走了。

1949 年最小的妹妹陆小凡出生后，陆凡他从来没有见到过，甚至都不知道有这样一个妹妹的存在。这也难怪，当陆小凡出生后，已经是她三哥陆凡离开中条山到苏北刘老庄几年后的事情了。陆凡走了就再也没有回来过，陆小凡从来也没有见到过亲三哥一面，等到真正相见的那一天，又是另外一种场景了。这是后话，暂且不提。

陆凡到了运城城南小学上学后，勤勉好学，十分刻苦，成绩一直位列全班前茅，深得老师和同学们的喜爱。不到三年时间，他就完成了小学的全部课程，被校长亲自保送到了城南中学做了一名插班生。陆凡上了中学后，深知自己求学的不易，就更加用功学习了。就在他升入三年级学习的下半学期，正满怀信心准备报考运城师范学校的时候，一场重大事变彻底改变了他的人生轨迹。

那一天早饭后，陆凡像往常一样，从宿舍里拿了书本就准备到教室里去上课。这时，各个班级的学生都陆续地往各自的教室走去，操场上、走廊里到处都可以看到学生们匆匆的身影。此时，正是春夏之交的季节，校园花坛里的玉簪花、鼠尾花、萱草花、薰衣草花开得正艳，墙角那个不大的池塘水面的莲叶间已经冒出了尖尖的花苞……一切，都显得那么静谧、温馨，又充满了勃勃生机。

“陆凡，等等我，走那么快干吗？等等我。”

就在陆凡走过那片莲池时，身后响起了一个女孩子悦耳的声音。陆凡回过头来，发现是同班的女同学张一蕊。张一蕊容貌端庄，五官秀气，一头披肩长发绸缎般随风飘逸，额头上的秀发间别着一枚粉色的发卡，穿着一身青色短袖上衣、黑色长裙的学生服，脚上穿着藏青布鞋和白色长袜，手里捧着书本，笑意盈盈地来到了陆凡面前。张一蕊的父亲是运城的一位盐商，在城里有自己的商号，常年在全国各地从事盐业生意，家境十分殷实。陆凡一般是不喜欢和班上的富家子弟来往的，他看不惯那些人身上那种时时自以为是的自满感，那种处处高人一等的优越感。在陆凡看来，那就是富人和穷人之间的一种距离，一种肉眼看不见却时时刻刻都存在着的距离。对于这种距离的存在，富有的人是不容易感受得到的，因为那是他们与生俱来的，从一出生就在血液里面存在的，所以他们自身常常忽视了它们的存在，就像一个正常的人忽视了他的眼睛的存在一样。而对于这种距离的存在，感受最强的一方，往往是比较弱势的一方。这种感受，对于陆凡来说，从他一懂事的时候就感受到了，从小时候见到父亲卑微地给盐场的场主鞠躬，从山民们见到官府里人的那般唯唯诺诺，都让他产生了这种距离感和压迫感。到了中学以后，这种感受就越来越强烈了起来，甚至在睡梦中都感觉到这种压迫感的存在，就像有个巨大的身影站在他的床边，伸出两只黑漆漆的手扼住了他的脖子，让他无法说话，无法挣扎。他想呼喊，可是张开的嘴发不出任何的声音。他想抬手，可是胳膊仿佛已经不是自己的了，根本不听他的指挥。醒来的时候，他常常大汗淋漓，犹如刚刚经历过一场残酷的拳击比赛似的。从心底里说，对于那些和他不一样的人，他说不上有多憎恨，也谈不上羡慕，而是觉得那些人天生的就像小偷一样，窃取了原本就不该属于他们的东西。到底是什么东西被那些人窃取了，又为什么会被窃取，等等，这些深层次的原因陆凡就说不清楚了。但是，这丝毫不影响他对那些人天然的抵触情绪。就像班上的班长，那个叫顾大成的，他仗着自己的父亲是运城城南的乡公所的所长，就整天带着一帮跟屁虫在班上打倒三个撞倒两个的，好多同学没少吃过他的亏，尤其是那些女同学，更是见了他像是见到了活阎王似的，背地里都管他叫“顾阎王”。但是，偏偏陆凡就不买他的账，从来不在他的面前表现得低三下四的，相反，只要有顾大成在场，陆凡总是尽量地抬头挺胸，脸上呈现出一种傲然不可侵犯的凛然之气。顾大成看在眼里，有心想找陆凡的茬，给他一点教训，但一想到陆凡那宁可玉碎、不为瓦全的眼神，心里就不由得打了一个寒战，起了一身的鸡皮疙瘩，想想还是算了。“哼，等着吧，等到有机会，一定让你尝尝我‘顾阎王’的手段。”顾大成没了辙，也只能在心里暗暗地咒骂着。

但是，对于同样是富家子弟的女同学张一蕊，陆凡又是另外一种感觉。张一蕊是和陆凡从初中一年级起就开始同班的，两个人在班级的位子刚好是一前一后。陆凡刚来插班的时候，张一蕊并没有太多注意到他，当穿着一身粗布衣衫、身材消瘦单薄的陆凡在老师的带领下，怯怯地走进教室的时候，在顾大成等人的一片嘲讽中，来到张一蕊身后的那张课桌坐下来的时候，张一蕊因不满顾大成等同学的态度才礼貌地转过头，对神情发窘的陆凡说道：“你好，我叫张一蕊，欢迎你来到我们班，以后有什么需要，你就告诉我一声。”真是这种礼节性的极其平常的一句话，让陆凡极度紧张的心情得以缓解了下来，第一次感受到了这位女同学身上那种与众不同的品质。他偷偷地深吸一口气，感动地对着张一蕊说道：“你好，我叫陆凡，谢谢你啊！”正是张一蕊这种不经意的关怀，在以后的相处中让陆凡觉得，虽然张一蕊出身富贵，属于那种他所鄙夷的那类人，但在她的身上看不到半点的有钱人身上特有的戾气，倒像是自家的姊妹那样自然、亲近、平和，没有一丝的陌生感。究竟是什么原因呢，陆凡心里想着：也许她本来就是我们的人，只是临时借住在那个所谓的“家”罢了，回归只是迟早的事，就好像那只丑小鸭，只是飞错了地方，鸭妈妈对它再好，也阻挡不了它融入天鹅家族的脚步。

听到女同学张一蕊在身后喊他，陆凡转过身来默默地等候着。张一蕊快步走到陆凡面前，装作生气的样子抱怨道：“陆凡，你急什么急啊？看把人家撵的，鞋子都快跑掉了。”

陆凡笑着解释道：“不好意思啊，一蕊，我不知道你在后面，不然就等等你了，也不至于让你快跑掉鞋子了。”

张一蕊听了，呵呵一笑，说道：“逗你呢，我又不是纸捏的，哪有那般矫情？”

陆凡说道：“你是运城盐商首富张府的千金大小姐，怎么地也要学得矫情一些才好。”

张一蕊听了，绷起了脸，正色道：“看看，你又来了？我是我，俺爹是俺爹，不要把我和他扯到一起。你以后如果再敢说这样的话，我就再也不理你了。”说完，赌气地把头扭向了一边，故意不理陆凡了。

陆凡知道自己言语唐突了，赶紧打岔道：“一蕊，你这么急着找我，肯定有事！说吧，有什么我能效劳的？”

张一蕊听了，脸色才缓和了过来，转过身来问陆凡道：“陆凡，明天我们学校的‘爱国学生自救会’和全市的学生准备到市政府去请愿，要求政府加强军备抵抗日军的入侵，我想让你一起去，去不去啊？”

陆凡平素知道张一蕊是参加了这个自救组织的，但一直不知道这个组织的具体情况。但是在陆凡看来，只要是张一蕊加入的组织一定错不了。他相信自己的判断力，就像相信自己的母亲一样，他们是不会害他的。也因此，他多次对张一蕊提出过，要加入他们的组织。每一次，张一蕊总是说，“甭急，再等等，一定会加入的”。每一次，听了张一蕊的话，陆凡心里虽然有些许的失落，但他从来没有气馁过，他知道有张一蕊在，这个组织就一定会接纳他的。至于为什么会这么想，他自己也说不清楚。其实，在陆凡不知情的情况下，张一蕊已经多次向组织上推荐他，并在组织的授意下多次对他进行了考验，他也顺利通过了考验，明天的安排就是加入组织的正式开端。

现在，听了张一蕊的话，他一下子明白了过来，这意味着张一蕊所在的组织已经对他敞开了怀抱。他有点语无伦次地说道："去、去、去，一定去，就是刀山火海也要去蹚一回。"

张一蕊听了，欣慰地舒了一口气，似乎是自言自语地说道："我就说吧，我的眼光一定是不会错的。怎么会错呢，我张一蕊是谁啊？"

陆凡听了，有点丈二和尚摸不着头脑，问道："你神神道道的，在跟谁说话呢？"

张一蕊答非所问道："你最近有没有听说，日本人要打过来了？"

陆凡听了，心头一震，忙问道："你听谁说的？消息可靠吗？"

张一蕊回答道："昨晚回家，听俺爹说的，说是日本人已经调集了近七个师团的兵力，准备在近日对我们的中条山发动突袭呢！"

陆凡惊道："啊？这可糟了，我家还在那儿呢！这可咋办？俺爹娘，还有俺的大哥他们，一个都还没有出来呢！不行，我要赶紧回家，让他们赶紧上山躲起来。"陆凡说完，就要抽身离开。

"诶，诶，诶，"张一蕊眼疾手快，一把拉住陆凡的胳膊说道，"你这个人啊，怎么听风就是雨？话还没听完，就像猴子屁股着了火似的，一点耐心都没有，怎么不听我把话说完呢？"

陆凡听了，这才停下脚步，扭过头来望着张一蕊，着急地说道："都火烧眉毛了，我能不着急吗？"

张一蕊劝道："我听说啊，日本人都在河东一带集结，一时半会也到不了这儿，你就甭急着回家了，等到明天的事情了结了，我陪你一起回去，咋样？"

陆凡想了想，觉得张一蕊说得有道理，就点了点头，说道："好吧，也只能这样了。不过，你真的要陪我回家啊，你不是开玩笑的吧？你甭吓我啊？"

张一蕊看着陆凡憨厚的模样，不禁莞尔一笑，说道："瞧你那点出息！算了，算了，不为难你了，我们还是赶紧进教室吧，要上课了。"

陆凡听了，点头道："好，走吧！"

两人走了没有几步，不远处的天空中传来了一阵隐隐的轰鸣声，声音越来越响，天空中的黑点子也越来越大。陆凡和张一蕊驻足仰观，只见从东边的天际飞来了十几个蚂蚁般的黑点子。黑点子飞得很快，体型也越来越大，很快就看清了那些东西像是一只只巨大的蜻蜓，通体呈绿色，长着两对平展开来的翅膀，圆桶般的脑袋前面装置着快速旋转的螺旋桨。这时，学校的操场上、道路上、窗户口，到处都是好奇的学生，他们听到声音兴致勃勃地望向天空，议论着，猜测着，浑然不知灾难已经降临到了自己的头上。

“飞机，这是飞机。”望着从天边急速飞来的飞机，张一蕊向着天空激动地挥舞着双手，大喊了起来。

陆凡眼尖，一眼看到机身上涂着的白底红心膏药旗，立刻反应过来，冲着张一蕊大声吼道：“不好，这是日本飞机，快跑。”说完，冲到张一蕊面前，拽住她的一只胳膊往就近的校园里的那片树林子里跑。与此同时，校园里，也有一些及时明白过来的同学一边叫喊着，一边惊慌失措地乱跑了起来。更多的同学还是一头雾水地站在原地，茫然地看着天上直冲而来的飞机，一时不知道究竟发生了什么。

就在校园里一片慌乱之际，日本人的零式战斗机群犹如一大片黑云般地向着学校上空压了过来。其中一架飞机脱离了机群，像一只硕大的怪鸟似的“嗥嗥”叫着，对着学校俯冲了下来，紧接着就从机腹下面下蛋一样丢下了两枚黑乎乎的航空炸弹，炸弹在操场上的人群中开了花。随着两声剧烈爆炸声，顿时，操场上浓烟滚滚，弹片横飞，现场的学生被炸得血肉横飞，死伤累累……驾驶这架飞机的日本飞行员冷漠地欣赏着自己的“杰作”，故意把机身压得低低的，几乎是贴着树梢飞行着，在绕着校园一直飞行了两圈后，才拉升机头扬扬得意地飞走了，渐渐消失在了前往中条山方向的远方的天空。

这是 1941 年 5 月 7 日，一个黑色的日子。这一天，侵华日军集结了十余万兵力，在日本航空兵的嚣张助阵下，由东、北、西三个方向对中条山中国守军发起了全面的进攻。

中条山战役正式打响了。

中条山，这个注定要载入中国抗战史上的文化名山，迎来了她最悲壮、至暗的时刻了。

二

听俺娘说过，在我出生的时候，正是隆冬季节。

那一天，中条山的风特别大，满山光秃秃的枝条在寒风中瑟瑟发抖，山上的碎石子都被风吹了起来，漫天飞舞。那一年，国内大规模的战斗已经基本结束了，全国上下都沉浸在从未有过的巨大的喜悦之中。

"陆老爹，生了，生了。"接生婆从里屋乐颠颠地抱着我跑到院子里向俺爹报喜。

俺爹坐在院子里的石碾子上，头戴一顶黑色绒帽，穿着一件土灰色的棉长袍，腰上扎着一根布带，嘴里叼着杆长长的大烟斗，"吧嗒吧嗒"地抽着旱烟，两只浑浊的眼睛茫然地看着石碾子旁边那棵枝叶婆娑的老槐树，围墙外面是那连绵不绝的山峰。这个姿势，他已经保持了几个时辰了。听我母亲说过，自从三哥陆凡离开家乡后，俺爹就养成了这种习惯，有事没事地就会拎着一杆烟枪，坐在院子里的那只石碾子上出神。谁也不知道他的头脑里在琢磨着什么，问他，他也不搭理你。时间长了，家人也就习以为常，见怪不怪了。

"陆老爹，给你道喜了，你又添了个值钱的了。"接生婆怕俺爹没听清楚，把我捧到他的眼前，大声地说道。

俺爹转过头来看到了襁褓中的我，茫然的眼神蓦地闪过一星亮光。他忙把手中的烟枪别到腰带上，从接生婆手中把我小心翼翼地接了过来，就像是接过一件价值连城的宝贝似的，十分仔细地端详着我，一边看着，一边连连点头，自言自语地说道："像，像，像。"

"像谁啊？"接生婆不解地问道。

"像小三娃。"爹说的是我三哥，陆凡。

"要是生个儿子就更好了。"接生婆调侃道。

俺爹听了接生婆的话，罕见地反驳道："闺女有什么不好，闺女是老爹的小棉袄。"

接生婆听了，连连啧嘴，说道："今儿个奇了怪了，平日里重男轻女的陆老头竟然也喜欢起丫头片子来了。"

俺爹听了，说道："今儿个世道不同了，什么事都不能用老眼光了，也要懂得跟上时代了。这世道，都是娃儿们用命拼出来的，唉，只是他们再也看不到了。"

"是啊，是啊，谁说不是呢？"接生婆眼眶泛着泪花，连忙打岔道，"噢，对了，孩她娘还让你给她取一个好名字呢，你看取什么名字好？"

"今儿个啥日子？"俺爹问道，"是不是阳历 12 月 18 日？"

"对啊！"接生婆回答道。

"是不是农历十月二十九？"俺爹又问道。

"是啊，怎么啦？"接生婆不解地问道。

"唉，小三娃的生日也是今天。"俺爹长叹一声道。

"啊？真的假的，不会这么巧吧？"接生婆惊愕得差点丢掉了下巴。

"她三哥叫陆凡，那她就叫陆小凡吧！"俺爹一字一顿，语气十分坚定地说道。

从那时起，我就有了一个属于自己的名字，一个和我的三哥有着千丝万缕联系的名字——陆小凡。

在我刚记事的时候，我也常常看到俺爹有事没事总爱坐在院子里的石碾上，盯着那棵槐树瞧。我抬头看着那棵树，除了大一点、粗一点、壮一点，也实在没有看出与众不同的地方。俺爹为什么那么喜欢看那棵老槐树？这一念头一直萦绕在我的小小的脑袋里。有一天，趁着俺爹到盐湖那边做事去了，我忍不住问了俺娘这个问题。

“你看到槐树上挂的那只风筝放线架子了吗？”俺娘问我。

“哪有啊？不就是几根木头棍子吗？”我回答道。确实，在那棵老槐树的枝丫处，挂着几个木头棍子扎成的东西，但上面已经什么都没有了，已经看不出是什么形状了，只剩下光溜溜的棍子了。

俺娘顿了顿，对我说道：“那不是普通的木棍子，那是一只风筝的放线架子啊！”

“啊，是风筝放线架子？”我十分惊讶。

“是啊，那是一只风筝放线架子。”俺娘肯定地回答道。

终于，从俺娘的口中，我知道了那只风筝放线架子的来历。原来，三哥陆凡小的时候特别喜欢放风筝，也会扎风筝。一俟春绿中条山，三哥陆凡就会扎上一只风筝，带领着一帮小伙伴在山脚下放起了风筝。三哥手巧，会扎各种各样的风筝，生活中常见的场景往往都是他创作的题材，像天上的老鹰、山上的蜈蚣、水里的鱼儿等等都是他扎风筝经常用上的题材。那只风筝放线架子是三哥陆凡最后一次离开家里留下来的，俺爹把它挂在树上，就是要告诉三哥，让他知道家里的人永远都在等着他回来。虽然三哥陆凡再也没有回来，但那个风筝坏得也只剩下一个放线的木头架子了。也不知是哪一天，俺爹终于把那只风筝放线架子从树上取了下来，当成传家宝一样珍藏了起来。

但我对三哥陆凡的真正了解，却是从我第一次随着父亲去苏北那个叫刘老庄的小村子开始的。

听我母亲说过，三哥离开家之后，只在几年后收到了他的一封家书，从此就再无他的音信了。那封书信一直被俺爹用一块灰色的布层层叠叠地包裹着，存放在家中那口枣红色的木头箱子里。听母亲说，那只箱子是母亲当年嫁过来时娘家唯一的陪嫁。那只木箱就放在俺爹、俺娘居住的房间里，放在紧挨着那张破旧的木板搭成的床头前。自从三哥的来信被俺爹藏到木箱子里后，他就在木箱子上加了一把铜锁。开锁的那把钥匙就悬挂在他的腰间，像看护自己的命疙瘩似的，每天形影不离，谁也甭指望能把它拿走。

我看到那封信时，还是在一位乡公所的干部来我家的时候。我模糊地记得，那一天，一位穿着朴素的乡公所干部把一张烈士证明书交到了俺爹的手中，十分内疚地说道："老陆，实在抱歉啊，你的儿子为了革命献出了年轻的生命，政府直到现在才把烈士证明书给你送来，真的是太不好意思了。"

俺爹双手接过那张烈士证明书，紧紧地贴在胸口上，两行浊泪顺着苍老如槐树皮般的瘦长脸颊滑落了下来，打湿了胸前的衣襟。

"没，没什么，多亏政府还想着三儿，这些年真的是一点信儿都没有，除了刚走那几年来的第一封信外，就像一头泥牛下了水，没一点影子了。"俺爹哽咽着说道。

"什么，陆凡同志还有一封家信？"干部问道，脸上不禁露出了惊喜的神情。

"有，有，有，我都好好地收着呢！"俺爹回答道。

"能给我瞧瞧吗？我们政府正在到处征集烈士们的遗物呢！"干部急切地说道。

"嗯呢，嗯呢，嗯呢。"俺爹一边答应着，一边转向里屋的房间，窸窸窣窣一阵摸索后，俺爹手里捧着一件土灰色的信笺，小心翼翼像是捧着一只盛满了肉汤的瓦罐似的走了出来。

乡公所的干部也是一脸肃穆地接过了信笺，用两根手指仔细地从信封里夹出了两张信纸。我凑上去一看，信纸也是那种土灰色的，上面画满了一条条竖形的长格子，格子里面写满了蓝色的钢笔字，字迹苍劲有力，十分好看。我隐约记得，那些字是从上到下，左右排列的。

父母亲大人：

自儿离家已两年有余，曾多次想去信，只因打仗，行踪难定，如家音回报，可惜儿也不能等收了。儿已离开本省，随部队至江苏淮阴，以致家音不能等收了，儿异常为念。不知父母大人身体健康否？哥哥们可安好？不知家中生活情形和收成怎样？更不知当地情形如何？儿在外甚为惦念。儿在外身体很好，生活也很好，而现在的儿比以前粗壮而高大了，请大人不要为念。儿在这里工作，工作非常忙碌，儿也非常高兴。此信致家不过慰问而已。因现无一定的地址，儿现在心目中所最挂念者，是大人身体也。这次离家，未报大人养育之恩反而离家，是儿之罪过也。待风息波静，凯然而归，全家团聚，以报此恩。

儿：凡上

二月初七

乡公所干部尽量轻声地念着书信，声音数度哽咽。我看到俺娘在旁边早已哭成了泪人，我害怕起来，一头扎进娘的怀抱“呜呜咽咽”地大哭了起来。

屋子里，传入耳膜的，除了一片哭声外，就是中条山上那如棍子般舞动起来的“呼呼”的风声。这个时节，正是中条山风势正盛的季节。风刮起来，如果说成“飞沙走石，天昏地暗”，是一点也不为过的。

半晌，屋子里的哭声渐渐停息了。

“你知道凡儿他埋在哪里吗？这么多年了，我们连他埋在哪里都还不知道，做父母的这个心啊……”俺爹拉着乡公所干部的手，眼眶又一次湿润了起来。

“我也说不清楚，不过，听县人武部的人说，陆凡那年打的最后一仗是在江苏淮阴一个叫作刘老庄的小村子。如果我没猜错的话，他就应该埋葬在淮阴。不过，我也不敢肯定，只是猜测而已。等到有了确切的消息，我一定会第一时间告诉你的。”乡公所的干部解释道，对于没能准确地告之三哥陆凡的下落，他十分抱歉和不安。

不过，在我的心里却第一次记住了“刘老庄”这一地名。更没有想到，从那一天开始，我这一生就和刘老庄结下了不解之缘，一辈子的生死之缘。

时隔不久，我竟然平生第一次踏上了苏北淮阴这个叫作刘老庄的土地，来到了我三哥陆凡牺牲之地。

刘老庄，这个在中国地图上连名字都找不到的地方，足足让我和俺爹走了二十多天，才终于到达了。

在这之前，乡公所的那位干部又来到了我家。自从第一次来我家后，这位干部就经常来，不是找俺爹聊天，打听一些三哥生前的一些往事，就是来帮我们家干一些农活。来的次数多了，我也就和他熟悉了起来，知道了他叫陈兴，是乡公所武装部的干部。陈兴二十出头的样子，个子不算高，也就一米七零左右，细胳膊细腿，长得瘦瘦精精的，留着小平头，戴着一副宽大的黑框近视眼镜，显得斯斯文文。从陈兴的口中，我了解了三哥所在部队的一些情况，知道了三哥先是在老家参加了八路军，在太行山一带打日本人。后来，所在部队奉命改编成了新四军，进入了苏北地区作战，三哥壮烈牺牲了。至于三哥到底是怎么牺牲的，到底埋葬在哪里，他就说不清楚了。

不过，陈兴从来没有放弃过任何一次可能了解真相的机会。很快，事情就有了眉目。一天，他急匆匆地骑着他那辆破损得只剩下了骨架的自行车，来到了我们家。

“找到了，找到了。”陈兴一边心急火燎地支好车子，一边忙不迭地挥舞着手中的一封信。

“什么找到了？”正蹲在院子外面整理着农具的俺爹看到了这一幕，怔怔地放下了手里的活，站直了身子，神情有点慌张地看着陈兴问道。

陈兴兴冲冲地冲到俺爹面前，把手里的信塞到了他的手中，大声地说道：“淮阴那边来信了，陆凡烈士牺牲地的武装部来信了。”

俺爹手里拿着来信，翻来覆去地端详着。那只拿信的手，一刻不停地抖动着。

“汉子，信里说了什么？”俺娘听到动静，从院子里走出来在一旁催促道。

“俺也不识字啊，哪里能看得懂？”俺爹一边难为情地说道，一边抖抖瑟瑟地把信递给陈兴，“要不，还是你读给俺们听听？”

陈兴也不客气，一把将信接了过来，掏出里面的信纸，打开来，上面印着几个红色的印刷字，十分醒目。

“这怎么还用公文纸呢？”俺爹毕竟岁数大，见多识广，第一个发现了这封信的不同寻常之处。

“对啊，怎么会有红色字呢，汉子？”俺娘也看到了，有点紧张地看着俺爹。

陈兴听了，习惯性地用手扶了扶鼻梁上并不歪斜的黑色宽边眼镜，笑着解释道：“这封信是江苏省淮阴县的人武部发来的，是公函，当然得用公文纸写信了。”

“那上面说了什么？”我凑上前，好奇地问道。

“对啊，对啊，上面到底说了些什么？”一些家旁的邻居听到动静也陆续围拢了上来，有人在心急地催促着。

陈兴又一次扶了扶眼镜，看看人到得差不多了，才干咳了两声，终于一字一顿地大声读了起来：

尊敬的陆凡烈士父母：

您好！

陆凡烈士是您的好儿子，也是中华民族的好儿子，他为了民族的解放，于1943年3月18日，在与日本帝国主义侵略者的英勇战斗中，壮烈地牺牲在了江苏省淮阴县刘老庄村。每年的3月18日，淮阴人民都会为烈士举行隆重的纪念仪式。今年纪念日在即，我们通过多方打听，终于得到您的确切信息，特恳请您出席今年3月18日的纪念活动。

淮阴县人民武装部

2月5日

俺爹听了，出人意料地劈手从陈兴的手里把信夺了过来，紧紧地捂在自己的胸口上，老泪纵横，喃喃自语道："三儿啊，三儿啊，三儿啊……"

闻听此言，母亲和我已经是泣不成声了。

一位在旁的邻居叹了口气，赞许地说道："淮阴人民没有忘记我们小三子啊！"

另一位邻居附和："是啊，信中不是说，他们一直在打听我们凡儿老家的吗？淮阴人真是有情有义啊，凡儿为了他们牺牲了，也是值得的啊！"

陈兴听了，接着话茬道："淮阴是个历史古县，楚汉相争时的战神韩信就生活在淮阴城下，漂母饭信的故事就发生在那里，那里自古就是一块有情有义、有温度的土地。陆大爷这次一定要亲自去看看啊，也替我们在陆凡烈士的坟头多烧点纸钱啊！"

众人听了，也纷纷劝俺爹道："说得对，陆大哥，你这次肯定要去的，不去对不起三子啊！"

"是啊，凡子身在外地，哪能不天天想着你们啊，就是远在天边海外，上刀山下火海，你也要亲自去一趟啊！"

"陆大哥，我陪你去，有我照顾你，你不要怕。"

"对，对，你要是怕路远，我也陪你去。"

“大哥、大嫂，你们说一句话啊，这次你们到底去不去啊？你们要是不去，我替你们去，我不怕。”

俺爹听了众人的话，十分感动，他把信小心地揣到怀里装好后，对着大伙深深地弯下了腰，一把鼻涕一把泪地说道：“你们的好意，俺们陆家一家大小心领了，谢谢啊，谢谢啊！陆凡是俺的儿子，是他娘身上掉下来的一块肉，俺们比谁都疼，比谁都更想去淮阴，去看看他。你们放心，此去淮阴，不管路再远，难再多，俺也要自己去。就是爬，俺也要爬到淮阴。哪怕将这把老骨头扔了，也要扔在淮阴，扔在俺儿的坟前，跟儿做个伴，陪儿一辈子。”

众人听了，无不心酸落泪。

陈兴对俺爹说道：“淮阴县人武部考虑得很周到，还随信寄来了十块钱的路费呢！”

俺爹听了，惶然拒绝道：“俺怎好拿公家的钱？这个使不得，使不得。”

陈兴从裤兜里掏出一张崭新的10元面额的钞票，不由分说，硬是塞到了俺爹的手里。俺爹手里攥着那张钞票，像是攥着一块烧红了的石头似的，急忙又塞回到陈兴的手里，嘴里说道：“你快把钱退给公家吧，俺家再穷，也没穷到连路费都出不起呢！”

陈兴红着脸解释道：“大爷，你误会了。不是说你家拿不起路费，这是规定，政府统一要求的，对谁都一样。”

旁边有人劝解道：“陆大哥，这是淮阴人的一片心意，你就拿着吧！再说了，这么远的路，又不是一天两天就能到的，花销肯定少不了。”

陈兴听了，趁机说道：“就是呢，‘穷家富路’，带在身上，应个急。如果用不到，再退给人家也不迟。”

俺爹听了这话，低下头沉思了片刻，最后抬起头，毅然决然地说道：“好吧，那我就把这钱先揣着，等到了淮阴，俺当面把钱退给公家。”

陈兴听了，心里的一块石头落了地，含糊地应道：“到时再说，到时再说。”

众人也跟着打哈哈，说道：“好说，好说。”

晚上，一家人聚拢在一盏明亮的煤油灯下，商量着上淮阴的事情。讨论来，讨论去，最后一致决定，由俺爹带着俺一起去淮阴为三哥扫墓。

为什么会带上俺？还不是俺死皮赖脸哭闹着争来的。去看看三哥，成了我心中当时的执念。

三

天色还没有完全发亮，悬挂在中条山顶的那颗启明星在墨绿色苍穹的映衬下，显得那样的灰暗。一缕缕云彩像是战场升起的硝烟不停地从天际拂过，把黎明前的天空打扮得十分诡异，让人心里隐隐透出一丝不安。就像是暴风来临之前的大海上，黑云变幻，海鸟惊飞，空气中弥漫着一种带着血丝的腥臭味。虽然这里没有大海，但躺在床上的陆凡却依然能感受到来自大海酝酿着的这种不祥的气息。自从后半夜潜回家，陆凡几乎没有合上眼，刚刚经历过的一幕幕像是放电影似的在脑海里回放，挥之不去，留之有痕。却又像一条中条山上常见的赤链蛇，虽然无毒，但又时刻啃咬着你，让人时刻承受着从来没有体验过的煎熬。

那天日军飞机轰炸学校后，张一蕊和学校的“爱国学生自救会”组织了声势浩大的学生游行活动，强烈要求运城国民市政府全力配合守军抗击日本人对中条山的进攻。然而，面对日本军队的疯狂进攻，数倍于日军的中国守军由于战前准备不足，消极防御，在三路战场上兵败如山倒，各个防御点相继被攻陷，仅仅数周时间，垣曲、济源、孟县、平陆等诸多县城相继被日军占领，中国守军独木难支，陷入了日本军队的重重包围之中。战场形势已然如此，运城国民政府那些大员们哪里还有工夫理睬学生娃娃的诉求，但凡有些脸面的人物早早地收拾好自己的细软包裹，在日本军队彻底占领中条山之前就脚底板抹油，溜之大吉了。

危难之际，张一蕊和学校“爱国学生自救会”的负责人讨论形势后，做出了一个惊人的决定，就是组织爱国学生上前线，为中国守军提供后勤支援。其实，陆凡不知道的是，张一蕊的真实身份是一名中国共产党地下党员，学校的“爱国学生自救会”也是党组织发动成立的，一直在党的秘密领导下开展工作。这次组织学生支援前线，同样是运城地下党组织的决定，而张一蕊代表的不仅仅是一名“自救会”的负责人，更是代表党组织的身份。当陆凡得知即将组织学生开赴前线的消息后，第一个报了名。一时间，陆续报名的，就多达二百余人。就这样，在中国共产党的领导下，一支由青年爱国学生组成的后勤保障团成立了。这支队伍在张一蕊等人的率领下，来到了中条山脚下，冒着炮火，替中国守军运输弹药、抢抬伤员、提供生活物资，表现得十分勇敢，其中有五十余名学生永远地牺牲在了战场上。

随着战场形势的每况愈下，中条山完全落入日本人之手只是时间问题了。在这种情况下，中国守军如果选择死守，那只能有一个结果，就是全军覆没。无奈之下，中国守军只有突围。突围，尚留希望，死守，徒坐待毙。时间到了 5 月底，中国守军正面战场全面失守，部队溃散，中条山战场除了还有少数兵力滞敌外，余部大多突围至太行山、吕梁山一带，重新建立防御圈，寻机歼敌。随后，日本军队完全占领了黄河以北的晋南大地。

至此，中条山战役正式结束。

此役，历时 20 天，中国守军伤亡高达 13751 名，反观日本军队仅仅伤亡不足 3000 人，难怪被国民政府视为“抗战中最大之耻辱”。

中条山战役中国守军大溃退之际，张一蕊带领的这支学生军却身陷日本军队的重重包围之中。中国守军自顾不暇，哪里还有能力来回援他们？就在学生军四面楚歌面临绝境之际，运城地下党组织派来的游击队队员找到了他们，通过一条无人知晓的秘密山间小道，避开了日本军队的封锁线，把他们带到了安全区域。为了保存这支革命的火种，运城党组织决定将这支学生军编入中国共产党领导的国民革命军第八路军，开赴太行山地区敌后主战场，继续坚持艰苦卓绝的抗日战争。

队伍开拔之前，临时宿营地就在中条山脚下一个安全的地方，恰巧离陆凡家不远。陆凡在得到张一蕊的同意后，准备当夜悄悄地回老家一趟，和家里人告个别。

“陆凡，你好久没有回趟家了，这次回去好好陪陪你大大和你老妈吧！”陆凡临走时，张一蕊陪他走了一段山路，小声地说道，“你真幸福啊，可以回去见见你的父母。可是，我却无法回去了，也不知道这一走，什么时候才能回来？你见到二老的时候，请帮我问一声好。下一次如果有机会，我一定去看望他们，给他们带好吃的。”

那一天，张一蕊穿着那身青色短袖上衣、黑色长裙的学生服，脚上穿着藏青布鞋和白色长袜。飘逸的长发间，夹着的还是那枚粉色的发卡。只是，衣服已经泛白变旧了，经过了战火的洗礼，已经不再那么艳亮耀目了。但她的面容，依然如战前一般清纯、秀丽。如果非得找出一点不同的话，那就是她的眼神变得深沉了起来，凝重了起来，好像藏了什么心事似的，又像在承受着什么不该承受的压力。“像她这种年纪，正应该像中条山漫山遍野黄色连翘花一样，最是灿烂无邪时，却偏偏承受了不该承受的一切。”一想到这里，陆凡的心中就不由得隐隐痛了起来。当听到张一蕊也想回家看看时，陆凡第一次感觉到自己是那么自私，只顾着自己要回家去看看父母，却一点也没有替她想过。

“嗯，嗯，真的，真的谢谢你！”陆凡有点结结巴巴地回应道。

“啊？谢谢我？谢我什么？”看着陆凡发窘的样子，张一蕊突然停下脚步，专注地看着陆凡眼睛，“咯咯咯”地笑了起来。

“我，我，我……”陆凡一时不知道如何回答是好了。

张一蕊也不想为难下去了，敛住了笑声，一本正经地问道：“真的，陆凡，你和我说一句实话：我把你领到这条路上，你恨我吗？如果你后悔了，今晚上你回去后就不要再回来了。你放心，我不会和任何一个人讲的，就当什么事情都没有发生过。好吗？”

陆凡听了张一蕊的话，叹了一口气，缓缓地说道：“我第一次见到你时，就看出你和别人不一样。”

“和谁不一样？”

“和其他富家女不一样。”

“有什么不一样的？”

“你不是那种追求物质的女人，你有自己独特的见解。怎么说呢？就是思想解放，追求光明。”

“哈哈哈，我有这样好吗？”

“真的，我说的都是实话。”

“好吧，就当你没有骗我。然后呢？”

“接下来吧，看到你经常参加一些进步的活动，就知道你不仅仅是为了自己，更多的是为了别人，为了更多的人。”

“是的，有的时候，我们不能光顾着自己，因为我们不是生活在真空状态，我们还有民族，还有国家。”

“对的。尤其是这次的中条山战役，你一个女孩子家，不顾危险，不顾生命，冲在前，拼了命，图的是什么？按你的家庭条件，你一辈子即使什么都不做，都够你吃，够你穿的。可是，你不图这，不图那，还不是为了这个国家，为了这个国家的大多数像我这样的穷苦人。我们这种穷人，没有人把我们当人看，像顾大成那种人，什么时候把我这种人当人看过？但是你不一样，你处处护着我，帮助我，让我感受到一种受人尊重的温暖，感受到一种做人的尊严。这就是我为什么乐意天天跟着你跑的原因。我从心里感谢你还来不及呢，又怎么会恨你呢？”

“可是，可是我也不是凭一己之力啊，我也是有组织的。”

“这个，我也猜到了。如果我没有猜错的话，你是一名中共党员。我说得没错吧？”

“这个，这个……”

“一蕊，你不要回答什么，我只想告诉你一句话：我也想加入党组织，你们的组织会接受我吗？”

“当然，当然，党组织的大门随时向你敞开。”

“那好，我现在就提出申请。”

“好，我会把你的申请如实向上一级组织汇报的。”

“以后，你到哪里，我就跟着你到哪里。”

“不是跟着我个人走，是跟着党走。”

“对，跟着党走。党叫我干啥，我就干啥。”

“嗯，我们一齐跟党走。”

“行，那我先回去了。”

“好，你早去早回，路上注意安全，不要走大道，到处都有日本兵。我们明早8点还在这里集中，准时出发。”

“好的，我知道了。”

“行，我等你！”

“好，不见不散。”

“你等等。”

“什么？”

张一蕊叫住了刚要转身离开的陆凡，欲言又止。半晌，从自己白皙的脖子上摘下了随身佩戴的挂件，递到了陆凡的手上，俊俏的脸颊上飞起了两朵粉红色的云霞，笑着说道：“这是我小时候就佩戴的护身符，它一直陪着我，很灵的，你把它戴上吧，能保佑你平安的。”

陆凡愣了一愣，低下头仔细一看，原来是一个银质的圆形挂件，上面雕着两条体态丰腴的鱼儿，一大一小，十分亲昵地依偎在一起，雕工细腻，形态逼真，构图完美，十分珍贵。

陆凡捧着挂件，笑着问道：“这是你小时候挂的东西，怎么好随便给别人呢？再说了，如果你把它给我了，那你自己又挂什么呢？我这个人有一个原则，就是从来不夺人所爱。不是自己的东西，我是从来不要的。”说着，就想把挂件递还给张一蕊。

张一蕊听了，笑道：“我这个又不是给你的，只是临时给你保平安的，算是借给你的，等你回来以后，是要还给我的。”

陆凡听了，心里有点拿不定主意，不知道是拿好呢，还是拒绝好呢？一时竟呆在原地，不知道如何是好了。

看着他这个傻样子，张一蕊禁不住莞尔一笑，说道：“甭愣着了，快戴上吧！”

陆凡听了，只得把银质挂件挂到了自己的脖子上，然后，开心地笑了起来。倏然，他转身跑远了，很快就消失在了山间浓密的林荫小道上……

陆凡一路躲躲藏藏回到家里的时候，已经是深夜时分了。沿途，随处可见双方部队遗弃的破损了的枪支、火炮、车辆，还有一些血肉模糊的尸体，有的是中国守军的，有的是穿着日本军服的，也许是战斗太过残酷了，双方都无力打扫战场，收集掩埋自己的士兵了，只能让这些尸体随意地丢弃在山路边、悬崖上、田垄上……只有身临其境，才能感受到战争对人性摧残以及战争的无情和冷酷。

夜色笼罩下的陆家小院黑漆漆的，没有一丝光亮，也听不到人声，甚至连那条看门狗都没有发出一丝响动。陆凡潜伏在离家门口不远处的那片竹林里，不敢贸然前去敲门，生怕家里有日本兵驻扎。他竖起耳朵听了听，四周一片寂静，哪怕是夜间跑出来觅食的野生动物都看不到一只。陆凡静静地趴在竹林里，约莫半个时辰过去了。山里夜晚湿气重，再加上季节还处于春夏之交，温度还比较低，陆凡身上衣服少，被冻得有点扛不住了，忍不住打了一个响亮的喷嚏，在寂静的山间的夜晚不啻是打了一个响雷，吓得他浑身打了一个哆嗦，紧张得周身都冒出了冷汗。他紧张地观察着，半晌，四周还是没有任何动静。他伸出头张望了一圈，确认安全后，便迅速地从地上爬了起来，像山猫般敏捷无声地靠近了自家的院门口。

让陆凡诧异万分的是，家里的院门竟然是敞开着的，里面黑洞洞的，像是一只硕大的怪兽张开的大嘴。陆凡来不及多想，弓着腰从院子门口钻了进去，穿过空旷的庭院，来到了堂屋门口。这一次，让陆凡更不得其解了。原来，借助微弱的星光，他发现堂屋的大门也是敞开的。

“难道……”

陆凡的心里“咯噔”一下，有了一种不祥的预感。他来不及多想，顺手从门口墙脚边摸到了一截木头棍子，然后一个箭步冲向了屋里。

陆凡一边往里屋冲，一边焦急地大喊着：“俺爹、俺娘，爹、娘……”

无人应答。

陆凡凭着记忆，摸索着在灶台上找到了打火石，点着了家里那盏满身油渍的煤油灯。他举着煤油灯里里外外寻找了一遍，只见家里一片狼藉，到处都是翻箱倒柜，乱得不成样子。衣物、被褥等物品被扔得到处都是，厨房里的锅碗瓢盆被砸得稀巴烂，院子里那口陶土烧制的大水缸也碎成了七八块……总之，家里已经找不出一件完好的物件了。但是，庆幸的是，家里到处都没有发现任何血迹，也没有搏斗过的痕迹。那么，家里人到底去了哪里？他们又遭遇了什么？陆凡越是这样想着，心里越是揪紧了起来。等到他彻底冷静了下来，经过仔细分析，他判断家里一定是遭到了日本兵的洗劫，所幸的是家人很可能提前躲进了深山，逃过了一劫。当然,也可能家人被日本人抓走了。现在,陆凡最愿意相信的情形,就是家里的人早早地藏进了深山。凭着山里人对中条山的熟悉,要想让日本人找不到还是完全可能做到的。陆凡这样想着,紧绷的心情就慢慢地放松了下来。他就着昏暗的煤油灯,手脚麻利地把家里上下收拾了一下。经过他这一番辛劳,家里虽然未能恢复昔日的模样,却也比先前整洁干净了不少。

忙活结束后,陆凡感到了一顿困意袭击,他关好院门和各个房门,爬到了床上,胡乱找了几件破衣服盖在自己身上。天气特别凉,他和衣蜷缩在床上,灭掉了灯光,害怕灯光会招来日本兵。为了方便逃走,他把卧室里的后窗开了半扇,这样,一旦听到院子外面的动静,他就能第一时间跳窗离开,窗后就是连绵的中条山,只要进了山里,日本兵即使像哪吒三头六臂,也休想抓到他。

就这样,陆凡窝在床上,一会儿睡着,一会儿冻醒,折腾了半宿。就在天上的启明星爬上中条山山顶的时候,他再也睡不着了。他想到了一个问题,那就是他如何告诉自己的父母他曾经回来过?家里因为穷,实在找不到一张纸,更是找不到一支笔,怎么办呢?这个问题难不倒陆凡,他脑筋一转,迅速想到了一个办法。一想到了办法,他就再也躺不住了,立即行动起来。他下了床,找来了一把斧头,又找来了几根木头棍子、几件破衣服和一堆麻绳……不到半个时辰,一只像模像样的鸟形的风筝就在陆凡的手中做好了。同时,也做好了一只放风筝用的木头架子。陆凡把风筝拿在手上,兴奋地端详了一番,然后来到院子的那棵老槐树下,“噌噌”几下就上了树,把亲手做的风筝和放线架子挂在了树杈的显眼位置。陆凡知道,爹娘一回到家,第一眼就能看到这只造型有点奇怪的风筝,也一定能猜出自己的三儿子已经回来过了。陆凡要用这样的方式向父母家人问好,也向他们告别。因为,他也不知道自己什么时候才能回来,自己到底还能不能回来?

做完这一切后,天色已经麻花亮了。院子的不远处,已经可以清晰地听到传来的枪声了。根据枪声,陆凡判断出这应该是三八大盖发射出来的。这说明,日本兵已经开始搜山了。陆凡从树上下来后,没有丝毫的犹豫,推开卧室里面的那扇后窗,猴一般地纵身跳下,再一次消失在了茫茫的群山里。

陆凡归队后，跟随着学生军来到了太行山，正式加入了八路军队伍，成为一名八路军战士。新战士们利用战斗的间隙抓紧军事训练，三个月的军事训练结束后，将被分配到各个战斗连队。陆凡满心希望能早日分配到战斗连队，好打回中条山，赶走日本人，保护父母家人的安全。因此，在训练中，陆凡比一般人更吃苦，更努力，也因此赢得了领导和战士们的喜爱。然而，有一天他无意中听到了教官们的谈话，心里像是骤然刮起了一阵台风，立刻发生了变化。

原来，两名教官在私下交谈中，提到了这支部队的去向问题。

“你知道我们这支学生军分配到连队后将会去哪儿打仗？”一个教官问道。

“能去哪儿，还不是回到中条山打日本人？大不了就留在太行山，还能去哪？”另一个教官回答道。

“唔，都不对。”

“那能去哪？”

“我也不知道。”

“那你是怎么知道的？”

“我也是无意间听别人偷偷议论的。至于部队去哪，那是军事秘密，怎么可能让我知道。”

“我说吧，你净乱说。以后啊，你这种无凭无据乱说话的毛病得改改了。”

“改不改再说，反正啊是不会回中条山的了。”

“嘘，你小声点，隔墙有耳，甭乱说话了。”

……

两位教官的话，陆凡句句听在了耳朵里，他在心里当了真。“既然不能打回中条山，那天天这么训练还有什么意思？”陆凡一心牵挂着中条山的老家，担心着家人的安危，恨不得明天就能打回老家去。因此，听到了两位教官的对话，让他心乱如麻，在接下来的日子里让他再也无法集中精力参加训练了。大伙儿看在眼里，急在心上，却又不知道他的毛病出在哪。

一天，新兵连拉到一处山谷组织士兵训练的间隙，张一蕊把陆凡喊到了小河边。这个山谷，有一个入口可以进来，地形险要，易守难攻，是个打伏击的好地方。山谷里面，有一条山上溪水汇聚成的小河沿着两旁陡峭的山壁蜿蜒流淌。小河的旁边是一大块平坦的陆地，新兵训练场就设在这块陆地上。

两人来到小河边，张一蕊跳到了一块兀立在水里的石头上，向呆立在岸上的陆凡招手道："来呀，过来呀！"张一蕊穿了一身崭新的灰色八路军军服，剪了短发，戴上军帽，身材匀称笔挺，威武又不失娇美，犹如太行山上盛开的映山红，绚烂、热烈而又自信。

陆凡嘴角嗫嚅着想说什么，始终不肯跳上去。

"过来呀，怎么扭扭捏捏的，像个童养媳似的。"张一蕊笑着说道。

"你说谁呢？谁是童养媳？不带这样编派人的。"陆凡受了刺激，一边愤愤地嘟囔着，一边向着张一蕊脚下的石头跳了过来。由于用力过猛，连打了几个闪，差点栽进了河里。惹得张一蕊哈哈大笑起来。

等到张一蕊笑够了，陆凡才慢腾腾地问道："你找我，有事啊？"

张一蕊看着陆凡一副漫不经心的表情，好看的柳叶眉微微上扬，故意反问道："怎么，没事就不能找你了？找你还得先打申请啊？"

"不是，不是那个意思。"陆凡小心地解释道。

"那你是什么意思？"张一蕊问道，"我问你，你为什么不好好训练？"

"为什么？"陆凡听了，有点激动起来，"你说为什么？我们搞训练，是不是为了回到中条山赶走日本人？如果不能回老家，那我们训练还有什么意思？"

"你参加部队就是为了回家打日本人？你就是这么想的？"

"对呀，有错吗？"

"打日本人肯定没错，但到哪不是打日本人啊？为什么非得回到老家呢？"

"因为老家有日本人，当然要回老家打日本人了。不然，谁去保护我们的父母叔伯，保护我们的兄弟姐妹啊？"

张一蕊听了陆凡的话，叹了一口气，问道："除了你老家有日本人，中国还有哪里没有日本人？日本人占领了大半个中国，日本人铁蹄的蹂躏之下，全国山河破碎，民不聊生。放眼全国，只要还有一个地方被日本兵占领，那全国百姓都无法过上安稳的日子……一句话，日本人一天不除，全国一天没有好日子过。这个道理，你总该懂吧?”

陆凡听了，低下头，半天没有吭声。

恰在这时，从山谷入口方向传来了几声清脆的枪声。训练场上的众人顺着枪声的方向望去，只见谷口处卷起了一团尘土，一队穿着黄色制服的日本兵马裹尘夹风而来，手中明晃晃的马刀在半空中挥舞着，向着训练场上的人们杀奔而来。

“日本人来了。”

“日本人来了。”

……

人们惊慌失措地大喊着，四散奔跑着。在训练场上的大多数都是新兵，手里虽然还有武器，却不能做到人手一支。即使有枪的人，手里的子弹也没有几颗。面对突然而至的日本骑兵部队，新兵们根本无法反应过来，更是不能组织起有效的抵抗，只一个回合，就被日军的骑兵冲散了。

“大家快往山上跑，快往山上跑。”

蓦然，张一蕊使劲冲到岸上，爬上一块大石头拼命挥舞着，指挥着受到惊吓的士兵们往河边跑，只要蹚过浅浅的小河，爬上河边的山崖就安全了。受到张一蕊的大声提醒，好多士兵反应了过来，呼啦啦地向着河边冲了过来。日本骑兵紧随其后，挥刀乱砍。一时间，训练场上刀光闪闪，血光四溅……一个日本兵盯上了站在高处的张一蕊，杀气腾腾地骑马冲了过来。一旁的陆凡看见了，瞅准时机，不顾一切地冲了上去，把那个日本兵从马上拽了下来，随即和落马的日本兵扭打在了一起……

危难时刻，附近驻防的八路军警卫连火速赶到，一场混战后，全歼了前来偷袭的日本骑兵。

张一蕊捡起地上的石头，砸死了和陆凡扭打在一起的那个日本兵。她从地上扶起浑身血污的陆凡，又是着急，又是心疼，半嗔半怨道:“你还要回中条山去杀鬼子吗?”

陆凡用袖子擦了一下脸上的血污，吐出一口嘴里的血水，神情坚定地反问道:“到哪不是打鬼子?”

这一下子，倒是张一蕊先不好意思地笑了起来。

四

我是和俺爹背着干粮，一步一步挨到江苏淮阴刘老庄的。

临出发前夕，县里来人提出要用县政府唯一的那辆老式吉普车送我们去淮阴。俺爹听了，脑袋摇得跟卖货郎的拨浪鼓似的，连连摆手，惶恐地说道："罪过，罪过，俺哪是那个命？再说了，俺这一把老骨头，哪里还能吃得消那样的颠簸？受得了那份洋罪？"县领导见状，只得作罢。

这时，乡公所的干部陈兴把一个封好的信封交到俺爹手上，叮嘱道："大爷，您把这个介绍信带上，路上一旦有事，也好有个指望。"

俺爹听了，认真起来，把信接过来仔细地放到棉袄的贴身口袋里。末了，还不忘用手在外面的棉袄上摁了摁，确保放严实了，才放了心。开始动身走了，邻居们一个个眼含热泪围了上来，送了一程又一程。

"大伙回去吧，不要再送了。俺们也要赶路了。"俺爹再三再四地劝阻众人，大家才止住了脚步。一位上了年纪的太爷爷拉着俺爹的手，颤巍巍地最后一次吩咐道："你们爷俩到了淮阴，甭忘了谢谢淮阴的乡亲，承他们的情照顾着三儿的坟头啊……"又转过身来，轻轻地抚摸着我的头，"凡娃子，见到了你三哥，告诉他一声：老家的亲人们都念着他啊！"

听了太爷爷的话，我的眼泪不争气地流了下来，一句话也说不出来，只是冲着众人狠狠地点了点头。

就这样，我和俺爹开始了属于自己的长征之路。俺爹上了年纪，腿脚已不利索了，而我又很小，又是一个女娃子，因此，我们走得都很慢，每天行走10多小时，也就二三十公里路左右。爷儿俩风餐露宿，昼夜兼程。累了，就在路边坐下来歇一歇。渴了，就到路边人家去讨口水喝。干粮吃完了，就沿途一家一家要饭吃，一路走，一路要饭。很多时候，好多人都真的把俺和俺爹当成了要饭的了。好在那个时候，要饭的人也不止俺们爷儿俩，也没觉得有什么丢人的地方。受到别人的白眼，那是常事，这些我都能忍，最不能忍的，就是在村子里经常被狗追着咬。有一次，路过一家门口时，我还没来得及去敲门，冷不丁地从院子外面的草堆根下窜出了一条狗来。我清楚地记得那是一条黑白相间的狗儿，个子不大，却贼精，它见到了我，也不叫唤，而是不声不响地窜到我的身边，对着我的脚脖子就是狠狠地咬上了一口，疼得我拼命地哭喊了起来。俺爹见了，急忙抬腿一脚把狗子打跑了。再查看俺的腿上，已经鲜血淋漓了。那个时候，也没有什么狂犬疫苗可打，更没有什么药品可用，但这难不住常年生活在山里的人，俺爹从小就能认识山上的好多中药材，一些小伤小痛的，他自己就能医治了。看到我的腿被狗咬伤了，俺爹就从田野里寻来了一些开着紫色的花朵、叶子长得有点像农村耕地犁的野草，放在嘴里嚼碎了，然后敷在了用清水清洗过的伤口上，再从棉袄内衬上撕下一小块布条把伤口包扎好了。说也奇怪，草药敷上去后，伤口立马就不痛了，血也止住了。经过连续几天的换药治疗，一个星期左右伤口就痊愈了。不过，从那以后，我就特别害怕狗，不管是什么品种的狗，我都是敬而远之，不敢亲近了。每天赶路遇到天黑了，就会就近找那些没有人居住的破旧的房子对付一晚上。如果实在找不到房子，就在桥洞里、草堆旁休息。那个时候，俺爹有一个原则，就是不到万不得已，千万不要到庄子上人家去投宿，理由就是俺爷儿俩都成了叫花子了，就不要再去讨人嫌了。

腿上的伤口好了，我却又发烧病倒了。俺爹不得已，陪我在一个生产队的空闲的队房里临时住了下来。我连续发了三天高烧，躺在地面的干草铺上，不停地说着胡话，嘴上全起了水泡。看着我奄奄一息的样子，俺爹估计我撑不过这一关了，伤心地掩面大哭了起来。哭声惊动了看队房的老乡，老乡怕我出事，就报告了生产队队长。生产队队长又报告了大队，大队连夜派人把我送到了乡里的医院，经过医院穿白大褂的叔叔阿姨们的全力救治，才把我从鬼门关拽了回来。但是，即使到了这种程度，俺爹都没有透露自己的真实身份。等我的身体恢复了，就又蹦蹦跳跳地跟在俺爹的身旁，继续着属于俺爷儿俩的长征之路了。

就这样，俺爷儿俩停停走走了近一个月的时间，才终于从千里之外的中条山脚下，来到了三哥陆凡牺牲的地方——江苏淮阴刘老庄。

当刘老庄的人们把俺和俺爹引到大队书记周大文家门口的时候，周书记愣住了，他怎么也没有想到烈士陆凡的家人竟然像两个叫花子似的出现在了他的面前。周书记抱着俺爹的肩膀，禁不住失声痛哭了起来，连连说道："罪过啊！罪过啊！"

周围的群众一听说陆凡的家人来了，纷纷聚拢了过来，把周书记家十分简陋的堂屋里挤得满满当当的。听着俺爹讲述着一路走来的过程，一屋子的人都哭了起来。这些乡亲们的泪水，一下子就把俺和爹多日的辛劳、委屈都洗刷得干干净净了。这些素未谋面的乡亲们刚见面就把俺爷儿俩当成了自己的家人，俺和爹也在心里就和他们亲近了起来，好像只是多年未见的家人重逢了一般亲切。

那天的午饭，让我平生第一次吃到了什么才叫真正的"百家饭"了。一个大娘送来了几只鸡蛋，一个大叔捉来了家里正在下蛋的母鸡，一个小姐姐抓了一把家里晒的干豆角儿，一个大哥哥提来了两条刚下河逮来的鱼儿，一位连路都走不稳的老爷爷硬是塞了两把刚从地里拔来的鲜菜……当一桌子丰盛的菜肴摆上桌子时，却看不见了周书记的其他一大家子人。我偷偷地溜出去上茅房时，我才看见周书记那年迈的老母亲，正带着一群孩子在小锅屋里围坐一起，啃着用豆腐渣做成的干饼呢！刘老庄的亲人们啊，用"百家饭"招待了俺们第一顿饭，也让俺第一次感受到了淮阴亲人们质朴的情感和滚烫的爱意。

当天下午，一辆叫不上名字的小汽车停在了周大文书记的家门口，几位干部模样的中年人走下了车子。其中一位穿着军服的干部激动地拉着俺爹的手，说道："可把你们盼来了，太好了，太好了！你们从老家出来后，我们计算着时辰，早就应该到了，我们每天都派人在路口等候，可就是看不到你们人影，真把人急死了。这下好了，大家的心都能放回肚子里了。”

俺爹听了，满脸愧色地说道：“都怨我，都是我不好，让领导担心了，你们批评我吧，我愿意接受政府的处分。”说完，连连作揖致歉。

那位干部见了，忙上前一步拉住俺爹的手，真诚地说道：“老人家，您千万不能这样，是我们不好，我们应该去接您才对。听说，您和女儿遭了好多的罪，我们听了心里很难受，您就批评我们吧！”

俺爹说道：“哪能呢，说哪里话？都是一家人，有什么好批评的？”

那位干部说道：“老人家，我们今天来是接您去县里招待所去住的，这里的条件太简陋了，对您的身体不好。我们现在就走吧？”

俺爹听了，迟疑了一下，转身对周大文书记说道：“周书记啊，我真想住在你家啊，最起码，这里离我的三儿近一点。但是，我不忍心啊，我在你这里多住一天，就让你多负担一天，让这里的乡亲们多受累一天，我心里不安啊！”

周大文书记拉着俺爹的手，流着泪说道：“陆连长他们八十二位后生为了乡亲们，把自己的命都豁出去了，我们这一点心意算得了什么啊？不然，我们心里更不安啊！要不，你就住我家吧，我们吃什么，你和闺女就吃什么，你看中不？”

俺爹说道：“俺们都是庄稼人，知道庄稼人的难处。俺也不住你这儿，也不去县里住，俺就去墓地里，就住在墓地门口看门的地方，你们看行不？”

周大文书记听了，急得满脸通红，他结结巴巴地说道：“这，这，这，哪行呢？这哪行呢？”

那位穿军服的干部也着急道：“如果您老住在墓地里，那不是打我们的脸吗？您老和女儿千里迢迢地来到淮阴，如果连一顿饭都不吃我们的，那我们还有什么脸去见为了我们而牺牲的烈士们啊？”

旁边的一位干部也劝道：“是呀，总得让我们尽一下地主之谊吧！再说了，陵园那边看门的房间还没有完全建好，还无法住人，等到条件成熟了，再去住也不迟。”

周大文书记听了，也跟着劝道：“老大哥啊，你的心意我明白，我知道你是想早一点看到陆连长他们的。这个容易，明天就是 3 月 18 日了，是他们牺牲的日子。明天，我就带着你们去陵园里看他们。今天晚上，你和闺女先到城里去洗把澡，换身衣服，休息一晚上，养养精神，好不好?”

俺爹听了，只得点头答应了。

那天晚上，县里的领导带着俺爹和我来到了淮阴县城，先让我们到一家叫作“大华澡堂”的浴室里洗了澡，理了发，又给我们送来了新做的各自换身的衣服。俺爹穿的是一身黑色的带着四个口袋的中山装，十分的精神，人也变得年轻了许多。而我穿的是一件带着花格子的新棉袄，一件天蓝色的新棉裤，一双黑色的绒布棉鞋。

“爹，俺好看吗?”我问俺爹。

俺爹满眼慈祥地望着我，伸手抚摸着我的头发，笑道：“俺的娃最好看了。”

洗完澡，吃过晚饭，县领导就带着我们到了县招待所住了下来。记忆中，那时的淮阴县招待所也仅仅是两幢青砖青瓦盖的房子，连个围墙都没有，也是十分的简陋。住宿的房间倒是挺整洁的，白色的墙面，白色的床单和白色的被子，我感觉像是到了医院似的。我想把自己的这个想法告诉给俺爹，可是，看到俺爹一副心事重重的样子，话到了嘴边，又被我生生吞了回去。我没有时间去琢磨俺爹有什么心事，因为，我实在太累了，早早就爬上了床，很快就进入了酣梦之中。

第二天早上，我还没有从睡梦中醒来，就被俺爹连拖带拽拉了起来：“娃子，快起来，今天是你哥的忌日，俺们早点去，甭迟到了。”

我听了，睡意全无，一轱辘就从床上翻了起来。

……

上午9点整，刘老庄八十二烈士纪念园。

这是我第一次踏上我三哥陆凡长眠之地。纪念园的大门，是一个三门相连的拱形状结构，庄严古朴。门楣上书写着“八十二烈士陵园”七个大字，中间大门两旁悬着一副对联，上联是“由陕西到苏北敌后英名传八路”，下联是“从拂晓达黄昏全连苦战殉刘庄”。我跟在俺爹的身旁，不明白我哥的墓地为什么是八十二个人，更不明白那副对联写的是什么意思。但我知道，那一定是和我三哥有关的事情。进入陵园不远的右侧，耸立着一座十分高大的水泥做成的纪念碑，碑身下宽上尖，呈现出四个层次，在上面第二和第三个正面刻有一个五角星的图案。正中的碑身上，从上到下刻着“八十二烈士纪念碑”几个大字。纪念碑的后面，是一个硕大的圆形水泥坟茔。我知道，我的陆凡哥哥就在这个大圆形的坟包里了，我的眼泪再也止不住了，冲上去用手抚摸着冰冷的水泥坟茔，一遍遍痛哭着，呼喊着："三哥啊，你怎么了？三哥啊，你怎么不看看我们啊？三哥啊，俺和爹来看你了，你答应一声啊，三哥啊……"

陪同我们的几十位各级领导和群众，听到我的哭声，都忍不住放声痛哭了起来。一时间，陵园上空到处回荡着呜咽的悲鸣声。

"娃，不哭了，今天人多，俺们不要哭，不要给你哥丢脸啊！"恍惚中，俺爹轻轻地拉了我一把，对我耳语道，"娃，听爹的，不要哭了。"

我顺从地抹了抹眼泪，站了起来。

公祭仪式正式开始了。

现场到了好多的人，黑压压的到处都是人头，这是我出生以来第一次看到有这么多人聚集的场面，心里不由得紧张了起来，小手紧紧地拉着俺爹的衣襟，一点也不敢松开。主席台上，有人一个接一个上去讲话，这些人我都不认识，其中还有一些是穿着军装的人。他们讲了什么，我已经记不清楚了，只依稀记得所有上台讲话的人，一个个神情凝重，有的讲得慷慨激昂，有的讲得潸然泪下……所有讲话的人当中，我只记得俺爹讲话时的场景，让我终生难忘。记得主持人把俺爹从台下拉到了主席台上，高声地向着台下介绍道："同志们，我们今天向大家介绍一位英雄的父亲，他就是八十二烈士中陆凡连长的父亲。他为了参加今天的活动，从山西中条山脚下，步行了800多公里，走了将近一个月的时间，克服了重重困难，才来到了淮阴，来到了刘老庄，来到了烈士陵园。他是我们学习的楷模，是最值得我们尊敬的英雄……"

"向英雄的父亲学习！"

"向英雄的父亲致敬！"

……

现场有人激动地站了起来，高声喊起了口号。台下观众一下子沸腾了起来，好多人拼命地鼓掌致敬，还有一些人不顾主持人的劝阻，冲到了主席台上把俺爹围在了中间，和俺爹握手、问好，感谢他生了一个好儿子……现场一度陷入了混乱的状态。

过了许久，在主持人的一再要求下，台上的群众才陆续回到了台下安静了下来。

“陆大爷，您给大家说两句吧！”主持人邀请道。

俺爹手里拿着铁皮做成的喇叭，激动得竟然一句话也说不上来。半晌，俺爹才缓缓地说道：“淮阴的乡亲们啊，在俺和自己的女儿离开老家来淮阴的时候，俺老家的乡亲们告诉俺说，‘等你到了淮阴，你一定要好好感谢淮阴的父老乡亲啊，是淮阴的父老乡亲在为陆凡年年守墓的啊’。今天，我当着淮阴乡亲们的面，给大家说一句话：我们家陆凡给你们添麻烦了，对不起你们了，对不起了。”说完，俺爹深深地弯下腰，向着台下黑压压的人群深深地鞠了一躬。

“向英雄的父亲学习！”

“向英雄的父亲致敬！”

……

台下的口号声再一次响了起来，如狂风，如海啸……遮天盖地，吞噬了一切。

现场，几百名和我年纪相仿的孩子排着整齐的队列，每人手里拿着一朵洁白的花儿，十分虔诚地依次上前瞻仰烈士墓，动人的歌声回荡在烈士陵园的上空：

我们是共产主义接班人
继承革命先辈的光荣传统
爱祖国，爱人民
鲜艳的红领巾飘扬在胸前
不怕困难，不怕敌人
顽强学习，坚决斗争
向着胜利，勇敢前进
向着胜利，勇敢前进
前进
……

我的泪水再一次流了下来，不只为了我的三哥陆凡，也为了淮阴父老乡亲的一片深情厚谊。

在老家时，对淮阴的了解，只是从走村串户的说书人那儿听到的。那些肩头扛着一只板凳，手里拿着铜锣留着长须的老者，见到人多的地方，就会把肩头的板凳放下来，坐在上面，把手里的铜锣一敲，看到人聚拢得差不多了，就仰起头，梗着脖子开腔说道："列位，今天给你们讲一个楚汉相争的故事。话说在 2000 多年前的东方大地上，有一个古老富庶之地，名叫淮阴城。淮阴城下有一条经年流淌不息的河流，名叫淮河，就在这淮阴城下的淮河之滨，诞生了一个千古奇才、人称兵仙的韩信。这个韩信可不是一般的人，他少年时遇漂母，一饭千金重信诺。刘邦筑坛拜大将，十面埋伏定大汉。兔死狗烹不改节，忠义守信第一人……"

从说书人的口中，我知道了淮阴，知道了漂母和韩信，知道了信义和重诺，也知道了可敬可亲可爱的淮阴人。来淮阴时间不长，又结识了周大文书记、他的家人，还有那些叫不出名字的大爷、大妈、大叔、大婶和哥哥、姐姐、妹妹们，他们虽然和我相处的时间很短，但他们那真挚的情感、朴素的思想、自然的善良，无一不在告诉我自己，他们是值得永远信赖的人，值得为之献出一切的人。从那时候开始，我越来越深深地认识到，三哥陆凡和他的战友们为了守护这一方土地，守护这一方百姓，献出了他们年轻的生命，是他们一辈子都值得骄傲的事情，他们为了淮阴人民而死，死得其所，死得光荣。一个人，只有把自己的前途命运和国家民族的前途命运紧紧地结合起来，并为之而不懈奋斗，哪怕是付出自己的生命也在所不惜，才是人生的最高境界，才能让自己的人生得以升华，成为永恒。

这是我第一次来到淮阴，第一次近距离地触摸到她的灵魂，感受到她的温度，从而让我在幼小的心灵里第一次爱上了这块深情的土地，播下了大爱的种子。几十年后，当我回首自己的人生经历时，才终于明白一个人的价值不在于能活多久，也不在于一生中能集聚多少财富，更不在于能拥有多高的社会地位，而在于能为这个国家、这个民族做出多大的贡献。这虽然是多少年后的沉淀，但是我坚信，那个时候大爱的种子已然播下，并且伴随着年龄的增长，这颗种子在我的心底慢慢地扎根、孕育、发芽、破土、成长……离开淮阴的时候，我一直在思考着一个问题：

淮阴，我什么时候还会再回来？会是一个匆匆的过客，还是未来的守护者？

五

新兵连三个月集中训练终于结束了，在总结仪式上，教官宣布了人员分配方案。其中，陆凡被分配到了十九团二营四连一排一班任战士，张一蕊成为四连的卫生员。到了战斗连队后，陆凡参加了几次对日作战，积累了丰富的战场战斗经验，迅速成长为一名优秀的八路军战士。因其头脑灵活，勇敢杀敌，而被任命为班长。并且，在张一蕊的介绍下，正式加入了党组织，成为一名中国共产党党员。不到半年时间，因战斗减员，干部严重不足，陆凡被快速提拔成了副连长，张一蕊也成为连卫生队队长。

一个月后，陆凡所在的部队遵照党中央“巩固华北，发展华中”的指示精神，由原有的八路军番号统一改编为新四军番号，奉命东进配合苏皖新四军对日作战。陆凡所在的四连跟随着大部队秘密向东行进，一个月后，已抵达苏皖交界的皖东北地区，再过一条运河，就是江苏淮阴的地界了。至此，上级命令部队在运河以西休整待命。

休整期间，上级对四连的干部做出了新的调整，四连原来的连长白恩铭升任二营营长，陆凡成为四连新的连长。任命下达后的当天晚上，陆凡觉得挺对不起现在的连指导员李尚云的，就让张一蕊帮忙买了两瓶安徽产的口子窖酒和一小包油炸花生米，提着来找李尚云。

“指导员，在吗？”刚到李尚云的房门口，陆凡就故意扯着嗓子喊了起来。

“干吗，官不大，嗓子倒不小。有什么事，进来说吧？”房间里传出了一声不急不慢的男中音，浑厚低沉，极富磁性。

陆凡看出主人没有想出来迎接的意思，只得讪笑着自己推开了板门走了进去。房间里光线比较昏暗，堂屋里一张破旧的小饭桌上铺着一张军事地图，一个年轻魁梧的男子正手里端着一盏煤油灯，在地图前紧锁着眉头沉思着。在煤油灯光的映衬下，在身后的墙壁和屋顶上映上了一个黑塔似的影子。

“怎么，还没休息啊？”陆凡没话找话地搭讪着。

李尚云转过头来，望着陆凡，宽阔的脸庞上绽开了笑容。李尚云是江苏徐州人，早年在中学读书时，因受进步思想的影响，半途辍学去了延安，上过抗大，当过卫兵，还执行过保卫党中央的任务，是个很有原则，又有方法的年轻的“老革命”了。

“我要是早早休息了，就喝不到正宗的安徽老酒了。”李尚云盯着陆凡手里拿着的食物笑道，“你说是不是啊？”

陆凡听了，笑了起来，说道：“来，换换脑子，喝两盅。”

李尚云放下煤油灯，卷起桌子上的地图放到一边，又找来了两个白瓷缸，接过陆凡手里的酒就倒了起来。然后，右手端起一只，左手端起另一只递给了陆凡，一句话也没有说，只是直直地看着对方。陆凡也是什么话都没有说，顺从地接过白瓷缸，一仰头，“咕噜、咕噜”就喝了起来，脖子上粗大的喉结一上一下，快速地抖动了起来，里面像是藏着一个正在开动的机械臂似的，十分有力。陆凡一口气喝干后，直接把缸子重重地顿在了桌子上，发出了一声沉闷的“哐当”声。

与此同时，李尚云也是端起瓷缸，一下子就把半缸白酒倒进了嘴里，快得甚至连一点声响都没有，更甭说去抖动喉结了。李尚云学着陆凡的样子，也是把瓷缸丢在桌子上，看着一脸惊讶的陆凡笑道：“东北虎，西北狼，喝不过江苏的小绵羊。”

陆凡听了，不得不佩服地点头说道：“眼见为实，确实如此。来，咱们接着喝。”

李尚云忙阻止道："甭急，甭急，我们慢慢喝，先吃点花生米再喝。"

就这样，两个人推杯换盏，细饮慢酌了起来。

"其实啊，我这次请你喝酒，也不是白请的，你得听我把话说开了……"酒酣耳热之际，陆凡还不忘今天前来的使命。

李尚云听了，一把搂住陆凡的脖子，似醉非醉，眼神迷离地说道："啥……啥……啥也不要说了，一切都是多余的，没什么好说的，也不需要……说什么。我只告诉你一句话，你记住就……就行了……干革命，什么官大官小的，计较这个干什么？都是……都是革命……需要……你放心，我一定配……配合好……好你，一定的……你说呢？"

"好……好……我们是……是……是生死兄弟……生……死……兄……弟……"陆凡的眼神也开始迷离了起来，口齿也变得不利索了。

等到张一蕊不放心陆凡，找到指导员李尚云的房间时，发现两个人都已经趴在了桌子上，醉意正浓，鼾声如雷了。张一蕊见了，又是心疼，又是焦虑，着急忙慌地喊来了陆凡的通讯员李建，连拖带拽地把陆凡背回了自己的临时寝室，放到床上，盖好了被褥。张一蕊不放心，守了大半夜，见到陆凡醒酒了，才放心地回到了自己的住处。

经过这一次的拼酒和推心置腹的交谈，陆凡和李尚云从此结成了真正的生死兄弟了。

翌日，对岸的地下党交通员送来了最新的敌情：日本人血洗了淮阴城。

淮阴城，是一座有着 2300 多年的历史文化名城，是一代兵仙韩信和汉赋大家枚乘的故乡，更是一代圣母漂母"一饭千金"故事的起源地。这里地处江淮平原腹地，地接南北，贯连东西，素有"南船北马"之美誉，一条千年大运河，书写出半部中国史。楚韵汉风，奠定了汉家江山，成为中华大一统之根基。因其"仓廪实而知礼节，衣食足而知荣辱"的独特自然禀赋，成为天佑富庶繁盛之乡。也因其扼制南北咽喉、坐守"壮丽东南第一州"的优越地理位置，成为外敌觊觎之地。

南京沦陷后，一支日军部队从沭阳县出发攻占淮阴城。此前，日军航空兵从连云港机场，连续数日起飞 18 架次的飞机，对淮阴城实施了无差别的狂轰滥炸，到处都是熊熊大火，残垣断壁，尸横累累，哀号震天。有一首民谣，唱出了当时悲惨的场景和苦难。

一唱淮阴城，日机来了遭了殃
飞机如蝗虫，遮天蔽日光
炸弹像冰雹，劈头盖脸响
可怜花街巷，失火变灰场
水门大桥上，母女命来丧
墙根防空洞，变成乱坟岗
……
二唱淮阴城，国民政府几万人和枪
鬼子还没到，吓得尿裤裆
当官连夜跑，拐带婆姨娘
小兵也不孬，有样学模样
土豪和劣绅，求人教日腔
地方小土匪，趁势打砸抢
……
三唱淮阴城，日本兵破城杀人忙
个个举刀枪，魑魅和魍魉
砸门抢东西，见啥都不放
杀人又放火，狰狞如虎狼
奸淫妇女们，凶狠又猖狂
放犬撕咬人，哪管他人伤
……

城破前夕，驻淮阴的江苏省国民政府徒有军队 5 万之众，竟然被吓破了胆，未放一枪一弹，就弃城而逃，将一座千年古城拱手让给了日本人。

城破之日，日本兵由坦克开道，后面跟着骑兵和步兵，大摇大摆地经过水门桥，从北城门开进了淮阴城。进了城的日本兵端着上了刺刀的三八大盖，开始了血洗淮阴城的罪恶。在城门口，日本兵把所有经过城门的市民通通抓了起来，不分男女老幼，必须全部脱下裤子露出下体排成一排，不服从者一律当场处死。有两位姑娘不堪受辱，奋力反抗，被一群日本兵围在中间，扒去衣物，当众轮奸。事后，将两位受害人绑上巨石从水门桥上扔下了大运河。用这种杀人的方法，日本兵一个上午就将 30

多位淮阴市民扔进了河里。日本兵还规定，每一位市民见了日本兵，必须弯腰鞠躬。有一位50多岁的男子没有听懂日本兵的吆喝声，被恼羞成怒的日本兵抓住后，抽出随身佩带的军刀，猛力劈了下去，整个人被从中劈成了两半，倒在了地上。日本兵抬起脚，毫不在意地把两半尸身踢进了河里。一位中年男人看到这种场景，吓得拔腿就逃，被日本兵抓了回来后绑在了城门口的一根木桩上，扒掉上衣，裸露上身，让四个日本新兵轮番练习刺杀水平。中年男人被刺得浑身鲜血淋漓，哀号不已，最后鲜血流干而亡。三个放学归来的男孩经过城门口时，被日本兵抓住，放出一群狼狗撕咬，三个男孩最终只剩下了一堆白骨。

进了城的日本兵更是如虎狼入群羊，到处抢劫、放火、杀人、奸淫，把一个好端端的淮阴城变成了人间地狱。一群下班的女工在巷子里迎头撞上了十几个日本兵，吓得到处乱跑。日本兵见到了女工，兴奋得“呱呱”乱叫，跟在后面拼命追赶，跑得快的，被日本兵无情地枪杀了。其余的被日本兵用枪赶到了一起，被集体污辱了。事后，日本兵把十几位一丝不挂的女工逼到了一口老井边上，逼着女工一个个跳井自杀。绝望之下，这些女工全部被逼葬身水井里。一群日本兵冲进了一户人家，强奸了正在床上生病发烧的儿媳妇，事后，用刀剖开了这家儿媳妇的肚子，取出了子宫，把子宫套在了老公公的脑袋上，把老公公活活憋死了。儿子奋起反抗，被日本兵用枪托打昏后，扔到柴堆上活活烧死了。老婆婆见状，举起菜刀欲和日本兵拼命，被日本兵抓住后，用烧红了的钢钎，从下体插入，又从口中贯出，硬生生被折磨而死。二百多名逃难的市民被抓住后，日本兵用铁丝把他们从锁骨处一个个串起来，押到一处空地上，浇上汽油后，一把火点着，所有市民无一逃脱，全部被焚而死……

一支日本兵窜到淮阴面粉厂，打伤看门工人，抢走2000多担小麦和3000多袋面粉。日本兵用抢来的小麦喂马，结果导致几十匹马因食用小麦过多而胀死。日本兵以此为由头，派兵拘捕面粉厂工人，枪杀了十多人。另一支日本兵闯入淮阴师范学院，以抓捕抗日分子为由，抓走了数十名老师和学生，其中七位老师和学生遭到了活埋。

淮阴城，变成了第二座南京城。

陆凡得到情报后，目眦欲裂，悲愤难平，他和指导员李尚云两人找到营长白恩铭，拿出战士们的请战书，坚决要求带领队伍打过运河去，打到淮阴城为老乡们报仇。

营长白恩铭接过请战书，望着眼前的两位爱将，心情沉重地说道："日本人在淮阴城残杀我同胞，谁听了都受不了，恨不得立刻赶到淮阴城，把日本人全部歼灭才痛快。"

陆凡和李尚云同时说道："对啊，营长。"

白恩铭轻轻地摆了摆手，继续说道："可是呢，我们目前还无法做到这一点。为什么呢？就是因为我们八路军和新四军在苏北的力量还不够强大，还不能做到一鼓作气地打败日本帝国主义。"

陆凡焦急地问道："那我们怎么办？"

李尚云接着问道："对啊，我们也不能在这里干等啊？"

听了他们的话，白恩铭说道："当然不能等啊，胜利是等不来的。目前，淮阴地区形势特别复杂，日本人占领淮阴后，实行保甲制度，进行大编乡，推行'连坐法'，建立维持会政权，设立保安队、警察队，监视和镇压人民的抗日活动。而国民党江苏省政府则招兵买马，大肆扩军，整编陆军第八十九军，重整苏北各地的党、政、警、特组织，苛政重赋，荼毒人民，扼杀人民的抗日斗争。更令人气愤的是，那些匪盗豪绅也乘机蜂起，拉杆聚众，各霸一方，为非作歹，横行乡里。三股势力交织，成为压在淮阴人民头上的大山。所以啊，目前，我们部队的主要任务，不是去消灭多少个日本兵，打多少次胜仗，而是要最大限度地、最充分地放手发动广大的人民群众，唤醒淮阴人民的政治觉悟，斗争精神，建立党领导下的人民政权，建立我们自己的抗日武装，将人民群众拧成一股绳，众志成城，同仇敌忾，共同对付万恶的敌人。只有充分发动人民，依靠人民，发动最广大的人民战争，让敌人陷入人民战争的汪洋大海之中，才是打败日本帝国主义和一切反动派的制胜法宝。"

陆凡和李尚云听了营长的话，心里顿时亮堂了起来，看到了光明，看到了希望，浑身也充满了使不完的力量。

"营长，下命令吧！"陆凡大声地请求道。

"营长，把最艰巨的任务交给我们吧！"李尚云也迫不及待地说道。

看着他们跃跃欲试的样子，营长白恩铭满意地笑了起来，说道："好，现在就给你们一个新的任务。我们大部队明天就要渡过面前的这条运河，进入到淮阴地界开展抗日斗争。目前，守在运河渡口的是顽军王光钱部。你们四连的任务，就是要在明天凌晨 2 点，强行夺取运河渡口，守住渡口，迎接大部队渡河。怎么样，能不能完成任务？"

陆凡和李尚云不约而同地站直立正，右手持枪，左手平端到胸口，行了一个标准的持枪礼，异口同声地说道："保证完成任务。"

子夜时分。运河边上。

此时，已是惊蛰，河边的天气还很凉，河水更是寒气逼人，阴冷彻骨。在运河西岸有一片茂密的芦苇，干枯的芦苇经过一个冬天的洗礼，已经毫无生机，像极了行将枯槁的人等待着死亡最后的判决。在这片芦苇丛中，隐藏着一支队伍，黑压压的人头，保持着静默的状态，听不到一点点声响。河面上，除了偶尔泛起的波浪在暗淡的星光下发出"汩汩"的声响外，就再也听不到任何声音了。不远处对岸的渡口，除了几幢黑黝黝的房屋外，也是没有一点声音，更看不到一丝光亮。一切，都仿佛已经睡着了一样。

陆凡眼睛紧紧盯着对岸，目光像刷子一样在河面和渡口的方向扫过来，扫过去。脑袋在不停地高速运转着，思忖着可能发生的一切情况。

根据事前的侦察，得知对面守渡口的，是顽军旅长王光钱部的一个排，排长叫沈正四，是个长得尖嘴猴腮的家伙，两肋的排骨好像都要顶破身上的黄皮冒出来似的，走起路来好像没有根似的，摇摇摆摆，让人担心随时都有可能被一阵风刮飞了。尖瘦的脸上皮瓜瓜的，堆满了褶子，犹如霜打过的茄子。沈正四仗着自己是王光钱的远房外甥，整天游手好闲，吃喝嫖赌，除了想着法子玩乐，其余什么都不关心，至于军务什么的，全部交给下面的人去办理。手下的人见到沈正四这副德行，更是懒得去办差，而是变着法子哄着他开心。

新四军部队即将渡河东进的消息传到沈正四的耳朵里后，他先是一阵惊慌，害怕自己守不住渡口被上级责罚，就赶紧携带一些金银细软跑到舅舅王光钱处请求换个驻地。王光钱听到沈正四说明来意后，心中大怒，吩咐警卫把沈正四拖出去毙了。沈正四一听，吓得浑身筛糠，抖成一团跪在地上求饶。幸亏王光钱的三姨太事先得了沈正四的好处，及时出来救了沈正四一命。

沈正四逃回渡口后，心里想想憋屈得慌，就叫人办好酒菜，和手下几个得力干将胡吃海塞一通后，酒已多了，就叫人撤了酒席，自己早早地爬上床睡觉去了。几个手下也喝多了酒，草草叮嘱值班的岗哨几句外，也都找个地方睡觉去了。岗哨见到当官的都各寻安乐窝去了，自己又闲操哪份心？便随便挎着枪绕着渡口转了几圈后，也躲到值班的房子里打盹去了。

对岸的陆凡抬起手腕，借助星光看了看带着夜光的手表，此时，指针已指向了凌晨1点55分了。陆凡看向身后，轻轻地一招手，身后的一排战士们便立即无声无息地快速脱下了身上的衣服，把脱下的衣服和枪支顶在头顶上，在指导员李尚云的带领下，悄无声息地一个接着一个下了河。冰冷刺骨的河水立即淹没了战士们的身体，一个个被冻得四肢发麻，浑身发抖。但是，所有人都咬着牙坚持着，一声不吭地拼命向着对岸踩水过去。芦苇丛中，陆凡带着其他的战士们端着枪密切注视着对岸，随时准备给予渡河的战士们火力支援。

河面上，除了战士们踩水时漾起的水花声和急促的喘息声，还有一两只被惊起的水鸟贴着水面飞行发出轻微的叫声外，依然那么的静逸、沉默，仿佛什么都不曾发生过似的。

然而，就是这几声鸟叫，却让陆凡骤然紧张了起来，他的驳壳枪已经打开了保险，手指扣住了扳机，处于随时都可以击发的状态了。身后其他的战士们也都神情高度紧张，眼睛死死地盯着对岸，手中黑洞洞的枪口齐斩斩地瞄准着对岸的渡口。

值班室里的一个哨兵隐约听到了河面上传来的几声鸟叫，想爬起来到外面去看看情况。另一名哨兵见了，不满地嘟囔："大惊小怪的，大半夜，发什么神经啊？"

那名哨兵回答道："我好像听到有鸟叫了，是不是有人偷渡河啊？"

另一名哨兵骂道："渡你个头儿？哪来的船？"

那名哨兵听了，想想也是，早在半个月前沿岸十几里地的渔船都被他们收缴了，除了他们自己控制在渡口的这四五条船外，哪里还有船儿？那名哨兵这么一想，也就懒得起来了，便又躺了下来，昏昏沉沉地睡过去了。

对岸的芦苇丛中，陆凡在焦急地等待着消息。

时间一分一秒地过去了。现场，没有一个人说话，只听到陆凡手腕上的手表的指针，正发出"咔嚓、咔嚓"清脆悦耳的走动声。

不知过了多少时候，终于，对岸的渡口方向亮起了三下手电筒的光亮。

陆凡见了，长吁了一口气，一拍大腿，大喊一声："好了，成功啦！"

六

当我第二次踏上刘老庄的土地，已经是十多年以后的事情了，而且，这一次回来，是用一种特殊的方式回来的。也正因为有了这一次的机缘，才让我对刘老庄的情感又加深了一层。也正因为有了第二次，才又促成了第三次的回归。每一次的回归，都是海的女儿对大海的渴望，一个赤子对故乡的情怀。在这样一种叠加情愫的熏染下，最终水到渠成，让我从此成为一位真正的刘老庄人，一辈子的刘老庄人。

记得那次从刘老庄回到中条山脚下的老家以后，我整个人就像换了一个似的，再也不是那个成天跟着男孩子们后面乱跑的疯丫头了，也不是那个每天都有说不完话的小话唠了。一个人经常呆呆地或站或坐，总是望着山外的天空一句话也不说，像个小傻子似的。有的时候，甚至在梦里，都还在喃喃自语，也不知道到底在说些啥。俺娘看到我这个模样，心里十分后悔当初让俺爹带上我去了刘老庄。

“娃子是不是撞上邪了，要不可能是生啥病了吧?”俺娘和俺爹说起此事时，脸上带着一种明显的忧愁和无奈的神情。为了看好我的“病”，俺娘没少带我去各个医院看医生。好多医生一番“望、闻、问、切”之后，常常是一副搞怪的表情望着俺娘，好像是俺娘低估了他们的智商似的。俺娘没辙了，甚至想到要带我去寺庙里烧个香，求个佛什么的。事到临头，自己也觉得不靠谱，只得选择了放弃。到了最后，俺娘什么法子都想遍了，才彻底瘫性了，不管我了，随我自生自灭去了。这样也好，我也落得清静些。

其实，那次回来后，在我的脑海里挥之不去的，刻骨铭心的，全部是关于刘老庄的回忆。我发现，我已经无法离开刘老庄了。离开了刘老庄，就像鱼儿离开了水一样，植物离开了阳光一样。我每天都在渴望着有朝一日能重回刘老庄，重新回到周大文叔叔他们身边，听他们讲俺三哥他们上阵杀敌的故事，讲李尚云哥哥夜袭渡口的故事，讲张一蕊姐姐的故事……我等着这一天的早日到来，却等来了我病倒了的这一天，在鬼门关走了一遭。

那是我 17 岁的那一年，也不知道是什么原因，我病倒了，俺爹的钱都花完了，到了一分钱都拿不出来的程度了，也没有查出我到底是得了啥病。我躺在医院里挨着日子，俺娘心念俱灰，整天以泪洗面。就在万般无奈之际，也不知道是谁把这个消息透露给了远在千里之外的淮阴了，几天之后，一辆来自淮阴的吉普车把我接到了淮阴，住进了当时全淮阴最好的医院——淮阴县人民医院。淮阴医院从省城南京请来了最好的医生，调来了医院里最好的护士，周大文叔叔和周婶子也从刘老庄乡下赶了过来……可以毫不夸张地说，当时淮阴人民调动了他们所能调动的最好的资源，来帮助我这个千里之外的女孩子……正因为有了淮阴亲人们无微不至的治疗和照顾，才将我从死神手里夺了回来，让我很快就恢复了健康。

从淮阴回到中条山之后，我对淮阴的眷念之情就更加强烈了。直到两年之后，我把一张“上山下乡”的介绍信拿到手里之后，心中才真正有了一种解脱感和归属感。然而，当我把我要到远在千里之外的刘老庄插队的消息告诉给家人的时候，遇到的阻力还是远远地超出了我的想象。

“你说啥？你再说一遍？”俺娘以为自己听错了，放下手里的活计追问道。

我没有回答，俺爹抢先替我回答了：“她说要去刘老庄插队，永远不回来了。”

俺娘这回算是听清楚了，整个身体仿佛一下子遭到了雷击一样，彻底僵住了。半天，她缓缓地回过了神，“哇”的一声哭了起来，一边鼻涕眼泪地抹着，一边滔滔不绝地数落了起来：“娃子呀，你怎么这么不懂事理啊？你三哥葬在了刘老庄，已经让俺和你爹不知怎么地难过了。一提到刘老庄，俺的心里就像被刀子剜了一块肉一样，那个痛是人受的吗？打你三哥走后，俺家哪天过过一个舒心的日子？哪天好受过？这么多年过去了，伤口才刚刚结了一个疤，你倒好，一下子就把这个疤揭开了，你是无意的还是成心的？你到底还想不想让俺和你爹过几天清静的日子了？俺和你爹把你从小一把尿一把屎拉扯大，你就是这么报答俺们的？你这样做对得起谁啊？你是不是太不懂事了？这么大的事，你连说都不跟家里说一声，你眼中还有这个家吗？还有你爹，还有俺吗……唔唔唔，俺是哪辈子作的孽啊，竟然生出这么一个东西……唔唔唔……三儿啊，你睁眼看看你妹妹吧，她怎么就这么任性呢……唔唔唔……”

我偷偷地瞄了俺爹一眼，希望能从他那儿得到一丝支持，哪怕是一丝安慰也好。毕竟，在俺家里，俺爹才是一家之主，见过世面，懂的比其他人多。然而，我发现俺爹连正眼都没有瞅我一下，从头到尾黑着一张皱巴巴的脸，干瘪的手掌里握着一个黑乎乎的大烟斗，“吧嗒、吧嗒”地抽着，那个烟斗其实连火都没有点着。

我知道指望俺爹没戏了，便一扭身子，进了自己的房间，爬上床蒙上被子就睡觉。连续睡了两天，一口饭也不吃。到了第三天早上，俺爹进了我的房间，到了床边。半天，叹了一口气，说道：“娃啊，你要是想好了，你就去吧，你爹和你娘不挡你了。”

正躺在被窝里装睡的我，听到了俺爹的话，我的眼窝一热，滚烫的泪水竟然像是开闸的洪水，一下子涌了出来，打湿了被头。一种愧疚感袭上了心头，心里像是有一把无形的锯子，在一下一下地锯开了我的心脏，让鲜血慢慢地流了出来，浸透了我的每一个汗毛孔，让我全身痉挛，痛苦得无以名状。不知不觉间，我渐渐地失去了知觉，意识也开始模糊了起来。

等到我再一次睁开眼睛的时候，我发现我已经躺在了乡公所医院的病床上了。俺娘看到我睁开了眼睛，顾不上揉一下哭得红肿的眼睛，激动地拉着我的手，连连说道："娃啊，你吓死娘了。"

我无力地看了俺娘一眼，费力地张了张嘴唇，说了一句话："娘，对不起了。"

俺娘柔声地小声问我："傻娃子，你还要去吗？"

我没有说话，只是冲着俺娘轻轻地点了点头。

俺娘听了，红肿的双眼再一次蓄满了泪水。她用力握着我的手，努力地控制着自己的情绪，尽量显得平静地说道："娃子，你选的路，不管以后怎么样，俺和你爹都站在你这一边。"

"娘。"我一边叫着，一边从床上翻起来，扑进了母亲的怀里。俺娘轻柔地抱着我，像是我小时候哄我睡觉一样地拍着我的后背，一下，一下，小心地拍打着……

第三次，我又回到了刘老庄。这一次回来，就再也没有离开过刘老庄。

当我见到淮阴刘老庄大队党支部书记周大文叔叔时，正值冬季，他正在大队部和一帮干部在讨论冬季修建大队水利工程的事情。周叔叔已经 50 多岁了，身材不高，腰板也没有多年前硬朗了，显得微微有点驼背了，头上已开始秃顶了，脑袋圆圆的，眼睛不大，都快眯成了一条缝了。不过，精神却很好，好像有着永远也使不完的劲似的。为人随和，谦逊，一点架子都没有，和农村的那些大爷叔叔们一点差别也没有。我把"上山下乡"介绍信递给周大文叔叔时，周叔叔一脸狐疑地接过介绍信，眯起眼睛看了看，害怕看错了，又抬起左手揉了揉眼睛，再一次仔仔细细地看了一遍，不认识我似的把我从头到脚打量了一遍，方才半信半疑地问道："小凡，这，这是真的假的？"

我"扑哧"一声笑出声来，指着他手里的介绍信反问道："这上面白纸黑字写着呢，还能有假？"

周大文叔叔听了，才真的相信我来到刘老庄插队了，他立马中止了会议，把我领到了家里。刚到院门口，就冲着院子里兴奋地喊道："孩他娘，快出来，小凡回来了。"

听到喊声，周叔叔的妻子周婶子穿着一件花格子棉袄，急匆匆地从厨房里跑了出来。周婶子年龄和周叔叔相仿，但她看起来要比实际年龄大得多了，因营养不良而发黄的脸上布满了大大小小、深浅不一的纹路，像是黄土高原上那些沟沟壑壑一样。但她的脸上始终洋溢着太阳般的光芒，给人一种早春三月般温暖的感觉。她的头发膨松，发梢上还沾着几根草屑子。她跑得急，连腰上的蓝色围裙都没来得及解下来，一看到我就惊喜地要伸出双手拥抱我，刚伸出的手到了半路却又缩了回去，待双手在围裙上来回擦了几下后，才又伸出来热烈地拥抱了我。然后，她麻利地把我手里提着的一塑料网兜行礼接了下来，又伸手把我背上背着的一小床从老家带来的花格子棉被接了下来。一边往堂屋里让我，一边问道："你身体怎么样了啊？平时吃饭怎么样啊？走了一年多，又长高了。你这次回来怎么没提前写封信啊，也好让你周叔叔去车站接你一下？"

我笑着对周婶说道："婶子，我这次来就不走了，都成一家人了，还客气什么呀？"

"啊？你说什么啊？"周婶子以为自己听错了，忍不住又问了一句。

"我说，我这次来，就住下来了，成为刘老庄的人了，再也不离开你们了。"我大声地对周婶子说道。

周婶子一脸的迷茫，她问道："到底发生了什么事啊？我怎么越听越糊涂了？快说说，这是怎么一回事啊？"

等到周婶子把手上的物品都放到了堂屋里一张小凉床上后，我才一把拉住周婶子的胳膊，笑着说道："走，我陪你做饭去，再跟你慢慢说。"

周婶子有点拿不定主意，便扭过头看着自己的丈夫周大文。周叔叔微笑着点了一下头，说道："去吧，正好你们也一年多没见面了，肯定也有许多话要说。"

看到周叔叔这么说，周婶子才高高兴兴地跟着我来到了厨房。周婶子家的厨房十分简陋，两间茅草房，墙体是泥土做的，外面的墙面上还细心地涂了一层麦秆用来防雨，由于年代久远，原先应该是金黄色的麦秆已经变成了灰黑色，有的地方一块一块地脱落了，像是一个人原先满头的乌发，突然间从中掉下了不少，留下了一片灰白的头皮，显得十分有趣好笑。屋顶上覆盖的也是麦秆，只不过比外墙上的麦秆显得更厚实。我在第一次来到周叔叔家时，就发现他们家的堂屋和厨房都是这种泥墙茅草结构，其他人的家里也几乎全是这种房屋，千篇一律，很难看到有砖瓦结构的，更甭说是楼房了。周婶子家厨房里中间的位置砌了一个高大的两口锅灶台，高高的笔直的烟囱一直向上伸到了屋顶外面，两口锅之间有一个小小的圆形凹槽，凹槽里面放着一只小小的圆形铁锅，铁锅里面盛满了水，正向外冒着一缕缕热气。我问了周婶子才知道，这个小锅子里面的水是做饭时借助锅膛里的柴火，把水烧热了可以用来洗脸、洗手什么的，这样设计的目的是节约柴火。我听了周婶子的解释，心里不得不赞叹淮阴人民的聪明才智。灶台的一口大锅里不知道正在煮着什么，也在一阵阵地冒着滚滚热气。灶台锅门口堆着一些小麦根和麦穰子，灶台的外面是一个木头大风箱，风箱的拉杆已经被拉出了一半，我敢肯定这是周婶子刚才正在拉风箱做饭被匆匆喊出去时，没来得及把风箱的拉杆推到底造成的。

我坐到锅门口，往锅膛里添了一把草，然后熟练地拉起了风箱。周婶子见此情景十分惊讶，问道："小凡，你是什么时候学会拉风箱的？"

我笑道："我来过两次了，没吃过猪肉，还没看过猪跑吗？"

周婶子听了，开心得"哈哈"大笑起来，说道："小凡啊，婶子就是喜欢你，第一次看到你时，我就心疼得不得了，看到你，我就像看到自己亲闺女似的，心里那个亲啊！"

我说道："婶子，那你就做我的干娘吧？"

周婶子听了，忙说道："那哪成，你是陆连长的亲妹妹，我这样做，不是高攀了吗？"

我笑道："这有什么？如果我三哥知道你做了我的干娘，一定会高兴起来呢！"

周婶子想了一想，不由得点了点头，说道："那我跟当家的打个招呼，让他也高兴高兴。不过呢，这事儿不能太急，'心急吃不了热豆腐'，要不就再等等。你一来，我们就认了亲，我怕别人会说我们家闲话的。认不认做干娘不要紧，只要我心里有你这个闺女，你心里有我这个娘就行了。你说是吧？"

我听了，也高兴地点了点头，"嗯"了一声。

“噢，对了，小凡，你说这次来就不走了，是怎么回事啊？”周婶子突然问我道，“是不是老家发生了什么事情？”

“没有，没有。”我连忙摇头否认了。紧接着，我就把事情的来龙去脉一一地如实告诉了周婶子。当然，我是如何绝食的，又如何住进了医院里的，这些环节，我就全部省略了，我怕周婶子和周叔叔知道了，会把我“赶回”中条山。

我说完了，有点紧张地望着周婶子，不知道她会如何看待我的这种选择。

周婶子听了，脸上布满了愁云，叹了一口气，说道：“小凡，你可看到了，我们这里的生活条件不比你老家好，大家还很穷，日子过得紧巴巴的……你来了，我怕你吃不了这份苦，那还不耽误你时间了？早知要是那样，你还不如早点回去呢！你这次来，先住上几天，就只当是出来散散心，过几天你就回去，也省得你爹娘担心。你看怎么样啊？”

听了周婶子的话，我不免有点失望，但她的心情我能理解，她这样说也是为了我好。但我既然已经走出了这一步，就绝没有再走回头路的道理了。我态度坚定地告诉周婶子：“婶子，我三哥他们八十二个人，为了群众连命都舍得，我还有什么舍不得的，还有什么苦不能吃的？八十二位哥哥永远留在了这刘老庄，留在了这里，那我就永远为他们守墓，永远不回去了。我说话算话，绝不反悔。”

“小凡，这是你的心里话？”周婶子似乎不相信地追问道。

“那还能有假？”我反问道。

周婶子听了，脸上的愁云渐渐消散了，她没有再说什么，只是揭开了正冒着热气的那口锅的盖子，我才看到，原来那里面煮了大半锅的山芋。她从锅里挑出两只已经煮熟了的山芋，转到灶后，塞到我的手里，一个劲地催促道：“刚煮出来的山芋，可香呢，趁热吃，趁热吃。”

“嗯。”我连手都没有去洗，接过山芋就咬了一口。顿时，一股从未有过的香甜气息一下子在我的口腔里、肠胃间浸润开来，弥漫开来……

我哭了，两颗晶莹的泪珠从面颊悄然无声地滑落了下来……

七

四连不费一枪一弹拿下渡口后，活捉了包括排长沈正四在内的所有敌兵。指导员李尚云一边安排战士们迅速把渡口现有的四五条船只撑到对岸，迎接营长白恩铭率领的大部队过河，一边把一身酒气的沈正四带到了连长陆凡跟前，请示道："连长，这个家伙就是那个顽军旅长王光钱的外甥沈正四，看看怎么处置？"

沈正四一见到陆凡，瘦骨嶙峋的身体再也支撑不住了，"扑通"一声跪在了地上，头磕如捣蒜般地连连求饶："长官，放了我吧，我虽然跟错了人，披了这身黄皮，但我从来没有做过伤天害理的事情啊，你就放过我吧，放过我吧……"

一起被押过来的其他俘虏也是一个个胆战心惊、惊魂不定，不知道新四军会怎么处置他们。

陆凡不屑地看了跪在地上的沈正四一眼，冷冷地说道："你做过的坏事，我们都给你记着呢，你不承认也没用。现在，给你一个改过自新的机会，你把王光钱的兵力部署情况，你知道的其他有价值的事情，都一一说出来，我们还可以考虑对你从轻处罚，否则，你就是自绝于人民。两条路摆在你面前，你自己选择吧！"

沈正四一听，连忙跪直了身体，说道："我愿意坦白，戴罪立功，把我知道的全都告诉你们，绝不敢欺骗你们，否则，我就遭天打五雷轰，不得好死。"

李尚云踢了踢沈正四几脚，说道："甭磨磨叽叽的了，站起来说。"

沈正四听了李尚云的话，如释重负地站了起来，从口袋里摸出一包"华新牌"香烟，从中抽出两支弯着腰递给陆凡，谄笑着说道："长官，请抽烟。"

陆凡扭过头去，没有理睬。沈正四又讨好地把烟举到了李尚云的眼前，被李尚云一巴掌打落到了地上。李尚云虎着脸，大声命令道："把烟收起来，再不说就毙了你。"

沈正四吓得浑身一哆嗦，赶紧弯腰把掉到地上的烟拾起来揣到了口袋里，才神秘兮兮地把嘴伸到陆凡的耳边说道："我舅舅，啊，不，是王光钱，他在娘子庄有一个军事仓库，那里堆满了各种物资，都是贵军所急需的，我可以带你们去。"

陆凡十分讨厌沈正四伸过来的臭熏熏的嘴，本能地往后让了让，正想训斥两句，但一听到后面的内容，还是来了精神，大声地命令道："来啊，把这个沈正四押到屋里去，细细地盘问。"

"其他人呢?"通讯员李建问道。

陆凡吩咐道："其他的人仔细审一审，如果是手上有血债的，就地枪毙；如果是普通当兵的，教育一番，发给路费，遣送回家。愿意留下来和我们一起打鬼子的，我们欢迎。"

那一群俘虏听了，全都大声地喊了起来："我们都是被抓壮丁的，我们要留下来打鬼子。"

陆凡听了，满意地笑了起来，对李建说道："你让副连长杨瑞处理这事吧!"

"是。"李建行了一个持枪礼，跑去喊杨副连长去了。

沈正四被带到就近的一间房子里后，把仓库所在地娘子庄的情况都一五一十地说了出来。

沈正四被押走后，陆凡高兴地对李尚云说道："哈哈，到嘴的肥肉不吃是傻子。这个娘子庄，离渡口不足十公里，也就是一袋烟的工夫就到了。依我看，你留下来接应白营长他们渡河，我带领部队去端了这个娘子庄，也好给部队改善改善生活。”

李尚云听了，不高兴了，反驳道：“凭什么你去吃肉，让我留在这里喝西北风啊？不行，你留下来，我去端了娘子庄。再说了，你个子没有我高，力气也没有我大，论打仗，还是我更在行。”

陆凡笑道：“拉倒吧，你甭小瞧我，这个子是没你高，但我在上学那阵子，谁不知道我是打架打出来的。你要是不信，你就去问问张一蕊，她最清楚的。”

李尚云争道：“那也不行。”

……

两人正争执着，一位身材曼妙的女军人从门外走了进来，人还没到屋里，声音就传了进来：“你们在争什么呢？怎么又提到我了？”

陆凡看是张一蕊进来了，忙掩饰道：“没什么，没什么，我们在闹着玩呢！”

李尚云看见了张一蕊，大声地说道：“你来了正好，你来评评理，论打仗是不是我比连长强啊？”

陆凡不服气，问道：“你哪一点比我强啊？”

张一蕊见此情景，忙双手一摆，劝道：“我当什么事呢，来，你们先说说，到底为了什么事争起来的？”

李尚云听张一蕊如此这么说，就把要打娘子庄的事情告诉了她，然后问道：“你说说，是不是我先带人去打？”

陆凡听了，立即梗着脖子吵道：“又来了，论打仗也得我这个连长先上啊，哪有让指导员带兵打仗连长却待在家里的？没有这个理啊？”

张一蕊何等聪明，一听就知道是怎么回事了。她笑道：“我说你们两个呀，都不要争了，这个问题太好解决了。”

陆凡和李尚云都同时睁大了眼睛，望着张一蕊，问道：“怎么解决？”

“两个人一起去啊！”张一蕊笑道。

“哪谁在这里接应营长啊？”两人一起问道。

“副连长杨瑞啊！”张一蕊回答道，“他这个人稳重，做这种事情最合适了。再说了，正好也让他向营长汇报一下我们的战斗方案。”

陆凡和李尚云对望了一眼，两人不约而同地笑了起来。李尚云说道：“按理说，我们应该事先向营部汇报一下我们的方案，没有营部的命令，我们就做属于擅自行动，如果这样，我们会背处分的。”

陆凡回答道：“再有不到两小时，天就要亮了，我们要在天亮之前拿下娘子庄，否则，天一亮，娘子庄的敌人得到了消息，让他们有了准备，就增加了我们的难度。军情紧急，没有时间提前汇报了，就让杨瑞代为汇报吧！如果营长怪罪下来，我一个人承担好了。”

李尚云说道：“你说的是什么话，方案是我们两人定的，怎么好让你一个人受处分呢？天捅漏了，我们两个人一起担着。我现在就集合部队去。”

陆凡大手一挥，命令道：“好，立即出发。”

娘子庄，是淮阴农村一个普通的小村子，全村不过二十来户人家，三面环水，一面连接大道，是淮阴通往六塘河淮海根据地的必经之路，地理位置十分重要。顽军旅长王光钱抢占淮阴北部地区后，把村里原来的村民全部赶走，在村子四周拉起了围墙，修筑了碉堡，派驻了一个连的兵力，把这里当成了军需物资补给基地，戒备森严，易守难攻。

陆凡请来了一位地下交通员充当向导，让战士们都穿上了刚刚缴获的顽军的服装，并且让顽军排长沈正四走在了队伍的最前面。一行人在漆黑的农村土路上急速行军，每一个人都尽量不发出任何声响，偶然间有枪械碰撞的声音传来，李尚云都会小声地叮嘱道：“注意点，不要有声音。”

沿途的村庄也是一片寂静，没有一点亮光。除了天幕上满天繁星在悄悄地注视着他们外，不时地有一两只护庄子的狗儿听到了动静，窜出来冲着他们吠上几声，待看清楚是黑压压的一大群人影后，也不敢太造次，只得乖乖地夹着尾巴溜回窝里继续睡觉去了。

十公里的路程，夜晚行军，也就是喝杯茶的工夫。很快，在队伍前方的不远处，出现了一个亮点。

“快到了，那个亮点就是娘子庄。”带路的向导对陆凡说道。

“大家轻一点，排好队伍，准备战斗。”陆凡冲着后面的队伍命令道。然后，掏出驳壳枪顶在沈正四的腰上，“记住，你不许耍花招，不然就第一个崩了你。”

沈正四冷不丁被吓得打了一个哆嗦，他声音颤抖地回答道：“长官，不敢，不敢，绝对不敢，我一定配合贵军完成任务。”

说话间，队伍已经快走到娘子庄仓库的大门口了。仓库大门上面悬着一盏高瓦数的电灯泡，把门口照得一片通明。两扇大铁门紧闭着，门的两侧筑有门楼，门楼上面各有一名哨兵在持枪值守。左侧门楼上的哨兵发现了黑暗中一队人马正向着大门的方向走来，立马警觉起来，端起步枪"哗啦"一声拉开了枪栓，冲着队伍喊道："站住，干什么的？再走，我就开枪了。"右边门楼上的那名哨兵听到动静也端起了枪，瞄准了队伍前面的人影。

队伍走到大门外停了下来。陆凡用驳壳枪顶了顶沈正四的腰眼，小声命令道："说话。"

沈正四赶紧向前跨了一步，因走得太急，被脚下的一块小石头绊得摔了一个嘴啃泥。陆凡眼疾手快，一把将沈正四从地上提了起来。

门楼上的哨兵发现有点不对劲，大声问道："怎么回事？什么情况？"

沈正四好不容易站稳了，便叉着腰对着门楼上的哨兵骂道："妈的，瞎了你的狗眼了，连我沈正四都认不出来了？"

哨兵听了，连忙收起了枪，用手电筒往下照了照，正好照在了沈正四的脸上，沈正四一边抬起左手挡住眼睛，一边不耐烦地骂道："刺什么刺？把老子眼睛都刺瞎的了。"

哨兵一看真是沈正四，知道他是旅长王光钱的外甥，知道自己惹不起，所以被挨了骂也不敢还嘴，只好小心翼翼地赔着笑："啊，真是沈排长驾到，怪我有眼无珠，您千万不要生气啊！"

沈正四听了，没好气地说道："得得得，甭他妈的啰唆了，快点把大门打开，老子快要冻死了。"

哨兵刚要下楼开门，忽然想起了什么，又回到原来的位置大声地问道："沈排长，您大半夜带这么多人来干吗啊？是不是有什么特殊任务？"

沈正四一时语塞，不知道如何回答是好。陆凡接过话茬，大声地说道："是这样的，最近听说从河西来了一支新四军，王旅长担心这里人手不够，临时打电话让我们来增援一下，等到明天将会派更多的部队来这里。"说完，又用枪顶了顶沈正四的腰，吓得沈正四忙不迭地大声说道："啊，对对对，就是这个情况。他妈的，半夜三更的，要不是电话催得紧，龟儿子才愿意上这儿来呢！妈的，再不开门，老子就要开枪了。"

吓得哨兵赶紧说道："甭甭甭，沈排长不要生气，我这就下去给你们开门。”说完，就“咚咚咚”一溜烟地跑下了门楼，打开了大门，毕恭毕敬地请外面的人进来。

大门刚一打开，陆凡他们就快速贴了过去，指导员李尚云趁哨兵不注意，第一个侧身进了门向着另一个哨兵所在的门楼摸了过去。大门口的哨兵看到陆凡他们都不认识，就忍不住问道：“你们是什么人？我怎么没见过你们？”

陆凡掏出一包烟，抽出一支递过去，说道：“我们都是新来的，你怎么会认识？”

哨兵听了，放下了心，一边弯下腰点烟，一边说道：“我说呢，我差点把你们当成新四军了，真是大水冲了龙王……”话没说完，通讯员李建已经从其后面用刀抹了脖子，送他归西了。随后，李建托住哨兵软瘫下来的身体，拖到了一边。几乎是在同时，李尚云也已经摸到了另一个门楼上边，成功地干掉了另一个哨兵。

陆凡大手一挥，门外的战士一拥而入，向着敌兵居住的房屋和仓库悄悄地摸了过去。就在众人按照各自分工展开行动时，谁也没有注意到那个顽军排长沈正四趁人不备，偷偷地溜掉了。他跑到了大门口，找到了第一个哨兵丢在地上的步枪，对着天空“砰”的就是一枪，然后一溜烟地钻进了门外的夜幕里，失去了踪影。

清脆的枪声，在静谧的黎明前夕的夜空，是那样的刺耳和突兀。陆凡一听到枪响，十分震惊，一时无法判明究竟发生了什么。他当机立断，命令全连以班为单位，对各个房屋的顽军发起强攻。李尚云带领一个班的战士强行砸开房门，冲进屋里，将房间里还没反应过来的顽军全部堵在了床上。

“不许动，谁动打死谁。”李尚云打开电灯，对着床上的顽军大声命令道。

顽军从睡梦中惊醒，一个个在被窝里被吓得瑟瑟发抖，有一个胆子小的，当场在被窝里尿了裤子。战士们冲了过去，把靠在窗口的一排步枪全部收缴起来。

“都起来，把衣服穿上，到屋外去。”李尚云再一次命令道。

听到命令，顽军们一个个从床上爬了起来，穿上衣服，挨次排着队走到了门外。这时，一些顽军从多个房子里陆续被四连战士押了出来，集中到了一块平坦的空地上了。不到二十分钟的时间，大部分房屋的顽军都被顺利地解决了。就在陆凡带着一排长周大海等人推进到最后两座房屋时,意外发生了,从两幢房屋的窗子里伸出了十多支枪,形成了交叉火力,将冲在最前面的两三名战士打倒在地。

“趴下,趴下。”一排长周大海挥起胳膊,指挥着战士们就地卧倒。这时,一颗子弹打中了他的脖子,一个踉跄倒在了陆凡的脚边。陆凡低头查看时,汩汩的鲜血从周大海脖子伤口处流了出来,染红了衣服,滴进了身下的土地。

“卫生员,卫生员。”陆凡掉头向着后面大声喊了起来。

“到。”一个俊俏的身影冒着“嗖嗖”而来的子弹,从后面冲了出来,半蹲在地上为周大海包扎伤口。

陆凡见是张一蕊,大声责问道:“你怎么来了?”

张一蕊一面给周大海包扎,一面大声地反问道:“我为什么不能来?”

陆凡没有时间再去理会她,而是高声地命令道:“一排副,带人把他们炸了。”

一排副赵金全得到命令,立即带着两个战士猫着腰冲了上去。

“火力掩护。”陆凡命令道。

战士们手中的武器一齐开火,子弹像雨点般地泼向了顽军的两个窗口。一排副赵金全趁机身形灵活地匍匐到一处木柴堆前,把手里的手榴弹拉了弦奋力扔了出去。趁着手榴弹爆炸的烟雾,一名战士冲了上去,将手中的二枚手榴弹捆绑在一起,准确地扔进了左侧的窗户里。

“轰隆”一声巨响,窗户里面火光冲天,弹片横飞,里面的顽军全部报了销。

然而,这时,右侧窗户里顽军的子弹打中了那名战士,他的身体像是被强大的电流击中了一样,摇晃了几下,便一头栽倒在地,英勇牺牲了。陆凡愤怒了,抢过身边一名战士手中的机枪,拼命地向着顽军的火力点扫射,压得窗户里的顽军头都抬不起来。趁此机会,一排副赵金全像个猴子似的一跃而起,飞扑到右侧墙根下,摸到房门口,一脚踹开房门,端起步枪冲了进去。枪声响处,屋里的顽军连还手的机会都没有,便一个个被送回了老家。

此次战斗,四连战果颇丰,毙敌 13 人,伤 6 人,生俘 57 人,缴获武器弹药和军需物资无数。新四军牺牲 2 人,伤 5 人。

娘子庄战斗,拔除了顽军一个重要的军事补给基地,沉重打击了顽军王光钱部的嚣张气焰，鼓舞了淮阴人民的斗争精神和抗战必胜的信心。淮阴共产党组织和党领导下的地方武装积极发动淮阴人民为远道而来的新四军部队筹款筹粮，带领群众将筹集到的猪肉、山芋粉丝、花生等生活物资送到新四军部队。许多群众自愿为部队送去粮食、蔬菜、猪肉、鸡蛋等慰问品，部队驻地天天人来人往，络绎不绝。妇救会发动妇女为战士们洗衣服、做军鞋，还有不少群众为部队做向导、送情报，派知情干部跟随部队引导作战。在人民群众的踊跃支持下，入淮的新四军部队很快在淮阴站稳了脚跟，打开了局面。部队士气高昂，许多战士都迫切希望早日和驻守在淮阴城的日本五十四联队决一雌雄。

娘子庄的胜利，在四连内部却产生了一些分歧。

“对于娘子庄的这场战斗，有的同志有一些看法，我们今天就专门召开一个总结会，来谈一谈这个问题。哪一个先说说啊？”指导员李尚云在连战斗总结会议上，开门见山地点明了会议的主题。说完，便期待地看着参加会议的全连班以上的干部。

一排长周大海脖子上缠着绷带，第一个气鼓鼓地说道：“这是个什么胜仗，我还没来得及放一枪呢，自己就先挨了枪子。你们说窝囊不窝囊？你们说，这仗打得到底有没有问题？”周大海是陕西汉中人，长得是粗胳膊粗腿，个子又高，站在那里，简直就像一座铁塔似的，十分威猛。

“那你说说，问题到底出在哪？”李尚云温和地问他。

“第一个问题，就是有人乱开枪。究竟是谁开的枪，咱们到了现在也没弄明白，这叫啥事？第二，我怎么就会先中了枪，我还一枪没放呢！奶奶的，凭啥先让我当了伤员？”周大海越说越生气。

“赵金全，你来说两句。”李尚云对一排副赵金全说道，“你这次立了头功，说话有分量。”

赵金全20岁出头，是河南开封人，个头不高，身材瘦小，脑门宽阔，下巴尖小，眼睛不大，十分有神。他听了李指导员的话，站了越来，搔了搔后脑勺，十分为难地说道：“打仗嘛，怎么能没有代价？总得有牺牲。咱们自己损失了两位战友，但敌人的损失更大，这次是胜利了，没的说的。再说了，如果不是有人开了一枪，我们不会过早暴露的，由于敌人听到了枪声，有了准备，我们才有了伤亡。我们要总结的是，为什么会有人放枪？我事后分析，这个枪很可能是那个沈正四放的。因为，当仓库大门打开时，我们所有人的精力都集中在了那两个哨兵的身上，没有人留意那个沈正四了，给了他一个逃跑的机会。不是吗？我们到现在都没有找到他，说明了什么？说明他趁乱跑掉了。他逃跑之前，还不忘开枪报警，真是一个十足的坏蛋，下一次抓到他，一定要当场毙了他，让他再也作不了恶了。”

周大海听了，觉得有点似是而非，忍不住追问道：“你说是那个沈正四开的枪，那他的枪是从哪来的？他的枪不是被我们缴了吗？”

赵金全听了，笑道：“你问的这个问题，我也不是没有想过。后来，我们在打扫战场的时候，发现大门口第一个被干掉的哨兵的步枪怎么都没有找到，我怀疑是沈正四拿跑了。当然，我也只是瞎猜的，说说而已，一切还得听我们连长下结论。”

李尚云听了，夸赞道：“一排副说得有道理，看来，你是经过一番认真思考的。自从你加入革命队伍，不到一年的时间，进步很快，要继续努力。”

赵金全得到了指导员的表扬，喜滋滋地说道：“谢谢指导员，我一定好好努力。”说完，就一屁股地坐了下来。

众人见了，都“哈哈”大笑了起来。

“连长，你是我们的主心骨，你也说两句吧！”李尚云对陆凡说道。

陆凡站了起来，环视着众人，说道：“刚才，同志们的发言我都认真听了，我觉得大家讲得都很好，说明同志们的觉悟很高，进步很大。这次的战斗，虽然我们取得了胜利，但也有一些教训要汲取，主要是三个方面：一是有轻敌思想，对敌人的火力攻击准备不足；二是计划不周密，对沈正四的控制，没有安排专人负责，导致出现了重大意外，这个责任我来负，我将向营部作出检讨，请求给我处分；三是兵力配置不合理，前后都要考虑到，不能只顾了前面屋子的敌人，而忽视了后面屋子里的敌人。以上三点是血的教训，我们连在以后的战斗中，一定要牢记教训，避免不必要的牺牲。今后的战斗将更加残酷，更加艰巨，我们每一个人都要有充分的思想准备，随时做好牺牲的心理准备。我们一定要树立一个斗志，那就是为了人民，为了国家，为了民族，要敢于牺牲自己，敢于消灭一切来犯之敌。‘生命不息，战斗不止’，这是我们的连魂，更是我们的追求。你们，记住了吗？”

全连干部齐刷刷地站了起来，一齐振臂高呼：“生命不息，战斗不止，生命不息，战斗不止……”

八

住在刘老庄的第一个晚上，我几乎是在一种极度的恐惧中度过的。

本来，周婶子是要我先住在她家的，被我拒绝了。因为，我是来长住的，不是匆匆的过客，不能一开始就把自己当成刘老庄的客人。既然已经是主人了，就不能住在别人的家里，而是应该有一个自己独立的地方，哪怕是一个简陋的小棚子也好。

在讨论让我住在什么地方的问题上，让周大文叔叔犯了难，他也实在想不出有什么地方能安置我了，就把大队的干部们都喊到了大队部开会商量。周大文叔叔开门见山地把我的情况向大家介绍了，一下子把大伙都惊呆了，他们议论纷纷起来，怎么也不相信烈士陆凡连长的亲妹妹能到刘老庄来插队。

“周书记，你骗人的吧？陆连长的妹妹能来我们刘老庄，就这个穷地方，不走了？这种哄3岁小孩的话你也信？我们这里又不是什么上海北京，也不是什么繁荣富贵地，没有高楼大厦，没有飞机铁路，甚至连个像样的公路都没有，哪个地方赢人啊？哪个地方值得人家来啊？”大队长宋长信第一个表示出了怀疑的态度。宋长信30多岁，瘦高个子，瘦长脸，讲起话来语速很快，像是打开了机关枪似的，一打就是一梭子。

快到40岁的妇女主任罗素珍听了宋长信的话，反驳道：“你说话甭阴阳怪气的，什么叫‘哪个地方赢人啊？哪个地方值得人家来啊’？不错，我们这里不是上海北京，也不是什么繁荣富贵地，但这里是刘老庄，是我们老祖宗生活了多少代的地方，也是八十二烈士牺牲的地方，他们为了保护我们，保护这个地方，命都不要了，这个地方还不好吗？陆连长能来，他的妹妹怎么就不能来？她来守护着自己的哥哥，有什么值得大惊小怪的呢？我看啊，陆小凡没问题，是你这个大队长有问题，看什么都不如你的意，你这叫什么呢，对了，就是电影上说的，叫什么戴着有色的眼镜，看谁都不是好人。大家说说，我说得对不对？”

大队会计刘瑾胜年近60岁，他用手推了推架在鼻梁上的那副宽边近视眼镜，在每一个人的脸上都扫了一下后，干咳了几声，清了清嗓子，然后慢条斯理地说道：“你们说得好像都有理，又好像都有问题，现在，有两个问题已经说清楚了，第一，就是陆小凡是不是骗人的问题，这个问题是清楚的了，她不是骗人的，因为，她带来了山西那边公函，白纸黑字的，上面还有县里盖的大红戳子，怎么可能有假？再来说说第二个问题，刘老庄是不是上海北京，是不是繁荣富贵地，这个答案是确定的，不是。不过，现在不是，不代表将来不是。现在两个问题都说清楚了，接下来，就出现了第三个问题，那就是：陆小凡姑娘来了，她住哪？这个，才是今天最大的问题。今天，我要说的都说了，发言结束了。”

刘瑾胜说完了，微微地闭上了眼睛打起了瞌睡。众人见他提出了问题却没有了答案，只好又把目光投向了他们的当家人周大文身上了。周大文叔叔看了众人一眼，叹了一口气，说道：“我也正为这个事情犯难呢！小凡跑了一千多里路，来到我们刘老庄，就说明了什么？这说明她爱自己的哥哥，爱我们八十二位烈士。这说明，她也爱我们刘老庄，爱她哥哥用自己的命来保卫的地方。她是来完成陆连长他们未完成的事业的，来帮助我们搞建设，让我们这里的群众生活得好一些，再好一些。小凡和她哥哥们的这个情，是我们一辈子也还不完的。”

众人听了，都默不作声了。妇女主任罗素珍偷偷地抹了一把眼泪，急忙把头别了过去，怕被别人看到难为情。

周大文叔叔继续说道：“现在的问题是，她来了，安排她住哪？我让她住我们家里，她死活不肯，说是‘都是自家人了，家不拘常理，还是不要把自己当成客人的好’。这个孩子，什么都好，就是脾气特犟，认死理，一旦认上，真的是连九头牛都拉不回来。既然她这么想，也就不好强行安排在我们家里了，也不好去别人家了。我寻思了半天，也只剩下一个法子了。”

“那就让她住大队部里，我们搬到别的地方办公。再说了，一个大队部，到哪不能办公？”妇女主任罗素珍抢过话茬，说道。

“你们觉得呢？”周大文叔叔问大家。

大队长宋长信伸了伸长长的脖子，说道：“我没问题，同意。”

“你呢？”周大文叔叔问正在装睡的大队会计刘瑾胜。意识到书记在等着他表态，他睁开了双眼，望了望众人一眼，缓缓地说道：“你们都说完了？都同意了？”

周大文叔叔没有说话，只是轻轻地点了点头。刘瑾胜看见了，便说道：“你们都同意的事情，我从来都没有不同意的。”

周大文叔叔听了，笑了笑，朗声总结道：“好，既然大伙都同意了，那么，从今天开始，我们大家就在自己家里办公，把大队部腾给小凡住。”

“好，同意。”大家一致同意。

“我不同意。”众人话犹未完，我一头跨进了大队部，大声地反对道，“这个方案我不能接受，请你们收回成命。”

这是我第一次面对着刘老庄干部提出的反对意见，让我没有想到的是，这种情形在以后的日子里又多次出现过。在我的坚定反对下，刘老庄的干部们只好放弃了原来的方案，而是由我自己选择了大队部旁边一间储藏牛草的房间。

这个房间紧挨着大队一排长长的牛圈。牛圈里面拴着几十头个头大小不一的水牛、黄牛，还有两三头刚出生不久还在哺乳期的小牛犊，在牛圈里蹦蹦跳跳，玩得十分开心。牛圈的墙体是用泥土垒成的，屋顶覆盖着小麦秆子，前后墙上开着一些四方形孔洞的窗户，窗户上没有窗棂，也没有玻璃，外面的光线透过前后的窗户照进牛圈里，依然不够光明，暗淡得很。里面弥漫着一股浓烈的牛粪和尿液混合在一起的刺鼻的气味，十分难闻。地上一摊摊污水横流，在泥土夯实的地面上勾勒出一幅幅奇形怪状的图案。一位衣服上打着补丁的60多岁的老大爷手里拿着一根长形的木柄铁钗，熟练地在给一排排的牛槽里添上干草。吃到草料的牛儿埋头大口地咀嚼起来，发出了一片欢快的“咯吱、咯吱”声。远处别的牛儿抬起头，伸长脖子目不转睛地盯着饲养员移动的身影，急切地期盼着，有的牛儿嘴角已经急不可耐地流下了白色的馋涎了。

虽然牛圈里面拥挤不堪，污秽不已，但是十分温暖，而牛圈外面那间储藏室里就冷得多了。这间储藏室其实是从牛圈的山头伸出来的，和牛圈连接成为一个整体，说是一间，其实是二间的空间，只不过中间没有隔墙，看起来就像是一间似的。这间储藏室的结构和牛圈是一脉相承，都是土墙草顶，前后的墙上也是掏了几个大洞作为窗户。里面堆了大半屋子的晒干了的青草，这种饲料应该是在秋季的时候从田野里收割下来晒干的，捆成了一个个包儿，整齐地码放在房子里。房间的大门是两块木板钉成的，已经十分破旧了，形成了一个个洞口。外面的冷风从门板的破洞里和墙上的窗户里钻进来，发出了“呼呼”的声音，使整个房间都像冰窖一样，冷得让人浑身颤抖。

就在我犹豫着如何清理储藏间的干草时，周大文叔叔带着大队的几名男性干部来了，他们手忙脚乱地把屋里的干草搬到了牛圈的一个角落里，不一会的工夫，里面的干草就全部清理干净了。周大文叔叔又找来一把竹枝子做成的扫帚，把屋子的墙壁和地面上的草屑都打扫得干干净净的。

不一会儿，妇女主任罗素珍带领着几位婶娘，搬来了锅碗瓢盆、桌椅板凳等生活物品。大队长宋长信不知从哪里又搬来了一张小凉床放到了屋里，罗素珍主任又贴心地在凉床上铺了一层厚厚的麦秆，然后才在麦秆上面放上了一张六塘河里长的芦苇编成的席子，还不忘一屁股坐在上面颠了颠，试了试厚度是不是刚合适。我把从老家带来的被褥放到了床上，又把其他的物品放在网兜里，挂在了墙上的钉子上。这样，我的新家就大功告成了。

晚上的第一顿饭是在周大文叔叔的二女儿周红叶的帮助下做好的。周红叶 17 岁了，比我小 2 岁，小学毕业后就留在家里帮助家里挣工分。身体发育得还没有完全，胸前才刚刚能看出丘陵的轮廓。面色发黄，但五官却很俊俏好看，尤其是那嘴的左下角长了一颗暗红色的小痣，显得十分的俏皮可爱。周红叶十分麻利地把地上的煤油炉加上了油，随即，屋子里弥漫着一股淡淡的煤油的味道。她划着了一根火柴凑近了炉子，炉子上立刻升腾起一片红红的火苗，发出了“呲呲”的响声。随着火苗的升起，屋子里顿时暖和了不少。

看着周红叶干活的麻利样子，我情不自禁地夸道：“红叶，你太能干了，我要是能像你这样能干就好了。”

周红叶听了，羞涩地一笑，说道："我算什么呀，你才是大家心里有本事的人呢！俺大他们都在背后夸你呢，说你人小志大，将来一定是个干大事的料子呢！"

我笑了，说道："我有什么呀，从小就是个犟驴，老是被俺爹骂，说我是个'够人虫'、没出息。"

周红叶笑道："大人都是这样的，他们越骂你，越说明他们喜欢你。你看，我在家里，俺大就从来不骂我，因为我是个闺女，他重男轻女，不喜欢我。他对我哥就不是这样，没事就骂上两句。"

"你还有个哥哥？"我十分好奇地问道。

"是呀，我不光有个哥哥，还有一个姐姐。不过，我姐姐早就嫁人了。"周红叶回答道。

"那你哥哥呢？"我问道。

"他呀，去年当兵去了。"周红叶说道，"我哥哥叫周金成，今年 21 岁了，对了，应该比你大 2 岁。在家时大家都叫他周大憨，块头大，不爱说话，像个大闺女似的。初中毕业后，俺大本来想让他去学木匠的，可他一门心思想去当兵。俺大就把他送到了部队里去了，到那个刘老庄连当兵去了。"

"刘老庄连？怎么像是我们这儿的名字？"我好奇地问道。

"对呀，这个连队就是以我们的村子命名的。"周红叶说道。

我想起来了，听俺爹说过，三哥生前的那个连队后来改名叫作"刘老庄连"了。

"上次我哥写信回来，说他得了一个三等功呢，我们一家人都特别高兴。俺大说，'我所有的儿女中，就数大憨最称我心'。小凡姐，你说俺大是不是重男轻女？"周红叶问我。

"怎么可能呢，周叔叔可喜欢你了，哪有父亲不喜欢闺女的呢？"我问道，"噢，对了，红叶，你哥哥什么时候能回来啊？"

周红叶歪着头想了想，说道："应该快了吧，他当兵走了以后，还一次没有回家探亲呢，上次来信说，可能下半年就能回来。不过，我也不能肯定。"

我说道："等你哥哥回来，我想打听打听俺三哥部队上的事情，不知道行不行？"

周红叶笑道："这有什么不行的，又不是让他去干什么惊天动地的大事，举手之劳而已。等到他回来了，我第一个把他拉到你这里来，让他给你讲上三天三夜。”

我听了，忍不住笑道：“你瞎说了，你哥能讲三天三夜，我还熬不了呢！”

周红叶想想也对，也忍不住“扑哧”一声笑了起来。就这样，在周红叶的陪伴下，我们一起吃了我正式成为刘老庄人后的第一顿晚饭。那一顿，吃的是玉米稀饭碴煮山芋干子。没有下饭的菜，周红叶就从家里抓来了一把咸萝卜干子，取出几根，用冷水洗净切成丝子，再拌上几滴香醋，就成为一道可口的下饭菜了。其他的萝卜干子被周红叶装在了一只玻璃瓶子里，盖好盖子放在盐罐子旁边，叮嘱我说：“放在这里甭忘了，够你吃几个星期了。”

晚饭后，周红叶要留下来陪我，被我婉言谢绝了。因为，我想试一试自己到底能不能适应这里的第一个无人陪伴的晚上。如果连晚上睡觉都离不开别人陪伴的话，我怎么能实现完全自立？所以，我明知道周红叶是一片好心，也可能是周叔叔一家商议好的，但我还是没有同意。

周红叶一步三回头地走了，带着没有完成任务的遗憾。从内心深处，我还是希望她能留下来的，但我知道，她不可能永远陪伴下去的。一个人生活在这个世上，有些事情别人可以帮你一时，但不能帮你一辈子。有些事情别人是无法帮你的，需要你自己一个人去面对。该面对时，你也无法逃脱，既然如此，那就来吧，不管是好的情形，还是坏的结局，都要勇敢地去试一试。

周红叶走后，我也早早地熄了那盏用学生墨水瓶子做成的煤油灯，爬上那张铺上了厚厚小麦秆子的小凉床。这种小凉床不大，仅够一个人躺在上面。它是用四根木头搭成宽一米二、长二米的长方形架子，下面安了四根木棍做成的腿，两头的两条腿之间安装一个衬子。这样，做成的小凉床就十分牢固了。到了这个时候，小凉床还差最后一道工序没有做好，就是在床的四根木架子上串上一道又一道密密麻麻的草绳。条件好一点的人家，串的不是草绳，而是质地更加坚固耐用的尼龙绳。但那个时候，家家的条件都差不多，没有什么尼龙绳，大多使用的还是草绳。草绳最大的缺点就是不结实，绳筋容易断开。我刚刚躺到床上，就听到身体下的草绳筋“咔嚓”一声断了一根，我的身子像是躺在了沙滩上遇到了流沙，一下子陷进去了半截。我被吓了一跳，急忙翻身下床，点亮了煤油灯，掀开床铺查看。果不其然，床下的草绳筋断了好几根。我无奈之下，蓦然瞥见门后的墙角有一截细铅丝。我心里有了主意，心里想着到底是天无绝人之路啊！我把墙角的铅丝一圈一圈地缠绕在了草绳断开处的床框上，直到把原本就不多的铅丝全部用完才罢手。我再一次躺到床上试了试，发现果然比先前硬实得多了，一颗悬着的心才终于暂时放下了。

然而，好景不长。当我本以为可以安然入睡的时候，另一个意想不到的问题出现了。那天的夜晚，天气变得越来越冷了，看样子是要下雪了。到了子夜时分，那阴冷的风儿打着唿哨从破旧的门缝里、窗户里不要命地往屋里钻，整个房间冷得让人受不了。我把被子紧紧地裹在身上，身体还是在不停地发抖。我被冻得实在睡不着了，干脆爬了起来，穿上棉衣，打开了房门。刚刚打开门，一股寒风裹挟着片片雪花扑面而来。原来，外面下雪了。我裹紧了棉衣，摸黑来到牛圈里。

看护牛圈的老人晚上没有待在牛圈里，按照大队的规定，看护牛圈的人晚上是要睡在牛圈里值守的。听周红叶说老人名字叫张养年，年轻的时候娶过一房媳妇，因为两人脾气不和经常打架，所以，媳妇一气之下跟着别人跑了。媳妇跑了以后，张养年不好的名声也传了出去，就再也没有人家愿意把自己的女儿嫁给他了。时间一长，随着岁数的增长，张养年也就死了心，再也不去想讨媳妇的事情，就一个人过了。大队干部看他可怜，就把看护牛圈的任务交给他了。在当时，看护牛圈是一个美差，并不是什么人都可以得到的。一般的人每天都要跟着生产队的其他队员出来干活苦工分，而看护牛圈、喂养牲口，就不需要每天风里来、雨里去了，不管什么天气，每天稳赚工分。也因为如此，自从张养年当上了这个肥差，日子也渐渐地滋润了起来，跟他搭讪套近乎的人也跟着多了起来，不是这个请他回家吃一顿，就是那个请他喝一口，总之，在外白吃白喝的日子相对多了起来。今天晚上，天气不好，张养年估计又被哪家请去了，也有可能嫌牛圈里寒冷跑回家睡觉去了。

我摸索着进入了牛圈里，一脚踩在了一摊稀水里，一股难闻的尿骚味钻进了我的鼻孔里。我顾不上恶心，摸到了白天周大文叔叔他们堆放干草的地方。我从草堆上扯下了两堆干草拎回了房间，把草堆打开，用干草把屋子里的几个窗户全部堵了个严严实实。又用剩下的干草把门上大大小小的破洞和缝隙也一一堵得严实了。忙活了好一阵子,屋子里终于没有先前那么冷了。终于,很快,我就进入了梦乡。

不知过了多久,我突然感觉到有一个毛茸茸的小东西爬上了我的脸,在我的脸上这里闻闻,那里嗅嗅。我下意识地抬起右手,将脸上的东西打落在地。那个小东西落到地上,发出了“吱”的一声叫唤,然后就没有了声息。我吓得一下子从床上坐了起来,大口大口地喘着粗气。尽管屋子里的气温还是那么低,但我明显感觉到我的脸上早已渗满了汗珠,连脖子上也是汗涔涔、湿乎乎的了。待我平静下来后,我才意识到刚才爬到我脸上的小东西只是一只老鼠罢了。但我天生怕老鼠,这也许是所有女生的通病吧!我哆哆嗦嗦地点上了煤油灯,一线暗红色的光亮温暖着这间简陋的小房子,却不能给老鼠们有效的震慑。几只个头硕大的老鼠在床前的空地上悠闲地走来走去,一只胆子贼大的老鼠走到我的跟前,竟然抬起头来用一对黑乎乎的小眼珠子盯着我看,完全是一副看稀奇的神态。另一只老鼠更加过分,直接踱到我的床前,试图顺着床腿爬上来。我吓得连忙举起枕头朝着老鼠的方向挥舞着。那些老鼠们明显感受到了我的敌意,不再像刚才那样肆无忌惮了,一个个收敛了不少。但是,聪明的老鼠却和我打起了游击战,在我点起油灯坐起来时,它们就小心翼翼地尽量不招惹我。但是,一旦我熄了灯躺下休息时,它们就开始了对我的疯狂报复,有的窜到了桌子上,逮着什么就乱啃什么;有的三五成群,在房梁上、柜子上到处乱窜,发出了“咚咚咚”赛马般的声响;有的干脆爬上了床,在我的被子上、枕头边近距离地袭扰,不断地“吱吱”乱叫……只要我点亮了油灯,它们立即就安静了下来,安静得仿佛这个世界它们从来没有来过似的。然而,只要我熄了灯躺下,一切又迅速恢复了先前的模样……

就这样,来到刘老庄的第一个夜晚,我的几乎全部精力都消耗在了和老鼠们的无休止的战斗中了。

待到东方既白,皑皑白雪覆盖了我的屋顶和门外的院落时,筋疲力尽的我终于一下子栽倒在枕头上,美美地睡上一个踏实觉了。

九

“你这个没用的东西，立即拉出去毙了。”顽军旅长王光钱对着逃跑回来的沈正四大发雷霆，再一次要把他给毙了。

他的外甥沈正四那天晚上侥幸从娘子庄逃脱后，失魂落魄逃到了顽军旅部所在地徐溜，向舅舅王光钱添油加醋地哭诉了一番。当然，对于他是如何喝酒误事一事绝口不提，而是大肆渲染新四军人员如何多、武器如何精良，他又是如何从新四军手里成功夺得武器跑掉的，天花乱坠地瞎说了一通，把自己塑造成了以一当十的战斗英雄了。对于沈正四的胡说八道，王光钱自然是嗤之以鼻不完全相信的，他摆出了一副大义灭亲的架势，大声吆喝着要把他给毙了。

但私下里王光钱却有自己的考虑，他在沈正四述说的基础上，又添了一把柴火，把新四军的实力说得更厉害一些，这样，他不仅可以摆脱丢掉娘子庄的罪责，还趁机向上峰敲起了竹杠。当然，对于自己的外甥沈正四，发狠归发狠，亲情还是要讲的，又是在自己三姨太“一哭、二闹、三上吊”的招数下，王光钱顺坡下驴，不仅没有毙了他，还给他升职，成了连长。

上峰接到王光钱的报告后，也没有过于为难他，仅是让他要收复失地，将功赎罪云云。接到上峰的回复后，王光钱不仅不念上峰的好，反而心里暗暗骂道："奶奶的，这帮王八羔子，大敌当前，你们一兵一卒不派给我，跑得比兔子还快，反而要我去充当炮灰，没门。"

主意拿定，王光钱一面假装要积极拿下娘子庄，一面派出部队到周边乡村抢粮、抢物、抢钱，暗地里做着准备潜逃的准备。王光钱的倒行逆施，再加上当地土匪的祸害，给淮阴北部的老百姓带来了深重的灾难，让他们原本就很困顿的生活更加雪上加霜。很多老百姓实在活不下去了，就拖儿带女地外出逃荒，有的甚至到了卖儿卖女的地步了。

为了彻底清除顽军王光钱部和土匪的祸害，让老百姓能过上安稳的日子，团结带领群众共同抗日，新四军十九团决定发起徐溜战役。二营作为先遣部队率先进入了与徐溜毗邻的刘老庄地区。四连又作为尖刀连，在地方抗日武装队的接应下，打跑了到刘老庄村抢粮的沈正四顽军，进驻了村里，将连部设在了区小队队长周明强的家里。

四连来到刘老庄村后，分散住到了群众的家里，帮助群众扫地、挑水、劈柴火，很快就会群众打成了一片。卫生队队长张一蕊带着队里的其他女兵挨家挨户给群众上门义诊，还把周明强的妹妹周小红收做了徒弟，手把手地教她最基本的医疗救护知识。周小红 20 岁刚出头，身材苗条匀称，五官端庄，是十里八村有名的俏姑娘。脑后喜欢扎着一个马尾巴发型，一走起路来，那只马尾巴就在脑后左右欢快地摆动着。她走路的姿势也很特别，两只脚下就像安了弹簧一样，两条长腿不由自主地就像飞起来一样，轻盈地向前跳动着，样子十分好看。她很聪明，虽然才小学毕业，但学东西很快，也很上进，天天黏着张一蕊，似乎要有学不完的东西向她讨教。张一蕊也很喜欢周小红，到哪都把她带着，两人很快好得就像是亲姐妹一样。

与此同时，四连连长陆凡每天也是忙得不可开交，不仅要和指导员李尚云忙着发动群众、训练队伍，还要时刻警戒徐溜方向的王光钱部，随时做好准备攻打顽军王光钱部。

一天傍晚，陆凡刚从外面检查工作回到连部，就看到一排长周大海急匆匆地跑了进来，一边气呼呼地往屋里走，一边大声嚷嚷着："这回一定要给个处分，简直就是翻天了。”

陆凡看到周大海进来了，就顺手把桌子上的半瓷缸热水递了过去，和蔼地问道：“一排长，什么事啊，把你气成这样？”

周大海抓起桌子上的瓷缸，一仰脖子，把半瓷缸热水全部倒进了嘴里。他放下瓷缸，用左手背擦去了嘴上的水渍，重重地呼出了一口气，才说道：“连长，你不知道，那个新入伍的刘近山竟然偷吃群众的鸡蛋。他违反了群众纪律，必须给他处分。不然，这个排我没法带了。”

“刘近山？是不是上天要饭的那个？”陆凡问道。

“除了他还有谁？”周大海反问道。

陆凡想起来了，四连入驻刘老庄的第二天下午，陆凡和张一蕊去走访群众时，看到一户人家的草堆前围了不少人在看热闹。陆凡走进去一看，原来是一个浑身脏兮兮的小乞丐倒在了地上，紧闭着双眼，已经奄奄一息了。

张一蕊看到这个乞丐躺在冰冷的地上，赶紧挤上前蹲在地上，伸手摸了摸他的额头，发现额头烫得很。她扭过头，焦急地对陆凡说道：“他发高烧了，十分厉害，需要注射盘尼西林，否则，生命不保。”

“那还犹豫什么？赶紧啊！”陆凡命令道。

“可是，可是……”张一蕊支支吾吾，面露难色。

“怎么啦？快点啊！”陆凡着急起来，催促道。

“我们也不多了，只有三支了，一旦战士们有需要，那怎么办？”张一蕊小声解释道。

“先救人再说，以后再想办法。”陆凡说道。

张一蕊听了，不再犹豫了，而是一挥手，让旁边的两名战士一起帮着把小乞丐抬到了连部卫生队里去治疗。小乞丐被抬走后，刘老庄村在现场的一些群众见了，纷纷夸赞。一位 80 多岁的老奶奶见了，竖起了枯槁的大拇指，颤巍巍地说道：“这当兵的，好，我一辈子，第一次见，穷人恩人，有救了……”

小乞丐被送到卫生队后，经过张一蕊的精心治疗，没几天就恢复了健康。能下床后，他第一时间跑到连部，找到陆凡，跪在了陆凡面前。

“小兄弟，你这是干什么？快站起来说话。”陆凡慌了，连忙起身，一把把他拉了起来。

小乞丐站了起来，双泪交流，哽咽着说道："我要当兵，加入你们队伍，你们是好人。"

"你叫什么名字？多大了？为什么要加入我们队伍？"陆凡和颜悦色地问道。

经过了解，原来这个小乞丐名叫刘近山，17 岁了，是淮阴三树人，因老家连年遭匪患和干旱，实在过不下去了，才和父亲一起出来要饭。半途，父子两人遇到了日本骑兵队，父亲因躲闪不及，被日本兵的战马活活撞死，刘近山也被日本兵的马鞭子狠狠抽打了几下。后来，刘近山辗转来到了刘老庄，病倒了，要不是新四军四连救了他，恐怕也命不久矣了。

"长官，收下我吧，你们是好人，我已经没地方可去了。我有了枪，要去杀日本人，为俺大报仇。长官，求求你了。"刘近山拉着陆凡的衣袖，苦苦地哀求着。

陆凡和指导员李尚云交换了一下眼色，然后笑着对刘近山说道："好了，我们收下你了，你就去一排报到吧，一排可是个英雄排，打了不少胜仗呢！不过，我要提醒你一下，我们这里不能叫长官，只能叫同志。记住了吗？"

刘近山高兴地咧开了嘴，笑着说道："记住了，长官。"说完，扭头就跑了出去。刚跑了几步，又折返回来，大声地说道："同志。"说完，才又喜滋滋地去找一排长周大海报到去了。

陆凡和李尚云都被刘近山滑稽的样子，逗得哈哈大笑起来了。

就是这么一个刘近山，怎么会去偷群众的鸡蛋吃呢？

"你有没有搞错啊？甭冤枉好人啊！"陆凡想到这里，表情严肃地对周大海说道。

"你怎么连我也不相信呢？我可是你从太行山带来的老兵了，你是看着我成长起来的，我什么时候说过假话啊？"周大海急得连脖子根都红了起来。

"看把你急的。"陆凡笑了起来，对坐在桌子边埋头看地图的指导员李尚云说道，"看来，这个事情还得你亲自出马不可了。"

李尚云站了起来，笑着对周大海说道："走吧，前面带路。"

李尚云来到一排，只见一排的战士们都拥挤在一户农家的小院子里，大家把新战士刘近山围在中间，正你一言我一语地开着批斗会。

“你就是再饿，也不能拿群众的东西。”

“就是，我们新四军什么时候有过这种坏习惯？”

“老百姓为什么拥护我们，不就是我们不拿群众一针一线吗？怎么偏偏到了你这里，就变了呢？”

“你还让群众怎么相信我们啊？”

……

新兵刘近山被围在人群中间，一副欲哭无泪的样子。

“行了，行了，大家都让开一点，我们指导员来了。”周大海老远就嚷嚷开了。

一听说是李尚云来了，战士们都自觉地让开了道路，只有刘近山一脸惶恐地站在原地，浑身不由自主地战栗了起来。

“究竟是怎么一回事？”李尚云走到刘近山面前，声音不大，语气却十分威严。

“报告指导员，我们班的新战士刘近山在屋后偷吃群众的鸡蛋，被我逮住了。我这个做班长的也有责任，我没教育好他，我愿意接受组织的处分。”一排一班班长钱峰在李尚云身后大声地说道。

“我没问你，我在问他。”李尚云头也不回地说道，“说吧，到底是怎么回事？”

“报告指导员，我……我……我没偷吃，不是我偷的。”刘近山怯怯地回答道。

“那鸡蛋是怎么来的？”李尚云问道。

“我……我……我……”刘近山一时结巴了起来。

“我我我什么，把他抓起来，好好审问。来人啊，抓起来。”一排长周大海实在看不下去了，撸起袖子就要抓人。

“住手！”就在众人一时还没有反应过来时，门口传来了一位老奶奶颤巍巍的声音。众人回头一看，只见一位80多岁的老奶奶拄着一根拐杖，在一位穿着打着补丁衣服的中年男子的搀扶下，从院子门口一小步、一小步挪了进来。

“我看你们谁敢把他抓起来？”老奶奶一步一步走到刘近山跟前，把他护在身后，拿着拐杖指着众人大声呵斥道。

“你们不要查了，鸡蛋是俺妈给的。”老奶奶身旁的中年男子补充道。

“到底是怎么一回事?”李尚云不解地问道。

中年男子回答道:“昨天,这位小兄弟到我家给我家挑水、劈柴时突然晕倒了,俺娘知道他身体弱,就让我把她的棺材板卖了,换成了鸡蛋,煮熟了送给这位小兄弟补身子,没想到,被你们误会了。都是我们不好,害得这位小兄弟受了这么多罪,你们放过他吧,要罚就罚我吧!”

刘近山听了中年男子的话,突然跪倒在老奶奶的跟前,哭着问道:“奶奶,你怎么把老本卖了啊? 我对不起你啊!”

老奶奶颤巍巍地把刘近山拉了起来,抚摸着他的头,爱怜地说道:“你也是个苦命人,为了打鬼子,连命都不要了,我还在乎那一堆烂木头吗?”

“奶奶。”刘近山哭着抱住了老奶奶。

全体战士见此情景,都一下子愣住了。指导员李尚云红着眼,伸手在自己的上下口袋里摸了摸,掏出了一块银圆和二块铜钱,又向一排长周大海伸出了手,小声说道:“有吗? 借一点。”

周大海见了,赶忙从口袋里翻了翻,摸出了一块银圆,放到了李尚云的手里。一排副赵金全递上了五枚铜钱,一排一班长钱峰递上了十枚铜钱……

李尚云把手里的钱塞到了中年男子的手里,深情地说道:“老哥,这份情,我们领了。但这点心意,你也要收下啊!”

中年男子慌忙推辞道:“这个万万不能,万万不能。”

老奶奶也坚决地说道:“你们要是给钱,就见外了,一家人不说两家话。”

老奶奶和儿子走后,李尚云到底还是让一排副赵金全想法子,无论如何都要把这些钱给老奶奶一家送过去。李尚云回到连部,把情况和陆凡一说,陆凡哈哈大笑,连连说道:“好,好,好。”

这天,忙了一天,很晚才回到连部休息的陆凡,才刚躺下不久,就被通讯员李建喊了起来,报告说营部通知立即去开紧急会议。陆凡听了,二话不说,立即带上李建走了。陆凡走后,得到消息的张一蕊放心不下,来到连部打探陆凡回来了没有。听说还没有回来,张一蕊拔腿就往外走,要到村口去看看。一旁的周小红放心不下,便也主动陪着张一蕊向村口走去。

时值春夏之交，夜幕下已经沉睡的刘老庄村显得十分静谧、祥和，连村子里晚睡的猫儿、狗儿都没有一点动静了。夜风吹在人的脸上、脖子上，早已没有了冬日的寒冷，给人一种温暖和煦的感觉。夜风阵阵吹过，夹杂着村头那一片即将扬花的麦子的清香和路边盛开的野蔷薇的味道，十分的好闻。

“夜都这么深了，营部还通知开会，一定是有什么紧急任务了。”张一蕊深深地呼吸了一口新鲜的空气，不无忧虑地说道，“陆凡只带了一个人去，一旦路上遇到埋伏怎么得了？太不安全了。”

一旁的周小红听了，安慰她道：“这一带都是区小队的地盘，哪有这么巧就出事了？”

张一蕊说道：“‘不怕一万，就怕万一’，凡事都得往最坏处打算，才能做到有备无患。上次攻打娘子庄的时候，就是因为我们疏忽大意，给那个沈正四寻了空子，提前打枪报了警，让敌人有了准备，才让我们吃了亏。所以说，凡事都得多一个心眼子，不然，吃亏的还是自己。”

“一蕊姐，你和陆连长是怎么认识的？”周小红问道。

“这个话说来就长了，不是一句两句就能说得清楚的。”黑暗中，张一蕊望着前面黑黝黝的道路，嘴角浮起了笑意，“刚认识他那会，他可受人欺负了。”

“啊，陆连长还能被人欺负？”周小红不禁诧异道。

“那还能有假，他是我同学，我还能不知道？”张一蕊不无炫耀地说道。

“你们两人还是同学？那你们俩是不是……是不是，那个关系？”周小红有点不好意思地问道。

“是……是什么关系？”张一蕊有点口吃地问道。

“是……是不是小对象？”周小红笑着小声地问道。

“这个……这个……”张一蕊听了，突然感觉脸上像是被热水泼了一下，顿时火辣辣地发烫、发痛，心脏也骤然地加快了跳动，她自己都能清晰地听到它的“扑通、扑通”的跳动声。她支吾了半天，不知道该如何回答这个话题。

“说嘛，是，还是不是？”周小红拉着张一蕊的左手摇晃着。

张一蕊被缠得脱不开身，只得实话实说：“我也不知道到底算不算，我们两个连手都没有拉过。你说这种情况算不算是对象关系呢?”

周小红歪着脑袋想了想,回答道:“算,也不算。”

张一蕊有点急了,问道:“那,到底算,还是不算呢?”

周小红板起面孔,一本正经地说道:“在我们这儿,两家人一起吃个饭,定个亲,才能算是小对象。要不然,大家是不承认的。我看啊,要不,你们两个明儿个就在我们家里一起吃顿饭,就算定了亲,如何?”

张一蕊听了,急了,伸手就去掐周小红的嘴,说道:“我掐你这张不会说话的嘴,看你还敢不敢乱说?”

周小红一边歪头躲开,一边笑道:“‘男追女,隔座山;女追男,隔层纱。’我看你呀,还是主动把话挑明了,要不然,被我们这里的哪一个大姑娘看中了,你连后悔的机会都没有了。”

张一蕊也笑道:“那更好,你们谁看中谁拿去,我才不稀罕呢!要不,把他给你吧,我看你看他的眼色都变了,一定是动心了。哈哈哈。”

周小红一听,急了眼,猴上身来也要掐张一蕊的嘴,说道:“人家不过是教了你两句,你就这么编派人,不带你这样拆桥的,还没进洞房呢,就先把我这个媒人扔过了墙……”

就在两人嬉笑打闹时,有两个身影从远处迎面走来,听到了她们的打闹声,立马从肩上拿下步枪。其中一个身影大声问道:“什么人?”

张一蕊听出是巡逻哨过来了,赶紧回答道:“自己人。”

一个哨兵问道:“口令?”

张一蕊回答道:“还我河山。”

两个哨兵收起了枪,走了过来,认出了她们。一个哨兵问道:“张队长,这么晚了,你们怎么不去睡觉?”

张一蕊刚要回答,周小红却抢先回答道:“陆连长去营部开会了,张队长不放心,要在这儿等到他回来,才肯回去呢!”

张一蕊听了,又羞又急,抱怨道:“你看你,在战士们面前瞎嚼什么呢?”

周小红笑道:“你看你,做贼心虚了吧?我又没说什么,就把你急成这样了。”接着,对两位哨兵说道:“好了,我的任务完成了,我把张队长交给你们俩了,记住,一定要等到陆连长回来再走啊!”

“是。”两位哨兵右手持枪,左手平端到胸口,行了一个标准的持枪礼。

就在周小红要转身离开时，就见道路的不远处匆匆跑来两个人影。两位哨兵警惕地端起枪，一人喝问道：“谁？口令？”

一个人影大声地回答道：“我，还我河山。”

“是连长。”哨兵说着，收起了枪。

“你怎么才回来啊？都快急死人了。”张一蕊听出是陆凡的声音，兴奋地迎了上去。

陆凡走近一看是张一蕊，惊讶地问道：“怎么是你？晚上不好好睡觉，跑这儿来干什么？”

听了陆凡的话，张一蕊满腔的热情瞬间被扑灭了。她冷冷地说道：“怎么，就许你这个连长可以出来溜达，别人就不行吗？”

周小红听了，悄悄拉了拉张一蕊的衣角，小声说道：“啧啧，一碗汤药泼在石头上了。”

张一蕊想说什么，话到嘴边却又咽了下去。

陆凡听到声音，仔细一看才发现了周小红也在。他来不及去细想她们说的话是什么意思，只是焦急地说道：“时间来不及了，部队马上有行动了。”

张一蕊听了，顿时紧张了起来，问道：“什么情况啊，这么紧急？”

陆凡说道：“我们团今天凌晨要攻打徐溜了，营部命令我们四连天亮前要秘密潜入徐溜街南门，配合大部队发起总攻。”

“那我们的任务呢？”张一蕊问道。

“你们卫生队留在刘老庄，随时准备救治伤员。”陆凡说道。

“那我跟你一起去吧，也好第一时间救治伤员。”张一蕊请求道。

“我也去。”周小红说道。

“你不行，你是群众，不能让你冒这个险。”陆凡回答道。

“凭什么不让我去？”周小红争辩道。

“战场太危险了。再说了，后方也需要人啊，你就不要争了。”张一蕊劝道。

周小红听了，才声音低低地说道：“那，好吧！”

陆凡对通讯员李建命令道：“立即集合队伍，出发！”

十

阳春三月，刘老庄的春天已经来临。这是我来到刘老庄后，迎来的第一个春天。

冰雪消融的小河边，几株粗壮的大柳树的枝头已经披上了一层绿色，岸上的野生迎春花开出了嫩黄的花朵，几只黑色的野鸭在清澈的河面上优雅地晒着太阳，早归的燕子在枯败的芦苇丛中掠过，天空中一群鸽子在蓝天白云下盘旋，那清脆悠远的哨声在一望无际的麦田上空像风儿般轻轻地拂过……

麦田里，一群女人正在给麦苗儿除草，叽叽喳喳的欢笑声老远就能听到。男人们用独轮车子，把肥料一趟趟地从大队运到地里，给麦子施春肥。我来到刘老庄已经有一段时日了，和村里的大姑娘、小媳妇和婶婶们也都混得相熟了，平日里和她们一起上工、收工，相处得十分融洽。她们因为我是烈士陆凡的妹妹，在各个方面都尽量地照顾我，这一点让我心里很是不安。我在心里对自己说："我一定要尽快地融入这个群体，成为一个真正的刘老庄人，绝不能给三哥丢脸。"正是抱着这样的一种心态，我从不计较自己工作的好坏，也不计较每天挣了多少工分，每一件事情都力所能及地多做点，不能让乡亲们把我当成了一种累赘。

这天，大队组织社员给麦田除草、施肥，我又是第一个扛着锄头站到了地里。

在来上工之前，我已经拾满了一粪箕牛粪回来了。天才蒙蒙亮，我便早早起了床，简单地洗漱之后，我挎上一只藤条编成的粪箕，拿上一只粪勺到田野里拾粪去了。当时，大队种庄稼是没有化肥和尿素的，用的都是有机肥。大队给每位社员定的标准就是每个劳动力每天不能低于五斤。有的人为了多交粪，每天早早地就挎上粪箕外出了。那时，最好拾的粪就是牛粪，牛粪个头大，分量足，往往一泡牛粪就能有七八斤重。所以，一到有人从大队牛圈里牵出了牛准备干活，就有一些人挎着粪箕在后面跟着，只要牛儿尾巴一翘准备拉屎了，就是最激动人心的时刻要到了。等到牛儿翘起尾巴"啪哒、啪哒"一泡屎拉完，就会有好几个人冲上去争着抢牛粪。我是不愿意参与到这种混战当中的，一来有与人争利之嫌，二来我是个姑娘家，加入这种场合也不雅。但我有自己的妙招，就是到大道上去转悠，尤其是头天晚上有牛儿经过的大道。因为，经常养牛的人都知道，牛儿有一个特性，就是每天晚上收工的时候，它在回圈的途中都会把屎尿放空才肯回去。很多牛儿干活干到天黑，才会被社员赶回牛圈里。那个时候牛儿拉的屎是很少有人看到的，只有第二天天亮了才可能被人发现。谁能得到这样的牛粪，就要看谁能走得早了。我是一个人生活，没有那么多事情羁绊，所以，每天凌晨往往比别人起床早些。当家家的大门还没有打开的时候，我已经悄悄地一个人挎上粪箕出门了。凌晨光线不好，如果要想发现地上的牛粪，也是要讲究方法的。一般来说，地上发亮的东西肯定不是牛粪，为什么呢？因为牛粪不会发光。如果你发现地上有一小堆突起的东西，而且是黑乎乎的，那大概率正是你要找的牛粪了。假如你还能闻到一丝淡淡的尿骚味，那就没什么好说的呢，直接下手就行了。时间长了，我练就了一门绝活，那就是我能仅仅依靠鼻子闻，就能确认这泡粪是水牛拉的还是黄牛拉的。也正是依靠我练就的这个独门绝技，才让我每个月的交粪数都能上大队的光荣榜，让我成了全大队人人学习的拾粪标兵。

拾完粪，我连早饭也没有吃，就扛着锄头来到了麦田里，一个人先干起来了。周大文叔叔的女儿周红叶也扛着锄头过来了，她从口袋里掏出一个煮熟的山芋递给我，嗔怪道："你又没有吃早饭吧？俺妈说了，时间长了，你的身体会吃不消的，让你干活时悠着一点，活不是一天就能干完的。俺妈还说了，让你中午上我们家去，她给你包饺子吃，给你补补身子。”

“婶子就是对我好。”我嘻嘻笑着，接过香喷喷的山芋一边吃，一边问道，“对了，婶子怎么想起来中午请我吃饺子了？”

听了我的话，周红叶回答道：“听俺大说，是想和你商量盖房子的事的。”

“什么房子啊？”我问道。

“我也说不上来，你去了不就知道了。”周红叶说道。

正说着话，其他的女人们都陆续来到了麦地里干活了。她们看见了我，都热情地和我打着招呼。突然，身材消瘦的孙大娘指着我的脚下说道：“小凡，你怎么把麦苗都锄了啊？”

我低头一看，可不是吗，我把好多麦苗都当成野草锄掉了。我心里一急，“哇”一声哭了起来，一边哭，一边说道：“坑得了，这就坑得了，我把麦子锄掉了，多少粮食没有了，怎么办啊？”

见到我真的哭了起来，大家也一下子慌了神，赶紧围拢过来劝解我。

孙大娘十分自责，对我说道：“小凡，你看我这张臭嘴，除了喜欢瞎说八道，也就剩下能吃饭了，其他的一塌糊涂，连一句好话都说不好，你千万不要往心里去啊，我真不是故意的。”

朱大婶说道：“一棵苗子能结多少穗啊，还不够撒掉的呢！总共才这几棵苗子，当多大事啊。小菜一碟，见得着①淌眼泪吗？”

女生产队队长陈秀珍笑道：“这下好了，今年不怕春旱了，要是不下雨，小凡的眼泪就够浇地的了。”

我听了，“扑哧”一声笑了出来，连鼻涕都跟着下来了。陈秀珍见了笑道：“好了，天色不早了，大家不要再磨洋工了，抓紧干活吧！”

女人们听到队长发话了，也就一哄而散，各自干活去了。

整个上午，我的心里都像堵了一团棉花一样，十分不畅快，恨不得躲到一个没人的地方好好地哭上一场。我感到，这是我到了刘老庄以来做的最让我丢面子的事情。我从小就是个要强的人，什么事情都想做得比别人好，尤其是到了刘老庄，我更是不想落在别人后面被人说闲话。现在倒好，成了毁坏庄稼的现行犯了，这往后，还让我怎么在村里抬头啊？

中午收工的时候，周红叶拉着我去她家吃饺子，我没情没趣地跟在她的后面走着。到了家里，周婶子正系着围裙在堂屋的小饭桌上和面，见我进了门，忙亲热地招呼着："来了，小凡，快洗洗手来搭把手。"

我答应着把锄头靠在墙边，洗了手坐到桌子边打下手。周婶子把面和好后，又将面搓成一根长条子，再用手揪成一个个小小的面团。一切都做妥当后，周婶子找来了一个空酒瓶子，拿过一个面团，用酒瓶子在上面就这么轻轻地来回擀了几下，一张圆溜溜、厚薄均匀的饺皮子就做好了。此时的周红叶也没闲着，把一些理干净的韭菜洗好沥干水分后，切碎了盛到一个菜盆里，又打了两个鸡蛋和在了里面。这样，饺子馅就做好了。周红叶把饺子馅端到了桌子上，我和她就开始一个饺子一个饺子地包了起来。周婶子的饺皮擀得很快，一片片的饺皮从她手中飞出，分别落在我和周红叶的面前，不一会儿，我们两人的面前都堆成了小山了。周婶子把最后一张饺皮擀完，自己拿在手里，另一只手从装有馅子的盆里抓过一双木头筷子，从盆里夹了一点馅子放到饺皮里，把筷子放回盆里后，两只手只简单地捏了几下，一只造型别致的饺子就做好了。看着周婶子包的饺子，再看看我包的饺子，我的心里不由得升起了一种惭愧感，觉得自己需要学习的东西太多了。

就在我若有所思的时候，周婶子觉察到了异样，她关切地抬起头望着我，问道："小凡，你的脸色不太好，是不是哪里不舒服啊？有什么事你尽管开口，千万不要藏着掖着，这样对身体不好。"

我摇摇头，轻轻地说道："没，没什么。"

周婶子掉过头问周红叶道："是不是有人欺负小凡了？"

周红叶听了这话，就把上午发生在田里的事情一五一十地告诉了自己的母亲。周婶子听完，不由得"咯咯咯"笑了起来，说道："哎哟，我当是天大的事呢？芝麻大点的事情就抹泪了，那以后抹鼻子的事情还多着呢！小凡啊，凡事都不能太当一回事，太当回事了，自己就太累了。你说是不是啊？"

我听了，难过地说道："可是，可是我毕竟糟蹋了庄稼了，人家肯定会在背后说我的。"

周婶子劝道："人家都知道你不是成心的，怎么会说你呢？要我说啊，主要是你自己跟自己过不去，自己跟自己较劲。没事，没人会在乎这事的，各人都有自己的事，谁还会没事找事想着这事，只要你自己不惦记着就行了。以后啊，你和她们处久了，不把自己当外人了，就会感觉到她们的好。行了，还是赶紧包饺子吧，你周叔叔快要回来吃饭了。"

中午吃饭的时候，周大文叔叔对我说道："小凡啊，你看你都来这么长时间了，连一个像样的窝都没有，还住在牛圈里，这样下去怎么能行呢？你大和你娘知道了，还不心疼死了？昨天我们大队干部研究了一下，决定帮你盖三间房子，你看怎么样啊？"

我听了，觉得专门为了我建房子，是一种搞特殊化的表现，会让社员瞧不起的，也会损害三哥陆凡的形象的。因此，我态度坚决地说道："不行，不能盖这个房子，我不同意。"

周大文叔叔听了，诧异道："为什么不行？你是烈士的妹妹，不能委屈了你。"

我说道："周叔叔，正因为我是烈士的妹妹，我才不能带头搞特殊。如果我这样做了，就是脱离群众，就会和群众拉开了距离，就和她们疏远了，也会被她们瞧不起的。"

周大文叔叔为难道："可是，也不能让你一直住在那个破烂的地方啊？要不然，我们全体刘老庄群众的心会不安的，也对不起陆连长的在天之灵啊！"

我笑道："其实，住在牛圈旁边也挺好的，院子大，敞亮。不行就这样吧，不知道行不行？"

周大文叔叔忙问道："有什么想法，你尽管说，就是让我们上刀山、下油锅都行。"

看到周大文叔叔这么郑重其事，我忍不住又笑了起来，说道："哪有这么严重的？很简单，就是我的那个房间门坏了，能不能换一副新的？还有，就是墙上的窗户太小了，能不能开大点，再装个木窗，安上玻璃？"

听了我的要求，周大文叔叔显然没有预料到，他有点不相信自己的耳朵似的问道："什么？就这么简单，没了？"

我肯定地回答道："没了。"

周红叶在旁听了，怂恿我道："小凡姐，你的条件也太低了，就不能提高一点？"

我笑道："我来刘老庄，又不是为了享受的，已经给大家添了不少麻烦了，不能再让你们费心了，要不然，我会一辈子不安心的。"

周婶子对女儿周红叶说道："你看看人家小凡姐，也不比你大多少，就这么懂事。看看你自己，整天还吵着要吃要穿，一点儿也不让人省心。"

周红叶笑道："你们看小凡姐姐好，就把她认成你们的干女儿吧，不就成了？"

周婶子笑道："我还巴不得呢！"

周大文叔叔摸了摸过早谢顶的脑门，有点难为情地说道："这些都不难，容易办。不过，就是那个地方，你再收拾，也收拾不出花来，本来就是一只家养的土鸡，怎么打扮也成不了凤凰。"

我安慰周大文叔叔道："能有住的地方就不错了，再说了，哪家的房子又能好到哪里去？等到大伙都住上了好房子，你再给我盖新的也不迟啊！"

周大文叔叔叹了一口气，无奈地说道："好吧，那就只好让你继续受委屈了。"

这是我第二次否决了刘老庄干部们的意见了。

"3 月 18 日快要到了，这是你来到这里第一次遇到的烈士公祭日。每年的这一天，七里八乡的群众不管多远都会从外地赶回来，要在这一天去烈士陵园送花。这是我们这里的传统，多少年从来没有变过。这一次，县里的意思是想请你一起参加这次的纪念活动，你去吗？"周大文叔叔小心翼翼地问我。

"我一定去的。"我肯定地说道。

3 月 18 日那天，我早早地起了床，精心梳洗一番后，拿出了我从中条山老家带来的一套蓝色的外套衣服。这一身衣服是我离开老家的时候，俺爹卖掉了家里养了一年多的大肥猪，托人从集镇供销社买来的布料做成的。我拿到这身衣服从来没有舍得穿过，一直等待着一个重大的场合才穿会舍得的。这个重大的场合，就是 3 月 18 日我哥他们八十二位哥哥们的公祭日。我穿上这身蓝色的衣服，拿过桌子上的那面圆形的镜子照了照。圆形的镜面上映出了一张青春朝气的女孩的脸庞：乌黑的头发，秀气的五官，修长的睫毛，大大的眼睛，白皙的肤色，一笑起来两个深深的酒窝……无一不透出这个年龄段一位女孩子应有的清纯和羞涩。

早上8点刚过，周大文叔叔和大队的干部们一起来接我，陪着我去烈士陵园。一路上，见到群众从四面八方赶来，向着一个目标前进，那就是刘老庄八十二烈士陵园。他们一个个神情肃穆，步履匆匆，几乎每一个人的手里都拿着一束白色的、黄色的菊花，有的人胸前还佩戴着白纸做成的小花。进到陵园里面，那里的人更多了，每走一步都非常拥挤。周大文叔叔他们在前头开道，不停地对前面的人说道："请让让，请让让。"在众人合力帮助下，我好不容易挤到了烈士纪念碑前面的小广场上。

广场上早已站满了社会各界代表，他们都在等待着仪式开始时刻的到来。周大文叔叔把我领到了前排中间的位置站了下来。这时，广场上的高音喇叭里传来了一阵哀乐声，全场群众对着烈士纪念碑低头默哀。默哀毕，八名解放军战士抬着四个花篮缓步走上台阶，将花篮敬献在纪念碑下。

这时，一名解放军战士来到了舞台上，从口袋里拿出几页发言稿，对着话筒讲起话来。他高大的身材，宽阔的额头，浓密的眉毛，坚定的眼神，厚重的嘴唇，以及沉稳的气质，铿锵的话语，无不散发出一种成熟、稳重、踏实的气息。他代表解放军刘老庄连表态，将继承烈士们"生命不息，战斗不止"的斗争精神，用实际行动来保卫祖国，保护人民。原来，他是三哥陆凡生前连队的战士啊！我心里蓦然产生了一种冲动，真想上前去和他聊一聊四连的话题啊！但是，我还是保持住了最后一刻的冷静，没有做出让人啼笑皆非的事情来。不过，看着他，我仿佛穿越了时空，看到了三哥陆凡穿上一身新四军军服时的风采。

"三哥那个时候，也一定像他这样英武、帅气吧？"我在心里问自己。

这时，主持人介绍到我了，站在我身旁的周大文叔叔轻轻地拽了一下我的衣袖，我猝不及防懵懵懂懂地被主持人请到了台上。面对着台下黑压压的人群，我紧张得头上都渗出了汗珠，心里像是装了一只烧饭用的风箱，呼啦呼啦地抽动着，小腿肚子也不听话地不由自主地抖动了起来。

“乡亲们，这位端庄、秀气的小姑娘，就是烈士陆凡连长的亲妹妹。她从老家山西中条山下，来到了我们美丽的六塘河，来到了刘老庄，来到了她的哥哥陆凡烈士战斗过的地方，就在这里插队定居了下来，她要在这里守护着八十二位烈士们，要把自己的青春和汗水洒在刘老庄这块红色的土地上。下面，让烈士的妹妹陆小凡给我们讲两句话……”

主持人把话筒递给了我，我接过话筒竟然不知道说什么是好。就在左右为难时，主持人看出了我的尴尬，小声地提醒我一句：“就说你最想说的就行。”

真是一语点醒梦中人。我把话筒递到嘴边，开口说道：“我对不起大家，对不起刘老庄。”

话犹未完，下面听众一片愕然，大家一时不知所措，不知道我下面接着要说什么，都好奇地瞪大了双眼齐刷刷地看向我。现场，寂静得可怕，只听见风儿拂过树梢的声音。

“我在参加集体劳动的时候，把麦苗当成野草锄掉了，害得集体少收了粮食，我十分难过，我愿意赔偿所有损失，我只希望大家不要赶我走，不要让我离开刘老庄……”

刚开始，台下传来了一阵哄笑声，到后来，再也没有人笑了，好多人都低下了头，沉思了起来。

那一天，我究竟说了什么，多少年后都回想不起来了，但有一点我记得却很清晰，那就是我在台上流下了眼泪，哭得是稀里哗啦的。到底是为什么而哭的，我想不起来了，我只记得主持人把我扶下了台。台下，周红叶妹妹抱住了我，她也是哭得一塌糊涂的。那天，那个时候，她把那位上台发言的军人介绍给我认识，告诉我那是她的哥哥周金成。

就这样，我第一次和周金成相识了。

①见得着：淮阴方言，“值得”的意思。

十一

夜色阑珊，东方欲晓。

顽军旅长王光钱旅部所在地徐溜镇，还处于黎明前最黑暗的时刻。新四军十九团已经抵达徐溜外围，东、北、西三个城门都被围得水泄不通，只有南门没有设伏。二营四连奉命在连长陆凡的带领下，经过二十分钟的急行军，按时到达徐溜西门埋伏。战士们趴在西门外的一条干涸的水沟里，步枪、重机枪一字排开，枪拉栓、弹上膛，随时处于击发状态。指导员李尚云在水沟里弯着腰来回地跑动，不停地小声叮嘱战士们："大家再检查一下枪支，没有命令不得射击。"

一切，正处于临战状态。

此时，王光钱的旅部里正灯火辉煌，人影绰绰，门口不时有人进进出出，显得十分忙碌。原来，昨天是旅长王光钱的三姨太 30 岁生日，为了讨好三姨太，王光钱晚上大排宴席，把手下连以上的军官都请了过来给三姨太贺寿。一帮军官从晚上掌灯时间一直喝到深夜，一个个喝得东倒西歪，前仰后合，都没了人形。按理说，酒喝到这个程度，应该早早收场，各人回去休息才对。偏偏这个王光钱，不仅好色，而且嗜赌如命，即使酒已喝到了这种状态，他也没有要放走众人的意思。

酒足饭饱过后，他吩咐手下："来人啊，把大门关上，不许放走一个人。今天三姨太大寿，老子高兴，要和兄弟们玩个痛快，一起来推牌九，掷骰子。要是哪个敢走，就甭怪老子不客气了。"说罢，把腰上的手枪拔出来，"啪"的一声拍在了饭桌上，双目圆睁盯着众人的脸瞅着。那神情，仿佛一不小心就要把人吃了一样。

话都说到了这个份上，还有谁敢不要命提出来不同意！再说了，俗话说得好，"人以群分，物以类聚"，什么人跟什么人在一块。王光钱本来就是一个"吃喝嫖赌吹"五毒俱全之人，他的手下自然也是一帮臭味相投、无恶不作之人，情趣爱好自然是差不多的。听了王光钱的话，一个个自然是强打精神，赔着笑脸聚在一起赌博。看着手下的弟兄们如此听话，王光钱心满意足地一把搂过三姨太，让她坐到自己的身边陪自己推牌九。三姨太出身青楼，能傍上王光钱这个旅长，让她一步登天过着"饭来张口、衣来伸手"的无忧生活，当然是求之不得的事情。听了旅长的话，哪里还有胆量拒绝，只有曲意奉承的份了。当下，三姨太极尽妩媚之能事，万般柔情地坐在王光钱旁边陪同看牌。

手下的一帮人看了这种情形，哪有不刻意用心的？即使一个个心里恨得骂娘，脸上也不得不装出兴高采烈的神情。他们在赌博中，故意卖出破绽，把钱悉数输给了王光钱。三姨太坐在一旁，手忙脚乱地数着钱，心里乐开了花。一帮人赌到天快要亮了，还没有要罢手的意思。偏偏这个时候，坐在三姨太旁边的一营长顾长顺口渴了，想喝水，面前的水杯又空了，他就仗着醉意对三姨太说道："姨太太，我今晚想请你给我倒杯水，好吗？"

因为人多嘈杂，三姨太没有听清一营长顾长顺的话，反问道："你说什么？"

一营长顾长顺重复道："姨太太，我今晚想请你给我倒杯水，好吗？"

三姨太还是没有听清楚，误听成他说的是"姨太太，我今晚想请你陪我睡一觉，好吗？"三姨太在青楼时，顾长顺是她的常客，自从王光钱把三姨太赎出来后，三姨太就和以前的客人一刀两断了。这个顾长顺却不识相，多次暗地里威胁三姨太，想和她重续前缘。三姨太厌恶顾长顺，一直隐忍不发，背地里却一直在寻找机会除掉他，以绝后患。眼下，这个机会终于来了。三姨太心里冷笑道："顾长顺啊顾长顺，'天上有路你不走，地狱无门偏进来’,你这是自寻死路,就怨不得我了。”

想到这里,三姨太立马变了脸,当着众人的面,对着顾长顺的脸“啪、啪”就是两个巴掌。一边打,一边骂道:“你这个畜生,旅长把你当成亲兄弟,你竟敢当众侮辱我,想跟我睡觉,你还把旅长当人看了吗?你还把旅长当你的长官看了吗?今天不杀你,我就不活了。”骂毕,转身扑到王光钱的怀里,满脸梨花带雨地哭道:“光钱啊,你是旅长,本指望跟着你享受荣华富贵相伴一生,谁曾料被自己的人吃了豆腐,现在连活着都没有脸了,还谈什么比翼齐飞、琴瑟和鸣了……”

王光钱搂着三姨太,心里这个气啊,不给点颜色看看,我这个旅长还怎么带着弟兄们混江湖?想到这里,他一只手指着顾长顺骂道:“你这个混账东西,竟然敢打三姨太的主意,真是活腻了,今天要不活剥了你的皮,我就不是人养的?来人啊,把这狗不吃的东西拖出去毙了。”

手下的军官一下子没反应过来,都被眼前这一幕吓坏了,一个个噤若寒蝉,无人敢出面替顾长顺说好话。顾长顺看到旅长发怒了,想解释一下,可是王光钱扭过头去,看都不看他一眼,只是向外摆了摆手。一直守在门口的王光钱的外甥沈正四见状窜了过来,一把抓住顾长顺的衣领就往外面拖。到了这个时候,顾长顺还心有不甘,拼命地喊道:“旅长,旅长,我是冤枉的……旅长,你饶我这一回吧……”

沈正四把顾长顺拖到外面,命人将他绑在了院子当中的旗杆上,又顺手从地上捡起一块脏兮兮的破布,塞在了他的嘴里,得意地笑道:“姓顾的,今天你落得这个下场,怨不得别人,要怨就怨你惹了一个不该惹的人。告诉你吧,也省得你做了一个不明不白的冤死鬼,你死就死在平时想要的东西太多了,而你又没命消受,到头来只有死路一条了。好吧,不啰唆了,送你上路吧!”说罢,掏出手枪,对准顾长顺的脑门“砰、砰”就是两枪。枪响处,顾长顺脑袋立马开了瓢,血一下子飞溅出去老远。头一歪,死了。

恰在这时,晨光熹微的徐溜上空升起了三颗红色的信号弹。埋伏在西门口的陆凡大喊一声:“同志们,打!”一时间,四连的阵地上,枪声大作,城门口硝烟弥漫,火光冲天。与此同时,北、东两个方向也传来了激烈的爆炸声。陆凡从水沟里站起身,大喊道:“同志们,跟我冲。”说罢,第一个跳出了水沟,向着西城门口冲去。指导员李尚云紧随其后,端起一杆长枪飞一般地跃身而出。其他的战士们犹如猛虎下山，一个个奋不顾身地冲出了掩体……重机枪手何凯紧握重机枪，火力全开，掩护着部队冲锋……

守西城门口的顽军士兵还在睡梦当中，稀里糊涂地就一命呜呼了。陆凡带着战士们一阵猛打猛冲，直接从西门冲进了徐溜街道，向着王光钱旅部所在地乡公所冲杀了过去。其他城门口的战斗也进行得十分顺利，几路人马都不约而同地冲了进来……街道上，到处都传来了激烈的枪声……

顽军旅部，旅长王光钱听到外面传来的剧烈爆炸声，惊慌失措地问道："什么情况？外面发生什么事了？"

沈正四闻声跑了出去，不一会又跌跌撞撞地跑了回来，一进门就上气不接下气地嚷嚷道："舅舅，不好了……不好了，外面全是……全是新四军，快跑吧……再……再不跑，就来不及了……"

一屋子的人听了，全吓得不知如何是好。三姨太躲在王光钱的怀里，浑身筛糠似的哆嗦着，嘴里不停地哭泣道："光钱啊，这可怎么办啊？我下半辈子就全指望你了，你不能丢下我不管啊……光钱啊……"

王光钱一把推开三姨太，跳了起来，对众人喊道："快逃吧！"说完，抓起桌子上的手枪就往外面跑。众人跟在后面，夺门而逃。

"光钱啊，我怎么办啊？"三姨太愣在后面哭喊着。

王光钱听到哭喊声，转过头来，吼道："还愣着干吗？快跟上，再不走就全完了。"

三姨太如梦初醒，迈开两腿，踏着碎步，一步三摇地跟在王光钱的屁股后面，跑了。

等到陆凡带领队伍冲进敌军旅部时，王光钱早已带着自己的三姨太和剩下的一帮人从南门跑了。王光钱逃离徐溜后，投奔了国民政府江苏省从淮阴城逃离的那帮人马，追随他们一起龟缩在了宝应、兴华一带。抗战期间，王光钱积极参与反共摩擦，后在一次战斗中被苏北新四军部队击毙，结束了其反共反人民的罪恶的一生。

徐溜被攻克后，新四军部队趁势扩大战果，肃清了淮阴北部的大小顽军和各个土匪武装，摧毁了淮阴北乡的反动区乡政权，控制了淮阴北乡。新四军部队在地方武装胡大队的大力支持下，在淮阴县的大兴庄东北角的小花庄召开了3000多人参加的群众大会，宣布成立淮阴县抗日民主政府。淮阴县抗日民主政府成立后，放手发动人民群众，各地相继成立了中国共产党领导下的人民政府和人民武装，各项工作都有了进一步的发展，淮阴县的抗日斗争进入了一个新的阶段。抗日形势呈现出积极的一面，任务也越发艰巨起来。日伪对淮阴县抗日斗争形势的发展十分忌惮，策划调集重兵四面合围，意图将淮阴县的抗日武装一举扼杀。

这期间，新四军四连奉命回到刘老庄休整。连长陆凡在一次清剿土匪的战斗中被流弹打中了胳膊，也正好随着部队回到刘老庄养伤，住到了原来的地方——区小队队长周明强的家里。这时，四连卫生队队长张一蕊被临时抽调到营部卫生所去了，照顾陆凡的任务就落到了周明强的妹妹周小红的身上了。周小红每天都按时给陆凡的伤口清洗、换药，照顾得十分周到。

一天凌晨，陆凡正在房间里看《论持久战》一书，周小红端着药盘子走了进来。

"连长，你胳膊的伤还没有好，不能老拿书看的，这样对身体不好。"周小红善意地提醒道。一边说着，一边放下药盘子来给陆凡换药。

陆凡放下书，顺从地配合周小红换药。

"连长，你看的是什么书啊?"周小红问道。

"是一本指导全民抗战的书，叫《论持久战》，是我们共产党坚持敌后抗战的纲领性著作。"陆凡回答道。

"能不能借给我看看啊?"周小红问道，随即又觉得唐突了，又赶紧补充道，"哎哟，对不起，我瞎说的，你甭见笑啊!"

"这有什么啊？想看书不是好事吗？再说了，这本书的内容本来就应该让更多的人了解和接受，按照这本书教的方法打，就一定能将日本人早日赶出中国去。"陆凡笑道。

"这么神奇啊？我一定要好好学习一下。"周小红兴奋地说道。

"是啊，这本书告诉我们，目前的抗日战争，我们中国既不能很快地取得胜利，也不会很快地灭亡，而是一种持久的战争。这场战争将分为三个阶段，第一个阶段叫战略防御，就是日本人率先对我们发起了进攻，我们是防守的一方，要积极地防守，而不是消极防守，防守之中有进攻；第二个阶段叫战略相持，日本人的进攻势头受到了扼制，中日双方打成了平手，谁也无法一下子吃掉对方。"陆凡继续说道。

“这个好理解。”周小红说道，“就好像两个人打累了，都要歇一歇，喘口气，想想办法，然后再打。对吧，连长？”

“差不多是这个意思。”陆凡说道。

“那第三个阶段叫什么？”周小红问道。

“按照书中说法，这第三个阶段叫战略反攻，就是我们中国经过了前两个阶段的战斗，取得了宝贵的经验，也集聚了更大的力量，最后发起了对日本兵的全面反击，彻底地将日本人赶出中国，直至最终取得抗日战争的伟大胜利。”陆凡说道。

周小红听得入了神，她忽闪着长长的睫毛，问陆凡：“连长，等到日本人被赶走了，你还会留在我们淮阴吗？”

陆凡听了，摇了摇头，说道：“我没想过这个问题，我老家是山西中条山下的，我从来没有想过会来到淮阴，以前也只是从书本上了解淮阴，知道淮阴是韩信故里，是漂母的故乡，其他的就不是太了解了。不过，来到淮阴以后，尤其是认识了你们以后，我对淮阴有了更深一层的了解，我已经离不开淮阴了，爱上了淮阴。如果有一天全国抗战胜利了，能让我选择的话，我还是愿意留在淮阴工作的。”

周小红问道：“那你愿不愿意回到中条山脚下呢？”

陆凡回答道：“那还用说吗？那是我自己的家啊！可是，就不知道自己有没有这个福气了？”

周小红不解地问道：“为什么没有这个福气呢？”

陆凡缓缓地说道：“我离开中条山的时候，一开始也想着要打回去，为亲人们报仇。但是，走到哪里，哪里都有吃人的豺狼，哪里的豺狼不吃人？全国人民都在遭受苦难，只有彻底地打败日本人，中国老百姓才能有好日子过。为了打败日本人，有多少中国人倒下了？又有多少人埋骨他乡，永远回不去了？现在我也不敢指望能活着看到胜利的那一天了。小红，如果以后，我说的是如果，如果我牺牲在了这里，你们就把我留在这里好吗？”

周小红听了，连连说道：“呸呸呸，太不吉利了，不许你瞎说。”

陆凡继续说道：“我是军人，行军打仗怎么能没有牺牲呢？等我牺牲了，下葬的时候，千万要记住，要让我面向西边，朝着我家乡的方向，这样，我就能日夜看到我的家乡了，看到那座巍峨的中条山了。真的，千万甭忘记了，算我求你了。记得我离开中条山的时候，心里一直在唱着一首歌，你知道是什么歌吗？"

周小红摇了摇头，问道："是什么歌啊？"

陆凡没有回答，只是轻轻地哼唱了起来：

南风之薰兮
可以解吾民之愠兮
南风之时兮
可以阜吾民之财兮
……

周小红听不懂这首歌曲的意思，却很喜欢它的旋律，才听几遍，就会唱了。她轻轻地唱道："南风之薰兮，可以解吾民之愠兮，南风之时兮，可以阜吾民之财兮……"

陆凡听了，赞叹道："你真行啊，学歌真快。"

周小红问道："连长，一蕊姐姐会唱这首歌吗？"

陆凡说道："她当然会唱了，我们山西人都会唱。"

周小红听了，愣了半天，才缓缓地问道："连长，能问你一个问题吗？"

陆凡好奇地问道："你不是一直在问我问题吗？"

周小红半晌才说道："这个问题不一般，你能如实回答我吗？"

陆凡听了，忍不住笑了起来，问道："我哪一个问题回答得不如实啊？"

周小红说道："你必须如实回答，不然我就再也不理你了。"

陆凡只好说道："好吧，一定如实回答。"

周小红一字一顿地小声问道："你——喜——欢——一——蕊——姐——吗？"

陆凡听了，脸上泛起了一阵绯红，笑道："你怎么问起这个问题了？"

周小红板起脸，严肃地说道："甭打岔，如实回答。"

陆小凡想了想，如实回答道："喜欢。可是，你干吗问这个问题？"

周小红说道："不为什么，只是想替一蕊姐证实一下。"

陆凡问道："证实什么？"

周小红说道："一蕊姐不知道你喜不喜欢她？你又没有明说过。"

陆凡奇怪道："我的心思她还不知道吗？要不然，她送定情物给我，我能要吗？"

周小红听了，好奇地问道："一蕊姐送什么定情物给你了？"

陆凡听了，不好意思地说道："这个哪能随便告诉给别人呢？"

周小红看他不肯说，便激他道："一蕊姐哪能送东西给你呢？一定是你假要好看的。"

陆凡听了，有点急了，说道："我骗你干吗？"

周小红继续激他道："算了，不看了，反正你又拿不出来。"

陆凡听了，果真着了急，说道："谁说拿不出来？我现在就拿给你看。"一边说着，一边解开上衣纽扣，从脖子上解下了一个挂件递到了周小红的手里。

周小红接过来一看，原来是一件圆形的银色吊坠。吊坠上面雕刻着两条一大一小的鱼儿，鱼儿依偎在一起十分亲昵。整个吊坠做工精致，十分好看。周小红手里捧着这件挂件，心里十分喜欢，简直是爱不释手。她把玩了许久，才恋恋不舍地把它还给了陆凡，说道："看来，一蕊姐真的是喜欢你了，你也真的喜欢一蕊姐了。"

陆凡自豪地说道："那还用说，我们俩是青梅竹马，两小无猜。"

周小红问道："你既然喜欢一蕊姐，那你怎么不去向她表白啊？"

陆凡诧异道："都送东西了，还要怎么表白啊？"

周小红说道："她送东西给你了，只是说明她喜欢你啊！你又没有送东西给她，也没有明明白白地告诉她你也喜欢她，她当然不知道你真实的想法了。一个女人的情感是细腻的，她是需要你去把这层窗户纸捅破的，更需要你时时刻刻去保护的，因为她需要一种安全感。"

听了周小红的话，陆凡一下子沉默了起来。看到他的这种神情，周小红有点沉不住气了，问道："怎么，你不想去告诉一蕊姐吗？告诉她你也喜欢她吗？"

陆凡说道："我也想去告诉她，但是，我不能这么做。"

周小红不解地责问道："这又是为什么？"

陆凡解释道："我们都是军人，现在国家正处于危难时刻，日本人还没有赶走，我怕哪一天我牺牲了，我这不是耽误人家了吗？我不能太自私了。"

……

两个人正说着话，不承想，门一下子被人撞开了，通讯员李建慌里慌张地跑了进来，大声地报告道："连长，不好了，营部被日本人包了饺子了。"

十二

我陪同周金成吃的第一顿饭，是花荠菜包的饺子。

周金成是一个性格比较腼腆的人。第一次见面，话不是很多，和我也没有多少交流。公祭活动结束后，他获准回家探亲小住几天。那天中午他回家吃饭的时候，周大文叔叔特意让我陪同吃了一顿饭。那天的饭菜很简单，就是花荠菜做成馅心的饺子。花荠菜是周婶子从路边、沟边、田边辛辛苦苦挖来的。

3 月的麦田里，正是花荠菜长势最旺，也是最嫩的时候，村里的妇女和孩子们都爱提着菜篮子到麦地里去挖菜。荠菜挖回去后，可以做成多种美味的菜肴，可以凉拌，可以清炒，可以煲汤，但更多的会被做成鲜美的饺子馅。用 3 月的花荠菜包成的饺子，是当地老百姓最喜爱的一道传统美食。但是，按当时的规定，集体麦地里是禁止群众去挖花荠菜的，主要是怕踩坏了即将拔节的麦苗。为此，大队专门安排我负责看守全村的麦地。然而，在美味的诱惑下，人们总是会想着法子偷偷地到集体的麦田里去挖花荠菜解馋。

记得和周金成一起吃过饭的第三天，一群孩子提着竹篮子和我打游击。我到西边时，他们就跑到东边，我到南边时，他们就跑到北边。总之，让你怎么也抓不到他们。后来，看看天色将晚，孩子们再也不跟我捉迷藏了，发一声喊，一下子全冲到了麦地里，散开来在麦地里匆忙地挖了起来。我再三制止都没有效果，急得竟然抹起了眼泪。看到这种情形，孩子们都乐得大笑了起来。其中一个七八岁的孩子挥舞着手中的镰刀，直接砍中了我的脑袋，我“啊”的一声用手捂住了脑袋，血一下子顺着我的手指流了下来。

孩子们看到这种情况，都一下子吓得呆住了。一个稍大一点的孩子反应了过来，急急忙忙地跑到村里喊大人去了。第一个冲到我身边的就是个头高大的周金成。他穿着一身鲜艳的草绿色的军服，快速从村子里以百米冲刺的速度冲到了我的身边，简单地查看一下我头上的伤情后，迅速从裤子口袋里掏出了一块叠得方方正正的白色手帕，让我捂在了伤口上，说了一句“不要动”的话后，又以同样的速度跑回了村子里。很快，他又变魔术般地骑着一辆自行车回来了，让我坐到后座上后，他便骑上车子飞快地向公社医院赶去。等到了公社医院时，他后背的军衣已经是湿漉漉的一片，已经被汗水浸透了，浑身都散发出一种成熟男人特有的炽热的气息。到了医院以后，他更是忙里忙外地替我挂诊、找医生、拿药，像个不知疲惫的陀螺一样快速旋转着。

等回到我自己家里的时候，早已过了吃晚饭的点了。周金成让我坐下休息，自己撸起袖子帮我做了一顿晚饭，看着我吃完了才肯离开。我让他一起吃，他不肯，说是周婶子把饭留在家里呢，不回去吃就浪费了。我知道，他是帮我节省粮食呢！他走后，我一个人躺在床上，回想起和他相识以来的点点滴滴，尤其是他送我去医院的过程，我全程就像是一个孩子似的被他宠着，感到特别温暖。这样想着，不知不觉，一种别样的情愫就像春天的野草一样，慢慢地生长着，渐渐地爬上了我的心头，占据着一位青春女孩的心房。

那一晚，我失眠了，整整一夜都没有合眼。

第二天，就像事先约好了一样，周金成又来了。他细心地帮我清洗头上的伤口，换上了药。之后，他竟又帮我收拾起了房间。

一连三天，周金成不仅让我的房间焕然一新，还在我的门口院子里开辟出了一块四分多地的菜地，四周还用六塘河里的芦苇编织了一圈篱笆。菜园子里分成了四块区域，分别栽上了青葱、大蒜、白菜、菊花菜和芹菜。在房门口不远处,用捡来的碎砖头和木头棒子,搭了一个简易的鸡窝。鸡窝搭好后,又从集市上买来了十多只鹅黄色毛茸茸的鸡崽,放到了鸡窝里。经过他的这一番折腾,我居住的牛圈储藏室第一次有了家的味道。

一晃七天过去了,周金成到了返回部队的时间了。我头上的伤也养好了,只是留下了一个小手指头大小的疤痕,好在我的头发长,不注意看根本看不出来。周金成临走的那天早上,他一身戎装,手里提着满满一网兜的生活用品,来到我的家里跟我告别。

"你什么时候再回来?"我把热水倒在一只瓷缸里,递给周金成问道。

周金成闷头喝着瓷缸里的水,半天才说道:"估计得一年后吧!"

"那你回去后,会写信给我吗?"我问道。

周金成把头埋在瓷缸里,闷声说道:"这个恐怕不太好吧?"

"这有什么呀?写信不很正常吗?"我说道。

周金成听了我的话,抬起头,不敢正眼望着我,盯着门口一群到处觅食的小鸡崽,说道:"我不知道写什么?"

"这有什么难的,想写什么就写什么呗。"看着他那一副憨头憨脑的样子,我捂着嘴差点笑出声来。

周金成这才转过脸望着我,语气诚恳地说道:"你一个人在这里不容易,如果熬不下去了,就想法回去吧!"

"你怎么也说这种话?我最不愿意听到这种话了。如果你是来劝我回去的话,那你还是走吧!"我有点不高兴起来,说话的语气也变了味。

周金成看我生气了,忙站起来解释道:"我,我,我不是那个意思,我是怕你在这里受委屈了。"

"我能有什么委屈?大伙对我可好了,他们处处都替我考虑,有的时候,连我自己都感到不好意思了。"看到周金成惶恐的样子,我有点于心不忍,缓和了一下语气。

看到我不生气了,周金成偷偷舒了一口气,半晌,说道:"你以后遇到困难就写信给我,我会尽我所能帮你的。真的,你放心。"

"有你这句话,就够了。"我终于开心地笑了起来,"对了,你上次的那块手帕被我弄脏了,不好意思给你了,我送一块新的给你吧!"我说着,从挂在墙上的黄军布包里,拿出一块崭新的白底碎花手帕递给了他。

周金成接过手帕，小心翼翼地藏好，然后，伸出手来，说道："那块还给我吧，我买块新的给你。"

"你那块哟，早被我扔了，还想要回去？"我笑道。

周金成挠了挠后脑勺，憨厚地笑了。

周金成返回部队后，我们之间正式开始了通信往来。每一个月，他都会给我寄来一封信，给我讲述部队里发生的事情。那个时候，他们的连队驻扎在河北保定。一次，周金成在来信中告诉我，他们的连队指导员听说我到刘老庄插队后，大家都非常高兴，希望我能到他们的连队去给战士们作报告。我看了来信后，心中非常激动，说真的，我是非常期待到刘老庄连去看一看，走一走的。但是，冷静下来后，感觉到现在还不是去的时候，因为，我刚到刘老庄插队不久，还没有做出一点成绩，如果真去了，让我说什么好呢？因此，我最后还是婉转地回绝了。

不久，一件更大的喜事在等着我呢！

一天，周大文叔叔把我叫到了他的家里。我到了屋里，才发现屋里的板凳上还坐着两个穿着军装的年轻人。见到我进来了，两人一起站了起来。

"小凡，你来了，我给你介绍一下。"周大文叔叔笑着对我说，"这两位是原南京军区来的干部。"

一位高个子军人向我敬了一个军礼，说道："你是陆小凡同志吧，我们两人是原南京军区的，奉组织命令来找你的。"

一听是原南京军区来的，我不知道究竟发生了什么事情，吓得心脏"扑通、扑通"地跳着。我怯怯地问道："找我有什么事吗？"

"组织上经过慎重研究，决定特招你入伍。"高个子军人从桌子上的皮包里拿出了一张纸递给我，"这是入伍登记表，你填好后就交给我们，三天后我们来接你。"

"这也是我们大队干部集体研究作出的决定，都是为你好的。"周大文叔叔说道。

我接过登记表，脑袋一片空白，一时竟不知道说什么好了，只是默默地站立着，像个呆子一样。两位军人走后，周大文叔叔向我道喜，说道："小凡啊，恭喜你了！这下好了，你再也不用在这里受罪了。回去后抓紧把表格填了，收拾收拾东西，过两天就走。明天中午，我让你婶子炒两个菜，给你送个行，一起热闹热闹。”

我木然地回到家里，关起门，倚在门板上，把手里的那张表格举到眼前，一遍又一遍地仔细翻看着，表格最上面真真切切地印着一行黑色的字迹“原南京军区女兵入伍登记表”，下面是一个个小格子，内容包括姓名、年龄之类方面的，右上角还有一个长方形的空白处，我知道那是贴照片的位置。我长这么大了，照相都没照过几回，想想也真够可怜的。

那一夜，我又失眠了。

我三哥陆凡是军人，是烈士，我能参军，也是顺理成章的。再说了，那个年代，能参加中国人民解放军，尤其是一名女兵，是多么让人向往的一件事情啊！能穿上绿军装，也是我从小就怀揣着的一个梦想。“一人当兵，全家光荣”，更是那个时候全社会崇尚的一种主流价值观。为了当兵，好多人真是打破了脑袋。穿上了这身绿军装，就意味着提干、就业等问题的迎刃而解，以后的人生旅途将会一片光明。而能当上女兵，更是十分稀少、珍贵。那时的女兵，不像现在是公开向社会征召的，而是单向招收，很多人是连机会都没有的。这样的机会，并不是谁都能得到的。

翌日一大早，周红叶就带着几个好姐妹找上了门，说是要带着我到集镇照相馆去拍合影照，等我真走了，就没有机会在一起照相了。我还没有多解释几句，就被一群姑娘簇拥着来到了集镇上的“小马照相馆”。小马照相馆位于刘老庄中学大门的斜对面，是两间不大的临街门面房，两间房子的大门都是一块一块门板拼起来的，每次开门、锁门都要把门板一块一块地拿上去、拆下来，十分费事。但照相馆的主人却乐此不疲，一点儿也不觉得费事，真是干一行爱一行的标兵。

照相馆主人是30多岁的马师傅。他叫什么名字，我从来没有打听过，只知道他姓马。马师傅长得白白胖胖，梳着对半分的发型，上面涂了发胶，头发纹丝不乱，泛着油光。个子不高，上身长，两腿短，走起路来只看到两只胳膊甩来甩去，两条短腿就几乎看不见了，整个人儿就像在贴着地挪动似的。马师傅看到我们这一群人上了门，喜得两只小眼睛都眯成了一条缝，他热情地招呼着：“哎哟，我说怎么今天一大早喜鹊就在我的屋顶上叫呢？原来是一群姑娘驾到了。来，来，来，快请进来，外面风大，甭让姑娘们着凉了。”

我们“嘻嘻哈哈”地说笑着拥到了屋里。照相馆的外间墙壁上挂满了各种各样的相框，里面都是各种人物照片，男女老少应有尽有，让人目不暇接。里间是照相的地方，墙上挂着一幅画在布上的风景画，上面画的好像是公园里的场景，有亭台楼阁，有花鸟草虫，有蓝天碧水……画布前面两侧各有一个聚光灯，开关一拧，两只聚光灯发出的柔和光线把整个房间都照得亮堂堂的。那个时候，电灯还是一个稀罕物，除了集镇上的居民能用得上电灯外，其他人就想都甭想了。画布的正前方摆着一台带着三角架子的老式“海鸥”牌相机，旁边的衣架上挂着满满一排各色各样拍照用的衣服。

马师傅从衣架上挑了一件古装戏中女子的衣服递到周红叶的面前，满脸笑容地说道：“大小姐，这是戏文中蒙古美女的装扮，你穿上照上一张，保证比王昭君还美。”

周红叶摆摆手，又指着我说道：“不需要，不需要，你还是给这位大小姐挑一件衣服吧，她马上要参军了，来留个影纪念一下。”

马师傅听了，望着我，惊讶得眼珠子都要掉下来了。他有点不相信自己的耳朵，问我：“这是真的呀，你要去当兵了？”

我刚要解释，被周红叶抢过话茬道：“这还能有假啊？我姐是八十二烈士陆连长的亲妹妹，昨天原南京军区都来人了，过两天就接姐去南京了。”

马师傅听了，再一次惊讶起来，喊道：“啊，原南京军区都来人了？”

周红叶炫耀道：“我姐快成一名女战士了，你可要服务好了，等到她以后出息大了，你这个小小的照相馆不也跟着出名了吗？”

马师傅一边听着，一边忙不迭地点头，说道：“那是，那是，小妹妹有什么要求尽管说，只要我能做到的，一定让你满意。”说着，走到那排衣服前，仔仔细细地选择了一番，最后挑了一件白色带裙褶的连衣裙，递给我说道：“小妹妹，这一件连衣裙和你的气质很相称，你穿上它照一张相一定会成为经典。”

这种款式的连衣裙在当时是十分少见的，我只有在电影里看到像生活在上海这样的大都市里的姑娘才会穿它，淮阴农村大多以土黄色和绿色调为主。所以，我把那件连衣裙拿在手里，犹豫道：“穿这个恐怕不合适吧？”

“有什么不合适的？你穿上一定非常好看。”马师傅极力怂恿道。

“是啊，你穿上会比那些电影里的人还要美。”周红叶也跟着起哄。

别的姑娘们也都纷纷附和着、怂恿着。

最终，我没有选择那件白色的连衣裙，而是看中了一件草绿色的女式军装。我怀着一种复杂的心情穿上了那件军装，坐在了那幅风景画的背景前。马师傅看我没有选中他替我精心挑选的服装，虽然面露些许的遗憾之色，但还是尊重了我自己的选择，十分专业地把头埋到了相机的幕布里，为我按下了“海鸥”牌相机的快门，留下了我一生中唯一穿着军服的照片。当然，那件军服是拍照用的，不是真正意义上的军服。

第二天上午，我把马师傅帮我加急印出来的照片装进了一只信封里，寄给了远在千里之外的“刘老庄连”的周金成，告诉他我终于圆了一次参军梦了。之后，我来到了周大文叔叔的家里，平静地把那张参军登记表退还给了他。

“什么？你这是怎么了？别人挖空心思想去当兵，你倒好，天上掉馅饼的好事你说不要就不要了？小凡，你到底怎么了？是不是出了什么事了？”

我没有回答，只是轻轻地摇了摇头，就走出了周大文叔叔的家。不知不觉间，我来到了八十二烈士陵园，走了进去。陵园里，一片松树林苍翠欲滴，松涛阵阵，仿佛在亲切地和我打着招呼，说道：“小凡，你来了。”

当年，八十二烈士牺牲后，刘老庄的乡亲们为纪念他们，第二年，就在墓地里栽种了八十二棵松树苗。好多年过去了，如今，这八十二棵小树苗已经长大了，一棵棵高大挺拔，巍然而立，就像守护着刘老庄这片土地的卫士，忠诚无畏，视死如归。苍松依旧，英雄何处？涛声如许，谁解其语？

泪眼婆娑中，忽忆起杜甫有诗云：

恸哭松声回，悲泉共幽咽。
平生所娇儿，颜色白胜雪。

不知道杜甫老先生在作此诗时，其情愫与我可相似？我缓步来到纪念碑前，抚摸着刻在碑体上的一个个冰冷的名字：陆凡、李尚云、周大海、赵金全、钱峰、李建、何凯……耳畔响起了流传于淮阴大地的一首民谣：

一唱淮阴城，日机来了遭了殃
飞机如蝗虫，遮天蔽日光
炸弹像冰雹，劈头盖脸响
可怜花街巷，失火变灰场
水门大桥上，母女命来丧
墙根防空洞，变成乱坟岗
……
二唱淮阴城，国民政府几万人和枪
鬼子还没到，吓得尿裤裆
当官连夜跑，拐带婆姨娘
小兵也不孬，有样学模样
土豪和劣绅，求人教日腔
地方小土匪，趁势打砸抢
……
三唱淮阴城，日本兵破城杀人忙
个个举刀枪，魑魅和魍魉
砸门抢东西，见啥都不放
杀人又放火，狰狞如虎狼
奸淫妇女们，凶狠又猖狂
放犬撕咬人，哪管他人伤
……

“小——凡——姐——你——在——哪——儿——”

夜幕降临，陵园里笼上了一层薄薄的夜色。这时，陵园外面，传来了周红叶等人焦急的呼唤声。

刘老庄的亲人们，朝着陵园这边一路找过来了……

十三

日伪军包围刘皮街的时候，夜已经很深了，整个街道已经进入了梦乡，连零星的犬吠声都听不到，更甭说有人行走了。

二营营部所在地，是街东南一个三十来户的小村庄，离刘皮街也就二三里地的路程。二营营长白恩铭白天带领警卫连在北吴集一带伏击日军的运输车队后，原本是到刘皮街过夜的。刘皮街不大，仅有一条南北向的主街道，全长不过一公里，两边是几十间低矮的茅草屋，还有几家卖油条烧饼、日用品和理发的店铺。街道两头没有任何遮挡物，更没有门楼，是个完全不设防的小街。白恩铭看出刘皮街不适合宿营，就把队伍临时拉到了街东南现在的小村子。

战士们经过了一天的行军打仗，都十分疲惫，早早地就各自休息了。营长白恩铭检查完岗哨回到房间，来不及洗漱就躺到床上呼呼酣睡了起来，警卫员住在隔壁都能听到他发出的如雷般的呼噜声。随营部一起行动的卫生队也在营部隔壁的院子里安顿了下来。在此之前，四连卫生队队长张一蕊被抽调到营部卫生队帮助培训新来的一批卫生员。

张一蕊离开四连到营部报到时，来到连部向陆凡辞行。

“我要走了，我不在的时候，你要把自己照顾好了，一天三顿饭一定要吃，尤其是早饭更要吃。还有，以后遇到什么事，不要一个人扛着，要多和指导员他们商量，大家都是生死兄弟，肯定会一起想办法的……我说的这些，你都记下了吗？”张一蕊望着陆凡叮嘱道，满眼都是不舍。

“你今天怎么啦，像是生离死别一样？我又不是小孩子，用得着这么婆婆妈妈吗？”陆凡看着张一蕊泛红的双眼，有点奇怪地问道。

张一蕊叹了一口气，从带来的布包里拿出一双崭新的黑色圆口布鞋，递给陆凡说道：“呶，我花了一个多月才做好的，把你脚上这双破的换了吧！”

陆凡不解地问道：“这双好好的，干吗换掉？”

张一蕊没有回答，直接把陆凡一把推倒在了身后的木椅子上，抬起他的两条腿，把脚上已经破得露出了脚指头的鞋子脱了下来，扔到了地上，又把自己才做好的这双新鞋穿到了他的脚上。

张一蕊命令道：“站起来，走两步试试，看看合不合脚？”

陆凡顺从地站了起来，在地上走了两步，开心地笑道：“好，好，刚刚合脚。看不出来，你一个大家闺秀，竟然还会做鞋，真是小瞧你了。以后，不知道哪个走狗屎运的傻小子能娶到你呢！”

张一蕊噘着嘴，冷笑道：“反正不是你。”

陆凡笑道：“我才不敢娶你呢，你家那么有钱，你又是一个大小姐，你的那些生活习惯谁能受得了？”

张一蕊笑着举起拳头捶了几下陆凡的肩头，问道：“我有什么习惯让人受不了啦？你不想受，我偏让你受，让你受一辈子。”

陆凡也不躲让，捉住张一蕊纤细的双手，柔声地说道：“好了，好了，我认栽还不行吗？”

张一蕊闻言，挣脱了陆凡的双手，举起拳头又给了他两下，嘟起嘴，说道：“看你还认栽？看你还认栽？”

两人正闹着，门口传来了一个人大声咳嗽的声音。陆凡听出了是通讯员李建的声音，立马站直了身体，用手整理了一下军纪，大声地命令道：“进来！”

李建像是刚刚经过了百米赛跑似的喘着粗气，红涨着脸，立正敬礼毕，问道：“连长，你找我？”

李建是陕西西安人，18岁，长得秀秀气气的，像个女孩子一样，很讨人喜欢。别看他年龄不大，做事却很稳当，自从当了陆凡的通讯员以后，越来越得到陆凡的器重。当下，陆凡对李建吩咐道：“小李，我把张队长交给你了，你要把她安全地送到营部，不能出任何差错。听到没有？”

李建笑道：“连长你就放心吧，张队长如果少了一根汗毛，你就把我的脑袋拧下来当球踢。我多机灵啊，你对我还不放心？”

陆凡笑道：“我最不放心的人，就是你。”

李建用手挠了挠后脑勺，笑道：“我知道，连长这是在夸我呢！”

陆凡也笑道：“就你臭美？”

张一蕊在一旁忍不住了，说道：“我不要李建送，我自己一个人走。”说完，就大踏步地跨出了陆凡的房门，走了。

“这个？”李建望着陆凡，不知所措地问道。

“快去啊！”陆凡小声地说道。

“好嘞！”李建答应了一声，箭一般地蹿出了房门，撵张一蕊去了。

张一蕊来到营部后，被分配负责新招来的五六个卫生员的业务培训工作。这些卫生员都是从各个中学入伍的十几岁的女学生，头脑聪明，学得很快，教了一段时间后，都能从事基本的战地护理工作了。

这天晚上，张一蕊带领着卫生队队员跟着营部来到刘皮宿营。安顿好队员后，张一蕊躺在床上怎么也无法入睡，干脆就披衣起床，点亮床头柜子上的小油灯，从随身携带着的公文包里拿出了一本红色封皮的笔记本，写起了日记。从中学时候开始，张一蕊就养成了每天晚上写日记的习惯。即使是身处战争时期，她的这个习惯都没有忘掉。她翻开笔记本，掏出一支钢笔，在笔记本上写道：“今天是我来到营部的第十天了，五名队员的业务培训基本已经结束了，我不知道营长什么时候能让我回到四连去？不知道陆凡在忙些什么？好几天没有得到他的消息了，心里真的是十分焦急，生怕他会出什么意外……”

隔壁院子里的营长白恩铭的呼噜声音还在继续……

然而，让白恩铭没有想到的是，部队的行踪被当地的一个汉奸发现了。汉奸把这个情报传递给了驻扎在附近钱集街据点的日本人了。钱集据点的日本兵得到情报后，迅速纠集了附近几个据点的日军 500 多人，在夜色的掩护下，悄悄地开到了刘皮街，采取四面合围的战术，将营部所在地刘皮街东南角的小村庄严密地包围了起来。

这时，营部负责放哨的哨兵想小解，就端着枪走到了一棵洋槐树下。就在他松开腰带将要方便时，借着天上的星光，他看到了在十米开外，有一片黑压压的黑影在无声地移动，在星光下面甚至还能看见金属头盔反射的一丝光亮。哨兵暗叫一声“不好”，顾不上去提裤子，紧急去抓靠在树干上的步枪。就在他抓到步枪的同时，一束寒光抹过了他的脖子，他无声地瘫软了下来。就在倒地的一瞬间，他的手指扣动了步枪的扳机。

一声枪响，划破了夜晚的宁静。

正在睡梦中的营长白恩铭惊醒过来，大声地喊道：“哪里打枪？”

警卫员从隔壁的房间里披着衣服跑了进来，一边快速地扣着纽扣，一边说道：“营长，好像是从村口传来的。我出去看看。”

白恩铭命令道：“好，快去看看，随时报告。”说着，从床上一跃而起，以最快的速度穿好衣服，抓起枕头边上的手枪就往外走。

警卫员来到院子里面，还没有走到院子大门，就听到大门外传来了一阵嘈杂的脚步声音、叽里呱啦的说话和一通“乒乒乓乓”砸门的声音。警卫员立即隐蔽在院子里一辆木轮车的后面，端起步枪警戒着。住在东侧厨房里的几名战士听到动静也跑到了院子里，一个个找好地方躲起来，把枪口对准了院子大门。

这时，堂屋里放在桌子上的电话机骤然响了起来，刚要跨出门的白恩铭听到声音，只得折回来一把抓起了话筒，大声地喊道：“喂，谁？”

“营长吗？我们被日军堵在屋里了，怎么办？”电话里传来了副营长葛志标焦急的声音。

“什么怎么办？立即组织人员砸开后墙，突出去。注意，一定要保护好卫生队人员的安全。”白恩铭听了，大声地命令道。

“明白，营长。”副营长葛志标迅速挂断了电话。

就在这时，只听见“砰”的一声，白恩铭所在院子的大门在外力的冲击下轰然倒地。一群日本兵怪叫着，杀气腾腾地冲了进来。几声枪响，冲在最前头的几名日本兵一头栽倒在地，不动弹了。其余的士兵见状，纷纷退了出去，趴在大门外面架起了歪把子机枪，“突突突”地向院子里疯狂射击了起来，打得院子里尘土乱飞，一名战士被打中了肩头，鲜血迸流了出来。门外日军火力太猛，通讯员和其他几名战士只得边打边往堂屋里撤。

“快把门关上。”白恩铭命令道。

战士们关上了堂屋大门，从窗户口向外射击。院子外面的日本兵也不敢贸然冲进院子里，和被堵在院子里的白营长他们形成了火力对峙。

屋子里，白恩铭营长命令通讯员他们："快把后墙打开，我们从后面突围出去。"

战士们得到命令，留下两个人在窗户口警戒，其余的人找到铁镐子，拼命地在墙上凿着洞。

敌人的火力增加了，密集的子弹从窗子里、门板上射进来，把屋里的物件打得稀巴烂。白恩铭营长一边躲避着子弹，一边催促着："快挖，快挖。"

终于，在几名战士的奋力合作下，后墙终于被挖开了一个洞口。白恩铭营长带领战士们鱼贯钻出洞口，绕到前面大门口日本兵的屁股后面，一通火力输出，将门口的日本兵打得死伤大半，剩下的赶紧退到了村口。

隔壁的卫生队的几个新队员听到枪声后，被吓得在被子里瑟瑟发抖，有的忍不住喊叫了起来。张一蕊冷静下来，侧耳听了听外面激烈的枪声，马上安慰队员们，说道："大家不要慌，现在听我命令，所有人立即隐蔽起来，占据两个窗口，不能让敌人冲进来。"

队员们听到张一蕊的命令后，立即下床，有的人连衣服都没有穿好，慌里慌张地躲到窗户口观察着院子里的动静。张一蕊把屋子里的饭桌推到了门后，顶在了门板上。然后，紧贴着墙壁从窗户口伸出半个脑袋向外张望着。

一位女队员紧紧靠在张一蕊的身后，身体不停地战栗着，抖抖索索地呜咽着说道："队长，我好怕。"

张一蕊目不转睛地望着外面，小声地劝慰道："第一次上战场，都会怕的。没事，有我在，你一定没事的。"

那位女队员拼命地点了点头，小声地说道："嗯嗯，有你在，我放心，我放心。"

两人正说着话，院子的围墙上翻进来两个黑影，刚一落地就向着张一蕊她们住的堂屋冲了过来。张一蕊看得真切，举起手里的驳壳枪扣动扳机，将冲在最前面的黑影撂倒在地。后面那个黑影见了，吓得立即趴倒在地，对着张一蕊的位置开枪射去。"嗖"地一颗子弹贴着张一蕊的鬓发擦了过去。"好险啊！"张一蕊暗暗吃了一惊。抽身转到另一个窗口，抬手又是一枪，打得第二个黑影趴在地上没了动静。

这时，从围墙外面扔进来两颗手雷，落到了院子里发生了爆炸。院子大门也被日本兵的手雷炸倒了，一群日本兵趁着爆炸的烟雾冲了进来。张一蕊和五位女队员，只有她一个人有一把驳壳枪，其他的人都是赤手空拳，没有任何武器。张一蕊小声地对队员们说道："姐妹们，誓死不当俘虏，跟他们拼了。"这些女队员，有的手里拿着一把剪刀，有的手里拿着一张板凳，有的手里拿着一把镰刀，在张一蕊的鼓励下，一个个眼里喷着火，随时准备和冲进来的日本兵搏斗。连那位最胆小的女队员的手里，也拿了一根擀面杖，神色紧张地紧贴在墙上，紧闭着眼睛，嘴里不停地念叨着什么。

日本兵已经冲到了院子中间了，张一蕊从窗户口探出头来，"砰、砰"就是两枪，两个黑影应声倒地。剩下的日本兵变得更疯狂了，不要命地冲到了门口，砸开了堂屋的大门。张一蕊举枪就打。糟糕，手枪没子弹了。张一蕊没有犹豫，对准第一个闯进来的日本兵的脑袋，用手枪狠狠地砸了下去……其他的女队员也都拼命冲了上去，用自己手中的各项武器和日本兵厮打起来……

千钧一发之际，院子外头响起了一阵"乒乒乓乓"的枪声，冲到院子里的日本兵纷纷中弹倒地。又一群人冲了进来，其中有人高声地喊道："张队长，张队长在吗？"

张一蕊刚刚和五位女队员合力砸烂了那名日本兵的头，她听出了是营长白恩铭的声音，激动之余，大声地回答道："我们在这里，营长。"

白恩铭带着人冲进了屋子里，看了一眼倒在地上日本兵的尸体，竖起一只大拇指，说道："好样的。"然后大手一挥，带着人马迅速撤到了院子里，张一蕊也赶紧带着几名队员跟了出来。这时，副营长葛志标带着人马赶了过来。

"情况怎么样了？"营长白恩铭劈头就问道。

"进到庄里的鬼子被消灭了一部分，其余的都退到庄外了。"副营长葛志标回答道。

"好，现在你我各带一部分人，分别守住东西两个庄口，不能让鬼子再踏进庄子半步。另外，迅速派人突围出去，赶紧去搬救兵。"白恩铭命令道。

"是。"葛志标敬了一个礼，带领一部分人向着庄子东头去了，白恩铭带着剩下的人马向着庄子西头赶来。

……

日本兵被迫退出村庄后，剩下的兵力将村庄围了个水泄不通，汉奸顾大成不解地问领头的日军大佐稻犬一郎："太君，庄子里的新四军并不多，我们为什么不趁势攻进去，一举拿下他们？"

这个汉奸顾大成，不是别人，正是陆凡和张一蕊在山西运城的同班同学。中条山战役之后，日本人控制了山西以南的大片区域，顾大成跟随他的父亲，那个运城城南乡公所的所长，一起投靠了日本人，充当了可耻的汉奸。之后，顾大成投靠的那支日军部队被抽调到了江苏淮阴地区，驻扎在了沭阳县城。顾大成也就跟着那支日军来到了淮阴地区，充当了日本人的帮凶，与淮阴人民为敌。只不过，他不知道的是，他的老同学陆凡和张一蕊早他一步来到了淮阴，为他在这里掘好了坟墓。钱集据点的日军得到情报后，立即向沭阳日军做了汇报。沭阳日军担心钱集据点兵力不足，不仅调动了钱集附近的日军前来支援，还带了沭阳县城的一部分兵力前来助战。

当下，日军大佐稻犬一郎听了顾大成的建议，轻蔑地一笑，说道："顾桑，论起打仗你不行的。你看，这支新四军部队人数的虽然不多，他们却有地理优势，敌在暗，我在明。我们不熟悉地形，贸然进去的，肯定吃亏的，不如先困死他们，等到天亮后再行攻击也不迟。何况，这支部队携带的弹药，不会太多的，等到他们弹尽粮绝，还拿什么跟我们大日本皇军斗？哈哈哈，到那个时候，他们就是案板上的鲜肉，你爱怎么宰割，就怎么的宰割的。"

顾大成一听，眉开眼笑地弯着腰夸赞稻犬一郎道："太君，你的，太厉害了的，真是人所不及的！"

稻犬一郎得意地用左手捋了一下自己嘴唇上的两撇小胡须，睨视着顾大成，问道："顾桑，现在，有一块到嘴肥肉，是否有兴趣品尝？"

顾大成没听明白，凑前一步，把耳朵伸到了稻犬一郎的嘴边，说道："太君，我的智商不行，没听明白您的意思的。"

稻犬一郎狞笑着转过身来，指了指不远处刘皮街的方向，提醒道："你明白的，那里是刘皮街的，你们中国不是有一句歇后语的，叫作'苍蝇虽小也是肉'的？你的，今天晚上不想打打牙祭的？"

经此一提醒，顾大成顿时反应了过来，媚笑着问道："太君，你喜欢什么样的花姑娘的？我保证今晚的让你尽兴的。"

稻犬一郎听了，伸出一根手指戳了戳顾大成的脑门，轻轻摇了摇头，说道："你，太粗鄙，没有情调。"

顾大成脑门被戳，不仅不生气，反而喜得屁颠颠的，连连哈腰说道："我明白的，明白的。"说完，转过身，对着一群日伪军说道："你们，跟我走，到刘皮街抢花姑娘去。"日伪军听了，顿时一个个喜笑颜开，露出了猥琐的嘴脸，如狼似虎地跟着顾大成向着刘皮街扑了过去。

半个时辰不到，刘皮街方向火光冲天，浓烟滚滚，传来了一阵阵刺耳的枪声和撕心裂肺的哭喊声……大火整整烧了一个晚上，半边天都被映红了……战后，根据史料记载，那一晚上，刘皮街有72家房屋被焚烧，321人被杀，32位女性失踪……

原本宁静、安详的刘皮街成了一片废墟……

"营长，鬼子又在刘皮街杀人了？"张一蕊急匆匆地跑到村庄西头阵地向营长白恩铭报告。

白恩铭拿起望远镜注视着刘皮街方向，眼里含着热泪，狠狠地骂道："日本鬼子，你们又欠下了中国人一笔血债。"

"营长，让我们冲出去吧，跟鬼子拼了。"张一蕊杏眼怒睁，手里提着一杆步枪大声请示着，"我们不能眼睁睁地看着老百姓遭殃啊！"

白恩铭流着泪说道："现在，我们冲出去就是送死，不仅解救不了老百姓，到时连给他们报仇的人都没有了。我们不能让群众的血白流啊！"

张一蕊责问道："那我们就在这里干等着，什么也做不了？"

白恩铭略一沉思，喊过警卫员命令道："你带几个人摸过去，解解恨。"

通讯员得到命令，掉头就走。张一蕊喊住了他，说道："等等，我也跟你们去。"

通讯员听了，犹豫着望向营长白恩铭。白恩铭轻轻点了点头，同意了。张一蕊得到了批准，跟着几名战士消失在了茫茫夜色里……

很快，敌人在村外燃起的火堆处响起了手榴弹的爆炸声，现场一片混乱，可以清晰地听到日本兵叽里咕噜的哭喊声和三八大盖漫无目的的射击声。不久，张一蕊一行人返回来了，她兴奋地向白恩铭报告："营长，炸死了七八个鬼子了。"

白恩铭说道："好，你们辛苦了。现在抓紧时间休息，天亮了，还有一场恶仗要打呢！"张一蕊答应着下去了。

白恩铭吩咐其他的战士们:“大家抓紧时间休息,积蓄体能。”说完,自己又猫着腰到各个警戒点看了看,才返回主阵地,合上眼小憩了一会。

天色曦微。

日本兵的进攻开始了。先是一发发迫击炮弹对营长白恩铭设在村头的临时阵地开始了一轮炮击,把新四军临时修建的掩体几乎炸得荡然无存,一些战士被弹片炸伤,有的当场牺牲。炮击停止后,稻犬一郎指挥着一群伪军在前头开道,随时准备冲锋。日军戴着钢盔跟着后面,和伪军保持着一段距离。汉奸顾大成拿着一个铁皮喇叭躲藏在一棵大柳树后面,露出半边脸对着新四军喊话:“喂,对面的新四军兄弟们,你们被包围了,赶紧投降吧,日军优待俘虏……”

新四军阵地上的张一蕊听着对面的声音十分耳熟,像是一个人,又不敢确定,便向营长白恩铭借了望远镜仔细一看,终于确认了是以前的那个班长顾大成。张一蕊愤怒之下,探出头来,对着对面大骂道:“顾大成,你这个狗汉奸,没想到你竟然跑到了淮阴,你真不是个东西……”

对面的顾大成细细一听,有个女的竟然在对他指名道姓地辱骂,心里非常不爽,他回骂道:“臭婆娘,你咯是谁?你怎么知道你大爷的名字?”

张一蕊骂道:“就是把你烧成灰,我也认识你。你姑奶奶不是别人,就是山西运城张一蕊。现在,我劝你早日杀了日本人,回头是岸,否则……”

顾大成一听对方竟然是自己的老同学张一蕊,他吓得不敢说话了,赶紧来到稻犬一郎跟前报告道:“太君,对过的新四军是从山西那边过来的,其中,还有一位是我的女同学,叫张一蕊。我们现在怎么办?”

稻犬一郎听了,点头奸笑道:“哟西,让你的女同学为大日本皇军服务,高官任做,骏马任骑。”

顾大成听了,立马拿起喇叭喊道:“张一蕊,看在你我同学一场的分上,我劝你赶快投降吧!皇军说了,只要你为他们服务,就有享不完的荣华富贵,你好好想想吧……”

话犹未完,对面一声枪响,顾大成的喇叭被打穿了一个孔,把他吓得像狗一样地趴在地上,再也不敢露面了。稻犬一郎恼羞成怒,拔出佩刀,咬牙切齿地狂怒道:“进攻、进攻。”

早已摆好战斗队形的日伪军得到命令，“哇哇”乱叫着向新四军阵地冲了过来……眼看着敌人即将冲上了阵地，恰在这时，日军后面响起了密集的枪声，一些日本兵纷纷中弹倒地……原来，增援的新四军部队赶到了。

营长白恩铭大喜过望，他举起手枪，大声喊道：“同志们，增援部队来了，冲啊！”说完，第一个站起来冲了出去。身后，战士们一个个吼叫着跟了上去……

稻犬一郎一看形势不妙，赶紧命令撤退，留下了几十具日伪军尸体跑了。

营长白恩铭看到日本兵逃跑了，摆摆手让战士们停止了追击，大声说道：“大家抓紧时间打扫战场，早点撤离，防止鬼子大部队前来报复。”战士们听了，才停止了追击，抢着去捡日本人遗留在战场上的枪支弹药。

张一蕊在打扫战场时，注意到一个日本兵的手指动了一下，她立即把这名日本兵从死人堆里拖了出来。当看到他还活着，头上鲜血迸流时，张一蕊先是犹豫了一下，最后还是蹲下身子，从急救包里拿出绷带，给这名日本兵包扎头部。这名日本兵在张一蕊帮他包扎伤口时，悠悠地睁开了眼睛，在看到张一蕊帮他包扎伤口时，他的眼睛里不仅没有流露出感激之情，反而放出了凶狠的光芒。这名日本兵趁着张一蕊全神贯注地帮他包扎伤口时，偷偷地从地上摸到了一把军用匕首，猛然挺起身子，借势将匕首捅进了张一蕊的胸口……张一蕊毫无防备，“啊”的一声惊叫后，身体慢慢变软，仰面缓缓地倒了下去……

听到了张一蕊的声音，战士们迅速聚拢了过来，当看到眼前的这一幕后，他们气疯了，急红了眼，举起刺刀，狠狠地扎进了这名日本兵的身体里……日本兵当场气绝身亡。

……

“张一蕊，你在哪里？”

这时，四连连长陆凡带着全连的战士们已经冲杀了过来，在到处寻找着张一蕊的身影……

十四

喧嚣一时的参军小插曲像是在平静的池水里扔进了一块石头，激起了一阵阵涟漪，在我平静的生活里掀起了一层层波澜。身边的乡亲们怎么也理解不了我为什么放弃了这么好的机会，就连周大文叔叔都抱怨我说："你这个丫头啊，怎么就这样一根筋呢，别人八辈子都想不到的好事，愣是被你搅黄了。你知道别人在背后怎么议论你吗？都说你这辈子也就是'面朝黄土背朝天'的命，唉，到底是'鹅吃稻草鸭吃谷，各有各的福'。你呀，以后有什么好事，我也不会再想到你了。"不过，周大文叔叔表面上虽然这么说我，但心里可是更喜欢我了，他逢人便夸我，说这个丫头啊真像她哥，做事有主见，有魄力，以后一定会有大出息。

别人怎么议论我，我都不会在乎的，我只在乎一个人的评价，那就是周金成。在我的那封信寄出后，并没有如约等来他的回信，让我的心里产生了隐隐的不安。以前，我的信寄出后，至多一个月左右的时间，我就能接收到一封来自部队的，没有邮票，却在信封上盖着一枚红色三角形邮戳的信件。这样的信件，是我每个月收到的最好的礼物，也是我在那一段清贫却又踏实的生活中最好的慰藉。我在心里不得不承认，我已经爱上了周金成那个憨小子了。我到底爱上了他什么？多少年后，我都没有搞清楚这个答案。也许，真正爱上一个人是不需要理由的。如果把爱附上了更多的标签，爱就会变味了，也没有意义了，就会成为一种交易，就会和在菜市场上买卖青菜萝卜没有什么本质的区别了。

三个月后，在我成为大队第一生产队妇女队长的第二天，我收到了那封期盼已久的来信。邮递员骑着那辆草绿色的自行车，车架后面放着两只邮包，来到村子里找我的时候，我正在和一群妇女给庄稼地里挑粪水施肥呢！挑粪水是一件体力活，也是一件技术活，主要是用一根扁担，将两只木桶盛满了粪水送到大田里。这根扁担的选择很有讲究，不能选择那些硬木料做成的扁担，那样的扁担没有弹性，用的时间长了，会把肩膀磨出水泡来。最好是选择那些用毛竹做成的，那种扁担弹性好，挑起粪桶来两头会上下跳跃，能省好多力气，最关键的是肩膀还不容易受伤。粪桶盛粪水也是有说法的，如果粪桶盛得太满，挑起来走在路上，粪水就会从桶里荡了出来，会溅你一身粪水。有经验的女人们会把粪桶留出一些空间，不要装得太满，临走的时候，还会扯一些树叶子放在粪水上面。这样，就再也不用担心粪水会溢出来了。

“陆小凡，陆小凡在吗？”邮递员推着车子朝着田间走了过来。

我放下肩上的扁担，兴奋地喊道：“有我的信吗？”

“有。”邮递员回答道。

我跑到田头，邮递员从车子后面的邮包里拿出了一叠信件，用手指弹了几下，然后熟练地从中抽出了一封带有红戳子的信封递给了我。我拿着信，一个人躲到了一边迫不及待地看了起来。

原来，周金成那么长时间没给我来信，是他们连队奉命外出执行任务去了，一去就是几个月，回到原来的驻地后才看到了我的来信。原来如此，我长吁了一口气，心中的一块大石头终于放了下来。

但是，对于我放弃了参军这么一件重大的事情，他的回复竟然轻描淡写的只有六个字“尊重你的选择”，既没有表示赞同，也没有表示反对，完全是一种“事不关己，高高挂起”的态度。

我的天，这是什么人啊？起码，你夸赞我两句也行啊，可他偏偏就是那么一个人，像一个木桩子似的，一点儿也不通人情，也可以说是没有一点儿情调。这是我当时的第一反应。可是，后来在我结了婚之后才真正懂了，他的这句话其实就是对我最大的支持：不管什么事情，不管我做出了什么样的决定，他都会一样地尊重我的决定，支持我的决定，而且是无条件的。一句话，我的决定，就是他的决定。这一承诺，他信守了大半辈子了。

也正是有了来自周金成的信任，才有了第四次拒绝大队干部集体作出的决定的事情来。

事情的起因是北京四中和北京西城女一中高三学生，联名给上层写了一封信，提出了废除高考升学制度的倡议。随后，上层就高校招生工作发出通知，要求各高校延期半年再招生。这一延期，不是半年，而是几年。后来，各个高校陆续恢复招生后，采取的方式不是以考试成绩为依据，而是改为以组织推荐为主。那一年，上级给了刘老庄村一个上复旦大学的名额。指标下到刘老庄后，在村里立即引起了一场上大学的热潮。在那个年代，能上大学，就能跳出农门，就能离开祖祖辈辈生活的农村，一跃成为城里人，成为国家干部了。也难怪消息公布后，好多想上大学的家长络绎不绝地往周大文叔叔的家里跑，去的人多了，都快把他家的门槛踏平了。

"周书记，我们家世代贫农，根正苗红，我的孙子正好是上大学的年龄，你一定要照顾照顾啊！"老贫农孙得旺领着自己的孙子找上了门。

"老周啊，你是党的好干部，党性强，能力强，很有前途，等有机会，我给你们公社领导打声招呼，让他们关照关照你。噢，对了，我那侄儿上大学的事情，你放在心上啊！"在县里工作的本村的吴亮主任来到周大文叔叔家，客客气气地寒暄了一通，然后抛出了正题。

"大外甥子，我们是打断骨头连着筋的亲戚，好歹我们是一家人，你做了书记，就是大队的当家人，你说了算的。你的胳膊可不能向外拐啊，你那个表侄儿在家也几年了，总不能待在农村一辈子吧？要是能上个大学，成了国家干部，找对象就不愁了……"周大文叔叔的堂舅舅拄着拐杖找上了门。

……

"大伙谈谈，看看这个上大学的名额给谁好？"周大文叔叔把问题摆到了桌面上，召开全体大队干部会议，听取大家的意见。

大队长宋长信第一个发言，他耸了耸消瘦的肩头，说道："这个名额，大伙特别重视，好多人都在打听。如果我们解决不当，很可能伤了大伙的心。所以我说啊，要慎重。"

妇女主任罗素珍是个急性子，听了大队长的话后，立即批评道："你这话等于没说，你说，到底怎么个慎重法？说得具体点，说话不要老藏着掖着的，好像周书记做事有私心似的？"

宋长信听了罗素珍的话，有点不高兴了，反驳道："我哪句话说错了？你说怎么个慎重法？"

罗素珍说道："我要知道还问你？"

这时，大队会计刘瑾胜干咳了两声，清了清嗓子，扶了一下宽边眼镜，说道："依我看呀，我们还不如来个公开推选，谁的票数多就谁上，这样，谁也不得罪。你们看如何？"

大家一时也拿不出更好的办法，只好一致同意了。

两天后，村里公开推荐上大学会议在大队部门前的广场上举行。因为是头一次举行这样的活动，村里每户选出一名代表参加会议，连公社里都派人出席，一是见证这一历史时刻，二是做好现场监督工作，防止出现徇私舞弊行为的发生。广场的四周，派上了民兵站岗，维持现场秩序。

上午 9 点，推荐大会正式开始。

会场正前方，挂着一条红色横幅"刘老庄村公推公选上大学现场会"几个白色大字，横幅下面摆着两张大队部干部的办公桌子，上面铺了一张蓝色的桌布，桌子上面写着符合推荐上大学的人的名字，每个名字的前面都摆放着一只吃饭的蓝边碗。

"乡亲们，今天的大会呀，我们只有一项内容，就是推荐我们村上大学的人选。今年上大学的名额只有一个，为了这个名额，许多七大姑八大姨都找过我，也有一些当权的上级领导找过我。每一个人都能要我好看，都是我得罪不起的人。所以啊，我们把决定权留给大家，让大家来选择，你们选谁，我们就让谁上。你们说，好不好？"面对着台下一双双好奇的眼睛，周大文叔叔开宗明义，说明了今天开会的主题。

"好。"听到周大文叔叔这么一说，台下顿时响起了一片叫好声。

"好，下面就有请候选人到台上就坐。"周大文叔叔大声地说道。

台下有人陆续站了起来，来到了主席台上，在写有自己名字的牌子后面坐了下来。周大文叔叔看到人都坐满了，才又说道："乡亲们，你们还记得吗，当年我们收殓烈士遗体的时候，是拿了一只碗，每把一位烈士放进墓穴里，我们就在碗里放进一颗棒子粒，后来，碗都放满了，我们仔细一数，整整八十二粒啊！八十二粒棒子粒，就是八十二个年轻的生命啊！为了我们今天的和平生活，八十二位烈士永远地长眠在了我们脚下的这块土地了。今天啊，我们在每一个候选人的前面也放上一只碗，你们如果看好了谁，就在他面前的碗里也放上一粒棒子粒，谁的碗里棒子粒多，我们就推荐谁去上大学。你们说，这个方法好不好？"

台下的群众听了，又是连声叫好。

"行，既然大家都同意了，那我们就准备投棒子粒……"周大文叔叔热情地说道。

“我不同意。”恰在这时，一个苍老的男人的声音突然响了起来，随即，有人从观众席中缓缓地站了起来，一步一步径直走到了主席台上。这个男人60岁出头，穿着一件打着补丁的土灰色上衣，两条裤腿向上卷着，一只高，一只低，脚上的一双黑色灯芯绒布鞋上沾着一些干泥巴。脸上皱纹密布，像是黄土高原的千山万壑，又像是沙漠里纵横交错的沙海。看到此人，我不由得大吃一惊，他不是别人，竟然是大队牛圈里养牛的张养年老大爷。

张大爷的突然出现，惊呆了所有人，连见过无数大阵仗的周大文叔叔都有一点措手不及，全场的群众乡亲们更是伸长了脖子看新鲜。

“老张，你今天倒是太阳从西边出来了，头一回啊！说说看，你有什么不同意见？”周大文叔叔在台上调侃着张大爷。

张大爷混浊的眼睛像一把扫帚似的扫过整个会场，从台下这张脸，看过那张脸，神情有点激动，也有点紧张，也许，这是他平生第一次面对着这么多人讲话，难免变得有点语无伦次了。他伸出两只手，仿佛在托着一样什么东西似的，然后结结巴巴地说道：“我，我，我不会说什么话，也没有想好怎么说，到底怎么说呢？真的，真的，我没有想好。不过，我张老汉却有一句掏心窝子的话想跟大伙说说。我想告诉大家的是，在我们这些人当中，没有哪一个人比她更配上大学的，没有哪一个比她吃的苦更多的。记得她刚来的时候，还是一个娃娃，一个人住在大队那个破旧的牛圈里，大冬天的，门也漏风，窗也漏雨，就差没有被冻死。她自己一个人，离开了父母，离开了老家，就一个人，无依无靠地来到了我们这儿，不图吃，不图穿，更不图名，只想帮助咱们过上好日子，只想陪着为了保护我们而把命都丢在这里的哥哥……你们大伙说说，这样的人，到底应不应该去上大学？做人要凭良心，你们凭良心说一句，她能不能去上大学？”

台下一下子沉默了，所有的人都没有说话，全场仿佛压根就没有一个人存在似的，没有一点动静。在那一时刻，我的全身血好像一下子都涌到了脸上，滚烫得犹如要冲破那一层薄薄的皮肤的束缚，化成奔腾的海水将我整个人淹没了似的……我无法再待在会场了，一秒钟也待不下去了，我就像一个被人一下子扒光了衣服的人，在强烈的羞耻心的驱使下，我逃离了会场，独自一个人跑回了自己的住处，扑倒在自己的小床上无声地抽泣了起来……为什么哭泣？我自己也不知道为什么，反正就是想痛痛快快地哭一回。

时间,一分一秒地过去了……泪眼婆娑中,我仿佛看到了张一蕊姐姐的身影。她穿着那件干净的新四军军服,英姿飒爽,仪态端庄。此刻,她正处于战斗激烈的战场,无数的子弹像蝗虫一样把她包裹着,漫天的烟火在她的身边肆意地弥漫着,燃烧着……蓦然,透过历史的云烟,她静静地看着我,明亮的眼睛像天上的星星一样,温柔地问我:“小凡,你为什么来到这里?你能回答我吗?”看着张一蕊姐姐美丽的笑容、清澈的明眸,我大声地喊道:“姐姐,我是来看你和哥哥他们的,你们不在了,还有我,我来了,我在这里陪伴着你们,看着你们。也让你们看一看,我不是来享福的,也不是来争功的,我只是想用自己的双手,让你们洒下鲜血的土地上,再也没有硝烟,没有饥饿,没有牺牲,到处开满美丽的花儿,让这里的每一寸土地都是自由的,都是阳光的,都是幸福的……”

不知不觉间,我睡着了。也不知过了多久,我被人从梦中唤醒了。我睁眼一看,原来是周红叶妹妹来了,她正坐在我的床沿,一脸喜悦地看着我。见到我醒了,便迫不及待地说道:“姐姐,告诉你一个天大的喜讯。”不知从什么时候开始,她不再叫我“小凡姐姐”了,而是把“小凡”两个字去掉了。

“什么喜讯啊?”我揉了揉惺忪的睡眼,有点漫不经心地问道。

“你要上大学了。”周红叶开心地说道,“刚才啊,村民大会经过投棒子粒,一致推荐你去上大学。大队领导也开会研究过了,把章都盖上了。呶,就是这张表,你把自己的名字填上就行了。恭喜你姐姐,你马上就要成为正式的复旦大学的学生了。俺大刚才说了,等你去复旦大学报到的时候,让我陪着你一起去上海,一直把你送到学校里呢!”说着,她把一张空白表格递到了我的眼前。

我拿过表格一看,果然是一张“复旦大学推荐表”,眉头上有一个红彤彤的圆形大章,章上的落款是“淮阴县刘老庄公社刘老庄大队”。

我默默地把表格还给了周红叶。周红叶一脸的惊愕,眼睛瞪得比鸡蛋还要大。她还没来得及发问,就听到一阵锣鼓声喧天震地而来。我正惊讶间,周红叶听见了,兴奋地说道:“姐姐,你看,村里的锣鼓队来给你贺喜了。”

我一听,躺不住了,一下子从床上翻起来,来到了门外。远远地,就看见一个长龙似的队伍敲锣打鼓地向着我住的地方逶迤而来。到了跟前,领头的村妇女主任罗素珍笑眯眯地看着我,大声地说道:“小凡,祝贺你上大学了，我们村锣鼓队特意前来道喜了。”然后。转过身来，对着队伍一挥手，说道：“来，大家舞起来。”

随着罗素珍一声令下，队伍里冲出了一只装扮得五颜六色的大花船，一位如花似玉的姑娘浓妆艳抹地站在花船的当中，把花船舞得像是春天的飞燕，在碧波荡漾间轻盈而过。船头一位老汉一身渔翁打扮，戴着宽大的斗笠，留着长长的白须，一只手里拿着长长的旱烟袋，一只手里拿着一根青竹竿，身形矫健地上下翻飞地撑着船儿。那滑稽的夸张表演逗得围观的群众“哈哈”大笑不已。两位漂亮的穿着红色戏装的姑娘，分站在船儿的两边，一只手儿扶着船舷，在悠扬的器乐声中轻启樱桃小口，唱道：

正月里来雪花飘，
陆小凡冒雪插窗梢，
风儿似刀寒彻骨，
老鼠儿也来凑热闹。
三月里来百花开，
陆小凡陵园气壮怀，
誓把红色土地卫，
哪怕霜刀也白来。
七月里来热浪滚，
陆小凡喜事数不清，
今儿才把大学上，
来年又有好郎君
……

众人听得唱腔婉转，词儿热闹，都忍不住纷纷鼓掌叫起好来。

花船舞罢，又有一支高跷队伍从人群里钻了出来。演员们穿着超长的戏服，手里拿着彩色的折扇，踩着又长又高的木棍，围绕着场子转圈圈，跳着舞步，扭着腰肢，做出各种十分搞笑的动作。舞到最后，演员队伍里打出一条横幅，上面写着一行大字：热烈祝贺陆小凡成为复旦大学学生。横幅打出，又是赢得了现场一阵热烈的掌声。

紧接着，腰鼓舞、秧歌舞、淮海琴书……一个个轮番上场，精彩纷呈。最让人叹为观止的，是最后出场的马灯舞。一排排演员身穿白色的马身道具，手里拿着红的、白的、黑色的马头，排列成整齐划一的队伍，在铿锵的锣鼓声中，万马奔腾，一往无前，气势恢宏，十分壮观，让人看了禁不住热血沸腾，恨不得也骑上马儿，在辽阔的大地上纵横驰骋。成群的马儿或是引颈长啸，或是漫步草原，或是交颈相欢，队形变化多端，让人目不暇接。

周红叶在我的旁边介绍道："姐姐，这个马灯舞的队形变化可复杂了，什么'十面埋伏''一字长蛇''七星阵''梅花桩'，我都记不清楚了。就是那个步法都有好几种，像什么走步、侧步、跨步、退步、踮步、踏步等等，多了去了。队列变化也有七八种，像什么单纵队、双纵队、四纵队、交叉队、环形队、波浪队、旋转队等等，让你眼花缭乱。"

我问道："这种马灯舞是什么时候开始有的？"

周红叶回答道："这个马灯舞来头可大了，是从汉朝的时候就开始流行的。据说，这个马灯舞还是我们的淮阴人韩信发明的呢！"

我不禁好奇道："我只听说过象棋是韩信发明的，还没听说过马灯舞也是他发明的呢！"

周红叶笑道："这你就不知道了吧？相传韩信兵统三军的时候，常常带兵操练，因为这有昂扬向上的美感，让人十分喜爱。他受到了启发，就在空闲的时候，把其中的一些章节提炼出来，加以改进，更加符合韵律和舞蹈的要求。这样，马灯舞就形成了雏形，后来经过历代的演进完善，就成了今天的样子。马灯舞形成后，深受淮阴地区人民的喜爱，人们在欢庆的时节，总会跳上一段马灯舞来表达自己的喜悦之情。"

听了周红叶的一番高论，我深深地折服了，也由衷地夸赞她道："小妹，没想到你年纪不大，知道的东西还真不少啊！"

周红叶笑道："这有什么啊，我们淮阴人都知道这些典故，而且啊，好多普通的老百姓都会跳马灯舞呢！"

"那你什么时候也教我跳马灯舞啊？"我期待地问周红叶。

"这有什么难的，来，我现在就教你。"周红叶一边说着，一边拉着我的手，加入了跳马灯舞的队伍中了……

演出结束的时候，村妇女主任罗素珍非让我说上两句。我站在场地中间，望着真心前来祝贺我的刘老庄的乡亲们，我的声音哽咽了："亲爱的亲人们，我只说两句话：一是感谢乡亲们给我带来的精彩表演；二是我负责任地告诉大家，这个大学我不上了，我离不开这里，我会永远留在刘老庄的，留在这片深情的土地上……"

十五

一条宽阔清澈的大河，像一条绵延的绸带，从宿迁的骆马湖流向东北，蜿蜒流过淮阴徐溜、刘皮境内，再向东北流向灌南，汇入灌河，奔向碧波万顷的大海。这条河，有一个古老的名字，叫作六塘河。根据史书记载，六塘河，旧名北盐河，亦称茆家河。明清之际，"凿断马陵支麓，引骆马湖东注，曰拦马河，康熙十七年，靳辅于拦马河递建六坝，筑堤成塘，以泄湖运涨水，又于硕项筑屯堤，于是废湖为河，六塘之名始著"。

六塘河流经徐溜、刘皮境内时，河面宽阔，水流缓慢，水质清澈，鱼虾肥美。两岸河堤平缓，绵延百里。堤上绿树成荫，郁郁葱葱。堤外阡陌纵横，村庄茅舍，隐约可见。

南岸河堤上，一棵歪脖子大柳树，虬根苍劲，枝叶婆娑。柳树旁，一座黄土垒成的新坟上，插着一束束盛开的蔷薇花。这种花是六塘河边最常见的一种花，这儿一簇，那儿一群，随处可见。此时，正值春夏之交，正是蔷薇花开的季节，六塘河堤上那些白色、红色、粉色的花儿开得正炽，像是一大片、一大片五彩的云朵落在了河边，云蒸霞蔚，其华灼灼。

陆凡盘腿坐在坟前，把一张张纸钱用火柴点燃，放在坟前焚烧……一缕缕青烟在坟前升腾、旋转，然后飘散在六塘河氤氲的水面上。

"小蕊啊，你怎么就不能等等我，让我看你最后一眼？你怎么就这么狠心……你我同窗共读，一起投身革命，从山西到苏北，一路走来，一路相伴……本指望，打败了日本人，你我一同返回老家，回到中条山下，朝看晨旭，暮听溪声，种菊山脚，品茗篱下，过一种闲云野鹤、与世无争的恬静生活……你这一走，让我何处寻觅……今后，有话跟谁诉，有苦跟谁说……小蕊啊，千错，万错，都是我的错，我没有保护好你……日后，回到山西，我有何面目见你双亲、见你同窗……”

不远处的一簇蔷薇花后，一个人站在那里，目睹这一切，忍不住心如刀割，泪如泉涌。这个人不是别人，正是张一蕊的亲密妹妹周小红。

那天，在战场上，当陆凡带着队伍冲进敌人包围圈找到张一蕊时，她已经静静地躺在了担架上，被二名战士抬到了他的面前。紧跟在担架旁边的营长白恩铭看到了连长陆凡，一把抓住了他的手，声音哽咽着自责道：“陆凡，对不起，我没有保护好她。”

陆凡挣脱了营长的手，扑到担架跟前，颤抖着双手揭开了蒙在担架上面的白布。张一蕊身着新四军军服，紧闭着双眼，安详地睡着了……她的面容还是那么俊俏，那么美丽，一如雕塑般沉静、冷峻。

“小蕊，小蕊，你醒醒，你醒醒，你这是怎么啦，你怎么不说话？小蕊，小蕊……”

一瞬间，陆凡的脑袋“嗡”的一声，像是被人打了一闷棍一样，昏昏沉沉的。他的身体摇晃着，挣扎着，一边哭喊着，一边想去把躺在担架上的张一蕊扶起来……蓦然，他的眼前一黑，一下子失去了知觉，身体慢慢地瘫软了下来……

等到陆凡醒来的时候，已经是第二天凌晨时分，他在老乡的家里整整昏迷了将近一天了。他睁开眼睛第一句话，就是大声地问道：“小蕊呢，小蕊在哪？快带我去找她，快……”说着，便硬撑着要起床。

在一旁侍候的周小红见了，忙一把按住了陆凡的肩头，流着泪说道：“连长，你不要动，再好好躺一会。”

陆凡听到是周小红的声音，他揉了揉眼睛，望着周小红，焦急地问道：“怎么是你？你一蕊姐呢？”

周小红哭道：“一蕊姐已经不在了。”

陆凡听了，如遭五雷轰顶，周身禁不住战栗起来，泪水像是打开了闸门的洪水，肆意地流淌着。半晌，他缓缓地问道：“她现在在哪？”

周小红看到陆凡渐渐地冷静了下来，才继续说道：“一蕊姐已经安葬了。”

“她葬哪了？”

"就葬在六塘河河堤上了,那里有一棵歪脖子大柳树。"

"我要去看看她。"

"那我陪你去吧!"

"不用,我自己一个人去。"

周小红递给陆凡一只红色的笔记本和一只公文包,说道:"这是一蕊姐姐留下的,营长让我亲手交给你。"

陆凡接过周小红递过来的本子和公文包,他打开本子仔细地看后,小声地说道:"这是她的日记本。"说着,把日记本十分小心地用一条白色的毛巾包裹了起来,放到了公文包里,又把公文包仔细地藏了起来。做完了这一切,他从床上爬了起来,对周小红说道:"天已不早了,我去上坟了。"

……

从张一蕊的墓地回到刘老庄驻地后,陆凡像是变了一个人似的,成天把自己关在房间里,站在挂在墙壁上的作战地图前研究着,连饭也懒得吃了。

门外,周小红端着一碗热气腾腾的面条,犹豫着不知道怎么办是好的时候,指导员李尚云走了过来,他伸出右手一根食指放在嘴上,轻轻地"嘘"了一声,示意她不要发出声音。然后,李尚云从周小红的手中接过了那碗面条,小心地推开门,走进了屋里。

"连长,'人是铁饭是钢,一顿不吃饿得慌',你已经两天没吃什么东西了,再不吃就要出问题了。你不为自己着想,也要为全连的几十位战士们想想啊! 来,先把这碗面条吃了。"指导员李尚云把手中的面条递了过去。

陆凡看到是指导员李尚云来了,揉了揉熬得发红的眼睛,说道:"你来得正好,我有了一个想法,如何把日军从淮阴城调出来,然后痛打一顿了。"

李尚云摆摆手,说道:"不急,不急,还是先吃饭吧,不然,我不听。"

陆凡见了,只得妥协道:"这样吧,我一边吃,一边说?"

李尚云叹了口气,说道:"看来,如果不让你说,你是一秒钟也憋不住了。好吧,你就边吃边说吧!"说完,把手中的面条再一次递了过去。

陆凡接过面条碗,狼吞虎咽地大口吃了起来,三下五除二就吃完了,然后把碗朝桌子一扔,用手背抹了一下嘴,说道:"计划是这样的……你看如何?"

李尚云听了，深思了一会，说道："计划好是好，但要没有其他部队的配合啊！"

陆凡拉着李尚云的胳膊，催促道："走，咱俩现在就去营部找营长去。"

李尚云笑道："你呀，还让不让人喘一口气了？"

陆凡也笑道："等打完这一仗，有你喘气的时候。"

两人相视一笑，便一起出门去营部驻地找营长汇报去了。

……

从营部回来后的第二天上午，陆凡带着通讯员李建，化装成挑夫，各人挑着一担柴火向着汤集的方向出发了。

汤集，离刘老庄也就二十里地的距离，却是淮阴北部重镇徐溜通往渔钩、三树、凌桥的必经之地，日本兵为了切断淮阴抗日武装的南北联系，在汤集设置了据点，修筑了炮楼，对来往人员进行严密的盘查，成为淮阴扩大抗日根据地的一根毒刺。早日拔除这根毒刺，成为新四军三师七旅十九团二营面临的一项紧迫的战斗任务。陆凡此行的目的，就是为了摸清日本兵在汤集的兵力部署和活动情况。本来，这次的侦查任务是不需要陆凡亲自来的，但是，陆凡为了保险起见，还是决定亲自走一趟。

陆凡上身穿着灰色对襟布衬，右边肩头打着一块补丁，裤子是浅蓝色的，两个膝盖处也是大补丁摞着小补丁，左右裤脚故意卷得高高的，一双旧布鞋已经破了个洞，两个黑乎乎的大拇指头都露在了外面。通讯员李建也是同样的装束，看起来和一般苏北农村贫苦人家的男子没有什么区别了。两个人戴着破草帽，挑着满满一担柴火，一前一后，不紧不慢地在通往汤集的一条土路上晃荡着。6月的阳光已经很有力量了，照在身上刺辣辣，像是有无数只蚂蚁在浑身叮咬似的，后背已经被汗水浸透了，整个上衣犹如刚刚从水里捞上来一样，湿漉漉的，往下滴着水。临近汤集集镇门口，陆凡和李建在一棵槐树下面的茶水摊旁边放下了担子。所谓的茶水摊，也就是在一张小木板桌子上放着几只玻璃杯子，杯子里盛着凉透了的开水，为了防止落入灰尘，每只杯子上面还盖了一块玻璃。摊主人是一位上了年纪的老奶奶，衣衫破旧，蓬头垢面，十分邋遢。她正倚靠在槐树干上，低着头，打着瞌睡。

"老奶奶啊，这个茶怎么卖的？"陆凡热得受不了，解开上衣纽扣，露出了黝黑健壮的胸脯。他一边摘下草帽扇着风，一边想买点水喝。

听到陆凡的问话，老奶奶抬了抬耷拉下来的眼皮，透过上下眼皮的缝隙，扫了一眼站在茶水摊前的两人，右眼的眼皮子不经意间跳动了一下。她动了动干瘪成了核桃壳子的嘴巴说道："小鬏[①]，你看着给吧！"

听了老奶奶的话，一旁的李建笑了起来，说道："买卖还带这样做的？一年下来，还不亏死了？"

陆凡使了个眼色，阻止李建再要说下去。他从口袋里找出两枚铜板，递到老奶奶面前，说道："老奶奶，我们买你两杯茶喝，给你钱。"

这一回，老奶奶连眼皮都没有动一下，口齿含糊不清地说道："就放那个瓷缸里。"

陆凡四下里打量了一番，才发现放茶水的小桌子的一角，果然放着一只掉了瓷的破缸子，里面放了一些零星的钱币。这些钱币，都是小面额的，大部分都是日本人在占领区强行推行的伪货币，根本就不值什么钱，简直就是一张废纸。用自己发行的一文不值的货币，在中国进行疯狂的经济掠夺，是日本人除了利用战争手段掠夺中国财富之外，又一重要的掠夺方式。日本人的贪婪和无耻，由此可见一斑。

陆凡把两枚铜板放到了瓷缸里，从桌子上端起了一杯茶，拿掉了盖在上面的玻璃，一仰脖子，把一杯水一滴不剩地全部倒进了快着了火的喉咙里。一旁的李建见状，有样学样，也赶紧拿起水来一口喝干。

一杯水下肚，陆凡又端起了一杯水。这一次，他没有直接喝掉，而是端在手里，一边作出品茶的样子，一边拿眼四处打量着，观察着集镇周边的地形。

一阵摩托车喇叭声响，一队伪军开着三轮摩托车从集镇大门里面开了出来，前面两辆摩托车的车厢里，各自坐着一名日本兵，他们一个个表情僵硬，目光凶狠，让人不寒而栗。车队从茶水摊子旁边驶过，坐在第一辆摩托车里的日本兵侧过头来，冷冷地瞄了陆凡他们一眼，两人不经意间用草帽遮住了脸。那位日本兵没有发现异常，才又转回头来直视着前方，走了。车队驶过，卷起的尘土像黄龙一般席卷了整个茶水摊。车队走后，陆凡不停地把身上的尘土抖搂了下来，嘴里不停地"呸、呸、呸"地吐着口水。

李建一边吐着口水，一边骂道："这帮狗崽子，小心撞到老子的手里，非宰了他们不可。"

陆凡听了，制止道："少说两句吧，骂就能把日本人骂跑了？"

李建听了，才低下头不作声了。陆凡来到槐树根下，小声地向老奶奶打听道："老大娘，你能听到我说话吗？"

老奶奶听了，头也不抬地说道："听着呢，有话就说吧！"

看到老奶奶耳朵还不背，陆凡高兴了起来，他把嘴巴凑到老奶奶的耳朵边，压低声音问道："老大娘，这条街里住了多少日本兵和二狗腿啊？刚刚他们是去干吗的？"

老奶奶听了这话，缓缓睁开了眼睛，这一次，眼睛睁得比一开始的时候要大得多了。也许，这已经是她所能做到的极限了。

"你问这帮土匪啊？"老奶奶问道。

"是的，你能告诉我吗？"陆凡问道。

"这条街上，只有五个东洋人，别的都是狗腿子，也就是七八桌人，不会超过这个数的。"老奶奶肯定地说。

"那他们刚刚是干啥去了？"陆凡追问道。

"你问他们干啥去了？能干啥，下乡抢劫呗。"老奶奶说道。

"那他们多少天下去抢一次东西啊？都是往哪里去抢的啊？"陆凡追问道。

"这帮天杀的，一个礼拜下去一次，什么都抢，没有什么他们不要的，粮食、女人……有什么抢什么……都去哪？还能去哪？都在周围村子里抢。这个村子抢了，下次再去没有去过的村子，一个村子都跑不掉……这帮鬼子，还不知道今后会怎么去死呢？"

听完老奶奶的介绍，陆凡的心里有数了。他又详细地问了一下这些日本兵和伪军的住处后，便又从口袋里掏出了一把铜板，一股脑儿放到了那个破瓷缸里了。

陆凡走后，摆茶水摊的老奶奶又一次睁开了眼睛，凝望着两人渐行渐远的背景，久久没有说话，一行浊泪从深陷的眼窝里流了出来，无声地滑过沧桑的脸庞，慢慢地她又恢复到了那种雕塑般的状态中去了。

陆凡和李建挑着柴火，慢悠悠地走到了汤集集镇门口。门口站着两名持枪站岗的伪军，其中一人对着陆凡吆喝道："站住，干什么的？"

陆凡停下脚步，装出十分害怕的样子，结结巴巴地回答道："老……老总，我……我们是乡下上街卖柴的，你让我们进去吧！"

这名伪军听了，咧嘴一笑，走到跟前，围着陆凡和李建转了一圈，阴阳怪气地说道："我看你们是当兵的吧，哪有这么年纪轻轻的只卖柴的？肯定是新四军。说，你们是什么人？"

陆凡听了，忙放下肩上的柴火，对着伪军说道："不……不瞒老总说，俺家奶奶病倒了，我们两兄弟来卖点柴，就到街上抓点药。回去晚了，就怕奶奶岁数大了，身体撑不住啊！”

伪军听了，翻了翻白眼，不屑地说道：“你奶奶是死是活，关我屁事。我看呀，你这柴不错，干脆就送到我们保安队去吧！”

陆凡一听，忙说道：“不行啊，老总，我奶奶还等着卖了这柴抓药呢！”

伪军听了，不耐烦了，把手里的步枪举了起来，对着陆凡说道：“我看你是敬酒不吃吃罚酒呢？走，把柴送到队里去。”

陆凡和李建对望了一眼没有再说话，两人便又挑着柴，在这名伪军的押送下往伪军的保安队去了。

伪军的保安队驻地是原来的汤集小学，日本兵在汤集设立了据点后，就把汤集小学霸占了下来，做了日军和伪军的兵营。日本兵在汤集设点后，到处捕杀抗日民众，残害百姓，无恶不作，给汤集人民带来了无比深重的灾难。战后，据史书记载，抗日战争期间，仅仅汤集一个乡镇，就有 892 人被日军杀害，被污辱女性 237 人，1076 间房屋被焚，被抢耕牛 321 头、羊 1087 只、猪 684 头，鸡鹅鸭不计其数，遭受的直接经济损失更是无法统计。

陆凡和李建两人被伪军押送到保安队后，被要求把柴火送到了伙房里。从伙房出来后，两人急急忙忙地想开溜，刚走到大门口时，迎面遇到了一队摩托车队从外面开了进来。陆凡看到这种情况，心里“咯噔”一下，暗叫不好，连忙用草帽把脸遮挡起了半边。李建见了，也赶忙把头歪了过去。

伪军的第一辆摩托车驶过陆凡两人身旁时，眼看着就要开过去了，恰恰这个时候，坐在第一辆车厢里的那名日军挥挥手，让摩托车停了下来。这伙日伪军不是别人，正是陆凡他们在茶水摊前遇到的那一伙人，他们刚刚在附近村庄转了一圈，抢了老百姓的一些鸡鹅鸭后，心满意足地回来准备大吃一顿了。这时，坐在第一辆车里的日本兵看着陆凡两人眼熟，便示意让摩托车停了下来。日本兵下了车子，把陆凡两人上下打量了一番，用生硬的汉语问陆凡：“你们的，什么的干活？”

陆凡忙说道：“我们的，那个卖柴的，那个把柴卖了，买点药回去，那个治病的干活。”

日本兵听了，疑惑道：“买药，你的，买的什么药？”

陆凡回答道：“我的奶奶的病了，我的买的退烧药。”

日本兵听明白了，拍了拍陆凡的肩膀，不怀好意地奸笑道：“你们的，身体的，大大的棒，现在的不回去的，通通地加入皇协军，为大日本帝国服务。”

陆凡一听，忙摆手道：“不行的，我的，奶奶的病了，我的还得买药的。”

日本兵狞笑道：“你的奶奶的死活，不关我的事的。皇协军的，你们的，必须的加入。否则的，一律的，死拉死拉的。”说完，用手掌在自己的脖子上做了一个抹脖子的动作。然后，冲着车上的一群伪军招了招手。车上的伪军立即下来了几个人，端着枪把陆凡两人围了起来。其中一名带头的伪军骂道：“娘的，你们两个不要不识抬举，要是把太君惹毛了，能扒了你们的皮。走吧，跟我们换装去。”

就这样，陆凡和李建两人做梦也不会想到，他们竟然穿上了伪军的衣服，成了日本兵手下的一名皇协军了。

夜深了。

伪军的集体宿舍是学校的学生教室改造的，每一个宿舍里能住十几个人，靠着墙边凌乱地摆放着一些木板搭成的简易床铺，中间也放了几张床，能走人的过道就显得十分狭小。到了晚上，除了值勤的人员外，所有人都必须把枪统一放到门口的木头做成的枪架子上，方便拿取。晚上10点钟后，伪军们一个个都睡熟了，宿舍里到处响起了一片呼噜声，此起彼伏，聒噪不已。再加上房间里散发出的汗臭味、脚臭味相互混合着，让空气变得十分混浊、让人窒息。

陆凡闭着眼睛在床上装睡，心里头一直在盘算着如何脱身时，一名喝得醉醺醺的伪军从门外晃了进来。这名伪军径直来到陆凡床头，也不看清是谁，就推了推他，嚷嚷道：“起来，该你站岗了，睡得跟一头死猪似的。”说完，也不等陆凡回话，就一头倒在了陆凡旁边的一张空床上，打起了呼噜了。陆凡一个激灵从床上坐了起来，他侧耳听了听屋内的动静，又环视了屋内一圈，确认伪军们都睡着了后，便蹑手蹑脚地下了床，来到李建的床头，轻轻推了推。李建也没有睡着，立即会意地下了床，快速地穿好衣服，跟着陆凡悄悄地来到门口，从枪架子上拿上自己的枪，把门开了一条缝，溜了出来。

来到院子里，一队伪军的巡逻兵走了过来，行列里有人拿着手电筒不停地照来照去。陆凡示意李建不要出声，躲在墙角拐弯处，等到巡逻兵走远了，才悄悄走了出来，向着大门口走去。快到大门口，一名在门口值勤的哨兵看见了，大声地问道：“什么人？干什么的？”

陆凡带着李建，两人挎着枪，大摇大摆地走了过来。听到喝问，陆凡不耐烦地回答道:“换岗的。”

门口的岗哨听了,放下心来,转过身到岗亭里去了。陆凡来到岗亭门口,正欲溜出大门时,岗亭的门开了,刚才的那名岗哨走了出来,冲着他俩问道:“你们是什么人,我怎么不认识你们啊?”

陆凡回答道:“我们俩下午才来的,你当然不认识了。”

岗哨问道:“那你们要出去干吗? 想逃跑吗?”说着,就把枪端了起来。

陆凡笑道:“好不容易进来的,怎么会逃跑呢?”一边说着,一边挨到岗哨跟前,瞬间从腰间拔出了军用匕首闪电般划向了对方的喉咙。岗哨刚来得及喊出“啊”的一声,便一头栽倒在地,没了声息。在岗亭里的另外一个哨兵听到外面的动静,连忙露出头来查看情况,被躲在门口的李建抓住了他的脖子,一使劲,只听到“咔嚓”一声,拧断了他的脖子,送他去了西天。

两人把两名岗哨的尸体拖进了岗亭后,一队巡逻兵从大门口经过,领队似乎感觉到了异样,冲着岗亭喊道:“有什么情况?”

陆凡站在大门口,身板挺直,大声地回答道:“没有情况,一切正常。”

领队的伪军听了,没有再说什么,回到了队伍里,带着队伍往别的地方巡逻去了。

看到伪军的巡逻队走远了,陆凡向着岗亭里的李建招了招手,说道:“快走,快走。”

“好嘞。”李建答应着,把两个伪军的步枪背到了自己身上,又打岗亭里寻几只罐头带上,才跟着陆凡跑出了大门。

“你真是要吃不要命了。”陆凡看着李建身上的战利品,笑了起来。

“鬼子的东西,不拿白不来。”李建笑嘻嘻地说道。

“快走吧,甭废话了。”陆凡催促道。

两人刚离开不久,保安队的大门口就传来了急促的枪声和喧闹的喊叫声。

“敌人追上来了。”李建回过头,望着大门的方向,说道。

“快,从小路走。”陆凡说着,带着李建拐进了一条黑咕隆咚的小巷子里,消失了。

街道上,已经乱了套,几十个伪军在日本兵的带领下,像一群没头的苍蝇一样,乱哄哄地到处窜来窜去……

①小鬏:淮阴方言,孩子的意思。

十六

到部队去当兵，被我拒绝了。

到复旦大学去上学，也被我拒绝了。

……

多次的拒绝，一下子让我在当地成了小小的名人了。淮阴县的领导知道我的情况后，派人来到我的住处，询问我愿不愿意到县城里去上班。

“陆小凡同志，县城里的工作任你挑，是到政府部门上班，还是到工厂里上班都可以，只要你愿意就行。”前来的政府工作人员对我说道。

“为什么非得让我去城里上班呢？”我十分不解地问道。

“这里的生活条件太艰苦了，你是烈士的妹妹，不能让你永远待在刘老庄吃苦。”来人说道。

“那刘老庄的群众就不苦吗？他们能受得了，我为什么就受不了？”我问道。

“这……”来人一时语塞，不知道如何回答是好。

“你们的好意我心领了，请你回去转告领导，我这一辈子，哪儿也不去，就留在刘老庄了。”我语气坚决地说道。

“那，那还有什么要求吗？如果有的话就尽管提，我也好回去向领导汇报。”来人无奈地说道。

“嗯，那就这样吧，我们这里的种地条件太苦了，县里能不能送一台拖拉机给我们？”我试探性地说道。

“就这个条件？没别的了，关于自己个人方面的？”来人启发道。

“没有了，就这个要求了。”我笑着说道。

“好，这个好说。”来人也笑了起来。

县里来人走后，周大文叔叔抱怨我说：“诶，你这个倔孩子啊，把自己的前程全耽误了。你看，连最后的一个机会也失去了。要我说啊，有你后悔的一天的。”

我笑道：“周叔叔，我不后悔的，可是，你也不要后悔才行啊！”

周大文叔叔纳闷道：“我后悔？我有什么好后悔的？”

我大笑道：“有你后悔的那一天的。”说完，我就跑去找周红叶了。身后，留下了一脸懵懂的周大文叔叔。

这件事情过去没有多久，淮阴县委送给刘老庄的“东方红”牌拖拉机就开到了村子里。那一天，村里的大院子里人头攒动，热闹非凡。一辆崭新的拖拉机头上披着红布扎成的大红花，昂头挺胸地停在人群里。乡亲们围着拖拉机新奇。大伙儿这里摸一下，那儿瞧一瞧，甭提有多开心了。

周大文叔叔爬到拖拉机的驾驶室里，对着满院的群众兴奋地说道：“各位老少爷们，我们刘老庄终于有了自己的第一辆拖拉机了，也算是率先实现了农业现代化了。有了这玩意，以后就不怕老水牛跟咱们发脾气了。咱们想什么时候去耕地就什么时候去，你们说对不对啊？”

现场的群众听了周大文叔叔的话，都兴高采烈地鼓起掌来。

“现在，有一个问题，就是谁来开第一辆拖拉机呢？你们说说，谁开比较合适？”周大文叔叔大声地问道。

听了周大文叔叔的话，台下立刻叽叽喳喳地热烈地讨论了起来。

“给王大连开。”

“李顺风就行，让他开。”

“我家的大儿子张吉安初中毕业了，整天在家没事干，让他开吧！”

……

一时间，众说纷纭，谁也说服不了谁。

这时，妇女主任罗素珍站了出来，大声地说道："我来说两句。大家也不要争了，这个拖拉机是我们的陆小凡姑娘争取来的，没有她，县里就会想到我们刘老庄？甭做梦了。所以啊，谁开最合适啊？"

现场有人高喊道："让陆小凡开吧！"

话音刚落，立即就有人跟着表态了。

"同意。"

"同意。"

"同意。"

……

周大文叔叔看看现场的火候差不多了，就总结道："既然这辆拖拉机是陆小凡用自己的工作换来的，这第一位女驾驶员的称号就给陆小凡吧！大伙认为怎么样啊，就这么定了？"

"好。"

"好。"

"好。"

……

台下一片叫好声。

"我不同意。"这时，我爬上了拖拉机驾驶室，对着在场的乡亲们大声地说道，"各位大爷、大妈、大叔、大婶的好意我心领了，感谢大家对我的信任和爱护。但是，这个拖拉机手我来当是不合适的，我不是为自己而争取来的，应该让更合适的人来担任。我提议，让周红叶来开吧！她年轻，有文化，有头脑，有热情，没有比她更合适的了。大家说好不好？"

众人听了，一时间不知道该说什么好了。

周大文叔叔听了，本来已经从拖拉机上下来了，又赶忙把我撵了下来，自己爬了上去，对着乡亲们说道："这个不行啊，周红叶是我闺女，我不能让别人说我开后门，以权谋私啊！我这辈子没有做过损公肥私的事情，看看岁数大了，我不能被人戳着脊梁骨骂啊！"

众人听了，还是没有反应。这时，还是罗素珍主任站了出来打破了尴尬局面。她说道："其实啊，小凡说得也不是没有道理，如果小凡是个斤斤计较的人，那她早就去参军了，早就去上大学了。你们想想，她这么大的好事都没要，还在乎这么一点芝麻大一点的事情吗？如果硬要加给她的话，反而是害了她，毁了她的名声。这样看来，还是让周红叶当这个拖拉机手合适。当然了，这个拖拉机手是大伙儿一起决定的，和周书记没有任何关系，我们今天在场的人都可以做证，大伙说，是不是啊？”

听了罗素珍的一席话，众人显然被说动了，有的人大声地说道：“周书记，就让你家二闺女干吧，反正这也不是什么好差事。”

罗素珍趁机劝道：“就是呢，周书记，这也是民意啊！你可不能不考虑人民的呼声啊？”

我跟着劝道：“周叔叔，干什么工作都是为乡亲们服务的，红叶妹妹如果做了拖拉机手，工作一定会做得比现在的更好，你就让她试试吧！”

事情到了这步田地，周大文叔叔也不好再说什么，只得同意了。

就这样，周红叶成为刘老庄第一位女拖拉机手了。没过几天，她就到县农技局报到参加为期一个月的驾驶技术培训去了。

一个月后，周红叶学成归来。

那天，周红叶开着咱们的那辆“东方红”牌拖拉机威风凛凛地回村了，看到自己村的女拖拉机手回来了，村里在家的村民都跑到村口看热闹去了。那天，不是周红叶一个人回来的，还有一个人搭着她的拖拉机回来了。当这个人拎着大包小包的行李出现在我的住处时，我竟然一下子愣住了，半晌，才怔怔地问道：“你怎么回来了？”

这个人不是别人，正是周红叶的哥哥周金成。周金成穿着一身军装出现在我的门口时，我却第一时间发现了异常情况。我伸出手，指着他的帽子和衣领问道：“你的领章和帽徽呢？”

周金成望着我，平静地回答道：“我退伍了。”

“啊！”我一下子怔住了，“你怎么会退伍呢？”

“我怎么就不会退伍呢？”周金成憨笑着说道，“本来，上级给了我一个提干的机会，被我让给别人了。”

“为什么要让给别人呢？”我问道。

“因为我只想早点回来陪伴你。”周金成说道，“你一个人在刘老庄不容易，我一天不回来陪你，这个心就一天放不下。”

听了周金成的话，一股从来未有过的暖流从心里涌起，慢慢地弥漫了整个身心，我的眼泪一下子流了出来。当然，那是一种幸福的泪水。

顺理成章地，接下来，我们像普通的青年一样，恋爱、结婚了。

但是，在新家的选择上，我们第一次产生了分歧。

“这个有什么好说的，结婚了，你肯定要住我们家里啊！女方住到男方家里，是天经地义的事情，这也要商量吗？”周金成一脸的诧异，反问道。

“当然要商量了，现在是新社会了，哪能都按老规矩来，该改还是要改的。”我语气坚定地说道。

“那你是怎么想的？”周金成问我。

“我肯定是不会住到你家里去的，如果那样的话，会有人说我是看上你家是大队书记家的，想攀附权贵的。我之所以愿意嫁给你，是因为我做出的任何选择，你都会无条件支持我的。你对我的这种信任，是我托付终身的理由。如果在这件事情上你提出了反对，那我以后会遭到你更多的反对，因为，我做的每一件事情，在外人看来，都是不走寻常路的，在别人的眼里都是另类的。希望你能理解我。”我说道。

“那你打算把新家安在牛圈里吗？”周金成有点不敢相信地追问道。

我大笑了起来，夸赞道：“哈哈哈，你真聪明。”

周金成听了我的夸赞，沉默了一会，只说了一句话：“尊重你的选择。”

周金成的这一关算是过了，但最难过的关还在后头里。

“什么，什么？你们竟然不把新家安在家里？这还是我家儿子娶亲的吗？她陆小凡还是我家儿媳妇吗？”当得知我的决定时，一向笑容可掬、和蔼可亲的周大文叔叔彻底爆发了，他在家里冲着周金成大发雷霆，“她要怎样，就怎样了？你怎么连一点自己的主见都没有啊？以后结了婚，你还想不想当家了？还是直接把家给她当？真的让她当了家，还不把咱家的一切都充公了？她陆小凡自己不考虑家里，你也不考虑家里？以后有了孩子，让一大家子都去喝西北风啊？她的这个决定，我不同意。”

“俺大，你也甭太固执了，其实，小凡说得也没错，这份家业是你和俺妈一手一脚苦来的，是你们大半辈子的心血。我们是新一代的年轻人，自己的幸福生活，我们自己来创造。我们不想躺在大人的功劳簿上啃老本，是好是坏，让我们先试试。这样，有什么不好的？”周金成耐心地说道。

“你还没成亲呢，胳膊肘就向外拐了？新娘还没进了房，你就把爹娘扔过墙？你们这样做，就不怕让我和你妈寒心吗？看来，以后我和你妈有了三长两短，你都不会问我们了。”周大文叔叔气呼呼地说道。

这时，周婶子有点听不下去了，她停下手里正在纳的鞋底，对周大文叔叔说道：“老头子，你也不用发那么大的火，依我说呀，他们单独过也不是什么坏事。你看啊，一来呢，他们两口子在一旁过，减轻了家里的负担，也省得我们天天瞎操心；二来呢，他们自己的小家自己过，过得好与不好，都是他们自己的事，怨不了别人。再说一句不中听的话，他们到哪还不是我们的孩子，还能跟别人姓去？有了孩子，还不把你叫爹（淮阴人叫爷爷为“爹”），把我叫奶？你呀，真是瞎操心。”

周红叶听了周婶子的话，也在旁边帮腔道：“我看呀，小凡姐姐是个有志气的人，从来不喜欢靠着别人的功劳，更喜欢用自己的实力来证明自己。她一个人从那么远的地方来，图的是什么？她不图名，不图利，一心一意想把咱们家乡建设好，让我们大伙都能过上好日子，这样的好姑娘，真是打着灯笼都难找呢！她能嫁给我哥，是我哥的福气，也是我们全家的福气。所以啊，我们一家人绝对不能和她有二心，而是要想方设法地支持她，让她按照自己的意思去做。我相信，跟着小凡姐姐干，肯定有奔头。你说呢，俺大？”

听了妻子和女儿的话，周大文叔叔渐渐地冷静了下来，他蹲在一只凳子上，从蓝色中山装的口袋里摸出了一包“大前门”牌香烟，用手捏了捏，发现烟盒子已经瘪掉，一根烟都没有了。他懊恼地把香烟盒子使劲地揉成一团，向着门外的院子里扔了过去，砸中了家里一只正在散步的小花猫，吓得小花猫一个激灵，“咪、咪、咪”地叫了几声，最后委屈巴巴地跑开了。

周红叶见了，冲着她的哥哥努了努嘴。周金成会意，从自己的口袋里掏出了一包沈阳产的“大生产”牌香烟，从中抽出了一支，递给了他大。周大文叔叔接过香烟，用两根手指夹着转动查看是什么牌子的，当看到是“大生产”牌子时，一脸惊讶地望着自己的儿子。

周金成憨厚地一笑，说道：“是陆小凡让我买的，外面不是有一句顺口溜嘛，叫什么‘省中华，市牡丹，牛逼小伙大生产！’”

周大文叔叔听了，脸上的愠色渐渐地褪去了，他伸出一只手来，冲着周金成说道：“拿来！”

周金成不解地问道：“什么？”

一旁的妹妹周红叶提醒道：“傻瓜，你把一包烟都给俺大啊！”

周金成如梦方醒，赶紧把手里剩下的一包“大生产”牌香烟递到了父亲手里。

周大文叔叔接过香烟，放在鼻子底下闻了闻，神情十分陶醉。他把香烟揣进了自己的兜里，扭过头对儿子说道：“世上哪有不付出代价的好事？做成了这么大的事，连一包香烟也舍不得掏，是不是太差劲了？”说完，站了起来，嘴里叼着一支香烟，一边往外走，一边哼着淮海小调《小妹妹送情郎》，唱道：

小妹妹送情郎啊
送到那大门外
泪珠儿一行行
落呀么落下来
天南地北你可要捎个信
莫忘了我小妹妹把你挂心怀
小妹妹送情郎啊
送到那小村南
秋风吹来阵阵寒
情郎哥你在外要知冷和暖
夜晚睡觉被子要盖严
……

听着他荒腔走板的腔调，周婶子和周红叶她们在他的身后，都忍不住大笑了起来。

婚礼，如期举行了。

我住的那个牛圈旁边的小房子，经过周金成他们的改造，已经焕然一新了。房屋的外墙，用泥巴重新涂抹了一层，屋顶上的茅草全部换成了当年刚割下来的麦秸子，门窗都用红色油漆重新粉刷了一遍，远远地看上去，像是一座新盖的房子似的，十分好看。屋子里面的墙上，全部用石灰膏涂过，白白的亮人的眼。新置了木板床、五斗橱，还有各位乡亲们送来的棉被、热水壶、锅碗瓢盆等物品，把小屋子里塞得满满当当的。心灵手巧的周红叶还用红纸剪了红色的窗花、大红喜字、娃娃送福等图案，贴在了窗户上、被子上、热水壶上、塑料盆上，把房间里烘托得喜气洋洋、红红火火。

结婚那天，大队的院子里像开群众大会似的，里里外外，到处都挤满了人，连围墙外面的树上都爬满了人，那场景比过年还要热闹。

一群村里的小伙子骑着自行车组成迎亲车队，每辆自行车的龙头上都系着一条从孩子们手里借来的红领巾。我戴着一副墨镜，穿着一件草绿色的女式军装，坐在一辆自行车上，跟着迎亲的队伍在村子里转了一圈。当车队到达大队院子里时，人群像看动物园里的大猩猩似的躁动了起来，人潮像是六塘河面上的波涛一样，一层一层地向前涌动着。大队长宋长信怕出意外，连忙站在新搭成的舞台上大声地喊道："不要挤，不要挤。民兵队队长在哪里？赶紧派人把秩序维持好，听到了没有？"台下的民兵队队长听到了，踮起脚尖，拼命地向着台上摇着手，表示自己已经听到了。然后，钻出人群，找到一些民兵在现场外围，手拉手地筑起了一道人墙。外面的群众进不来了，里面的人也在宋长信的吆喝下安静了下来。

"下面，请新郎、新娘出场。"担任婚礼主持人的公社刘副书记大声地说道。

在两名村少先队员的引领下，也是一身草绿色军装的周金成和我一前一后来到了舞台中央，在主持人身边站了下来。

"下面，请新郎向我们介绍一下和新娘恋爱的经过，大家说好不好？"主持人面向全场说道。

台下观众听了，哄堂大笑起来，跟着起哄道："来一个，来一个。"

周金成本来就不善于言辞，在众目睽睽之下，更是窘得满脸绯红，恨不得寻个地缝钻进去才好。看着他一脸尴尬的样子，我一把将他拉到了我的身后，对着观众大声地说道："还是我来讲吧，好不好？"

这一下，台下的观众更是沸腾了，叫好声、鼓掌声都快把我淹没了。主持人赶紧伸出两手，做出向下压的动作，示意众人安静下来。

"我是从山西来的，一个人来到刘老庄后，是我看上周金成的，是我追的他，你们就不要为难他了。我说的都是实话，谢谢大家！"

听我说完后，台下又是一阵哄堂大笑，笑得比刚才更起劲了。

主持人也不想为难我了，便向观众建议道："这样吧，我们也不为难这对新人了，就让两人为我们表演一个节目吧，大家说好不好？"

"好。"台下一片叫好声。

"来就来。"我把周金成拉到一边，对他小声说道，"咱们来一段《喜看拉萨新面貌》吧？"

"好。"周金成到了这个时候，也豁出去了。

我对身后的周红叶耳语了几句，她点了点头，转身来到了舞台边上和村里文艺宣传队的领队交代了一番。很快，欢快、悠扬的旋律就响了起来，随着音乐，我唱道：

雪山升起了红太阳
拉萨城内闪金光
翻身农奴巧梳妆
阿爸和女儿逛新城呀

周金成跟着唱道：

女儿在前面走哇 走得忙
老汉我赶得汗呀 汗直淌
一心想看拉萨的新气象
迈开大步我紧呀紧跟上呀
……

一曲歌罢，赢得了台下经久不息的掌声。紧接着，我们又合唱了一首《马儿啊你慢些走》，主持人才放过了我们，让我们下了台。台上，村里的文艺宣传队队员轮番上场，把一个个经典的红色曲目演绎了出来，看得台下的观众是如痴如醉，掌声如潮。直到很晚，演出才终于结束了，台下的观众还意犹未尽，恋恋不舍地慢慢离开了。

夜幕降临，院子里临时支起了几根竹竿，上面挂起了两盏汽油灯，把院子里照得亮堂堂的。五六张八仙桌子依次排开,上面摆放着一些时鲜的水果、花生、简单的菜肴和从街上打来的山芋干子酿成的散酒。大队长宋长信手里端着一碗酒,醉醺醺地挨桌说起了敬酒的喜话来了。只听他开口说道:

一杯酒,一气光,一家安康福无疆。
一团和气生贵子,一朝当官喜洋洋。
二杯酒,二仙传,二人同心结良缘。
二月桃花初放蕊,二八佳人正华年。
三杯酒,三更长,三星在户今宵良。
三阳开泰逢佳瑞,三元及第做宰相。
四杯酒,四体强,事事如意福寿昌。
四喜临门多吉庆,四德齐全不寻常。
五杯酒,五福全,五子登科中状元。
五龙梅雪跨门第,五凤楼前奏管弦。
六杯酒,六双全,六家歌咏最相宜。
六龙御史同朝庆,六步登科奏丹墀。
七步酒,七步诗,七七牛郎会佳期。
七子八婿多有福,七十人生古来稀。
八杯酒,八大仙,八仙庆寿乐无边。
八元聚会门庭站,八方同堂喜连连。
九杯酒,九国齐,九功耀祖最相宜。
九世同堂张公义,九五天子把君提。
十杯酒,十大全,十全十美庆团圆。
十人能顶半边天,十八学士共登莲。
新郎新娘听清爽,还有好菜自己尝,
千万不能再怠慢,我们马快就撤帐。

众人听了,都道一声:"好。"

少顷,酒干客散,到了婚礼的最后一个环节:戳窗户。所谓的戳窗户,就是在喜房的窗户外面蒙上一张红纸,闹喜的人拿着一把红筷子,用筷子从窗户的外面把红纸戳破了,再把筷子往屋里扔就行了。一边扔,一边还要说喜话。晚上负责说喜话的还是大队长宋长信，此时的他，已经显出了醉态，走路都不太稳了，但他还是坚持着一步三晃地来到窗户外面，隔着那张红纸，口齿不清地嚷嚷道：

手拿红漆筷，站在窗户外。
戳破红绵纸，来年生贵子。
一戳荣华富贵，贵为才子。
二戳金玉满堂，堂上高升。
三戳三元及第，第一高人。
四戳事事如意，屡屡夺魁。
五戳五子登科，科中头名。
六戳六六双全，全福全寿。
七戳七子八婿，婿在朝纲。
八戳八仙过海，海水长流。
九戳九子十成，成人之美。
十戳实实在在，养儿育女人人爱。

说完，宋长信不管三七二十一，隔着红纸，从窗户外面一股脑儿把一把红筷子全部扔进了屋子里。红纸瞬间破了一个大洞，筷子也随之全部落到了地上。有一支筷子落到地上后，又快速地弹了起来，直奔着我的脑门而来……情急之下，周金成在一旁看见了，迅速伸出一只胳膊，将其打落在地。

这时，窗外骤然响起了一连串震耳欲聋的“噼里啪啦”的鞭炮声。

宋长信扯着已经沙哑了的嗓子，拼尽全力地喊道：

“礼——成——了——！”

十七

晨雾中的六塘河，犹如一位十五六岁的少女，清新、羞涩，披着薄薄的轻纱，轻盈地舒展着她那美妙的身姿，将青春、灵动演绎得如梦如幻，如痴如醉。更如一幅中国水墨画，氤氲、缱绻，那一丛丛的芦苇，挂着露珠在晨曦里招摇，一只只水鸟欢快地掠过水面，将优美身影印在波光粼粼的水面上，清脆的鸣叫声在水天相接间回荡。太阳渐渐升高了，河面上的雾气早已不见了踪影，只有那一条条水中的鱼儿还在四处觅食，偶尔会露出水面打一个水花，便又悠然离去，留下一圈圈涟漪向着岸边扩散。岸边草木葳蕤，幽香袭人，自有一番别样的景致。

离岸不远的一片槐树林里，蒿草丛生，一片荒凉。就在蒿草丛中，新四军四连连长陆凡带领着全连战士静静地潜伏着。根据情报显示，汤集据点里的日伪军将在上午沿着六塘河的村庄进行“扫荡”，为此，四连提前选择在此设伏，准备打他们一个措手不及。其他的连队在营长白恩铭的率领下，潜伏在离汤集集镇不远的一处淮阴到汤集的必经之路，等待着鱼儿上钩。

日头老高了，林子中间那条羊肠小道的尽头还不见人影，潜伏在林子里的战士们早已等得不耐烦了。一排长周大海把头上的柳枝一把扯了下来，对着陆凡嚷嚷道：“连长，这帮浑蛋是不是不来了？”

陆凡望了周大海一眼，说道：“你急什么？不知道心急吃不了热豆腐啊?”

周大海笑道:“连长,你还甭提豆腐了,俺听说这个地方离宋集不远,宋集有一道名菜,叫作‘宋氏三姐妹’,不知道连长什么时候能带我们去尝尝?”

陆凡听了,纳闷道:“什么‘宋氏三姐妹’,你都从哪听来的?你整日不安心训练,净把心思用在了吃的上面了。”

周大海“哈哈”大笑道:“连长,你就不知道了吧?这个‘宋氏三姐妹’,可不是指‘蒋宋孔陈’的宋,而是指淮阴宋集有一道名菜,是用宋集产的豆腐、豆芽和千张放在一起烧的菜,十分有名。听说是淮阴的一道招牌菜,连省里的那些大员只要到了这里,都想着法子吃这道菜呢!淮阴有一句话,叫作到了淮阴吃不到‘宋氏三姐妹’,就等于没来过淮阴。”

通讯员李建听了,咂了咂嘴,自言自语地说道:“等仗打完了,我也去尝尝,不能白来一趟淮阴啊!”

指导员李尚云听到了,插嘴道:“你们啊,这点菜就让你们满足了,等到我们打败了日本鬼子,我们还要上南京,到秦淮河去吃更好吃的呢!”

周大海摇了摇头,嘟囔道:“南京太远了,我都不知道在哪,还是算了吧,能把‘宋氏三姐妹’吃到嘴,就心满意足了,哪里还敢说什么去南京不南京啊?”

李尚云笑道:“你呀,也就那一点出息了。”

大家听了,都笑了起来。

又等了一段时辰,看看日头已经到了头顶的位置了,战士们的肚子都开始“咕咕”叫了,还是没有看到敌人的影子。

“连长,敌人不来了吧?”副连长杨瑞悄悄来到陆凡身边问道。

“不急,再等等。”陆凡耐着性子说道。

这时,在前边警戒的战士刘近山猴子似的蹿了过来,急急地向陆凡报告:“连长,来了,来了。”

话音未落,只听见小路的尽头隐隐传来了一阵摩托车的马达声,紧接着,声音越来越大,已经可以看到前面开道的敌人的摩托车了。

“一辆、两辆、三辆……”周大海嘴里悄悄数了数,“乖乖,足有二十辆。”

摩托车队越来越近了,都能听到摩托车上敌人的声音了,甚至连第一辆车厢里日本军人嘴唇下面的那一撮仁丹胡子都能隐约看见了。战士们早就把枪口对准了敌人的车队,就等着连长的一声令下了。

直到敌人离战士们只有三十米的距离时，陆凡才扣动了手枪的扳机，大喊一声："打。"

战士们手中的步枪、机枪一齐开火，瞬间就将前面的摩托车上的三个敌人打倒了。失去了控制的摩托车一下子撞到了路边的一棵树上，熄火了。第二辆摩托车被密集的子弹打中了油箱，顿时爆炸起火，车上的三名敌人被炸得尸身横飞。一时间，火光冲天，硝烟弥漫，战场上飘荡着一种难闻的硫黄和尸焦的混合味道。遭此突然打击，后面的敌人像是被捅了老巢的马蜂，一时惊慌失措，乱了队形，纷纷从摩托车上跳了下来，到处乱窜。

原来，这股敌人正是从汤集据点出来的。他们早上出来后，先到附近的村庄"扫荡"了一番，抢劫了一些鸡鹅鸭后，又沿着六塘河想到其他的村子再抢些牛羊回去吃午饭的。偏偏到了这里，遇到了新四军四连的埋伏。当下，新四军一轮射击过后，剩下的日军指挥着伪军就地趴在路边的草丛里，组织人员还击。一名日军指挥看到新四军人多势众，一时难以招架，便命令一名伪军回去搬救兵，其余人员就地抵抗。

陆凡看出敌人的心思后，命令战士们围而不歼，尽量拖延时间，好让驻淮阴的日军派出增援部队。战士们按照陆凡的要求，专打企图逃跑的敌人。敌人看到逃跑无望后，干脆也不跑了，就这么趴在草丛里和新四军僵持着。

再说，那名回去报信的伪军窜回汤集据点后，立刻把情况向驻淮阴城的日军作了报告。俄顷，一队日伪军约 60 多人，分乘两辆汽车，急急地开出了淮阴城，向着汤集的方向开了过来。这边，淮阴城的日军一出动，淮阴的地下党就将情报快速地传递到了营长白恩铭的手中。白恩铭指挥着两个连的部队，静静地埋伏在一条沟渠的一边。这条沟渠上面只有一条石板小桥，勉强够一辆汽车通行。这里，是个绝佳的打伏击的好地方。

近一小时过后，汤集通往淮阴的大路上出现了一股飞扬起来的尘土，伴随着汽车喇叭的鸣叫声，增援的敌人已经渐渐地靠近了沟渠上的石板桥了。两辆汽车来到了桥头放慢了速度，第一辆汽车里的副驾驶室里，下来了一个日本军官。他来到石板桥头，走到桥上走动了几步，用脚蹬了几下，确认桥身是安全后，才又拿起挂在脖子上的望远镜向着四周观察了起来。

"注意掩蔽。"营长白恩铭吩咐道。

战士们纷纷把头埋到了草丛里，不露出任何痕迹。日军军官向着四周挥了挥手，第一辆车厢顶上的日军机枪手会意，向着四周“嗒嗒嗒”地进行火力侦察，打得四周尘土飞扬。

看到四周没有任何可疑情况后，那名日军军官才终于放下了心，回到了副驾驶室，关上了车门，指挥着第一辆汽车慢慢地开上了石板桥。而日军的第二辆汽车则停留在原地，等待着第一辆汽车上岸后再过桥。

看到日军的第一辆汽车已经开到了桥中央后，白恩铭立即下达了攻击的命令。随着命令的下达，几十枚手榴弹从天而降，在天空划出了一道道美丽的弧线后，纷纷地落到了日军的第一辆汽车上、石板桥上、河道里，把那辆汽车当场炸成了一团巨大的火球。汽车上的敌人要不被炸上了天，要不落下了水渠里。落到了水渠里的敌人企图爬上岸，立即成了埋伏在一侧的新四军的活靶子，一个个被击毙在了水渠里了。

“快，向淮阴城报告。”在第二辆汽车副驾驶室里的日军军官探出头来，对着后面车厢里日军大喊起来。

后面车厢里的一名通信兵背着步谈机，手忙脚乱地打开了设备，冲着话筒喊道：“淮阴，淮阴，我们在汤集公路上中了新四军埋伏，请求回撤！请求回撤！”

听筒里传来了日军的回复：“收到，收到，立即回撤，立即回撤！”

通信兵摘下耳机对着前面的副驾驶室喊道：“淮阴方面要我们立即回撤。”

驾驶室里面的军官听到了，立即命令驾驶员倒车，准备开溜。水渠对岸的新四军战士一看日军想跑，立即用子弹封锁了日军的退路。日军一看无法逃跑了，不得不强行突围，向着最近的一处村庄开了过去。

“淮阴，淮阴，我们被包围了，无法回撤，无法回撤。”

“你们固守待援，我们立即去增援你们。”

通信兵又冲着副驾驶室喊道：“淮阴命令我们固守待援，他们马上来增援我们。”

“快，快进村。”副驾驶室里的日军军官大声命令着。

汽车进入村庄后，敌人把汽车停了下来，车上的敌人全部下车，找到掩体后躲在后面，对着追击而来的新四军战士开枪射击起来。新四军战士们受到阻击，只好纷纷卧倒，就近寻找掩体还击。一时间，枪声大作，子弹横飞。

村里的老百姓看到日军和新四军打起来了，在日军还没有到来之前就全部跑掉了。日军在村子里找不到老百姓，竟然躲进了老百姓的家里，依托农房，从门口和窗户里对着攻击的新四军射击。在日军强大的火力面前，新四军的进攻一度受挫，攻击行动不得不暂时停止了下来。

与此同时，六塘河边正在打伏击的陆凡接到了营长白恩铭的命令：尽快结束战斗！

陆凡接到命令后，立刻对战斗任务进行了重新布置：一排正面进攻，二排、三排左右包抄。

“同志们，速度要快，速战速决，在十分钟内解决战斗。”陆凡对着几名排长命令道。

“是。”排长们齐声答应着。

陆凡带领着一排的战士，掏出手榴弹，命令道：“我喊一二三，大家一起扔。好，一、二、三，扔。”

密集的手榴弹带着呼啸声，向着前方草丛里的敌人飞了过去。“轰隆隆，轰隆隆。”一阵爆炸声中，敌人还没有反应过来，早已被炸得人仰马翻，血肉横飞了。负责左右包抄的二、三排趁机冲了上去，几个回合，就将这股日伪军解决了。最后一名日军受伤倒地后，挣扎着爬了起来，从自己的上衣口袋里掏出了一张照片，照片上是一位穿着和服的日本女人，背景是一株盛开的樱花。这名日军对着照片上的女人叽里咕噜地说着什么，表情显得十分痛苦。一排长周大海见状，打开枪栓就要送他去见天皇。

“不要开枪。”陆凡伸出手，及时阻止了他。

众人慢慢地聚拢了过来，把那名矮小粗壮的日本兵围在了当中。那名日本兵看到众人围了过来，脸上露出了绝望的神色，他突然对着陆凡双膝下跪，仰着头，把手里的照片递了过来，并用生硬的中国话说道：“我的女人，照片的请帮我寄回，她的叫纪由珍子，好吗？我的，特的想她。请转告她，我的爱她。”

陆凡接过了照片，看了看，嘴角浮起了一丝轻蔑的微笑，说道：“你们日本人，知道爱自己的亲人，难道我们中国人就不爱自己的亲人？你们在我们国土上杀人、放火，无恶不作，你们不觉得羞愧吗？”

这名日本兵听了，目光茫然地说道：“战争的，这是战争的，没办法的，谁让我们的是军人的？”

陆凡听了，厉声斥责道：“战争？战争不是你们强加给我们中国人的？你还好意思说战争？这张照片，还是你自己送给你的女人吧，我没那个空闲。”说完，把照片还给了日本兵。

日本兵接过照片，失望地说道："我的，要以死效忠天皇的，不会的投降的。"说完，就想去捡地上的一把日本军刀，准备剖腹自杀。

陆凡眼疾手快，一脚将地上的那把日本军刀踢飞了。日本兵一时愣住了，不知所措地站在了原地，样子十分尴尬。

陆凡笑道："你想剖腹效忠天皇？你想多了。来人啊，把他押到营部去，交给营长审讯。"

"是。"通讯员李建从人群里站了出来，用步枪枪管顶着日本兵的后背，大声地命令道："你的，老实点的，小心我毙了你的。"

众人听了，哈哈大笑起来。

周大海报怨道："连长，费那个劲干什么？直接毙了多省事？你忘了张一蕊是怎么牺牲的吗？"

陆凡解释道："当然没有忘了，但他已经是俘虏了，不能再杀他了。日本人是畜生，而我们不是，就让他接受中国人民的审判吧！"

周大海听了，仰天长叹一声，大叫道："张队长，你听到了吗？你死得冤啊！"说完，眼泪顺着满脸胡茬的面颊流了下来。

陆凡见了，一咬牙，大声命令道："全体都有了，迅速跟我去增援白营长。服从命令，出发。"

众人迅速集结起来，跟在陆凡的身后，向着白营长那边的战场赶了过去。

淮阴城门口，200 多名日伪军分乘八辆卡车依次开出，车后面还拖着四门钢炮，向着城外急驶。在第一辆汽车的车厢里，一名通信兵正在和被困的日军联系："我已出城，你们要坚持，坚持。"

被困日军回复："你们快点，我们快顶不住了，敌军攻势太猛了。"

日军回复："半小时到，坚持半小时。"

被困日军回复："快点，再不到，我们就全完了。"

战斗现场，日军带着钢炮增援的消息传到营长白恩铭手里时，他敏锐地意识到留给他的时间不多了，便立即给刚刚赶到的陆凡下达了命令："你们来得正好，现在马上赶到前面的拐弯处埋伏，务必将淮阴城的日军挡在外围，为我们全歼村庄里的日军争取时间。"

陆凡说道："营长放心，甭说是日军了，就连一只苍蝇也甭想从我的阵地过去。"

营长白恩铭赞许地点点头："好，执行命令吧！"

陆凡和李尚云同时立正敬礼，说道："是。"

陆凡带着四连走后，营长白恩铭立即组织两个连的战士再一次发起了冲击。战士们冒着村庄里日军密集的火力，潮水般地向前冲去，无奈敌人的火力太猛，冲在最前面的战士们纷纷中弹倒下，后面的战士被日军的机枪压制在田埂后面，连头也抬不起来。营长白恩铭用望远镜看到这种情况，急得额头上的汗珠都流了下来，他大声地喊道："敢死队，给我组织敢死队。"

三十多名敢死队队员站成了一排，等待着营长训话。营长白恩铭大步流星地跨到队伍前面，眼光一一从每一个人的脸上扫过，然后，脸色一沉，大声地说道："今天，我们已经没有退路了，必须把这股鬼子给我灭了，否则，我们淮北就再无宁日了。你们有没有信心？"

"有，有，有。"全体敢死队队员齐刷刷地举起了右手的步枪，大声地呼喊着。

敢死队队长身上挂满了手榴弹，对着队员们大声命令道："跟我来。"说完，第一个带头向着硝烟弥漫的村庄冲了过去。身后，队员们紧紧跟随，奋不顾身地向前冲去……

此时，在另一个新开辟的战场，一场殊死的拼杀也拉开了序幕。

陆凡刚刚带着队伍来到了设伏地点，就听到了前面汽车的马达声由远及近。陆凡来不及安排战士们到路边埋雷了，只好让他们把枪榴弹装上，瞄准了日军的车队。

"放。"陆凡一声令下，枪榴弹一个齐射，呼啸着扑向了前面的目标。最前面的两辆汽车立即中弹起火，车上的日军还没有反应过来，就被炸得魂飞魄散，命丧当场。一只汽车轮子也被炸得飞上了半空，跌落下来后，燃烧着滚到了路边的沟渠里去了。后面的日军毕竟训练有素，立即纷纷跳下了车，在一名日军的指挥下向着四连的阵地冲了过来。四连重机枪手何凯第一个扣动了扳机，愤怒的子弹带着怒火射向了敌人……其他战士们手中的轻重武器一齐开火，将冲在最前面的日军像割麦子似的撂倒了一片。后面的日军见状不敢硬冲，便一个个就地趴了下来，向着四连的阵地疯狂地射击起来。拖在汽车后面的四门钢炮也被日军拖了出来，调整好姿势后，对着四连的阵地就是一番狂轰滥炸。四连阵地上被炸起了一个个冲天的烟柱，战士们没有掩体，好多战士都不同程度地负了伤，有几名战士当场牺牲，指导员李尚云的大腿都被弹片击中，血流如注。

一名卫生员冒着横飞的弹片跑了过来，拿出急救包给李尚云包扎好伤口后，就要把他背下战场。李尚云急了，睁着大眼，责问道："你要干什么？"

"指导员，你负伤了，我背你下去治疗。"卫生员是一名新入伍不久的小战士，他焦急地说道。

"扯淡，这个时候，我能离开吗？"李尚云大声责问道。

"可是，可是，你负伤了。"看着指导员一副要吃人的样子，卫生员怯怯地说道。

这时，连长陆凡一身泥土地跑了过来，看到这种情况，冲着李尚云命令道："你逞什么强？都伤成这样了，还不下去？来人啊，快把指导员背下去。"旁边的一名战士听到了，立即蹲下身子，强行把指导员李尚云背上后背，驮下了战场。

营长白恩铭那边的战事也不顺利，三十多名敢死队队员没有冲到半路就被日军的机枪封住了去路，还有四五名队员当场牺牲了。白恩铭彻底急红了眼，他脱掉上衣，光着膀子，就准备亲自带着敢死队再冲锋一次。就在这节骨眼上，一名侦察员领着一位衣衫褴褛的老大爷找了过来。

"哪位官最大？"老大爷问侦察员。

"这是我们营长，他官最大。"侦察员指着营长白恩铭回答道。

营长白恩铭上前握住老大爷的手，问道："老大爷，你找我？"

老大爷握着营长白恩铭的手问道："我找你。你们不是要灭了村里的鬼子吗？我有办法。"

营长白恩铭大喜，急切地问道："大爷，你有什么好办法？"

老大爷指着前面的村庄问道："你看到那些房子了吗？"

营长白恩铭点头道："看到了。"

老大爷继续说道："你看，那些房子就是我们村的，它们都是茅草房子，有的人家还是木板房子，不防火，要是把那些房子点着了，还不把那些鬼子都烧死了？"

营长白恩铭抬头看着这处的一座座房屋，摇了摇头，说道："不行啊，那些都是乡亲们的财产啊，我们怎能下得了手啊？"

老大爷听了，焦急地说道："你们为了保护我们，连命都不要了，我们还舍不得那些房子吗？我们大伙都商量好了，你们就烧吧！只要能把挨千刀的日本鬼子都打死，让我们做什么都干。你们不要磨叽了，赶快动手吧，算我们大伙求求你们了。”

营长白恩铭眼睛湿润了，他紧紧地握了握老大爷的手，说了一句：“大爷，告诉乡亲们，等打完了鬼子，我们给你们盖新房子。”

老大爷布满皱纹的脸上露出了一丝笑容。

“通讯员，通知部队暂停攻击。”营长白恩铭吩咐道。

“是。”通讯员答应着跑开了。

十分钟后，新四军的阵地上一枚枚枪榴弹准确地落在了敌人占据的一间间民房上。随着一阵阵爆炸声，各个民房都燃起了熊熊大火，浓烟遮天蔽日，连天上的太阳都看不见了。躲在村庄里的敌人实在受不了，一个个号叫着从村子里跑了出来，拼命地向着村庄外面跑去。守候在阵地前的新四军战士端起枪，对着逃出来的日伪军一个个精准点射，将他们送上了西天。

半个多小时后，白恩铭营长带人冲进了还在燃烧的村子里，将残敌一举消灭干净。

就在白恩铭营长采取火攻战术的时候，陆凡率领四连和日军的战斗正进入了白热化的阶段。增援的日军为了早点把被困的日军解救出来，在用四门钢炮一通乱炸后，便发起了集团冲锋。陆凡看着日军一步步逼近了，临危不乱，沉着地指挥着重机枪手何凯：“甭急，等敌人靠近了再打。”

一步、二步、三步……直到日军到了二十五米的距离，陆凡才下达了开火的命令。顿时，何凯的重机枪率先开火，其他的轻重武器也同时张开了嘴，密集的子弹形成了一道火力网，将日军打得晕头转向，四处逃散。

日军指挥官看到日军进攻受挫，大为震怒，逼着后面的日军又发起了第二轮冲锋。这一次，陆凡命令战士们拿出手榴弹来招呼他们，把日军炸得是抱头鼠窜，只恨爹娘少生了两条腿……日军的第二次冲锋又失败了。

就在日军准备发起第三次冲锋时，营长白恩铭那边的战斗已经结束了，战士们来不及打扫战场，就赶过来支援陆凡他们了。陆凡他们看到增援部队冲过来了，士气大增，端起上了刺刀的步枪向着日军阵地掩杀了过去，同敌人近身肉搏。一阵拼杀过后，阵地上留下了 100 多具日军的尸体。

其余的日军见状不妙，连滚带爬地窜上了汽车，一溜烟地逃回淮阴城去了。

十八

结婚后，我寻思着不能老住在集体的房子里，就和周金成商量着想自己盖一处房子。没想到和他一说，他立马就答应了。看他这么爽快就答应了，我真怀疑他是不是早就有了这种想法，只是碍于我的脸面，不好意思说出来罢了。现在，既然你自己先提出来了，我何不做个顺水人情？当然，这只是我个人的猜测，是从来没有得到过印证的，因为，他从来没有向我说过自己先我之前就有了这种念头了。这也是周金成的可爱之处，更是一种可贵之处，就是从来都是无条件地支持我的想法。正是他的这一情分和支持，才让我一生都很庆幸自己不知道哪辈子走了大运，能遇到像周金成这样的守护神？

盖房子这种事，说起来容易，真正实施起来就不是动动嘴皮子那么轻松了。第一个难题，就是宅基地的问题。按照农村传统的做法，一家只能有一份宅基地，除非另立门户，才能分配到新的宅基地。这个困难难不倒周金成，他回到家里，写了一份协议，把家中原来的老宅基给了妹妹周红叶，这样，他就顺利地从村子里批到了一份新的宅基地。这份新的宅基地在村子的最西头，一个靠着烈士陵园不远的地方。

宅基地定下来了，接下来，就是准备材料的事情了。当时，我们才结婚，手里没有多少钱，请不起人来帮助盖房子，就和周金成两人亲自动手。

我们每天利用早晚的时候，从村子一些沟渠里挖来一些黏土，今天一担土，明天一担土，日积月累，竟然也在宅基地上堆集起来了一个大土丘了。黏土有了，下一步就是要把这些土砌成墙和土坯了。

砌墙之前，要把地基打好。打地基的关键是要把地基的水灌实了，水不灌实，地基就不结实，那么盖出来的房子就容易出现歪斜。把地基灌上水后，浸上一两天，等到水被泥土吸干后，就要开始练地基了。所谓的练地基，就是牵来一头牛，套上一个石碾子，在地基上转圈圈，把泥土碾实。我们当时是借的村里的牛，因为是集体的牛，用上一天，集体是要扣我们的工分的，所以也不敢多用，早早地就把牛给还了回去。剩下的活儿，就由我和周金成两个人包了。周金成找来了一个粗大的树桩子，两边绑上绳子，我和他一人一边，拽着绳子，一边嘴里哼着打夯的调门子，一边打着夯。打夯不是一个女人能做的活，十分钟下来，就累得连胳膊都抬不起来。半天下来，回到住处倒头就睡，连饭都顾不上吃了。几天打夯下来，我的整个膀子都肿了起来，用手碰一下就像针扎似的钻心疼。周金成心疼我，再也不允许我去打夯了，剩下的活都是他和公公周大文两个人完成的。

一个星期后，打夯工作终于完成了。接下来就要开始砌墙了。其实，准确地说，这不叫砌墙，在当地称为打墙。说起来很简单，就是把先前堆集起来的黏土用水和稀后，再掺上一些晒干的茅草，像揉面似的揉成一个个泥团，把这些泥团像码墙砖一样一层一层码起来就行了。这个活儿看起来容易，其实也是有难度的。一是码起来的墙体前后要对齐、上下要一线，不然的话，码起来的墙不直；二是用泥团码起来的墙，一次性不能堆得太高，如果太高了，墙体就很容易坍塌。我们两人一开始经验不足，一味地贪快，想早点完工，结果，墙体码到半人多高时一下子全塌下来了。看着自己辛辛苦苦忙了两天的成果毁于一旦时，我再了忍不住了，蹲在地上把头趴在膝盖上痛哭了起来。周金成看到我哭了起来，心疼得站在旁边，不知道怎么安慰我才好。半天，他的眼里竟然也流下了眼泪。看到他这个样子，我心里的委屈就更大了，气得跑回了住处，扑倒在床上大哭了起来。

这一下子，把周金成彻底吓傻了，他赶紧跑到老家，把他妈妈喊了过来。我的婆婆听说了此事，着急忙慌地赶到了我的住处，坐在我的床前，一句话都没有说，只是把我的一只手从被窝里拿了出来，放在自己的手心里轻轻地抚摸着，看着我那结满了老茧的手，也心疼地掉下了眼泪。我感觉到了手心里那湿漉漉的泪滴，吓得我赶紧掀开了被子坐了起来。

婆婆看着我，流着泪，一把把我搂在了怀里，哽咽着说道："小凡啊，你到刘老庄受罪了，嫁到我们家更受罪了，我们对不起你啊！"

婆婆的一席话，让我的心里一下子变得暖洋洋了起来，以前所受的委屈也烟消云散了。我趴在婆婆瘦小的肩头上，一边流着眼泪，一边开心地说道："妈，有了你们，我就不委屈了。为了你们，我什么苦都能吃。"

婆婆听了，哭得更厉害了，她用手抚摸着我的后背，抽泣地安慰道："小凡啊，有什么事不要自己一个人硬扛着，你不是还有一个大家吗？还有我和你大、你妹妹吗？还有那么多的刘老庄乡邻吗？"

我点点头，说道："嗯，我知道。"

从那以后，公公、婆婆和周红叶妹妹一有空就来到宅基地上帮忙，一些重活、累活都由公公和周金成包了下来了。庄子上的男人们也不请自来，他们有的是木匠、有的是瓦匠、有的是泥水匠……各种工匠都聚齐了，他们不要别人安排，自己就能找到要干的活。半天忙下来，到了饭点的时候，各人就都收拾起工具各自回家了，婆婆和我怎么留饭，他们中间没有一个人愿意留下来。就这样，在邻居们的齐心协力下，用了短短不到十天的时间，三间崭新的茅草房就建好了。本来，我是准备和周金成两个人来建的，却不料，最后，还是离不开众多的乡亲们的帮忙，没有他们的帮忙，我和周金成还不知道什么时候才能住上属于我们自己的房子呢？

若干年后，每当我回想起我第一次建房时的情景，我的内心依然还是那么激动，那么难以平静下来。可以这么说一句，是刘老庄的乡亲们收留了我，是他们帮助了我，也是他们成就了我。没有刘老庄乡亲们的呵护，就没有我一生的坚守。所以，从这个意义上来说，最值得颂扬的不是我，而是我的刘老庄的亲人们，一切的荣誉不应该归于我一个人，而应该属于他们。

房子建好后，我被乡亲们推举为妇女主任，原来的主任罗素珍说什么也不干了，非得让我来干。她不止一次地来找我，让我来当妇女主任。我哪是那一块料，我一听，当即就回绝了。

“罗阿姨，你就甭开玩笑了，甭说是妇女主任了，我连当这个生产队队长都当得够呛，你还是饶了我吧，我真的不行。”我一脸认真地回答罗素珍主任道。

“你怎么不行？我看你就行，我罗素珍看人，什么时候看走眼过？就连蚊子从我眼前过，我都能分出公母，甭说是人了。行了，你也甭歪歪唧唧的了，这个事情也不是我一个人的意思，是经过大队集体讨论的，而且也是上级批准了的。”罗素珍严肃地说道。

“可我还不是党员啊，怎么好当这个主任呢？”我难为情地说道。

“谁规定不是党员就不能做干部了呢？何况，组织上已经在考察你了，成为一名党员就是早晚的事。别的现不说了，先把工作做起来再说吧！”罗素珍主任说道。

就这样，我走马上任，成为刘老庄村的妇女主任了。

我做了妇女主任后，接到的第一个任务，就是要在村子里办扫盲班，在半年内扫除文盲。

这本来是个好事，但并不是每一个人都愿意参加扫盲班学习的。我们村 55 岁以下不识字的妇女有一百多人，要想让她们都到扫盲班学习还真不是一件容易的事。村子最东头的田二婶子也就是 40 出头，一听说要她去学习，她怎么都不愿意去。我没办法，只好三天两头地往她家里跑去做工作。这天傍晚，利用晚饭后的时间，我又去了她家。田二婶子正在院子里喂鸡，看到我来了，不高兴地噘起嘴，故意转过身去把屁股留给了我。

“田二婶子，吃过了吗？”我笑着打着招呼。

田二婶子装作没听到，径直往堂屋走去。我也不生气，而是跟在她的身后进了屋子。见到我进来了，她也没法再装了，只好开口说道：“哟，是陆主任啊，来了怎么也没听到脚步声啊，吓了我一跳。”

我也不答话，只是从她手里把喂鸡的水瓢拿了过来，从靠在地上的一只编织袋子里用水瓢装了半水瓢的棒子粒子，快步走到了院子里，用手一把一把地将水瓢里的棒子粒子撒到地上，喂给“咕咕”叫着的一群鸡吃。

那个时节，棒子粒子是一个家庭的主要口粮，田二婶子看我把棒子粒子直接喂给鸡吃了，有点心疼，忍不住急急地跟了过来，一把将我手里的水瓢抢了过去，讪笑着说道："别别别，这喂鸡的脏活哪好意思让主任动手呢？还是我自己来吧！"

我笑着说道："你家鸡多，你一个人忙不过来，还是让我一起喂吧！"我说着，就去找别的东西准备去盛棒子粒子。

田二婶子见了，愈发慌了起来，赶忙伸手将我拦了下来，说道："你不就是想让我晚上去扫盲班学习的吗？我也知道你是好心，我去还不成吗？"

我笑道："一言为定。不然，我明天还来你家帮你喂鸡。"

田二婶子忙赔笑道："别别别，我今晚去就是了。"

离开了田二婶子家，我又来到了隔壁刘大强家里。还未走到门口，就听到屋里传来了一个中年男人粗暴的吼声："学什么学？你一个女人家，待在家里把孩子看好，把家务做好，比啥都强。学几个字，就高人一等了，就成神仙了，就了不得了，就飞了？"

一个女子尖细怯弱的声音道："别的人家的女的都去了，就是不给我去，以后，别的人都识字了，就是我扁担长一字不识，上了城里连茅厕都找不着，还不坑死了？"

男人说道："放心，等你进了城，估计你也老了，自己找不到，不能让小鬏带着去吗？养小鬏指望什么的，不就指望爬不动、挨不动了能帮你一下吗？女人识多少字当饭吃啊？别的女人去不去学我不管，我们家的女人就是不许去。你要是敢去，我就砸断你的腿，你信不信？"

"你敢？"我在外听了，怒不可遏，猛地把门推了开来，一步跨了进去，指着正站在屋子里教训女人的刘大强说道，"今天我就是要把翠花姐领到扫盲班去，你要是敢动她一根手指头，就小心我把你的手剁了。不信，你就试试看。"

三十出头的刘大强长得驴高马大的，正叉着腰对着老婆要着威风，一见到我怒气冲冲地进来了，气焰一下子小了下来，手也不自觉地垂了下来。他的老婆，身材瘦小的时翠花看到我来了，腰杆子立马挺直了不少，她如获救星般地躲到了我的身后，紧紧地拉着我的手不松开。

"说，你凭什么不给翠花姐去扫盲班学习？你凭什么要砸断她的腿？

她想学习文化有错吗？你信不信我现在就去大队汇报，把你当成反面典型？”我机关枪似的向他开起火来。

刘大强心里发虚，但嘴上仍然强硬道：“我又没犯法，我才不怕你去大队告状呢！再说了，你们女人一天到晚瞎折腾什么？把小鬏带好了不就得了？何必整天学这样，学那样。你看我，一字不识，还不照样把木工活做得贼溜？现在，只要每天能在大队苦到工分，比什么都强。你说，我说得对不对？”

我强忍住火气，耐心地说道：“你一个大男人，自己不识字，还不让媳妇去学习？以后国家搞建设，需要懂文化的地方多得去了。一个女人就不能识字了，古时候识字的女人多呢，她们不但识字，还有的考上状元了呢！你的这种思想实在是太落伍了，你才多大啊，就不想学习了？翠花姐才多大啊，就这样一辈子大字不识一个？以后真的连上茅厕都求人？老话说得好，‘艺多不压身’，就是学个羊癫风给手里也吓人，何况是文化知识呢？”

时翠花听了，插嘴说道：“就是呢，我以后识字了，家里写信啥的就不用去求人了，这样不好吗？再说了，我以后识字了，你去做木工活，我就能帮你算账了，也省得你老是被人坑了。当家的，你就同意吧？”

刘大强态度明显已经软了下来，却还在嘴上逞能道：“不去，不，不去。”

我见了，拉起时翠花的手，说道：“走，你现在就跟我去扫盲班学习，晚上我再把你送回来。他要是敢动你一根手指头，我就把他报到上面去，让派出所把他抓起来，让他蹲在派出所里一个人过。”

时翠花有点犹豫不决。

我拉了她一把，说道：“走吧，这次你听我的。”我们两人一起出了门，时翠花悄悄地问我：“你会不会真的让派出所来抓他啊？”

我笑道：“看他表现，如果他真的敢打你，我就绝不会轻饶过他的。你放心。”

时翠花听了，才放心大胆地跟着我走了。

扫盲班设在村大队部会议室里。会议室不大，也就两个房间大小，没有桌子，只有一块黑板挂在土墙上，那是我请我们村一位上了年纪的木匠师傅帮忙做的。会议室里也没有课桌，所有的学员都是自己带着板凳来的，没有课本，也没有本子和笔，所有人都只是出两耳听课。教师只有两人，一个是我，一个是周红叶。我们所教的内容，都是自己编写的，主要就是参照以前上小学时的课本，再结合成人的特点编写而成的。对于成人的教学，不能以对待小学生的方式进行，主要是以认识一些常用字为主，最起码要让每一个人都认得自己的名字，能准确写出自己的名字。这些基本的要求，好多人也是不容易做到的。我们不仅要教语文，还要教一些简单的算术，要让她们能掌握一些最基本的加减法。六个月后，公社里还要组织人员来测试。测试不过关的，还要重新组织学习。村里为了配合这项工作，还把能正常来学习的女人们给予适当的工分。这样，既能学到文化，还能赚到工分，为家里增加一些收入，让妇女们学习的劲头更足了。

在学习文化知识的同时，村里还把40周岁以下的妇女组织起来，加入到民兵训练中。那个时候，民兵训练的要求很高，每天要搞一个小时的军事训练，不仅要练习队列，还要进行射击训练。那个时候，担任我们女民兵训练的教官不是别人，正是周金成。甭看周金成平时表现得比较木讷，但在训练场上，完全像是换了一个人似的，严厉、刻板、较劲，害得村里的好多女人看到他就想躲着走。

六个月后，迎来了两个考核，一个是民兵打靶考核，一个是文化水平考核。

打靶那天，正值农历十一月，这个季节，一年的农活已经基本干完了，村里没有多少事，大家都图个新鲜来到靶场看女民兵们打靶了。

靶场设在六塘河堤下的一处地方，这里河堤高大，远离村庄，平时没有多少人经过，是个打靶的绝佳场所。这里的河堤上有一棵歪脖子大柳树，树枝粗大，已经很有些年月了。在这棵大柳树的旁边，有一座隆起的土丘，土丘上长满了野草和灌木。瑟瑟寒风中，那些野草早已枯黄，灌木的叶子也早已落尽，只剩下了一些光秃秃的枝条。土丘前面立前一块石碑，上面刻着一行黄色的字迹，我细细地辨认，只见上面写的是：革命烈士张一蕊之墓。

原来，张一蕊姐姐的墓地竟然在这个地方。

打靶结束以后，我带着周金成来给一蕊姐姐上坟。我们先把她坟头上的那些野草和灌木用手一一拔除，又用带来的铁锹把坟茔添上了土，重新整修了一番。

在张一蕊姐姐的坟前，我把带来的一大包纸钱点燃了，一边给她烧纸钱，一边跟她唠着嗑，说一些贴己的话儿。

“一蕊姐姐啊，我是陆凡的妹妹陆小凡，那个是我的丈夫周金成，我们两个人今天才知道你原来在这个地方，如果早知道了，就早过来看你了。你和我哥哥从老家中条山下来到了淮阴，你一次都未能回去过，再也没有见过你的父母亲人，你的父母亲人也不知道你在哪儿。你和家乡远隔千里，你一个人孤零零地躺在这儿，你不冷吗……你牺牲后，我哥哥陆凡和你的战友们留在淮阴继续和日本鬼子战斗，又打了整整一年多的时间，后来他们又都牺牲在了刘老庄了，离这儿不远。他们整整一个连，八十二个人啊，都牺牲了，没有一个人生还……加上你，应该是八十三个人，都永远地留在了淮阴，留在了刘老庄这块土地上了……姐姐啊，你们都回不去了，再也未能活着回到家乡，家乡的亲人们日思夜盼着你们啊……现在，我来陪你们了，我也永远不回去了，一直陪你们到老……”

袅袅烟雾中，我看到张一蕊姐姐身着新四军军服，眨着一双明亮的大眼睛，正笑眯眯地看着我，她的眼中充满了爱怜和柔情，仿佛在对我说道：“小凡妹妹，谢谢你来看我，我和你哥一起离开中条山，一起来到淮阴打鬼子，虽然我们都牺牲在了这里，但是我们不难过，因为，我们昨天的流血牺牲，是为了让你们不再流血牺牲。当时的国家到了亡国灭种的境地了，我们那一代人不站出来，国家不就灭亡了吗？一代人有一代人的使命，一代人有一代人的担当。现在，历史的接力棒交到了你的手中，你一定要跑好自己的这一棒，再把这一棒传给下一代人。中华民族经受的苦难太多，太深重了，她已经禁不起这样的折磨了，保护好自己的母亲，是我们每一位子孙的责任。切记，切记！”

“一蕊姐姐，你说的话，我一定记住。我一定要带你回家，带哥哥们回家。”我哭着说道。

烟雾随风飘散，张一蕊姐姐的身影也渐渐地虚无缥缈起来，她最后的话语却随着风儿飘入了我的耳里：“青山处处埋忠骨，何必马革裹尸还。落红不是无情物，化作春泥更护花。”

“一蕊姐姐，你在哪里……”泪眼婆娑中，哪里还有张一蕊姐姐的身影？漫天飞舞的，是那随风漫卷的纸钱和弥漫的烟尘。眼前，奔流不息的六塘河水，泛起阵阵清波，发出一种如咽如诉的悲鸣声。流水有情化着泪，流水有情起歌声。可是，千年流淌的流水啊，你为什么就不能让时光倒流，带回我的一蕊姐姐和陆凡哥哥们呢？哪怕只是带回他们的片言只语，也是对我最大的安慰啊！流水啊，你怪我恨你吗？

流水无语，只是把一河泪光抛洒天地间……

第二场考核是文化测试。

一大早，教室里就坐满了前来考试的扫盲班的学员，大家叽叽喳喳，交头接耳，显得躁动不安。9点钟前后，公社文化干事王学成手里拿着一叠试卷来到了教室，大队书记周大文紧紧地陪在身边。看到他们进来了，原本还乱哄哄的教室一下子安静了下来。公公周大文站到了教室前，对着一屋子的女学员大声地说道：“大家不要说话了，今天，公社王干事来检查大家半年多的学习情况，你们不要紧张，平时怎么学的，今天就怎么考。好了，下面请王干事开始吧！”

王干事是个20多岁的年轻人，戴着一副黑边眼镜，长得斯斯文文的。大家一个个伸长了脖子，十分好奇今天的考试到底怎么考。只见他笑眯眯地走到前面，轻声细语地说道：“各位同学，大家好！”说到这里，还不忘给众人鞠了一躬。看到他这个样子，下面的妇女们一个个窃窃私语起来，这个说道：“这个男的是哪里人啊？怎么一股奶水味啊？”那个说道：“哎哟，他的皮肤是在面缸里捂出来的吧，都能挤出汁子来了，比我们女人还女人呢！”这个说道：“他多大了，谈了媳妇没有？我大姨娘家有个闺女，和他年纪差不多，要是有人提媒就好了。”那个说道：“你看哪个男人都比你家的男人好，小心中了花毒。”

……

王干事听到了女人们的议论声，有点尴尬，脸色都有点变红了。公公周大文看不下去了，在旁边说道：“喂喂，大家严肃点，这是在考试，不是相亲会，都严肃点。”

女人们听了，一个个都忍不住“哈哈哈”大笑了起来。

公公周大文急了，涨红着脸，大声说道："甭笑了，谁再不听话，就扣谁的工分。反了你们了？"

女人们看到周书记真的发脾气了，才一个个老实起来，规规矩矩地把身体坐直，不敢再言语了。

"王干事，你开始吧！"公公周大文再次对王干事说道。

王干事有点紧张地用手把眼镜框子往上推了推，四下里打量了一下，才又笑着说道："我……我要说得有什么不对的地方，请你们多批评教育我。"

众人又是一阵大笑。

"下……下面，我们就正式考试了。今天的考试比较简单，我给每人发一张白纸，大家在纸上写上一段话，题目名字就叫《我的家》，写好以后，我们再请大家把上面的内容读出来，就这么简单。好了，现在我把白纸发给你们。"王干事说完，就把带来的白纸一一发给了众人。

"好了，大家开始写吧！想写多少字都行，只要能把意思表达清楚就行了。"发完白纸，王干事再一次强调了一下。

女人们拿到白纸后，一个个都发傻了，不知道怎么动笔了。我看到这种情况，赶紧站出来启发大家道："大家不要慌，我们就写自己的男人，是什么样子，就写什么样子，不会写的字，就画一个鸡蛋来代替。自己的男人，总会有话写了吧！"

下面的女人们听了，都频频点头称是。这时，下面一个声音问道："那小大姐怎么写啊，又没有嫁人，哪来的男人？"

我回答道："那就写自己的妈妈，一个人妈妈还是有的吧？"

听我这么一说，大家总算明白过来了，一个个低下头把白纸铺在凳子上开始写了起来。一时间，没有人说话了，只听到铅笔在白纸上发出的"沙沙"声，像极了蚕儿在吃桑叶子的声音，又像是春天里飘着的细雨声。

大约一小时后，交卷的时间到了。王干事说道："时间到了，下面请大家把笔放到凳子上，不要再写了。现在，我们请大家把自己写的内容读出来就可以了。好，一个一个来。"

第一个被点到名字的是大队长宋长信的媳妇，她长得比较肥胖，板凳挪了半天才站了起来，她把试卷捧在手里，大声地读："我家的男人是个大队长，他平时蛋蛋蛋蛋，蛋多了，回家就蛋人，身上一股蛋味，蛋死了。如果有下一蛋子，我蛋不会蛋给他的。"

众人听了，哄堂大笑。

有人问道："那嫂子，你家哪来这么多蛋啊，都是谁送的呀？"

宋长信媳妇把脖子一梗，说道："什么蛋不蛋的，我家哪来那么多蛋？刚才陆主任不是说了嘛，不会写的字就画个鸡蛋代替，所以，我就画了那么多蛋了。怎么着，难不成你们每一个字都会写，你们就没有画一个个鸡蛋？比如那个小鬏，鬏字你们会写吗？还不都是画一个鸡蛋来代替的？"

众人听了，一个个笑得是前仰后合，有的人笑岔了气，揉着肚子直喊疼。

轮到木工刘大强的媳妇时翠花了，她捧着试卷一字一句地读道："我是一个穷苦人家的女儿，小时候家里穷，早早地就到了刘家，做了刘大强的童养媳妇。刘大强和我一样，大字不识几个，他天天在外做木工，十分辛苦。大家都知道他脾气大，爱骂人，但我不怪他，只要他对俺好，对儿子好，我就知足了。如果有下一辈子，我一定好好学文化，做一个有文化的人，学会自己养活自己，不受别人的白眼了。"时翠花读完，眼睛里泛出了晶莹的泪滴，她忍不住抬起衣袖偷偷地擦去了。

教室里瞬间安静了下来，仿佛时间都停滞了。好像过去了许久，众人才回过神来，拼命地鼓掌。有的女人也跟着抹起了眼泪。

紧接着，教室里的女人一个接着一个，把自己的试卷当众朗读了出来。她们的朗读，有的让人捧腹大笑，有的让人热泪盈眶，有的让人陷入沉思，有的让人哭笑不得……她们每一个人的"朗读"，都是自己半年心血的结晶，都是值得肯定的。毕竟，在此之前，她们还是扁担长一字都不识的人。半年，仅仅过了半年时间，她们就学会了识字，学会了书写自己的名字，学会了思考人生……

奇迹，这是发生在刘老庄土地上的奇迹……

十九

汤集战斗结束以后，四连回到了刘老庄休整。指导员李尚云因腿部负伤，不得不住进了连部临时卫生室接受治疗。看到连队卫生员人数不足，连长陆凡就把区小队队长周明强的妹妹周小红请了过来，帮助照顾李尚云。

说是连部卫生室，其实也就是周小红家里院子里边左面的一间储藏室改造的，和陆凡住的堂屋东间房是一个院子。四连来了以后，区小队长周明强将自己和老母亲搬到了外面的弟弟家临时居住，只留下妹妹周小红一个人住在堂屋的西头房间，方便照顾陆凡他们的生活起居。

一天中午，陆凡从外面参加完征兵动员会回来，刚刚进到院子里，周小红端着一盆的纱布正在院子的一根绳子上晾晒。见到陆凡兴冲冲回来了，周小红笑着说道："连长，吃了什么开心团子，这么高兴？"

陆凡笑道："啊，小红啊，今天我们在村子里召开了一个征兵会议，你猜怎么着？"

周小红笑道："我哪知道怎么着？"

"一下子当场十二人报了名，没想到刘老庄的乡亲们觉悟这么高！"

陆凡边走边说道。

“连长，我跟你说个事，行不？”周小红放下盆，跟着陆凡进了屋子。

“说吧，什么事？只要是我能做到的，一定答应你。”陆凡随手把腰间的武装带解了下来，扔到了桌子上。

“那我直说了，你可得答应我啊！”周小红听了陆凡的话，心里十分开心。

“说吧！”陆凡坐了下来，从桌子上的热水壶里倒了一杯水，边喝边说道。

周小红拿起陆凡丢在桌子上的武装带，递到陆凡的眼前，说道：“我也想有一根属于自己的这个。”

陆凡见了，有点吃惊地问道：“怎么，你，你也想参加队伍？”

周小红没有注意到陆凡脸色的变化，扑闪着一对长长的睫毛，激动地说道：“你们不是正在征兵吗，我也想参加部队，跟着你们打日本鬼子，你们收下我吧！”说完，热切地看着陆凡。因为过于激动，她的胸脯一上一下地剧烈起伏着，那充满活力的身体离陆凡是那么的近，以至于他都闻到了她的身上散发出的一种青春女孩特有的馥香。

短暂的沉默后，陆凡轻轻地摇了摇头，目光变得冷峻了起来。

周小红看到陆凡的这种神情，十分不解，她丢下手中的武装带，双手拉着陆凡的手，眼中满是幽怨，愤怒地问道：“为什么？你为什么不同意？”

陆凡抽回自己的手，语气平静地说道：“你还小，家里也离不开你。我们牺牲得够多的了，不能再……再说了，你哥也参加了革命，家里不能没有人照顾，奶奶岁数也大了，更离不开你了。”

周小红听了，气得星眸泛红，泪水点点，大声地责问道：“这就是你的理由？打仗哪有不死人的，别人能死，我就不能死了？你跟我说一句实话，你是不是心里还有什么放不下的？我只想听到你一句实话，请你告诉我。”

陆凡听了，有点不高兴起来，回道：“你说什么呢？越说越离谱。”说完，也不看她了，拿走桌子上的一本书就看了起来。

周小红看到他的这种态度，心里就更委屈了，泪水也终于不争气地掉了下来。她说道："你不批我参军，我就去找指导员，如果他也不同意，我就去找你们营长，我就不信没人能治得了你？"说完，头也不回地转身赌气走了。

周小红刚走，她的哥哥，区小队队长周明强从外面走了进来。周明强 30 岁出头，长得身材魁梧，相貌堂堂，腰间别着一支驳壳枪，走起路来都带着风声。他还没走进陆凡的房间，就大声地嚷嚷着："我倒要看看，是谁能把我妹妹气成这个样子？"说着，大步流星地跨步进来了。

陆凡未见其人，先闻其声。知道是周明强队长来了，赶紧从椅子上站了起来，笑脸相迎，伸出手笑道："原来是周队长来了，快请坐。"

周明强握住陆凡的手，大大咧咧地说道："我刚刚看到小红那丫头偷偷地躲在外面抹眼泪，问她也不说，我估摸着八成被你欺负了，对吧？说说看，你是怎么欺负她的？"

陆凡松开手，倒了一杯水递给周明强，说道："你妹妹那脾气，不欺负别人就是好事了，还有人敢欺负她？你饶了我吧！对了，你是无事不登三宝殿，说说，有什么情况？"

周明强听了，笑道："你要是不提醒，我差点忘了。是这样的，最近，日本人对我们淮北根据地加大了'清剿'的力度，在老张集、棉花、古寨、高沟、三树、凌桥沿线都设立了据点，三天两头地对我进行'扫荡'，老百姓的生活更困难了，好多人家都到了断粮的程度，有的人被迫外出要饭，有的地方甚至出现饿死人的情况了。"

陆凡听了，焦虑道："我看这样，你把我们的军粮拿去一部分，先分给群众，解决燃眉之急，剩下的我们再想办法。"

周明强听了，说道："你们自己的那一点军粮都快见底了，哪来的余粮？我看这样，分两步走：第一步，是对即将成熟的麦子，要做好护粮工作。具体的方法，就是发动对周边据点日军的监督，防范日军出来抢粮；第二步，发动群众，对敌人沿线交通进行破坏，让他们寸步难行。你看如何？"

陆凡赞同道："这些办法都很好，要发动群众，不仅要破坏沿线主要道路，还要发动群众深挖'交通沟'，要实现'庄相连，村相通'，把交通沟挖到敌人的眼皮子底下，让他们处于人民战争的汪洋大海之中，时刻受到人民武装的打击。”

“‘庄相连，村相通’，这个提法好，我们要立即向县委汇报，立即行动起来。”周明强说道，“另外，有一个情况，明天夜里，日军要从老张集据点往古寨据点运送一批给养，很可能是一批粮食，我们区小队准备在半途进行拦截，到时如果有需要，还请你们进行火力支援。”

“行。没问题。”陆凡说道，“噢，对了，你妹妹想参军一事，被我否定了，我跟你说一下，你也不要在意啊！最近，你那边事情多，要不先让她到你那儿去帮帮忙，等到不忙的时候再回来？”

“参军的事，她没跟我说。不过，我这个妹妹从小个性就比较强，认死理，看准的事情九头牛都拉不回。她现在还不适合到我那边去工作，毕竟这里也离不开她，卫生队人手少，还是让她留下来好好照顾指导员他们吧！毕竟，她在你们身边，我也放心。至于她能否参军的事情，我看这样，只要她符合了参军的条件，你还是要把她收下的，她也想像张一蕊队长那样，能亲自上阵杀敌呢！你说呢？”周明强咧着厚实的嘴唇，盯着陆凡说道。

“唉，好吧，既然你这样说，我还能再说什么呢？但愿她没事不要来烦我就行了，省得她看到我就烦。”陆凡叹了一口气，无可奈何地说道。

“你们之间的事情，我也懒得去管，我自己的工作都是一团乱麻，哪有时间再在你们之间插上一杠。好了，那就这样了，我要回去工作了，走了。”周明强装出很无辜的样子，打着哈哈，说完了，一分钟都不想多待，赶紧来了个脚底板抹油，溜走了。

午饭后，陆凡带着战士刘近山扛着半袋子棒子粒，来到庄子上年龄最大的赵奶奶家里慰问。四连刚来到刘老庄的时候，赵奶奶把自己的棺材本卖了，换成鸡蛋给战士刘近山补身子，才让他瘦弱的身体得以恢复健康。当下，刘近山高高兴兴地扛着粮食跟在连长的后头，还没到门口，就亲切地冲着屋里喊了起来：“奶奶，我们连长来看你了。”

屋里没有动静。刘近山又喊了一声：“奶奶，奶奶在家吗？”

屋子里依然没有回应。连长陆凡着了急，急忙推开了虚掩着的屋门。门一开，刘近山抢先一步钻了进去，陆凡也跟着跨进了屋子里。屋子里光线很暗，陆凡站在屋子里停顿了一下，眼睛才渐渐适应了屋里的环境，能看清楚东西了。这是三间土墙茅草屋，两边没有隔墙，最西头是厨房，砌着一口灶台，灶台上下乌漆嘛黑的，像一个硕大的乌鸦似的耸在那儿，十分扎眼。堂屋里没有什么像样的家具，除了一张破的掉了一块木板的小饭桌子外，其他就是几张跛了腿的小板凳了。东边的房间里有一张靠着后墙放着的不大的木板床，床上是一堆乱麻般的破棉被子，被子向上隆起，像是有人躺在被子下面。确实，靠在床头，有一堆白发像蜘蛛网一样凌乱着，低垂着，长长的足以够着了地面。那颗长着白发的头颅一动不动地靠在床头的一只破枕头上，枕头里的麦秸碎头已经露了出来，星星点点地撒在芦苇编织成的席子上。

"奶奶，奶奶，你怎么了？"刘近山放下肩头的粮食，扑到床前，惊慌地喊叫着，声音里带着一种莫名的恐惧。

陆凡快步来到床头，看到赵奶奶一个人躺在床上一动不动，急了，对着刘近山命令道："快，快去把周小红喊来。"

刘近山站起身来，答应着飞快地跑了出去。很快，周小红就背着药箱，跟在刘近山的后面急匆匆地赶了过来。

"快，快看看奶奶怎么了。"陆凡急切地对周小红说道。

周小红来不及答话，急急地蹲在床边，从药箱里拿出听筒给赵奶奶认真地检查了起来。

"怎么样啊？"陆凡低下头轻声问道。此时，得到消息的一些村民和战士们都纷纷来到赵奶奶家，有的聚集在门口，有的踮着脚往窗子里张望着。

"赵奶奶还有生命体征，可能是被饿的，我先给她打一针葡萄糖。"周小红说着，从随身带来的药箱里取出了针筒和药水，麻利地敲掉了药水瓶子上的尖头，把药水吸到了针筒里，将针头向上，排除掉多余的空气，几滴药水像葡萄般从针头冒了出来，又顺着针头慢慢流淌了下来……

一针打完，赵奶奶慢慢睁开了一双混浊的双眼，木然地望着眼前的众人，干瘪深陷的嘴巴吃力地蠕动了一下，想说什么，最终一句话也没有说出来，只是咽喉处发出了一丝如蚕儿咀嚼桑叶般的声音。

"刘近山，快去把病号房里的米拿过来，煮点粥给赵奶奶喝。"陆凡转身对着刘近山命令道。

刘近山听了，有点为难，挠了挠后脑勺，说道："可……可是，那边也不多了，剩下的估计连牙缝都不够塞的了，哪来还有多余的米？就这一点，指导员他们也舍不得吃，每顿饭都只啃土豆了……"

不等刘近山把话说完，陆凡便焦躁起来，说道："都什么时候了，快要出人命了，你还在啰唆！快去！"

刘近山看到一向很少发脾气的连长真的发火了，才不敢再多说，乖乖地跑回去找米了。不一会儿，只见他捧着一只饭碗小心翼翼地走了回来，那模样，就像是捧着一个刚出生的婴儿，生怕一个不小心就摔了似的。好不容易挪到陆凡的面前，他把手中的饭碗往连长面前一伸，委屈巴巴地说道："连长，你自己看。"

陆凡低头一看，瞬间变了脸色，对着刘近山吼道："怎么才这么一点米，都被你偷吃了？"

听了陆凡的话，刘近山的眼泪都快掉下来了，他带着哭腔争辩道："我哪敢偷吃？连长，你又不是不知道，我和大伙一样，顿顿都吃山芋渣稀饭，连走路都快没劲了，我什么时候偷吃过大米的？连长诬赖好人。"

一旁的周小红接过刘近山手里的半碗大米，安慰他道："好了，好了，连长这不是着急嘛！行了，你在这看着奶奶，我去把米煮了。"

听到周小红这么一说，刘近山的心里才好受多了，他白了陆凡一眼，心里说道："还是小红姐姐好。"

没过一会，周小红就端着一碗热气腾腾的大米粥过来了。陆凡坐在床沿上，把赵奶奶扶起来靠在自己的怀里，周小红用小勺子舀了一点米粥，用嘴吹了吹，又用嘴唇轻轻地试了试，直到不烫嘴了，才把一小勺子的米粥递到了赵奶奶的口里。就这样，周小红不厌其烦地喂着赵奶奶，直到小半碗米粥下了肚，赵奶奶才稍微有了一点力气，她吃力地抬起骨瘦如柴的右手微微摆了摆，示意吃饱了，然后把头往后一倒，倒在了陆凡的怀里，闭上了眼睛想休息了。见此情景，陆凡轻手轻脚地把赵奶奶平放到了床上，又把那床破旧不堪的被子从老人的身下拉出来，准备盖在她的身上。陆凡拿着被子的手停在了半空中，他看了看手中那床已经不成形状的被子，叹了一口气，掉过头来，对着刘近山再一次命令道："去，把我床上的那条棉被拿过来。"

刘近山不解地问道:“拿你的被子?那你盖什么?”

一旁的周小红也瞪大了眼睛,说道:“是呀,那你怎么办啊?你也只有一条啊!”

陆凡看着两人,用不容置疑的口吻说道:“哪那么多废话,先拿来再说。”

刘近山只得答应,踟蹰着去了。去了好一会,刘近山才回来了,手里拿着一床陈旧的灰土布棉被。陆凡接过棉被,把赵奶奶原先的破被子拿掉后,换上了自己的被子,细心地盖在了她的身上。外面的一些群众目睹了这一幕,心里面热乎乎的,有的人还偷偷地抹起了眼泪。战士们见了,不由得对自己的连长肃然起敬。

看着赵奶奶渐渐地睡熟了,陆凡悄悄地吩咐周小红道:“你在这里看着,那儿也不要去,我带着刘近山再到别的人家看看,了解一下总体情况。”

周小红听了,“嗯”了一声,点了点头。陆凡带着刘近山从屋里走了出来,对着围在门外的战士们说道:“都在这干吗?还不快回去训练,等过两天军事考核,一个个过不了关了,看我怎么整你们!”

战士们听了,“呵呵”地笑了起来。重机枪手何凯笑道:“连长,我们哪里还要参加考核啊?枪声一响,我们个个都是好手,保证把鬼子打得喊爹叫娘的。”

陆凡听了,也笑道:“好,下一次战斗,你一个人要干掉五十个鬼子,怎么样?”

何凯听了,把胸脯一拍,豪放地说道:“五十个不够,连瘾都没过足。这样连长,等到下次打仗时,你把全连的子弹都集中给我一个人使用,根本不用你们上手,打鬼子我一个人全包了。连长,你看怎样?”

战士们听了,一齐哄笑了起来。

陆凡也笑了起来,说道:“你就吹吧!你以为日本鬼子都是纸糊的啊,就那么好对付?吹一口气就能倒了?”

何凯说道:“连长,不是我吹的,如果我的子弹和他们的一样多,他们来一个撂倒一个,来两个撂倒一双,都来了,一个都甭想回去了。连长,你信不信?”

陆凡笑道:“好,你的话我信。等到你消灭掉五十个鬼子了,我给你请功。”

何凯听了,开心地咧开了大嘴,笑道:“连长,说话算话啊?”

陆凡正色道:“我是连长,什么时候诳过你们的?”

战士们听了,一齐摇头道:“没有,没有。”

何凯大声说道:“好,一言为定!”

和战士们分手后,陆凡带着刘近山又跑了一个下午,几乎把村里的所有人家都走了一个遍,看到一家家断炊少粮的事情比想象中还要严重,有的人家已经一个多星期都没有一粒粮食了,全是靠吃树皮和挖野菜度日的,有的老人像赵奶奶一样,到了死亡的边缘了。还有一家的儿媳妇刚刚坐了月子,没有粮食,婴儿连奶水都喝不上,整天饿得哭啼不已,饿得只剩下一口气了……

回到连部后,陆凡立即找到指导员李尚云商量了起来。指导员李尚云腿伤还没有完全好,因营养不良,脸部出现了严重的浮肿现象。

“我们开一个会吧,动员战士们把粮食让给老百姓。我们没有粮食可以去想法子,你让老百姓怎么办呢?”指导员李尚云听了陆凡的情况介绍后,沉思了片刻建议道。

“我也是这个意思。”陆凡说道,“那我们就开个会吧!”

“就这么定吧!”李尚云说道。

在随即召开的四连班长以上的干部会议上,连长陆凡把看到的、听到的情况向大家一说,下面的干部们立刻就炸了锅。

“我们不是国民党,也不是土匪,更不是日本鬼子,绝不能看着老百姓活活饿死了。”

“是呀,我们拼死拼活,为的是谁啊?”

“没有了老百姓的支持,我们怎么能打胜仗呢?”

“对,我们宁愿自己不吃,也不能看着群众受苦。”

……

最后,大家一致决定,把手里所有的粮食都分给群众,自己一粒不留。

会后,陆凡安排副连长杨瑞带着战士们把手中所有的粮食,给老百姓一家一家送过去。同时，陆凡自己带着通讯员李建、一排长周大海等七八个人准备到淮阴城里去搞点粮食回来。

临走时，指导员李尚云叮嘱陆凡道："你们今天夜里 12 点前一定要回来，不然的话，我就带兵杀进淮阴城，把城里搅成一锅粥不可。"

陆凡听了，大笑道："放心，我一定会按时回来的。"

众人正要出发时，冷不丁，周小红不知从哪里蹿了出来，挡在陆凡他们的面前，不紧不慢地说道："你们去哪？去哪，都必须带上我，反正今天是跟定你们了。"

陆凡看到周小红拦住了去路，拉下脸问道："你怎么来了？"

周小红反问道："我为什么不能来？"

陆凡生气道："你当这是去逛街的？快回去吧！"

周小红倔道："我就不，你到哪，我就到哪，休想赶我走。"

看到这种情况，指导员李尚云赶紧过来打圆场，劝陆凡道："小红跟着去也好，她是本地人，人头比你熟，说不定能帮上你大忙呢！"

看到指导员为自己帮腔，周小红得意地说道："独豆[①]，还是指导员绝对，办事就是够意思。"

李尚云听了，笑道："你就不要表扬我了，快跟连长他们出发吧！"

周小红反应了过来，来到陆凡跟前，歪着头笑道："走吧，我的大连长。"

到了这种地步，陆凡也不好反对了，只好苦着脸嘟囔了一句："姑奶奶，服了你了。"

周小红看着陆凡那种欲哭无泪的样子，心里那个得意啊，真是比七月天吃了一瓣西瓜还要舒服。她故意凑到陆凡眼前，睁大眼睛盯着他的脸问道："'姑奶奶'？我就这么搁老[②]吗？"

陆凡认真地看了看周小红的脸，一本正经地回答道："有点。"

①独豆：江苏淮阴农村方言，表示肯定的意思。

②搁老：江苏淮阴农村方言，表示显老的意思。

二十

文化考核结束后不久，我被告知上级党委经过研究，正式决定吸收我为中共预备党员了。听到这一消息，我的第一反应就是十分惶恐，生怕自己还不够格，玷污了三哥陆凡的名声。

“我，我够条件吗？是不是再考察考察？”我压抑着内心的激动，小声地问公社组织科的朱从来科长。

“你就不要谦虚了，你已经完全符合一名共产党员的标准了，我们准备在烈士陵园里为你举行入党仪式。到时，还要邀请部队上的人来。”朱科长笑眯眯地看着我，说道，“等到部队上的人来了，他们还要听你说说陆凡烈士在老家的一些故事呢，你就事先准备一下吧，好好给他们介绍介绍。”

一听说要我给部队上的人说话，我是既兴奋又害怕。在忐忑不安中，终于迎来了我入党宣誓仪式日子的到来。

那一天，正值深秋时节，烈士陵园里的草地上开满了黄色的小菊花，那黄澄澄的花儿散布在院子里的各个角落，像是无数颗闪着光辉的小太阳，让人看上一眼心里就充满了温暖的感觉。它们又像是哥哥们一张张灿烂的笑脸，在祝贺我又成长进步了，他们在为我高兴呢！早上9点，在陵园的纪念碑前，四名学校的少先队员戴着鲜艳的红领巾，举着一面同样鲜艳的中国共产党党旗。面对着烈士们用鲜血染红的党旗，我庄严地举起了自己的右拳头，跟着朱从来科长宣读入党誓词：

我志愿加入中国共产党，承认党纲党章，执行党的决议，遵守党的纪律，保守党的秘密，随时准备牺牲个人的一切，为全人类彻底解放奋斗终生！

那一时刻，我的内心的激动无法抑制。站在哥哥们的纪念碑前，面对着哥哥们安息的坟茔，我的泪水像是开闸的六塘河水，顺着面颊肆意地流淌着。透过鲜红的党旗，我看到了三哥陆凡和张一蕊姐姐，也看到了他们身后的李尚云、杨瑞、周大海、赵金全、李建、何凯、钱峰……还有那身材瘦弱的小战士刘近山，他们身着戎装，表情坚毅，手握钢枪，在枪林弹雨中呐喊着、冲锋着，一个倒下了，又一个倒下了……前面一个倒下了，后面的战士们还在不顾一切地向前、向前……硝烟弥漫，残阳如雪，一只苍鹰展开巨大的翅膀，在燃烧着的阵地上空盘旋、哀鸣……

"八十二位哥哥们，今天，我站在你们的面前，郑重地向你们保证：我将接过你们手中的红旗，完成你们未完成的心愿，永远跟党走，忠于祖国、忠于人民，把你们的精神一代一代传承下去……"宣誓完毕，我又面对着纪念碑，大声地呼喊着，希望哥哥们的在天之灵，能够听到我的声音，我的心愿，我的誓言。

仪式结束后，前来参加我入党仪式的部队刘老庄连的指导员上前一步，向我敬了一个标准的军礼后，紧紧地拉着我的手恳求道："陆大姐，我代表我们刘老庄队的全体战士们，正式邀请你到我们连队去，给我们讲述一下你自己的故事，可以吗？"

我听了，疑惑地问道："不是说要听听我哥哥小时候的故事的吗？"

指导员热情地回答道："陆连长小时候的故事要听，你的故事我们更要听。"

我听了，诧异道："我的故事有什么好听的？再说了，我也没有什么故事啊？"

指导员动情地说道："你的故事我们更想听，你一个人很小的时候就从老家来到淮阴，放弃了参军、上学和工作的机会，甘愿扎根农村，要用一辈子来陪伴我们的烈士，来宣传烈士的精神，你才是我们学习的榜样，你的故事会激励我们部队的战士们更加刻苦地锻炼本领，增强爱国主义思想，更好地为人民服务。所以，无论如何，你都要到我们部队去一趟，我们全连的战士们都热切地盼望你早日到来呢！”

“这？”我犹豫了。

站在一旁的朱从来科长看出了我的局促，笑着鼓励我说：“去吧，虽然你不是什么顶天立地的英雄，但你用自己的行动，在平凡的岗位上做出了不平凡的业绩。你是烈士的妹妹，是军人的家人，战士们当然也爱听你的故事了。你去部队上，可以给他们讲一讲陆连长小时候的故事，可以讲一讲你到刘老庄的经历，也可以讲一讲刘老庄的变化、淮阴的变化啊！总之啊，可讲的东西多着呢！”

听了朱科长的话，我才终于下了决心，点了点头，对连指导员说道：“行，那我就去一趟吧，时间由你们定。”

指导员大喜过望，他再一次紧紧地握住我的手，激动地说道：“太好了，太好了，我马上把这个喜讯告诉给我们连队，让战士们先高兴高兴。具体的时间，等我们那边定下来后，我第一时间打电报给你。”

我也爽快地答应道：“好，那我等你们的电报。”

连指导员走后没几天，公社党委书记找我谈话，让我代理刘老庄村党支部书记。

我有点摸不着头脑，一下子从椅子上站了起来，大声地问书记道：“我公公周大文不是干得好好的吗，怎么一下子就不干了？”

书记招了招手，示意我先坐下来。我顺从地坐下后，书记才笑眯眯地告诉我说：“你公公周大文退下来，是他自己提出来的。让你代理这个支部书记，也是他自己提出来的。本来嘛，你们是一家人，这种事情你是不好说的。不过呢，自古‘举贤不避亲’，也是常理。我们挑选各级领导干部的标准，其中一个主要的标准，就是看他能不能把担子挑起来。一切都要从工作出发，而不能把眼睛盯着看他们之间是不是亲戚。只要是有利于工作的，有利于群众的事，我们都应该支持。至于周大文书记为什么会提出让你来干，主要的原因，还是因为他认为你能把这副担子挑起来，能带领刘老庄人民走上幸福的生活道路。”

我愕然道：“村书记这个担子太过沉重了，我哪有这个能耐？”

书记听了，不为所动地说道：“是骡子是马，不跑上几趟，怎么能看出来呢？你不试试，怎么会知道自己不行呢？再说了，从你一贯的表现来看，你是完全具有这个能力的。这一点，我们都是看在眼里的。我们都相信，甭看你年纪小，但你的水平可不低，你是一定能够带领刘老庄的乡亲们走出一条致富道路的。你对自己也要有信心啊！”

我被书记这么一说，有点动心了，是呀，自己不亲自去做一做，怎么知道自己不能做这个书记呢？不过，我的心里还是有其他顾虑的，我问书记道：“那我公公不做书记了，他做什么呢？”

书记听了，“哈哈”大笑起来，他从办公桌后面的椅子上站了起来用手指着我说道：“你呀，果不出我所料，你果然担心这个问题了。”

我只能尴尬地笑着，不知如何回答是好。

书记接着说道：“这个你就不要担心了，组织上已经充分征求过他本人的意见了。我们的八十二烈士陵园马上要改建了，正需要人手，就让他到那里去当这个陵园的园长了，你看如何啊？”

我也不知道这个安排好不好，只好对着书记傻乎乎地笑着，一句话也说不上来了。书记看出了我的窘迫，也不为难我了，把手一挥，笑着说道：“你要是没有什么意见，那就先这样定了，等到你有了新的想法，我们再调整，你看好不好？”

话说到了这个田地，我也只好顺坡下驴，连连说道：“好的，好的，听书记的。”

就这样，稀里糊涂地，我成了刘老庄村的党支部代理书记，我的公公周大文书记成了烈士陵园历史上的第一任园长。

我做了代理书记后，接到的第一项任务，就是兴修水利工程。那时，我们刘老庄虽然有一条大河六塘河穿境而过，却因为水利设施的不完善，沿岸的数万亩农田全部是旱田，没有一处水田，每年收成都是望天收，靠天吃饭，每亩地的收入十分有限。为了彻底改变这一现状，上面提出了大兴水利的号召，集中全公社的力量来建设水利工程。一时间，刘老庄的八大引水工程同时开工建设，时间急、任务重。

接到任务以后，我第一时间召开了村干部会议，研究如何完成上级交办的这一重大任务。在会议上，我提出来这次的带河工任务由我亲自带队，大队长宋长信在后方负责后勤保障。这是我第一次带领民工去建设水利工程，心里没有底，不知道能不能顺利完成这次的任务。我在心里暗下决心，我虽然是个女流之辈，但绝不能让别人瞧不起我，让别人瞧不起我们刘老庄村。

我们刘老庄村的任务是一干渠的建设。具体地说，就是要在我们刘老庄村的土地上，挖出一条长 2 公里、宽 20 米的河道出来。那个时候，没有一台运土车可用，更没有一台挖掘机，一切都要用人力，靠铁锹、布袋、筐头和独轮车，难度超乎寻常。面对这个几乎不可能完成的任务，我没有退缩，更没有害怕，而是发动全体村民全力参与这次的任务，动员能上河工的人员一律跟着我上河工。刚开始，群众对上河工有畏难情绪，我就一家一家地上门做工作，宣传旱改水的好处。一开始，遇到的阻力还是蛮大的，并不是每一个人都能理解的。

“扒什么河？有什么好扒的？我们祖祖辈辈活了那么多年，也没听说要扒什么河，这不是胡闹吗？”我来到孙大爷家里时，70 多岁的他正佝偻着背，穿着棉袄，把手放在袖笼里靠在墙脚晒着太阳。看到我带着村里的干部走过来了，没等我说上几句话，他就一边咳嗽着，一边站了起来开始数落，“我说你这个小鬏啊，我们那好好的土地不好吗，干吗非得挖了，你们这样做对得起老祖宗吗？对得起咱们刘老庄人吗？对得起下一代吗？你们把土地都挖了，你让我们的下一代吃什么？去吃西北风啊？你们这样搞，就是在胡闹，就是在灭了自己的退路，我死活都不答应，我……我……我要到上面去告你们，让你们一个个吃不了兜着走。”

我忙扶着孙大爷，和风细雨地说道：“孙大爷，你看我们地里一亩地小麦一年亩产多少？”

“700 斤。这个谁不知道？”孙大爷一脸的轻蔑。

“那你知道水稻亩产是多少？”我轻声地问道。

“这个我哪知道？我又没种过水稻？”孙大爷着急道，“你拿我不知道的事情问我，我能答得上吗？”

“孙大爷，这个不能怪你。”我笑眯眯地说道，“我们这里自古就是以小麦、棒头为主，没有水田，都是旱田，种了多少年了，大家也都习惯了。”

孙大爷听了，微微点了一下头，说道：“没错啊，从祖宗传下来的，从来就没有变过。你刚当上什么代理，就开始瞎折腾了，你就没有想过后果吗？假如改水田不成功，来年你让这一大庄子老老少少的吃什么？喝什么？都跟着你一起把嘴吊起来啊？唉，说起来，这个也不能全怨你，你一个黄毛丫头，又是外地人，连自己都活得够呛，还偏偏让你当这个什么代理？这不是把你往火坑里推吗？哪天等我的老寒腿好一点了，我去上面找他们，让他们把你的这个代理撸掉算了，不能再为难你了。好不好？”

我听了，有点哭笑不得，说道：“孙大爷，我的事你就不要瞎操心了。还是说说正事吧，说说一亩地水稻能产多少吧！”

孙大爷眯起一双老花眼，问道：“能产多少？能产1000斤？”

我笑道：“孙大爷，你说对了，水稻正常年份亩产1000斤是平常的事，如果管理得好，超过1000斤也是很正常的。”

孙大爷听了，就像受到了惊吓一样，连眼睛都一下子瞪得圆圆的，惊诧道：“什么？1000斤，你不是骗人的吧？”

旁边的村长宋长信听了，插话道：“骗人，怎么骗？这报纸上都写着呢，还能骗你？人家江南为什么这么富，还不是到处都是水稻，哪里还有人种旱田？”

孙大爷听了，半信半疑地问道：“报纸上真是这么说的？连报纸都宣传了？”

我接话道：“那还能假？孙大爷，你算算啊，一亩地小麦，照亩产700斤算，一人一月30斤算，等于能养活两个人。如果改种水稻，亩产照1000斤算，能养活大概三个人，你说说，哪一个上算？全村每亩增产300斤，一年就多产90万斤粮食，就等于多养活了接近2500人。这个2500人，就等于是我们刘老庄村的全部人口啊！大爷，这个账，你总能算得清吧？”

孙大爷眨巴着眼睛，掰着手指，嘴里叽里咕噜地念叨了一阵，最后才慢悠悠地说道：“理，是这个理，但就怕是牛栏里关猫——不靠谱啊！”

我反问道：“孙大爷，上面的话你也不相信吗？再说了，不试试，怎么知道不行呢？”

这时，旁边的宋长信又插话了：“孙大爷，你是老楷模了，在这件事情上你要带个头啊，不能让人说你是落后分子啊？”

孙大爷听了，立马就不高兴了，梗着脖子冲着宋长信吼道：“我怎么就是落后分子了？你甭拿帽子乱扣啊！我告诉你，这个河工我要亲自去，第一个去。”

我笑道：“孙大爷，你都这么大岁数了，还是留在后方帮助搞搞后勤吧！”

孙大爷一听，更不乐意了，又冲着我说道：“你啥意思？嫌我岁数大了，不顶用了？我告诉你们，我年轻的时候跟过师傅跑码头，在淮阴城里帮人背盐上船，一个人能背两袋盐。两袋盐是多少？整整二百斤啊！甭看我现在咳咳喘喘的，真上了工地，你们年轻人也不比我强哪去。不信啊，那咱们工地上见。”

众人正笑着，只见孙大娘端着喂猫喂狗的盆从屋里走了出来，听了孙大爷的话，笑着对我们说道：“我们家这个老和尚就是嘴不让人，一辈子要强，什么事都不想落人后面。你们放心，河工的事，他肯定会积极支持的，甭看他现在嘴上乱说，实际上他比谁都积极。你们放心。”

从孙大爷家出来，我们又往别的人家跑，一家一家地磨嘴皮子。两天下来，终于让全村的人理解了扒河工的意义，迅速在全村掀起了报名参加河工会战的热潮。全村 2600 多人口，报名人数竟然达到了 500 多人，年龄最大的 72 岁，最小的才 16 岁，着实让我大吃一惊，也让我十分感慨刘老庄的群众真的是非常纯朴、善良，值得为了他们奉献出自己的所有。

正式上工的那一天，村里组织了一场隆重的出征仪式。村部的广场，四周插满了红旗，一面面红旗迎风招展，猎猎作响。广场上密密麻麻地站满了人，参加河工会战的民工们扛着铁锹、扁担，拿着筐头、麻绳，推着独轮小车，按照生产队的排序站成了一个个队形，他们的脸上都洋溢着自豪和兴奋的笑容。前来送行的村民们围在广场的周围，一个个谈笑风生地议论着，不时地有人指着队伍里的男人或女人说着什么，旁边的人听了，笑得连腰都直不起来了……

广场正前方的主席台，是用两张借来的八仙桌拼成的，一张桌子已经十分陈旧，看起来却挺结实，像是用老榆木的料子做成的，四面的衬腿上面还雕刻着八仙过海的图案，做工十分精致考究。另一张桌子上面涂了朱红的油漆，无法辨认出是用什么木料做成的了，已经有些年月了，上面的油漆早已经掉得斑驳陆离，呈现出一些奇形怪状的图案了。桌子上面放了几只白色的搪瓷缸子，缸子上面一些漆被碰掉了，上面画着的喜鹊闹春的图案还能依稀地辨认出来。这种搪瓷缸，在淮阴是很普遍的，一般都是谁家娶媳妇了必须购置的物件。

出征仪式开始了，先是由各个生产队的代表上台表决心。代表们上台发言结束后，由少先队员们为各个发言的代表的胸前戴上了大红花。紧接着是各个生产队的队长上台签下了责任状。最后，由我作了一个简短的动员。所有程序都走完后，整个活动的压轴戏就上场了——文艺表演。那个时候，我们每个村里都组建了自己的文艺表演队，演员都是由本村的村民来担任，所有节目都是自编自演的，十分接地气。这些文艺表演十分活跃，即使在田间地头劳动的间隙，参加劳动的队员们都会即兴给你表演一段快板、演唱、三句半什么的，深受群众的欢迎，成为大家生活中一道不可或缺的精神食粮。

表演结束后，现场的五百多位出征的群众便在我的带领下，浩浩荡荡地向着我们的河工现场开拔了。到了工地上，按照事前的分工，各个生产队队员来到自己的任务地段，再进一步地细化到每一个人头。任务明确后，所有人员立即投入到了紧张的挖土、运土的工作当中。我不仅要组织好整个工地的施工情况，也给自己分了一个地段。我们所有村干部没有任何特殊的地方，自己和老百姓任务一样，所不同的就是在忙着自己的任务外，还要完成好全村的任务。整个工地上，到处都是繁忙的景象，有的人用筐挑土，有的人两人担土，有的人就用独轮车推土……总之，能用上的工具都用上了。

大家的热情都十分高涨，一天忙碌下来，大家都不回家，住在各个生产队自己搭建的草棚里。每天的一日三顿饭都安排专人负责。到了晚上，村里文艺表演队还会给辛苦了一天的村民们表演一段文艺节目。围着一堆篝火，村民们围坐在一起，尽情地唱呀、跳呀，忘却了一天的疲惫，忘却了生活的烦恼，让自己沉醉在这片欢乐的海洋之中……

多日的忙碌，我终于病倒了。

那一天，我正挑着一担土上坡的时候，突然腹中一阵剧烈的疼痛，让我禁不住“啊”的一声大叫了起来，额头瞬间渗出了豆粒般的汗珠。我的身子一软，扁担和两筐土掉到了地上，我从土坡上直接翻滚了下来……

等到我再次睁开眼睛的时候，我发现自己正躺在医院的病床上，床头的木头架子上挂着一瓶药水，瓶子下面连着一根长长的橡皮管子，管子的一端连着我的左手。一张张焦急的人脸在我的眼前渐渐地清晰了起来，那是孙大爷，那是罗素珍阿姨，那是田二婶子、时翠花，还有前庄的李大娘、钱大爷……看到我醒来了，他们的脸上露出了欣慰的笑容。

“你醒了。”罗素珍阿姨拉着我的手，心疼地说道，“你把大伙都吓坏了。”

“我，我这是怎么了？”我挣扎着想坐起来。

罗素珍阿姨按住了我的肩膀，像哄孩子似的说道：“哎哟，乖，听话，不要乱动，你正在挂水呢，小心针鼓出来了，就要受二遍罪了。”

不得已，我只好又躺了下来。

“你昨天在工地上晕倒了，大伙把你送到了医院。医生说你这是劳累过度，再加上营养不良，得了急性胆囊炎，要好好休息一段时间了。”罗素珍阿姨告诉我。

“啊？要休息一段时间？这怎么能行呢，工地上还有那么多事，我怎么能躺在医院里呢？”我一听就急了，欠起身来，想把左手上的针头拔掉。

大伙一看，都惊慌地喊了起来。

“你疯啦？”罗素珍阿姨一把捺住了我的手，严厉地责问道，“你想干吗？这是在医院里，要听医生的。你已经是领导，不是小孩子了，更不是普通的群众，要带头讲规矩，讲纪律。都像你这样胡闹，医院还怎么管理啊？啊？”

“就是啊，陆书记啊，工地上的事你不要急，还有其他村干部顶着呢！身体是自己的，你要是病倒了，还怎么带领大伙啊？你要听话，要安心把身体养好。”孙大爷挤到床前，佝偻着背，关切地对我说道。

“就是呢，好好养病。”时翠花伸出一只手，拍了拍我的肩膀说道。

“是啊，先把病养好再说。”大伙一个个说道。

我没了办法，只好又躺了下来。正在这时，我的那口子周金成手里提着几瓶药水走了进来，他显然看到了刚才的一幕，进来后把药品往床头柜上一扔，生气地对我说道："就你能？一个刘老庄离开你就不转了？你要是把自己弄倒了，你叫我们这一大家子怎么办？像你这样起早贪黑玩命干，不死都得累死。"

我听了，委屈得眼泪都要下来了。

罗素珍阿姨训斥周金成道："你胡说八道什么？进来一句好话没有，噼里啪啦一通放炮，不死都得被你气死。你快到街上买点米粥来，到现在小凡还没吃饭呢！"看着周金成转身出去了，罗素珍阿姨又转头安慰我道："你看到了吧，周金成这是心疼你呢！女人这一辈子，要是没一个男人疼，真是白活了。"

我眼含泪花点了点头。其实，我的心里何尝不知道这是丈夫在心疼我呢，他这一辈子对我真是没话说的，能嫁给他也算是我这一辈子最大的福了。

在人群中，我看到时翠花的眼睛一下子泛红了，她偷偷地抹了一下泪水。也许，罗素珍阿姨的话让她想起了自己的婚姻生活了。是啊，女人的心其实是很小的，小到只能装得下自己家人的柴米油盐酱醋茶，小到只能装得下丈夫的一个笑容、一句话语。女人也是最容易得到满足的，丈夫的一句甜言蜜语，一个温暖的眼神，都能让她死心塌地地为他奉献一辈子。然而，在现实生活中，又有多少女人能得到来自自己丈夫的温情和关爱？又有多少女人不是在自己受伤后，自己舔舐完伤口，又自己睡去了呢？女人，正是一个奇怪的动物，野心很大，却又最容易满足。

在医院躺了两天，我就再也无法待下去了，身体感觉稍微好一点，就逼着周金成给我去办出院手续。周金成无奈之下，只好照办。我出院以后，连家也没有回，就直奔河工现场。那里，才是我应该待的地方，是我的主战场。当年，陆凡三哥他们守在刘老庄的战场上，宁愿死亡，也绝不后退半步。如今，硝烟早已散去，但和平年代，同样也有看不见硝烟的战场，更需要我们发扬他们的精神，守好自己的阵地，不让阵地从自己的手中丢掉。这，才是对烈士精神的最好传承。

也正是从那一次开始，我就落下了病根子，一到阴雨天气，我的胆囊就会隐隐地作痛，并且伴随了我的一生。

二十一

陆凡带着一行人于傍晚时分来到了淮阴城。

淮阴城的北门，正对着千年京杭大运河。滔滔河水失去了往日的欢腾，河面变得混浊不堪，水面上漂浮着各种生活垃圾，还有一些动物的尸体，远远地就能闻到一股酸腐的气味。昔日美丽的大运河，在日本兵的铁蹄蹂躏下，早已没有了原有的生机和活力，正在逐渐变成一条死亡之河，成为一条缠绕在淮阴人民脖颈上的死亡铁链，正在无情地扼杀着淮阴人民一条条鲜活的生命。

城门口，一对伪军正在盘查来往的行人。不远处，一个日本军官骑着一匹高大的枣红色大马，目光冷酷地注视着城门口的一举一动。在他的旁边，一个矮个子、胖墩墩的日本兵牵着一条个头硕大的狼狗，正虎视眈眈地向着中国人吐着长长的猩红的舌头，做好了随时撕咬中国人的准备。

这时，一名算命先生打扮的老年人，戴着一副墨镜，手里拿着一根竹竿，慢慢悠悠地向着城门口走了过来。

“站住，干什么的？”一名伪军端着枪狐假虎威地喊道。

算命先生听到声音，吓得全身哆嗦了一下，不由自主地停下了脚步。

伪军走到跟前，歪着脑袋问道：“你是干什么的？”

算命先生用竹竿往前探了探，触碰到了伪军的腿，说道："瞎子走路不知坑，小羊上山遇虎行，鱼见食儿不见钩，见利儿不见凶。长官，我乃一江湖人士，专门为人占卜凶吉，你是否需要老夫为你算上一卦？"

伪军用枪把算命先生的竹竿拨到了一边，骂道："算你个头啊？快滚吧！"

算命先生听了，心里正巴不得呢，赶紧拔腿就往城门里面走。刚刚走到城门口，看看就要迈进城门了。这时，一旁的骑在马上的那个日本军官突然用军刀往算命先生一指，厉声喊道："八嘎，站住。"声音里充满了杀气，让人闻之不寒而栗。

城门口的日本兵听到了喊声，立即持枪冲了过来，连推带搡把算命先生带到了日本军官面前。那个日本军官骑在马背上，皮笑肉不笑地问算命先生："你的，算命的干活？"

算命先生回答道："是的，我一个穷算命的，找我什么事情？"

日本军官问道："你算得准的还是不准的？"

算命先生说道："当然准了，我牛半仙在淮阴城谁人不知，谁人不晓。"

日本军官奸笑道："哟西，那好，那你的算算你的，今天怎么个死法？"

算命先生闻言，脸色为之一变，朗声说道："你说什么，我没听明白。"

日本军官狞笑道："哟西，马上的你就的明白了。"说完，向站在旁边牵着狼狗的那名日本兵招了一下手。日本兵会意，立即把手中牵着的大狼狗放了出去。这条狼狗是正宗的德国牧羊犬，体型肥大，全身毛发光亮，头部和脊背呈黑色，四肢棕黄色，两只耳朵直挺挺地向上竖立着，一对眼睛闪着血红色的光，嘴巴张开，露出白森森的犬牙，长长的舌头不停地抖动着，上面还有一些黏液在往下滴。大狼狗的绳索被放开后，它立即兴奋起来，不停地在原地兜着圈子，嘴里连续发出咆哮声，让人听了汗毛耸立，肝胆俱裂。

日本兵轻轻地拍了拍狼狗的脑袋，又用手指了指前面三米开外的算命先生。狼狗明白了主人的用意，睁着一双血红的眼睛，死死地盯着算命先生看，喉咙里发出了一阵低吼声。只见它两只前腿向前伸去，整个身体慢慢地向后收缩，做好了蓄势待发的准备。猛然，这只狼狗腾空弹起，快得让人还没看清楚，就已经扑到了算命先生的身上，一口咬住了他的脖子，一股鲜血立马从狗嘴里流了出来，顺着嘴边的毛发滴到了地上。

算命先生猝不及防，一下子跌倒在地，他痛苦得连连翻滚，大声哀号着，惨叫声传得很远……

不远处，树林里的陆凡他们见此情景，恨得牙齿发痒。陆凡一拳打在树桩上，愤怒地骂道："这帮畜生。"

一排长周大海拔出手枪，大声地喊道："连长，跟他们拼啦！"

通讯员李建也附和："连长，我们不能眼睁睁地看着日本鬼子祸害我们老百姓啊！"

"是啊，连长，我们拼了吧！"其他几个人也纷纷说道。

陆凡转过身来，望着大家，沉重地说道："同志们，日本人在我们淮阴犯下的罪恶太多了，我们不但要为这位算命先生报仇，还要为每一位无辜的中国人报仇，我们不仅仅消灭眼前的敌人，更要把所有的日本侵略者赶出中国去，光复全中国。"

周小红说道："连长说得对，我们大家不要冲动，要听从连长的安排，服从命令，听从指挥。"

周大海在自己的脑袋上拍了一下，恨道："奶奶的，太窝囊了。"

李建眼中冒着火，说道："等着吧，这个仇一定要报的。"

城门口，在狼狗的疯狂撕咬下，算命先生早就没了声息。很快，地上除了一摊破烂的血衣和骸骨外，什么都没有了。周围的市民目睹了这一惨状，一个个吓得浑身发抖，都远远地躲开了。那个日本军官扫了周围的中国人一眼，冷酷地咧嘴一笑，得意扬扬地大声说道："中国人的，不听话的，通通地杀掉的。"说完，掉转马头，悠闲自得地骑着门进城去了。那个日本兵也牵着那条凶恶的大狼狗，跟着走了。

天色渐渐黑了下来，淮阴城北城门口的行人渐渐稀少。守城的伪军正要关闭城门之际，只见一群人走了过来。领头的是一位20岁出头的富家子弟，他头戴礼帽，身穿长衫，一步三摇地朝向城门口走来。陪伴在富家子弟左右的，是一位丫鬟，身着蓝布碎花衫，脚蹬绿绒绣花鞋，手里撑着一把太阳伞，个头高挑，脸庞清秀，脑后梳着一条乌黑的长辫子。跟在两人后面的，是五六个挑夫，在一个管家模样年轻人的带领下，每人都挑着两只木箱子，晃晃悠悠地走了过来。

城门口的一名伪军见了，心里想到："哎哟，今天来大买卖了。"连忙端起枪，装腔作势地问道："喂喂喂，你们是干什么的？"

富家子弟见了，停下了脚步，看都不看伪军一样，从口袋里掏出一包香烟，优雅地从里面抽出一支叼在嘴上，另一只手又从衣兜里摸出一只全金属的打火机，故意把打火机的正面对着伪军，“啪”的一声，打火机冒出了一股蓝悠悠的火苗。富家子弟把烟点着后，深吸了一口，然后仰起头，像鱼儿吐泡似的，一个接着一个地，一连串吐出了十几个烟圈，把一旁的伪军都看呆了，心里头敬佩得不得了。

伪军不自觉地把枪放了下来，声音的腔调都变得柔和多了，他凑到富家子弟面前，恭恭敬敬地小声问道：“请……请问，你们是从哪儿来啊？是探亲，还是回家啊？”

富家子弟依然没有搭腔，仿佛根本没有听到问话一般，还在自顾自地吐着烟圈玩。管家模样的年轻人见状，赶紧趋步上前，从口袋里掏出一支烟递了过去，点头哈腰地说道：“老总，请抽烟。”

伪军把烟点上后，吸了一口，十分惬意。他悄悄地问管家：“喂，你家少爷是什么人，怎么这么大的架子？”

管家把嘴巴凑到伪军的耳边，小声地说道：“我家少爷的父亲是南京汪先生身边的红人，少爷这次来淮阴是来相亲的，你们就通融一下，让少爷早点进城吧！”说着，将几块大洋悄悄地塞到了伪军的手里。伪军掂了掂手中的大洋，沉甸甸的，心中乐开了花，顺势把大洋塞到了口袋里，还不忘问上一句：“你们箱子里都装的什么东西啊？”

管家小声说道：“没啥，都是一些换洗的衣物，还有见面礼什么的。没啥，没啥。”

伪军听了，也懒得去查看，让开道，说道：“那你们抓紧进城吧，再晚，我们就要关城门了。”

管家把手一挥，对着同行的几个人说道：“快，大家进城。”

众人答应了一声，挑起担子就往城里走。富家子弟此时也把一支烟吐得差不多了，带着丫鬟拔腿就走。刚走两步，城门口另一侧的一名日军端着枪走了过来，大声地喊道：“八嘎，干什么的？”

众人一惊，都不由得停下了脚步。原来，这些人真是陆凡他们一行人假扮的。陆凡扮成了富家子弟，周小红装成了陪伴的丫头，通讯员李建成为一名管家，其他的人都成了挑夫。他们的这些行头，都是淮阴地下党组织悄悄地给他们准备好的。陆凡一行人眼看着就要蒙混过关了，却不料被日本兵叫住了。陆凡悄悄地向后面的人使了一个眼色，所有人都明白了他的意思，腾出右手准备掏枪动手了。

就在这千钧一发之际，刚才那位伪军看到日本兵过来了，害怕他查出什么问题自己吃不了兜着走，就赶忙小跑过去，给日本兵敬烟，满脸谄媚地说道："太……太……太君，这些都是我家里的亲戚，刚刚从南京回来，你就行个方便，改天我给你寻个花姑娘，啊？行不？"

日本兵听了，脸上原本严肃的表情立马就变得猥琐了起来，他伸出一只手，在这名伪军的脸上轻轻拍了拍，坏笑道："你的，好坏好坏的，比日本人还坏还坏的。"

伪军听了，连连鞠躬，说道："不敢，不敢的，还是日本人更坏更坏的。"

日本兵听了，蓦地变了脸色，恶狠狠地瞪着伪军，从喉管里哼道："什么？"

伪军慌了，赶紧照着自己的脸"啪啪"就是两个耳光，一边打，一边说道："瞧我这破嘴，该打，该打。"

日本兵见到伪军这副模样，终于满意地笑了起来，他抬脚对准伪军的肚子就是一脚，骂道："八嘎，你的花姑娘的，不能忘了的。你的，明白的？"

伪军被日本兵冷不丁踢得一个趔趄，差一点摔倒。他挣扎着站稳了身体，还不忘点头哈腰地讪笑道："不敢，不敢，皇军的事比天还大，怎么可能忘记呢？"

日本兵看到他这副滑稽的样子，才心满意足地掉头走开了。这名伪军看到日本兵走了，赶紧向着陆凡他们打手势，示意他们快点离开。陆凡会意，带着周小红等人一溜烟地快速离开城门口，进入了淮阴城里。

此时的淮阴城，天色已经完全黑了下来。街上没有几个行人，只有几盏摇摇欲坠的路灯发出一丝亮点，小小的，暗暗的，像乱坟岗里的磷火似的。街道两边的房屋里也没有多少亮光，黑漆漆的，像是一个个形状巨大的陵墓一样，看上一眼，就让人心里瘆得慌。只有怡红院的门口，灯笼高悬，光影斑驳，人影绰绰，欢声笑语，一派纸醉金迷的景象。原来，这里名义上是青楼，实际上却是日本军队在淮阴开设的慰安所。这里的慰安妇平时有三十多个人，高峰时接近二百多人，她们大多是被日本兵抓来的中国妇女、女学生、女战俘，还有一些朝鲜妇女，更有几名讲着日本话的日本女人。这些日本女人，大多是在国内听信了日本军国主义的宣传，自愿到中国来为日本军人提供性服务的，成为日本侵略中国的牺牲品。日本侵略淮阴的驻军为了掩盖慰安所的存在，对外，故意把慰安所所在地挂上了“怡红院”的牌子，让人误以为是对外经营的妓院。对内，将所有的慰安妇都不以原有的名字称呼，全部编上号码，从1往后排，用阿拉伯数字代替人的名字。一直到淮阴城光复，日本人投降，慰安所里还有五十多名慰安妇。生活在这里的慰安妇每天过着生不如死的生活，一个人平均每天要接待二十多名日本军人，高峰时期，一个人一天要接待一百多名日本兵。慰安所里的日本兵为了提高慰安妇的接待效率，在接待的高峰期，规定五个人同时共用一个慰安妇。好多慰安妇得了各种各样的生理疾病，有的终身不能生育。日本兵把慰安妇视为宝贵的战略资源，采取各种手段防止慰安妇自杀。日本人在淮阴投降前夕，为了让慰安妇这一历史事实永远消失，采取了极端残忍的手段，将慰安所里剩余的几十名慰安妇全部杀死，并且焚尸灭迹。直到几十年后，慰安所的原址进行改造时，建筑工人在挖地基时，无意间挖出了无数具被焚烧过的尸骨，还有一些当初慰安妇们留下的生活用品和往来书信，才让这一段尘封的血泪史浮出水面，被世人所知晓。

街道上，还不时出现日本的宪兵队，骑着三轮摩托车，开着雪白的大灯，在淮阴城里转悠着，一旦发现可疑之人，轻则殴打一顿，重则当场击毙。所以，一听到日本兵摩托车的声音，街道上的行人就早早地躲避了起来，街道两旁的房屋里也有人会惊慌地吹灭了灯火，避免招来杀身之祸。

陆凡带领一行人专拣偏僻的小巷走。陆凡是第一次到淮阴城里来，他不认识路，好在周小红以前来过淮阴城，对城里的道路比较熟悉。在她的带领下，大伙七拐八绕，终于到达了此行的目的地——淮阴面粉厂。

淮阴面粉厂坐落在淮阴北门桥的南岸，是一个占地五十多亩的大厂，顾名思义，是以生产小麦面粉为主的工厂，有着一百多名工人，生产颇具规模，在当地很有名气。淮阴城沦陷后，淮阴面粉厂遭到了日本兵的洗劫，损失巨大。日本人为了确保军粮的充分供应，强迫面粉厂的厂长蒋志勇安排工人复工。在日军的刺刀威逼下，蒋志勇只好屈从，通知工人正常上班开工。蒋志勇除了是面粉厂的厂长身份外，还有一个特殊的身份，他是中共淮阴地下党党员，受中共淮阴县委直接领导。根据淮阴县委的指示，蒋志勇以面粉厂厂长的身份做掩护，暗地里为地下党收集日军情报，资助淮阴军民开展抗日斗争。

陆凡等人在周小红的带领下，悄悄地到达了淮阴面粉厂的大门口。工厂的大门紧闭，看不到一个人。陆凡在大门口四周仔细观察了一下，确保安全后，便捷步来到大门口，按响了大门上的电铃：叮……叮叮……叮叮叮……没有反应，陆凡又按了一遍：叮……叮叮……叮叮叮……

这一次，里面很快就传来了一阵急促的脚步声。一个老年男人嘶哑的声音问道："谁啊？"

陆凡回答道："河北边的，家里老娘病了，来捎个信的。"

里面的人听了，没有回答。稍后，大门"吱呀"一声开了半扇，从里面探出了一个男人的脑袋，对着陆凡等人小声说道："快进来吧！"

陆凡一摆手，众人鱼贯而入。身后，又是"吱呀"一声，大门重又关上了。开门的是一位60多岁的老人，他看了看陆凡他们，默默地说道："跟我走吧！"说完，就自顾自地在前头走了。

陆凡他们跟在开门人的身后，绕过了一个车间，到了一间办公室门口，办公室的门同样也是紧闭着，从窗外可以看到屋里隐约透出一丝亮光。开门的老头到了门口，轻轻地敲了几下房门。屋门打开了，一名男人把陆凡他们接到了屋子里。在房间里电灯光的照耀下，陆凡看到这名男人30来岁，中等身材，身体清瘦，显得十分干练。他上前一步握住陆凡的手，热情地说道："你是陆凡连长吧？我是面粉厂厂长蒋志勇，我已经接到地下党的通知了，专程在此等候你们的。"

陆凡也笑着说道："你好，你好，辛苦你了，我们也是迫不得已才来找你的。"

蒋志勇笑道："都是一家人，还客气什么？进城还顺利吧？"

陆凡说道："一路上还好，就是进城的时候出了一点小意外。"说着，就把进城时的情况介绍了一下。

蒋志勇听了，思忖道："你说的这个骑马的日军军官，很像是日军宪兵队小队长稻田犬一郎，他这个人非常恶毒，杀害了十多名淮阴的抗日分子，手上沾满了我们同志的鲜血，我们地下党正在想办法如何除掉他呢！"

陆凡赞同道："是呀，此人不除，对我们的威胁非常大。你们对他了解得怎么样了？"

蒋志勇说道："此人生性狡诈，狡兔三窟，很难掌握他的行动规律。但是有一样，就是此人十分爱好马匹，嗜马如命，每过一段时间，就会来到面粉厂，让我给他的战马看病。”

陆凡惊讶道：“你还会给马儿看病？”

蒋志勇说道：“我祖父以前是兽医，我从小耳濡目染，也就学会一点皮毛而已，不过对付这帮日本人，还是绰绰有余的。对了，光顾着说话，连晚饭也忘记安排了。你们一定饿坏了吧，我先来安排晚饭。”说完，就急忙走了出去。

不一会，先前开门的那个老头就给大家送来了一碗碗热气腾腾的鸡蛋面。大家好久没有吃到这么好的伙食了，一个个来不及客气几句，就狼吞虎咽地吃了起来。

蒋志勇笑道：“同志们慢点吃，今天饭管饱，面条多着呢，不要噎着啊！”

陆凡听了，笑道：“冒着那么大的风险来吃这一顿饭，总得够本啊！”

周小红笑道：“就怕有饭你不敢吃呢！”

周大海听了周小红的话，不以为然地说道：“有饭不吃是傻子。”

陆凡哭笑不得地对周大海说道：“赶紧吃你的吧，你都快成大傻子了。”

众人听了，都开心地笑了起来。

一时饭毕，蒋志勇进来对陆凡说道：“陆连长，准备了一辆马车，粮食都放车上了。你们什么时候开始动身？”

陆凡问道：“我们怎么出去呢？”

蒋志勇答道：“这个你放心，我们有一个人混在伪军里面，是一个排长。我已经联系好了，今天夜里他调到城北门口值班，正好放你们出去。”

陆凡听了，高兴地夸赞道：“好，还是蒋厂长办事稳当。”

蒋志勇笑道：“干我们这一行的，天天和魔鬼打交道，什么方面的关系都要有，到了关键时候就能派上用场了。”

陆凡说道：“说得是，你们身在虎穴，危险无时不在，你和其他同志们一定要注意安全啊！”

蒋志勇感激道：“会的。你们在前线杀敌，更是危险，也要多多保重。”

“叮叮叮，叮叮叮……”

突然，工厂大门口的电铃大作，传来了“咚咚咚”粗暴敲门的声音。

所有的人都紧张了起来，周大海的手已经伸向了腰间的驳壳枪，随时准备拔出来了。陆凡问蒋志勇道："是怎么回事？"

蒋志勇还没来得及回答，就见看门的老头神情慌张地闯了进来，结结巴巴地说道："厂……厂……厂长，不……不……不好了，稻田犬一郎带着几名日军闯进来了。"

陆凡问道："哪一个稻田犬一郎？"

蒋志勇回答道："就是你今天傍晚在城门口看到骑马的那一个。"

陆凡若有所思地问道："这深更半夜的，他来干什么？难道他发现我们了？"

蒋志勇镇定地说道："不慌，咱们见机行事。"

陆凡点点头，说道："好。"

正说着，门外传来了一阵杂乱的脚步声。门，被猛然推开了。门口，站着几名荷枪实弹的日本兵。领头的是一位个头矮小、胖墩墩的一名日本军官，长得是满脸横肉，小眼睛被周围的肥肉包裹着，只剩下一条缝隙了。他冷冷地扫视着屋子里面的众人，一句话也不说，只是把右手紧紧地握在随身携带的佩刀刀柄上。身后的几名日本兵端着枪，把子弹推上了膛，死死地瞄准着屋里的人。气氛一下子紧张了起来，没有一个人说话，现场只剩下了人们沉重的呼吸声了。

"哎哟，是稻田队长，是什么风把您吹过来的？快，请屋里坐。"蒋志勇率先打破了尴尬，热情地说道。

稻田犬一郎怔了怔，然后气势汹汹地走了进来，看见了陆凡等人，眉头一皱，不悦地问蒋志勇道："这些的，什么人？干什么的？什么的情况？"

蒋志勇一听，忙凑到稻田犬一郎面前，敬上一支烟，笑着回答道："稻田队长，他们都是我的老家人，从南京回来，路过淮阴，来看看我的。"

稻田犬一郎听了，扭过头来，上下打量着蒋志勇，疑惑地问道："看你的？你的，有什么好看的？"

"是这样的，"蒋志勇指着陆凡说道，"这位是我的表弟，好久没有见到我了，路过淮阴，就想起我了，就顺便过来看看我，在一起聊聊天，聊聊。"

稻田犬一郎走到陆凡跟前，仔细地端详着陆凡，小眼细眯着，突然发问道："你的，在南京的干活？"

陆凡微微一笑,回答道:"在南京读书。"

"读什么书?"

"读大学。"

"什么的大学?"

"南京中央人民大学。"

"什么的专业?"

"屠宰。"

"屠宰?什么屠宰?"

"就是杀猪的。"

"你的会杀猪?"

"什么都会。"

"也会杀人?"

"那要看什么人了。"

稻田犬一郎"哈哈"大笑起来,拍了拍陆凡的肩膀,笑道:"你的,好,爽快。我的喜欢。"然后又来到周小红的面前,伸手想摸她的下巴,被周小红敏锐地躲了过去。陆凡暗暗地准备拔枪干掉稻田。蒋志勇看见了,连忙使劲丢了一个眼色,让他不要轻举妄动。陆凡只得把手又缩了回来。

"花姑娘,你的,叫什么的名字?"稻田犬一郎不死心,继续纠缠着周小红。

周小红不耐烦地回答道:"干吗?为什么要告诉你?"

门口的几个日本兵听了,立马冲了进来,把枪对准了周小红。

蒋志勇一见,赶紧过来打着圆场,对着几个日本兵说道:"太君,太君,不要生气,快把枪收起来,有话好好说。不要冲动,不要冲动。"

稻田犬一郎小眼色眯眯地看了看周小红,对几名日本兵呵斥道:"出去的,通通地出去,不要吓到了美人。"日本兵听了,一个个才收了枪,退到门外去了。

"稻田队长,快快地请坐。我的,马上的让人做几个菜,我们一起喝两盅。"蒋志勇说道。

稻田犬一郎听了,顿时来了兴趣,点头道:"好的,好的,美人配美酒的,好的,好的。"说完,就大摇大摆地坐到了桌子旁边的主位上了。

蒋志勇来到外面,安排人立即到隔壁的饭店搞一些酒菜过来,手下听了，外出操办去了。不一会儿，隔壁酒店的店小二提着一叠笼子过来了，把碟子一个个拿了出来，放到了桌子上。蒋志勇又从办公室的卧室里拿出了几瓶“韩侯牌”白酒，招呼陆凡他们道：“来，来，来，我们一起陪稻田队长喝上两杯正宗的淮阴酒。”

陆凡看了周大海一眼，说道：“你带几个兄弟去陪外面的太君吧，这里有我和厂长两人就行了。”

周大海答应着，带着众人就往外面走。稻田犬一郎见了，赶紧招手说道：“那个的，美人的，留下的，我的，好好的陪一杯。”

周小红用眼神征求陆凡的意见，陆凡“哈哈”一笑，爽快地说道：“好好，美人留下，今晚我们痛痛快快地喝上几杯。”

周小红听陆凡这么一说，只好不情愿地留了下来，其他的人都到隔壁房间另开一席，陪几个日本兵去了。

“来、来、来，我提议，为稻田队长的健康，干上一杯。”蒋志勇等到众人落座后，第一个端起了酒杯，提议道。

“好，稻田队长，我们先干一杯。”陆凡附和。

稻田犬一郎举起酒杯，“哈哈”奸笑道：“哟西，好的，一起的，干掉。”说完，把手中的酒一饮而尽。

连续二杯下肚，蒋志勇拿过几只空碗，一一斟上了酒，对稻田犬一郎说道：“我们中国人有一句老话，叫作‘酒逢知己千杯少’，今天，稻田队长光临寒舍，让我蓬荜生辉。来，我们干一碗。”

稻田犬一郎小眼眯成了一条缝，说道：“你的，大大的良民，好，干一碗。”

两人端起碗，仰起脖子，一口气喝完了。蒋志勇放下酒碗，抹了抹嘴巴，说道：“稻田队长好酒量。”

稻田犬一郎伸出大拇指，也夸道：“你的，也大大的。”

蒋志勇趁机试探道：“稻田队长，今天怎么想起来到我这里来检查了？”

稻田犬一郎听了，把肥胖的脸凑到蒋志勇面前，说道：“你的，不知道的，我的那匹大马有点毛病，特来找你瞧瞧，等会，你的给我好好瞧瞧的。”

蒋志勇和陆凡听了，都暗暗松了一口气。陆凡也把酒碗端了起来，对稻田犬一郎说道：“来，太君，我们一见如故，我也敬你一碗。”

稻田犬一郎听了，摆了摆手，说道："你的，等等的，我的，先和美人喝上一碗的，再跟你喝的。"说完，把自己碗里的酒斟上，盯着周小红的脸，淫笑道："美人，你们中国有一首诗，叫作'君爱佳人我好酒，佳人倾心酒消愁，金樽美酒天天有，红粉佳人不可求'，今日我与你的同干一碗酒，共消千古愁的，如何的？"

周小红莞尔一笑，说道："太君既然如此雅兴，那就陪你干了这一碗。"说完，举碗一口气把酒喝完了，呛得眼泪鼻涕全下来了。

稻田犬一郎见了，连声夸赞道："好的，好酒量的。"说完，端起自己的一碗酒，也是一口气干完。

连续两碗酒下肚，稻田犬一郎脸色泛红，舌头已经有点发硬了，话也多了起来。陆凡把他的碗又斟满，递到他的手里，说道："太君，你在日本人当中，酒量是大大的，来，我再敬你一碗。"说完，先把自己的那一碗酒喝掉了。稻田犬一郎摇摇晃晃地站了起来，眼神已经开始迷离了，他端起酒碗，又是一仰脖子，干了。喝完，一个踉跄跌坐在了地上，像一条被抽了筋的癞皮狗儿一样，软软地瘫在了地上。

这时，周大海悄悄地从门外走了进来，来到陆凡跟前使了一个眼色，陆凡明白外面的几个日本兵已经被他们解决了。陆凡二话不说，找出一个绳子套在了稻田犬一郎的脖子上，猛一用力，稻田犬一郎连挣扎一下都没有来得及，就翻着白眼去见他们的天皇去了。

"陆连长，我们下一步怎么办？"蒋志勇急切地问陆凡。

陆凡镇定下来，冷静地吩咐道："这样，我们先找个地方把几个日本兵的尸体处理掉，然后准备出城。另外，蒋厂长，这里已经不安全了，你立即带人准备撤离，到根据地去。"

蒋志勇说道："我这里暂时没事，我有办法应付。现在你们抓紧出城，门口有人接应你们，这些尸体我来处理。"

陆凡紧紧握住蒋志勇的手，叮嘱道："好，你辛苦了。记住，一旦这里不安全了，就要迅速撤出。切记！"

蒋志勇答应道："好的，我记住了。你们出城，一定要小心。"

陆凡说道："好，再见。"

很快，陆凡他们出发了。周大海赶着马车，还不忘把稻田犬一郎的尸体搬了上去靠在了旁边，让他看起来就像睡着了一般。陆凡骑上稻田犬一郎的那匹枣红色大马，带领着众人急急地向着淮阴北城门口赶了过来。

刚到城门口，就有一名站岗的伪军端着枪喊道："站住，干什么的？"

陆凡骑着马缓缓地走了过来，对着伪军说道："我们陪同稻田队长到城外去执行任务。快点开门。"

哨兵问道："什么任务？"

陆凡说道："稻田队长在这里呢，你还敢多嘴？"说着，指了指马车上的稻田犬一郎。

哨兵往马车上看了看，确实是稻田犬一郎坐在了上面，也不敢多言，只好说道："我去汇报一下。"

"什么情况？"正说着，岗哨值班室里走出一名伪军军官，一边问道，一边走了过来。

哨兵看见了，立马立正报告道："报告排长，稻田队长准备出城执行任务。"

"噢。"伪军排长听了，立即走上前来，到了马车跟前看了稻田犬一郎一眼，对着哨兵吩咐道："既然稻田队长亲自来了，还不赶紧开门？"

哨兵对着伪军排长耳语道："排长，稻田队长怎么不说话，咱们要不要问问他什么情况？"

伪军排长听了，把眼一翻，骂道："混账东西，你有几个脑袋敢管稻田队长的事情？还不开门去。"

哨兵听了，吓得头上直冒冷汗，连连答应道："是是是。"便跑去开城门去了。

城门开了。

陆凡带着一行人离开城门时，向着伪军排长拱了拱手，说道："老总，再会。"陆凡已经知道了，这个排长就是地下党打入敌人内部的卧底。

伪军排长不动声色地说道："走好。"

"站——住——"

就在陆凡他们即将离开城门时，城门里面不远处突然一队人马跑了过来。领头的是一名日军的翻译官，他的身后，跟着十几名日本宪兵。

这个翻译来到陆凡的马前，围绕着陆凡转了几圈，他盯着陆凡使劲地看着，觉得十分眼熟，却又一时想不起来了。他问陆凡："你是什么人？

半夜三更出城干吗?”

陆凡看着翻译官也是十分惊讶,听声音更是如此耳熟,却也一时想不起来眼前的人是谁了。陆凡听到翻译官开始盘问他了,只好说道:“稻田队长让我们陪他到城外执行任务去的。”

“什么任务?”翻译官问道。

“保密,无可奉告。”陆凡强硬地回答道。

话刚说完,两人都不由得大吃一惊,不约而同地指着对方,异口同声道:“你是陆凡(顾大成)。”

原来,这名翻译官不是别人,正时陆凡和张一蕊的同班同学顾大成。顾大成上次跟着日本兵驻扎在沭阳县城,曾经在刘皮街和张一蕊的部队打过仗。当时的张一蕊认出了他,他却没有看到张一蕊。现在,他又跟着驻沭阳的日军换防到了淮阴城,夜里出来巡逻,才和陆凡不期而遇。在这之前,他就知道陆凡和张一蕊参加了八路军了,而他却当了可耻的汉奸卖国贼了。只是他并不知道陆凡和张一蕊也来到了淮阴,并且成为对手。当下,他认出了陆凡,急忙对着后面的日军宪兵喊道:“快抓住他们,他们是共产党的人。”

陆凡在认出顾大成后,也是万万没有想到,顾大成竟然也到了淮阴,竟然成了可耻的汉奸了。就在顾大成拼命喊叫的时候,陆凡已经拔出了手枪,对着顾大成的身影“砰”的就是一枪。周大海一看陆凡开枪了,扬起鞭子,对着马儿就是一鞭子,马儿扬起四蹄,向着城外飞奔而去。李建他们早已提枪在手,对着日本宪兵队就是一阵乱射,日本宪兵一时阵形大乱,吓得趴在地上胡乱地开枪。

枪声,划破了淮阴城的宁静。一时间,城里警笛大作,到处传来了摩托车急驶而来的声音。陆凡带着人马边打枪,边向城外冲了出来。紧随其后的,是一群日军正在疯狂地开枪追击而来……

恰在这时,城外枪声大作,一支人马向着城里的日军迎头冲了过来。陆凡一看冲在最前面的那个人,高兴得大喊道:“指导员,怎么是你们?”

指导员李尚云一边打枪,一边回答道:“我不是说过了吗,你 12 点之前不回来,我就带着队伍把淮阴城搅它个底朝天。”

陆凡听了,大笑道:“甭废话了,快,带着队伍快撤。”

二十二

河工建设整整持续了一个冬天，建设难度超出了我们的预期。为了这项工程，全村几乎投入了全部的人力。在建设最紧张的时期，村里的男女老少，只要还能走路的，基本上都上了工地。男的用肩挑、用车推，女的两人抬、帮拉车，老的用篮子兜，少的用布袋提……饿了就吃自带的干粮，渴了就喝壶里的水，累了就在路边歪一会，醒了继续干……人们没有怨言，没有偷懒，没有怠工，每一个人都是各尽所能，力所能及地多做一点……每天，河工现场，红旗漫卷，人山人海，到处都是一片繁忙的景象。那个时候，我每天都是忙得脚不点地，一会这个喊："书记，那边的高度够不够?"一会那个喊："书记，这里的土方是不是多了?"刚喘上两口气，又有人喊道："书记，王老三把我的车子抢跑了，你帮评评理。"……总之，那时的忙碌，是累并快乐的，内心也是充实的，真正体会到了"一切为了人民"是多么崇高的责任，也是多么值得骄傲的荣耀。人的一生，如果只为自己而活着，也许会活得很快乐，也很幸福，但体会不到为他人服务的责任感，充其量只是为了活着而活着。一个人，只有把自己的命运和前途，和国家、民族的命运、前途紧密地联结在一起，并为之而奋斗，那么，他的人生，不管是活了多久，也不管是拥有多少财富，更不管是做什么职业的，同样都是精彩的，永恒的，都是值得后人永远去纪念的，学习的。因为，只有那些甘于为社会作出奉献的人，才是真正推动历史前进的人。

河工工程还在扫尾阶段，我接到了部队发来的正式邀请函，请我去刘老庄连为战士们作一次报告。接到邀请函后，我心里十分矛盾，一方面河工还没有结束，还有大量的工作要做。另一方面，我去了，究竟讲什么？我只是一个再平凡不过的普通人，没有什么轰轰烈烈的业绩，也没有什么生生死死的壮举，去了，实在是无话可说。

公社书记知道了我的顾虑以后，把我叫到了他的办公室里。公社书记的办公室，说是办公室，办公条件跟我们村里相比，也好不到哪儿去，只是多了一张藤条椅子，多了一个文件柜子和一部红色的手摇电话机。

“小凡书记，听说你不太想去部队啊，说说看，到底是什么原因啊？”公社书记倒了一杯茶放在了我面前的桌子上，然后坐到了办公桌后面的那张藤条椅子上，亲切地看着我。书记已经快 50 岁了，身上穿着蓝色布料的中山装，这种中山装有四个口袋，在那个年代是一种比较流行的样式。书记的中山装已经非常陈旧了，衣服的领子都被洗得发白、发毛了，袖口也被磨得破损了，为了保护衣服，他就在袖口上套了一对黑布做的护袖。这种黑布，在市面上是十分廉价的。书记留着平顶发型，两鬓已经过早地斑白了，头顶上也是白了一大半，看起来比实际年龄大了不少。但他的一双眼睛却是深邃的，充满了活力，仿佛里面蕴藏了无穷的力量，让人看上一眼就会对他产生信任感和亲切感，而且这种感受是那么让人无法抗拒，让人无法回避。

“说话啊，怎么不说话了？”书记催促道。

我端起桌子上的搪瓷杯子，喝了一口水，又轻轻地咳了一声，才开口说道：“书记，我不是不想去，是不敢去。”

“噢，为什么呀？”书记一脸的好奇。

我说道：“这还要问吗？我去了，到底说什么？”

“噢，你先甭急，心里怎么想的，你就怎么说给我听听。”书记稳稳地坐在椅子上，点着了一支烟夹在手里，摆出了一副耐着性子听下去的架势了。

在书记面前，我忘记了自己是他的下属，把自己当成他的学生和晚辈了。他也不像是书记，倒像是家里的一位长者，一位和蔼可亲的老人了。

听了我的一大堆理由和顾虑后，书记手里的烟只剩下了烟屁股了，他把烟屁股放在玻璃烟灰缸里使劲摁了摁，直到烟屁股彻底熄灭了才罢手。

“怎么，没有了？就这些了？”书记悠悠地问了一句。

我听了，惊讶地问道：“这些还不够啊？”

书记笑道：“你说的这些，我都能够理解，也能体会到你的心情。我在年轻的时候，有一次，领导让我到上面去参加一个先进事迹报告会，我也是非常害怕，不敢去，甚至跑到领导那儿哭鼻子。当时啊，和你现在的样子好像啊！”

“那您后来到底去没去啊？”我听了，好奇地问道。

书记说道：“后来，领导对我说，你去作报告，不是让你去宣传自己的，你要把身边同事们的先进事迹用心收集一下，去宣传他们，宣传我们这个集体，没有集体，哪来的个人啊！我听了以后，才一下子醒悟了过来，明白自己去了应该讲什么了。”

“后来呢？”我问道。

书记接着说道：“后来啊，我就留意观察我身边的同事，注意发现他们身上的闪光点，把他们的点点滴滴都收集了起来，整理了起来，去宣传他们，让大家了解他们，也让大家明白了一个道理，就是平凡的岗位，照样可以做出不平凡的业绩出来，照样可以活出不一样的人生。所以啊，你这次不仅要去部队，还要把报告讲好。要多介绍我们刘老庄的变化，让战士们了解刘老庄，热爱刘老庄，让他们知道烈士们用鲜血和生命保卫的刘老庄，正在我们的手中变得越来越美好。要让战士们明白，当年，烈士们的牺牲是值得的……”

我明白书记的意思了，郑重地表态道：“我懂了，知道自己该怎么去做了。”

临走时，书记欣慰地说道：“好，你来当我们刘老庄的宣传员，我放心了。”

为了讲好刘老庄的故事，我花了一个星期的时间，骑着家里那辆唯一值钱的家当——永久牌自行车，走遍了公社的每一个村庄，记录下了大量感人至深的故事。我把采访得来的材料经过认真地阅读、筛选，最后写成了一篇一万多字的演讲报告。我把报告拿给公社书记审阅时，书记从头到尾看完，连说了三个“好”字。

去部队给战士们带点什么家乡的特产好呢，这件事情让我犯了愁。谁知道，临走的前夕，好多乡亲都送来了自己的礼物，让我无论如何都要带到部队去，让战士们尝尝鲜。这些物品中，有的是新鲜的萝卜、晒好的柿子饼、上好的花生、又大又红的枣子、刚下的鸡蛋……他们，都拿出了自己最好的东西，要知道，这些东西甚至连他们平时都舍不得吃……

要走的时候，我把乡亲们送给部队的礼物装了两个蛇皮袋子，用一根扁担挑了起来，走了几步，重量刚好。丈夫周金成见了，笑话我说：“你这样去部队不怕人家笑话啊？”

我奇怪地说道：“我一没偷，二没抢，干吗怕人家笑话我啊？”

周金成只得换了一个话题，说道：“去一趟部队不容易，我陪你去吧，我是在那个连队待过的，人头熟。”

我拒绝道：“人家又没让带家属，你去了，算哪根葱？”周金成听了，只得悻悻作罢。

第二天一大早，天才麻麻亮，我起了个大早，趁着好多人还没有起床，一个人挑着担子向着县城方向出发了。刚走到村头，眼前的一幕，让我一下子愣住了。只见村头的那棵老槐树下，站着一群人，有养牛的张养年大爷、时翠花、刘大娘、王大婶，还有村里的干部宋长信、刘瑾胜、罗素珍……见到我过来了，他们一个个围拢了过来，张大爷走到我跟前，嘴唇因激动而不停地抖动着，终于，他开口说道：“陆书记，你去了，见到了孩子们，你告诉他们，当年八十二烈士牺牲的时候，我是第一个赶到现场的，第一个参与掩埋他们的，我想他们啊！现在的刘老庄连，是我们刘老庄的队伍，我们刘老庄是他们的家，盼着他们早点回家看看啊，我们刘老庄人等着孩子们啊！”

听了张大爷的话，我的眼睛湿润了，我对着张大爷、对着大伙儿大声地说道："乡亲们，你们放心吧，我这次到部队里去，一定把我们刘老庄的心意带到，邀请他们早点回来，看看这个家，看看大伙儿。你们回去吧，回去吧！"

罗素珍阿姨拉着我的手，悄悄地问我："你怎么不让周金成送你到县城去？一个人走，要走到什么时候？"

我笑着回答道："当年八十二烈士来到刘老庄的时候，也是靠着两条腿走来的。我只是步行到县城汽车站，才这么一点的路程，不算啥。"

罗素珍阿姨听了，叹了一口气，说道："你这孩子，就是犟。"

离开了村庄，我的肩上挑着刘老庄乡亲们对子弟兵的满满情义，向着淮阴县城汽车站的方向，一路走去。

此时，正值早春时节，路边的树苗儿还没有发芽儿，满眼都是光秃秃的一片。只有路边麦田里的麦苗儿，已经开始发青了。河塘里的池水开始变绿了，一两只浑身黑黝黝的小野鸭在水面上旁若无人地游荡着。一层雾气像是一滴浓浓的牛奶滴进了清水里，慢慢地向着四周浸润开来，弥漫开来……又像一张偌大的纱幔笼罩四野，远处、近处的景物渐渐地变得模糊起来，缥缈起来，让人仿佛置身于烟雾缭绕的仙境之中。

渐渐地，太阳从树梢上升起来了，大大的，像是一只硕大的煮熟了的咸鸭蛋黄，酽酽的，几欲流淌，让人看上一眼就恨不得咬上一口才过瘾。雾气渐渐散去，路上的行人也多了起来，赶集的、上班的、上学的……一个个行色匆匆，往来不绝。吆喝声、车铃声、喇叭声，汇聚成了清晨交响曲……淮阴的一天醒来了，像初生的婴儿一样，到处都欣欣然，充满了生机和活力。

等我到了县城汽车站，站楼上圆形大钟"哐、哐、哐……"连续敲了九下。已经是上午 9 点钟了，开往北方保城的长途班车快要开始检票了。

"让一让，让一让。"我拨开候车室门口的人群，就向着候车室里冲去。

"对不起，我们这里不准卖东西，请到外面去吧！"一名袖子上戴着红袖巾的工作人员及时出现在我的面前，拦住了我的去路。

"你说什么？我是来赶长途的，不是来卖东西的。"我有点恼火，冲着对方大声地解释道。

不料，对方根本不听我的解释，直接抓住了我的扁担，将我连人带物推了出来。我急了，隔着大门拼命地喊着："开门，开门，我的时间快到了，我是来赶汽车的。"

就在我大声喊叫之际，两名戴着大檐帽的同志向我走了过来，其中一个年长的轻轻地拍了拍我的肩膀，我回过头来，一脸诧异地望着他们："你们……有什么事吗？"

年长的那一位客气地对我说道："我们两人是工商局的，你跟我们到工商局来一下吧！"

我听了，头皮发麻，责问道："我为什么要跟你们走？"

对方回答道："我们怀疑你从事非法买卖，请你配合我们调查。请走吧！"

我听了，明白他们把我当成投机倒把的人了，赶紧跟他们解释道："我不是做买卖的，我是……我就是一个赶路的，要急着检票上长途汽车，就这么简单。"

对方一脸严肃，说道："对不起，我们也是例行公事，请不要妨碍我们执行公务。"

话都说到这个份上了，我只好自认倒霉，挑起担子跟着他们走了。七拐八拐，到了一个挂着木牌子的办公室门口。我看了看门口的牌子，上面写的是"汽车站工商管理办公室"，我指了指牌子，问带着我过来的那两人："这是工商局吗？怎么像是临时机构啊？"

年轻较小的工作人员看了我一眼，说道："这是工商局的派出机构。"

"噢，是这样。"我又问道，"你们什么时候放我走？我急着要赶长途，马上就要检票了，你们能不能抓紧放我走？"

对方回答道："来到这里的人都很着急。"

年长一点的工作人员说道："先在门口等等吧，一会儿就能排到你了。"

事已至此，我也只好耐着性子慢慢地等了。我把扁担放在地上，自己坐了上去，先歇一歇再说。我坐下来向着四周一看，发现来这里的原来不止我一个人，还有的人比我来得更早。有的人手里提着茶叶袋子，有的人脚边放着一筐塑料鞋子，有的人蛇皮袋里装的是满满的中草药……他们一个个神情自若,不是聊着天,就是嗑着瓜子……一看就是经常来到这种地方的,不在乎了。

身边的人不时地被工作人员叫进了办公室里,也有人不时地从办公室里出来了。

好不容易轮到我了,我把两只蛇皮口袋和扁担一起拿进了办公室。进了办公室,只见里面只有一张桌子和一张椅子,椅子上坐着一位同样穿着制服的工作人员。这位工作人年纪大约50多岁,满脸的皱纹,一看就是那种吃过苦的人。他抬起头来问我:"你干这一行多少年了?"

我说:"我干这一行好多年了。"

他听了,笑道:"你倒挺诚实的,好多人到了我这儿,都会说'我才干,时间不长',你倒好,直接承认好多年了。好,那你告诉我,你一共是多少年?一共赚了多少钱?"

我听了,迷糊起来了,不解地问道:"你说什么啊?什么赚了多少钱?我告诉你,我一分钱都没有赚到,也不知道你在说什么?"

对方听了,笑道:"你说你没赚到钱,那你那些货物准备上哪里销的啊?"

我问道:"什么货物?我没有货啊!"

对方听了,再次笑了起来,问道:"你说你没货,那你面前袋子里装的是什么?"

我听了,大声地说道:"你们搞错了,我不是搞投机倒把的,我是到刘老庄连去看望战士们的,我袋子里的东西,都是带给他们的。"

对方听了,脸上的笑容一下子僵住了,他像弹簧似的从椅子上弹跳了起来,似乎是吼着说道:"你说什么,你是到刘老庄连去的?真的假的?"

我哭笑不得,说道:"这个还有假的,你给刘老庄公社书记打一个电话,证实一下不就知道了。"

对方没有说话,而是急匆匆地走出了办公室。等到再进来的时候,他的身后跟着一位领导模样的人,这位领导满脸歉意地握住我的手说:"您是陆小凡同志吧,真的不好意思啊,我们的工作人员搞错了,您千万不要生气啊,事后,我们要好好批评教育他们。"

我已经懒得再多说话了，半天下来，我已经累得是腰酸背痛了，听了这位领导的话，我只是摆了摆手，有气无力地说了一句话："快，我要赶长途汽车。"

这位领导听了，赶紧打听我坐车的具体信息。我把车票从口袋里掏了出来，没好气地扔到了桌子上。这位领导从桌子上捡起车票一看，脸色立马变了，他十分不好意思地说道："唉哟，真的对不住您了，您要坐的车子早已出发了。"

我一听，急了，喊了起来："那怎么办？部队领导说派人到车站接我的呢，怎么办呢？"我急得蹲在地上，差点哭了出来。

这位领导见了，赶忙安慰道："这样吧，我们到车站把票改签一下，争取坐上下一班次的车。"

我听了，只得点了点头，答应了。我不答应，又能如何呢？

很快，工作人员就把我的车票改签好了，送我上了下一趟的班车。只是，这一趟班车和上一趟班车相比，整整相差了四小时。

当我一路颠簸来到北方保城的时候，已经是夜里 10 点多钟了。出了长途汽车站的大门，广场上空荡荡的，哪里还有部队派来的人的半点影子？我怔在原地，不知道如何是好？想打电话吧，又找不到电话亭，更不知道电话号码是多少？想住旅馆吧，身上带的钱又不多，不够住旅馆的。想窝在候车室里待一夜吧，又被车站的工作人员给撵了出来。

"为什么不让我在候车室里坐坐？"我大声地责问那位把我赶出来的胖大婶。

胖大婶显然早已看透了我的小心思，噘着嘴，一脸不屑地说道："像你这种人我见得多了，想白蹭住宿？没门。"说完，猛地一下把候车室的玻璃门从里面关上了，插好门销后，趾高气扬地哼着小曲离开了。

绝望，那一刻，浮现在我脑海里的只有"绝望"两个字。想一想，我今天一天真是倒霉透了，遇到的处处都是刁难，没有一件顺心的事。

但我又岂是轻易服输的人？我的犟脾气又上来了。我一咬牙，决定步行到军营去。我好不容易在路边拦下了一位下夜班骑车回家的妇女，询问去部队怎么走。

这位骑着自行车的妇人被我挡下来后，满脸警惕地看着我，不满地问道:“你是什么人？想干什么？”

我忙解释道:“大姐,你甭误会,我是从外地来部队探亲的,车子晚点了,我想问问去部队的路怎么走？还有多远？”

这位妇人上下打量了我一番,相信了我的话,语气也放缓和了,她告诉我道:“这里去部队路倒是好走,顺着这条路一直往西走,拐两个大弯就到了。不过,就是远了点,大概有三十里路,而且大多是山路。你打算走过去啊？”

“是的,我走过去。”我说道。

“那也太远了,你还是明天再去吧!”这位妇人劝我道,“夜里山路不安全。”

“没事,我习惯了。”我大声地回答着,挑起担子,挺起胸膛迈开大步走了。

“注意安全啊,大妹子。”身后,传来了那位妇女关切的声音。

“呃,好呢!”

……

时间,一分一秒地过去了,漫长的山路上,只有我一个人挑着担子,一步一步地向前走着……

整整三个多小时过去了,直到凌晨1点多钟,就在我精疲力竭之际,刚拐过面前的一个弯道,就看见有一个高大雄伟的大门出现在了眼前,大门前巨大的广场灯光把大门口照得亮如白昼。大门的门楣上,一颗巨大的红五星熠熠生辉。大门口,一左一右两名哨兵像是两尊雕像一样,岿然不动。

见此情景,我心头一热,情不自禁地呼喊起来,挑着担子拼命地向前跑去……蓦地,我的双腿一软,一个趔趄,连人带挑子摔倒在地……恍惚中,我隐约看见门口的两名哨兵像离弦之箭,向着我摔倒的地方飞奔而来……

二十三

陆凡和李尚云带着部队从淮阴城安全回来后，把运回来的粮食除留下一部分给部队使用外，其余的全部分给了老百姓，解除了他们的燃眉之急。

事后，陆凡抱怨李尚云道："谁让你去淮阴接应我的，你的腿伤还没有完全好，一旦出了意外，我怎么向营长交代啊？"

李尚云笑道："先说说你自己吧，要不是我及时带人赶到，那怎么得了？你要是出了什么差错，我怎么向营长交代？"

陆凡说道："还说呢？你要是不去，我早杀掉汉奸出城了。你这一去，把事情全部搅黄了。得，下次还得我出马，把那个狗汉奸给毙了。不过，也奇怪啊，你说我那个同学顾大成，怎么就成了汉奸？又怎么会从山西跑到淮阴来了？"

李尚云回答道："这有什么好奇怪的！你那个同学本来就不是什么好人。你不是说过，他的父亲不是什么乡公所的所长吗？像他那种人，投敌做了汉奸也正常，本来就和我们不是一路人嘛！至于他是怎么来到淮阴的，这也好解释啊！"

"怎么解释？"陆凡问道。

"你是怎么来到淮阴的？"李尚云反问道。

陆凡一听，“哈哈”大笑起来，说道：“不谈了，不谈了。”

李尚云提醒道：“不过，这个顾大成已经认出你了，下次你就不能再轻易去淮阴城了，他肯定有了防备。”

陆凡思忖道：“我那一枪不知道打没打到他？要是被我打死了，那是他罪有应得。要是没打中，那就让他多活两天，到时我一定要亲手宰了他。”

李尚云说道：“没事，就算他没死，也会被打伤的，先让他多受点罪也不孬。”

两人正说着话，周小红走了进来，端着两碗面条放在桌子上，说道：“快吃吧，还热乎着呢！”

陆凡看着桌子上正冒着热气的面条，若有所思地端起其中的一碗，对周小红说道：“走，把这碗面条送给赵奶奶吧，不知道她怎么样了？”

周小红说道：“你吃你的吧，每一家都分到粮食了，还能少了她家？”

陆凡坚持说道：“走吧，看看去。”说完，端起碗就大步走了出来。

周小红没有办法，只好跟了出来。李尚云也想跟着一起去，周小红说道：“指导员，你的伤还没有完全好，还是多休息为好。”李尚云听了，只好作罢。

陆凡和周小红来到赵奶奶家时，只见赵奶奶的儿子正在忙着给赵奶奶做饭呢！前一段时间，他跟着别人闯关东去了，没有什么起色，碰到了日本兵差点送掉了性命，只好又回来了。见到陆凡他们过来了，他热情地和陆凡打着招呼，说道：“陆连长，幸亏有了你们，要不我老娘坟头都长草了。”

周小红把手中的面条端到赵奶奶的床前，扶着赵奶奶坐了起来。赵奶奶的精气神已经好多了，她的满头白发像瀑布般地随意撒落着。她一小口、一小口地吃着周小红喂给她的面条，吃完后，她长长地舒了一口气，把头靠在床头扶栏上，望着陆凡和周小红，混浊的眼睛里流出了一行泪水，说道：“没有你们，我这把老骨头早扔乱坟岗上了。”

周小红伸出手来，替她抹去了脸上的泪水，轻轻地说道：“都是新四军救了咱们，没有他们，不知道多少家要饿死人呢！”

赵奶奶听了，伸出瘦得只剩下骨头的手拉着陆凡的手，小声地说道：“你们刚来的时候，我就知道你们不一样，是真心为了我们穷人的，没有你们，哪里还有我们这些穷人的活路啊？”

陆凡紧紧地握着赵奶奶的手，说道："奶奶，我们是毛主席的队伍，是咱们穷人的队伍，是共产党领导的，专门为穷人服务的。等到打败了日本鬼子，我们就能过上太平日子了。"

赵奶奶动情地说道："有你们这样的后生在，咱老百姓放心。"

恰在这时，通讯员李建跑了进来，向陆凡汇报道："报告连长，刚才区小队周明强队长派人来，说是今天晚上有日军的运粮军队要从老张集运往古寨，请求我们派兵支援，协助区小队进行拦截。"

陆凡听了，说道："知道了。"

赵奶奶听了，赶紧松开手，对着陆凡催促道："你还有正事，快去忙吧！"

陆凡站了起来，看着赵奶奶，亲切地说道："奶奶，那你保重身体，多吃点，有什么困难就告诉我们。"

"不麻烦，不麻烦，你快走吧，快走吧！"赵奶奶使劲地摆了摆手，说道。

"那我们改天再来看您。"陆凡说道。

"好，好，你们走吧！"赵奶奶再一次摆了摆手。

从赵奶奶家回来后，陆凡立即找来副连长杨瑞，让他带着几名战士到区小队周明强那里去，了解情况，一有事情立即汇报。杨瑞答应着走了。

周小红趁着空儿，又做了一碗面条端了过来，递给陆凡说道："现在可以吃了吧，忙到现在了，就是铁打的汉子也吃不住这样熬的。"

陆凡听了，没有吱声，只是埋头吃起面条来。一边吃，一边还不忘伸出一只大拇指，夸道："唔，唔，香，真香。"

看着他一副狼吞虎咽的样子，周小红唠叨道："都多大的人了，还不知道照顾自己？就是再忙，也要先把肚子填饱了再说。"

陆凡也不答言，三下五除二，就把一碗面条吃完了。周小红见了，赶紧又去盛了一碗，放到陆凡的面前，嗔怪道："慢点吃，像饿死鬼投胎的，锅里还有呢，甭噎着。"

陆凡吃到一半，杨瑞派人回来报告："区小队的人马已经进入了伏击位置，请求我们派兵协助。"

陆凡听了，放下筷子，用手抹了一下嘴巴就往外面走去。周小红跟在后面喊道："等吃完了再走啊，还剩一点点，也不差这一口啊！"

陆凡大步流星地往外走着，回道："放在那，等打完这一仗回来再吃。"

周小红听见了，嘟囔道："回来再吃？还不知道等到猴年马月呢？等你回来，饭还不早馊了。"说完，就把陆凡刚刚碗里吃剩下的，自己慢慢把它吃完了。

陆凡从连部出来后，一边让人向营部汇报，一边集合队伍，准备出发。

指导员李尚云武装整齐地从院子里走了出来，迎面对陆凡说道："你刚从淮阴回来，还没歇着，这一仗就让我带队吧！"

陆凡打量着李尚云，说道："怎么，难道你不是刚从淮阴回来的？你的身体就是铁打的？行了，你在家，我带人去，一旦有什么事，你还能接应。"

李尚云没了法子，只好说道："那行吧，我做好替补，有情况立即联系。"

陆凡笑道："你看，这才是我的好指导员。我们俩就像是夫妻，你主内，我主外，好歹有个分工，就不要什么事都和我抢了。行了，我走了。"

李尚云说道："听你的还不行吗？你要注意安全，战场上子弹可不长眼睛啊！"

陆凡说道："你怎么突然间变得婆婆妈妈的了？你放心，日本鬼子能打中我的子弹还没有造出来呢！"

李尚云笑道："好，你老陆是什么人啊，是个金刚不坏之身，永远是刀枪不入的。"

陆凡说道："甭贫嘴了，走了。"说完，陆凡带着队伍向着村外走了。

在几公里外的老张集通往古寨的唯一一条公路的小树林里，区小队长周明强带着队员们正等得不耐烦，看到陆凡带着队伍过来了，赶紧迎了上去，说道："总算把你们盼来了。"

陆凡问周明强："情况怎么样啊？"

周明强回答道："据在老张集侦察的队员汇报，敌人的卡车出来以后，向着这边开了一段距离后，竟然又掉头回去了。我们担心他们会再来，所以请你们来帮忙的。"

此时，天色已经完全黑了下来，公路上除了偶尔有行人经过外，就再也看不到有车辆经过了。陆凡也不着急，带领着战士们埋伏在小树林里，静静地等候着鱼儿上钩。

夜色如墨，伸手不见五指。

战士们还没有吃饭，一个个饿得饥肠辘辘，却依然保持着警惕的状态，蹲在小树林里一动也不动。子夜时分，在老张集的队员再次送来消息：老张集敌人的卡车已经进入车库了，估计今晚不会再有行动了。

周明强听了，就和陆凡商量道：“连长，要不你们就先回去吧，我派人在这边守着，一旦有什么情况，我再及时向你们汇报。”

陆凡想了想，说道：“也好，那我们就先撤，你们盯紧了，一有风吹草动就立马告诉我。”

周明强笑道：“放心吧，有我在，他们跑不了。你们就先回吧，让你们空等大半夜，真的对不住了。”

陆凡也笑道：“你们比我们更辛苦，我们回去了，你们等会也早点撤吧！”

周明强说道：“好的呢，你们先走，我们再等一会儿，一会儿也走。”

陆凡听了，也就没有再说什么，只是嘱咐他们不要等得太晚了等话语后，就带着战士们回来了。

回到连部后，陆凡洗漱完毕后，躺在床上，一时睡不着觉，又把张一蕊留下的公文包拿了出来，从里面小心翼翼地取出了那本红色封皮的笔记本，打开了，一页一页地翻看了起来。张一蕊牺牲后，每当夜深人静的时候，陆凡就会拿出这本日记，一页一页地翻看着。看着日记本上那一行行娟秀的蓝色字迹，透过上面一行行的文字，张一蕊那清秀俊美的面容就会浮现在陆凡的眼前，她睁着一双大大的眼睛，在和他面对面促膝交谈着……他和她离得是那么近，甚至能闻到她长发上残留的好闻的洗发水的味道。陆凡记得，她是个爱干净的人，那个时候，一旦条件允许，她每天都要洗一次头发，一天不洗头发，她连觉都睡不好。当时，生活物资十分匮乏，买不到洗发水，她就收集老百姓家房前屋后种植的皂角树的果实，把这些果实用砖头砸烂了，就是一种十分珍贵的洗发用品了。这种皂角树的果实，不仅可以洗头，还可以用来洗衣服呢！所以，部队每到一处，张一蕊就会到处寻找皂角树，用长木棍把树上的果实敲下来，收集到一个布袋子里，走到哪里随身带到哪里。好在那个时候，这种皂角树随处可见，收集起来也十分容易。

陆凡把日记本捧在手中，随意地翻看着。日记本上的内容，他已经熟悉得都能背出来了。但是，他还是愿意经常翻看着，不为别的，只为这个本子是张一蕊随身携带的，上面有着她的味道，有着她的情感，有着她的过去的点点滴滴。但更多的时候，他只是把日记本放在自己的胸口，让它紧紧地贴着自己心脏的部位，仿佛是在让她倾听自己心跳的声音，让她也知道，他是多么爱她。虽然两人彼此都没有深情地表白过，但是，他相信，他对她的爱她一定会感觉到的，就让他的爱陪伴着她的在天之灵吧！

他打开日记本，翻到了最后一篇日记，上面写道："今天是我来到营部的第十天了，五名队员的业务培训基本已经结束了，我不知道营长什么时候能让我回到四连去？不知道陆凡在忙些什么？好几天没有得到他的消息了，心里真的是十分焦急，生怕他会出什么意外……"

日记写到这里，就再也没有下文了。陆凡每每看到这一篇，心里就会如刀割一般痛楚，眼泪就不由自主地潸然而下。他知道，张一蕊在生命走向倒计时的最后一天夜里，还在牵挂着他的安危。他好后悔，后悔没有在她离开自己去营部报到的时候，告诉她自己是多么爱她。如今，后悔也没有用了，世上从来都没有后悔药可吃的。他的眼泪一滴一滴地落在日记本的字迹上，在泪水的作用下，有的字迹开始变得渐渐模糊了起来。陆凡见了，赶紧用手背去擦拭，尽管如此，还是有几个字已经看不出是什么内容了。

陆凡把日记本合了起来，闭上眼出了一会神。又睁开眼睛，从自己的脖子上解下了张一蕊送给他的那个银质的双鱼儿挂件。他把挂件放在手心里，用手指轻轻地抚摸着，此刻，他是多么羡慕那一对鱼儿，毕竟，它们可以永生永世依偎在一起。可是，他的鱼儿呢……

陆凡看了一会，他把这件挂件小心地夹到了张一蕊的那本日记里，轻轻地合上了笔记本，把它再次放到了公文包里，把公文包收藏了起来。做完这一切后，陆凡的眼皮子一阵发涩，困意像潮水一般地渐渐涌了过来。他回到床上，躺在被窝里，很快就发出了响亮的酣睡声。睡梦中，陆凡来到了一处风景秀丽的地方，这里有山有水，还有一大片芳菲的桃花林，微风拂过，粉红色的花瓣云霞般从空中飘荡，将整个天地装扮得如同仙境一般梦幻美丽。桃林中，一位身姿曼妙的女军人正穿行其间，蓦然回首，陆凡觉得那人好生面熟，却又偏偏想不起来她是谁了？正在茫然间，那名女子嗔道："才分开多久，你就连我也认不出来了？"陆凡闻言，定睛细看，不看则已，一看就怔住了，他失声喊道："小蕊，这些天你都上哪儿去了？我怎么都找不到你了，你到底去了哪里？"陆凡说着，伸手就来拉着她的手，张一蕊的身影却如影子般在眼前漂荡，陆凡怎么也抓不到她的手。陆凡急了，大声地问道："你要去哪里？你等等我。"张一蕊的身影在前面飘忽不定，一阵悦耳的歌声却清晰地传了过来："上穷碧落下黄泉，两处茫茫皆不见。忽闻海上有仙山，山在虚无缥缈间。楼阁玲珑五云起，其中绰约多仙子……"

陆凡急切地追了过去，恰在此时，天上一个惊雷"咔嚓"一声响起，把陆凡一下子惊醒了过来。陆凡揉了揉蒙眬睡眼，看看窗外已露出了鱼肚白，刚才的南柯梦境已忘了大半。这时，门被敲得山响，通讯员李建在门外焦急地喊道："连长，连长，有紧急情况。"

陆凡一个鲤鱼打挺，从床上翻身而起，开了门问道："怎么回事？"

李建气喘吁吁地报告道："报告连长，区小队和敌人接上火了。"

原来，驻扎在老张集的日军害怕在向古寨据点运输粮食的途中遭到地方武装伏击，故而在前一天的晚上派出两辆汽车作为诱饵，开出不久又返回了老张集据点，让地方武装误认为他们暂时不会再有动静了。却在凌晨时分，趁着大多数人还在睡梦中，神不知鬼不觉地把两辆满载粮食的卡车开了出来，向着古寨方向急驶而来。为了以防万一，两辆卡车的前后各有一辆车，载着荷枪实弹的日本兵护送。

日军车队行驶到刘老庄地界时，早已被留在小树林里的区小队队员发现了。这时，留在树林里的队员人数并不多，只有区区十几个人，大部分队员都回去休息去了。坚持留下来的区小队队长周明强明知自己力量不如对方的情况下，没有一丝的犹豫，一方面派人去通知其他队员迅速增援，一方面让人去给新四军四连报信，自己则带着剩下的队员留下来阻击敌人。

当日军的第一辆卡车进入伏击圈时，周明强和其他的队员果断地拉响了自制的土地雷。土地雷虽然威力不大，却也响得惊天动地。几声巨响后，一股股黑烟腾空而起，第一辆卡车前面的一只轮胎被炸得飞到了半空中，整个车身严重倾斜，身上的日军被炸得东倒西歪，死伤一片，哀号声、哭喊声、爆炸声响成一片。没死的日本兵惊魂甫定，连滚带爬下了车，趴在地上一动也不敢动。后面的运粮车见了，一个急刹车，停了下来。第三辆车子一个不留意，直接撞上了第二辆车子的尾部，把车子前面的保险杠和两个大灯都撞坏了，被迫停了下来。最后一辆汽车里的日本兵看到前面的车子被炸了，立马一个急刹车，停住了。坐在副驾驶室的一名日本军官打开车门，跳了下来，举起望远镜观察了一下，发现树林里的火力并不强，知道对方的人数并不多，便狂妄地命令所有日本兵立即下车，就地组织还击。车上的日本兵得令，蜂拥而下，就地寻找掩体，对着小树林子轻重武器一齐开火，打得树林里枝断叶落，一些队员当即挂了彩，火力明显弱了下来。

日本军官见状大喜，命令日本兵发起了冲锋。日本兵一个个从地上爬了起来，猫着腰，向着树林里冲了过来。周明强见此情形，吩咐队员们："快，扔手榴弹。"队员们闻令，一个个从腰间拔出手榴弹，拉响引信，随着周明强喊出"一、二、三"的喊声，一齐把手榴弹向着日本兵砸了过去。随着一阵"轰隆隆"的爆炸声，冲在最前面的几名日本兵被炸得倒地不起，剩下的日本兵赶紧趴在地上，半天不敢动弹。日本军官气得大骂道："八嘎，包围他们的，彻底消灭他们。"一群日本兵趁着周明强他们不注意，偷偷地向着两个侧翼爬去，准备包抄他们。

就在周明强他们即将陷入日本兵的包围之中时，远处传来了激烈的枪声，原来是陆凡带着四连的战士赶到了。日本军官一看到对方的援军到了，而且是新四军的正规军，担心自己被全歼，急忙命令所有日本兵撤退到附近的一处窑场里固守待援。这个窑场是当地人烧制砖头时使用过的，早已废弃不用了。日本人把三辆卡车停在窑场门口，当作天然工事，又利用窑场的房屋和窑洞进行抵抗。同时，日本通信兵紧急呼叫周边的日军予以增援。淮阴城里的日本兵收到信息后，命令老张集和古寨的日军立即出动。与此同时，驻扎在淮阴城的日军二百多人也紧急出动，乘坐六辆汽车开出了淮阴城。得知几处日军均已出动增援的消息后，被围困在窑场里的日本兵士气大增，抵抗得异常顽固。

陆凡组织部队几次进攻窑场，都因日本兵的火力太猛，不得不中途退了下来。陆凡急了，命令周大海组织敢死队，务必尽快拿下窑场，全歼固守窑场的这股日本兵。

周大海大喊道："是共产党员的，给我站出来，跟我上。"说完，端起一挺轻机枪，第一个跃出掩体冲了上去。身后，十几个新四军战士跟着冲了上去。陆凡命令重机枪手何凯："打，给我狠狠地打。"何凯趴在重机枪的后面，狠狠地扣动扳机，将一串串子弹像雨点般地泼在敌人占领的阵地上。周大海抱着轻机枪，一边跳跃着往前冲，一边用轻机枪将外围的日本兵打得纷纷中弹倒地。后面的战士们咆哮着将手中的一枚枚手榴弹准确地抛到了敌群中，炸得日本兵血肉横飞。剩下的日本兵眼看抵挡不住了，只好纷纷往后退，一直退到窑洞里，躲在里面负隅顽抗，拼命向外射击。

这时，从古寨据点前去增援的日本兵已经逼了过来，在一公里之外被区小队赶来增援的其他人员截住，双方接上了火。战斗一开始，就呈现出白热化的态势。增援的古寨日军一心要打通道路，把被困的日本兵救出来，拼命地攻击。阻击的区小队一心要为四连争取时间，也是玩命地阻击。双方打得是异常惨烈，各自损失惨重。即使如此，古寨的日本兵始终无法前进半步。打到最后，区小队的这十多人弹药耗尽，抡起枪支、木棒和日本兵展开了肉搏战，最终和这群日本兵同归于尽，以身殉国。

老张集据点的日本兵也赶到了战场，和四连负责警戒的战士交上了火，双方打得十分激烈。恰在这时，从淮阴城里开出来的日本兵的六辆汽车也到达战场，二百多名日本兵连同老张集的兵力，对四连形成了反包围的态势。就在四连腹背受敌陷入敌人重围的危急关头，新四军二营营长白恩铭带领三个连队的兵力赶到了。外围日本兵的注意力一下子被吸引了过去，纷纷掉转枪口，和营长白恩铭带来的部队打了起来。

陆凡抓住这个难得的空隙期，命令部队对躲在窑洞里的日本兵实施火攻。四连的战士们迅速抱来一捆捆老乡的玉米秆子堆放在窑洞口，用火点燃后使劲地往窑洞里推送。躲在窑洞里的日本兵受不了浓烟的熏呛，一个个捂着鼻子不要命地钻了出来。战士们抓住时机，对着跑出来的日本兵一枪一个点射，直至将这部分日本兵全部消灭干净为止。

腾出手来的陆凡立即命令部队对外围的日本兵实施反包围，从里往外狠狠地打击日本兵。这伙日本兵遭到了里外夹击，一下子乱了阵型，溃不成军。日军指挥官一看情况不妙，立即指挥日军集中兵力从东南方向撕开一个缺口，强行突围出逃。

营长白恩铭一看日本兵想逃，立即大声命令道："同志们，敌人想跑了，快点追啊，绝不能让他们跑掉。"听到营长的命令，新四军战士们勇气大增，高喊着"冲啊！""杀啊！"奋不顾身地向前冲去，跑得慢一点的日本兵纷纷中弹倒地，去日本见他们的天皇去了。

"营长，你怎么过来了？"陆凡冲到白恩铭身边，激动地问道。

"怎么？就许你来杀鬼子，我就不能来了？我要是来晚了，可能连汤都喝不上了。"营长白恩铭说道。

"营长，你就歇歇吧，剩下的这些小喽啰就不劳你的大驾了，交给我就行了。"陆凡说道。

营长白恩铭听了，板起脸来，说道："怎么，来都来了，哪有空手而归的道理？今天，必须把这伙鬼子全部吃掉，让他们一个也跑不了。现在，我命令你带领四连的同志们发扬连续作战的作风，务必彻底、全部、干净地消灭他们。"

陆凡听了，立即挥臂大声喊道："同志们，大家冲啊，绝不能让鬼子跑了。"说完，第一个带头，提着驳壳枪向前冲去了。四连指导员李尚云手里拿着一支刚刚缴获来的三八大盖，跟着喊道："同志们，立功的时候到了，冲啊！"

四连的战士们一个个如猛虎下山，"嗷嗷"叫着，跟在连长和指导员的身后，向着溃散的敌人秋风扫落叶般冲了过去……

营长白恩铭兴奋地站到一块高坡上，举起望远镜观察着战场的变化，当看到日本兵在陆凡他们的勇猛追击下，死的死、伤的伤时，他的嘴角忍不住露出了满意的笑容。然而，谁都料想不到的是，恰恰就在这个时候，不知从哪儿飞来了一颗流弹，不偏不倚，恰恰击中了白恩铭的头部。营长白恩铭一声都没有来得及发出，就脸朝下，一头栽倒在地，一动都不动了。一边的警卫员反应了过来，一个箭步冲了过去，跪倒在地，扳过营长的身体一看，只见他太阳穴处有一个花生米粒大小的伤口，鲜血正汩汩地往外流淌着……已经没有了气息。警卫员抱着营长白恩铭的身体，悲痛欲绝，恸哭失声："营长啊，营长啊……"

周围的战士们闻讯，迅速地聚拢了过来，他们无法接受眼前的一幕，一个个泪流满面，痛哭不已。得到消息的陆凡从前方折返回来，一见到营长白恩铭静静地躺在警卫员的怀里，他再也控制不住自己的情绪，跪倒在营长的面前，大声地哭喊着："营长，你这是怎么了？营长啊，是我害了你，是我没有保护好你啊，营长啊……”

四连指导员李尚云赶了过来，他在悲痛之余立即命令四连的战士们找来一辆平板车，用棉被把白营长的遗体包裹好，秘密地送往六塘河的芦苇荡里保护起来。同时，对外封锁消息，要求所有人不得走漏半点风声。之后，连续多天，四连的战士们日夜坚守在六塘河的一条船上，守护着白营长遗体的安全。附近有一位得知真相的乡绅送来了一副棺椁，战士们将白营长的遗体安置在了棺椁里，将载有棺椁的船儿划到了六塘河中心的一个小岛上，无声无息地隐藏了起来。

营长白恩铭牺牲的消息被严密封锁了起来，敌人虽有所察觉，却无法得到证实。直到十天后，淮北军民在六塘河畔举行了隆重的追悼大会，悼念白恩铭这位自新四军进入淮北以来牺牲的第一位营级军官时，根据地的军民才得到消息。追悼大会现场，当地的老百姓自愿为营长白恩铭披麻戴孝，用为自己先人送葬的最高待遇为他送行。白幡蔽日，哭声震天。当时，新四军淮北根据地的最高领导人亲自主持了追悼仪式，并赋诗一首，诗云：

当年红小童，
今日大英雄。
捐躯赴国难，
唤起百万众。

追悼会结束后，陆凡和四连的战士们将营长白恩铭安葬于六塘河畔一个不为人所知的地方。为了防止日本兵搞破坏，坟墓前面没有竖立任何碑记，只是在他的坟墓旁边种下了一棵青毛杨作为标记。

青毛杨，又叫山西杨，是青杨与毛白杨的天然杂交品种，更是山西独有的树种。因为营长白恩铭是山西人，所以，陆凡就托人想方设法买来了这一棵青毛杨，让这棵来自白营长家乡的树木日夜陪伴在他的身边，以慰藉他的思乡之情。

“营长，等到抗战胜利了，我一定带你回到山西去，让你魂归故土。”陆凡站在坟前，轻轻地对着新垒起来的坟茔说道。

六塘河水无言，只是脉脉地流淌着。蓝天下，一群鸟儿在青毛杨树的上空低低地盘旋着、鸣叫着，仿佛要将无尽的哀思洒向遥远的天际……

二十四

我还没有从部队返回刘老庄时，上级已经把我的职务进行了调整，把我前面那个“代理”两个字拿掉了。这一下子，我才算真正成为刘老庄村的第一任女党支部书记，这意味着我肩头的担子更重了。

从部队驻地回到刘老庄后，我的激动心情久久不能平息，短短一周的时间里，让我懂得了什么是战友之情，什么叫鱼水情深。

在我到达北方保城之前，部队派出的两名战士早就在长途汽车站的门口等我了。因为我的原因，他们在约定的时间里没有等到我，又通过长途电话打到了刘老庄公社，公社书记得知我未能在预定的时间到达保城，急得是火冒三丈，把我的丈夫周金成叫到了办公室，狠狠地臭骂了一顿。

“周金成我告诉你，你是一个什么狗屁男人？自己的老婆出远门，你连送到车站都做不到，几十里路，你就让她一个人挑着去，你还算是男人吗？咱们刘老庄十里八乡都找不出像你这样缺窍的。今天我把话说绝了，如果这次陆小凡有了三长两短，你就是对刘老庄人民犯下了罪，到时，你的倒头日子就来了。你说，她现在到哪儿了？”公社书记十分震怒，不停地责骂着周金成。

“我……我……我哪里晓得她到哪儿了？我又没跟她一起走。”周金成嗫嚅着，连大气也不敢出。

“那你为什么不陪她一起去？”书记大声地问道。

“她不给。”周金成解释道。

“她不给，你就不能来硬的吗？”书记问道。

“来硬的，怎么来硬的？”周金成疑惑地问道。

“什么怎么来？你什么都要我教你？吃饭要不要我也教你啊？算了，甭跟你费唾沫星子了，还不快出去找？”书记发火了。

“好，好，好，现在就去找。”周金成诚惶诚恐地答应着，然后赶紧从书记办公室溜了出来。出了书记办公室，周金成也不知道往哪里去找我，实在没有地方可去，就在邮政所大厅里的椅子上待了一夜。

部队的同志打过电话后，又派人在长途车站等到了晚上 9 点钟前后，还是没有等到我，才无精打采地回去了。连长和指导员原本组织了全连的战士们在营房门口夹道欢迎的，没有等到我的到来，只得解散了队伍，回到办公室里不停地打电话，试图寻找到我的下落。

“实在不行，就报警吧！”连长肖扬对指导员张鹏飞说道。

指导员张鹏飞想了想，建议道：“还是等到明天再说吧，如果明天还没有消息，我们再报警也不迟。”

连长肖扬听了，觉得也有道理，无奈之下，只得说道：“那只有这样了，我们先休息吧，明天再出去找人。记住，晚上睡得机灵点，不要睡得太死了。”

张鹏飞答应道：“放心吧，我比你还着急呢！”

连长肖扬刚睡下不久，正迷糊间，就听到了一名哨兵急匆匆地跑来敲门报告道：“连长，来了，来了。”

肖扬一轱辘从床上翻了起来，大声地问道：“来了，什么来了？”

哨兵回答道：“人来了。”

肖扬惊喜地问道：“人在哪？”

哨兵说道：“就在传达室里，连长。”

肖扬一边穿着衣服往外跑，一边吩咐哨兵：“快，快去通知指导员。”

连长和指导员来到部队门口传达室看到我时，我正半躺在传达室的椅子上，大口大口地喝着另一名哨兵递过来的一杯茶水。见到了连长和指导员，我挣扎着从椅子上爬了起来，解开了地上的两只蛇皮袋子，从里面捧出了花生、红枣、山芋干子……对他们说道："这是刘老庄的乡亲们托我带来的，你们尝尝吧，尝尝吧！"

连长和指导员接过物品，眼睛一下子泛红了起来。连长肖扬哽咽着对我说道："大姐，你受委屈了。"

我一听，忙笑道："没有，没有，哪有什么委屈啊？一路上好吃好喝的，可舒服了。"

指导员张鹏飞说道："大姐，我们没有接到你，心里都要急死了。这下好了，你终于到了，我们就放下心了。战士们听说大姐要来，他们一个个激动坏了，都盼着和大姐见面呢！"

我笑道："我也盼着见见他们呢，等见了面，我们一定好好聊聊。"

连长肖扬在一旁打岔道："先甭谈工作了，大姐走了那么长时间了，一定饿坏了，先让大姐吃饱饭，休息休息。"

张鹏飞听了，才反应过来，连连说道："哎哟，我把这茬忘记了，该打，该打。"说完，立马让人安排一名女兵带着我到部队招待所吃饭、住宿。很快，一名漂亮的女兵来了，大家都叫她夏雪。夏雪陪着我，先到招待所食堂，值班的战士听说是我来了，二话不说，就从床上翻了起来，给我做了一碗香气四溢的鸡蛋面。等我吃完后，夏雪又陪着我到了招待所的房间，等我上床休息了，她才肯走。

"大姐，您先舒舒服服睡上一觉，明天早上我来喊你吃早饭，您多睡一会，我迟一点来喊你。"临走的时候，夏雪笑眯眯地对我说道。

"行，妹子，你赶紧回去睡觉吧，耽误你睡觉了。"我十分歉意地说道。

"行，大姐，那我走了。"夏雪说着，转过身子，迈着轻盈的步子走了。

夏雪走后，我很快就睡着了。也许是过于疲惫的原因，整个晚上，我连一场梦都没有做，一直等太阳升到树头高了，才慢悠悠地醒了过来。

"大姐，昨晚上休息得怎么样啊？"夏雪敲了敲门，进来后热情地问我。

我听了，不好意思地问道："现在什么时辰了？我都睡糊涂了。"

夏雪依然是灿烂的笑容，回答道："不迟，还不到 9 点钟。"

我听了，十分惊讶道："啊！我睡了那么长时间了？"

夏雪说道："这有什么啊？我要是走上你那么远的山路，非得睡上三天三夜不可。我让人把你的早饭准备好了，等会吃完早饭，我陪你到大礼堂去，战友们都等着听你的报告呢！”

我听了，有点紧张地说道：“我哪会作什么报告啊？”

夏雪说道：“没关系，战士们都想看看你呢，到时你怎么说都行。”

我只好答应道：“那好吧，要是讲错了，你们可不要生我的气啊？”

夏雪捂着嘴笑道：“大姐，怎么会呢？”

四连的大礼堂是在招待所的后面，步行五分钟就到了。当我走进礼堂的时候，礼堂里坐满了年轻的战士们，他们的脸上充满了稚嫩和刚毅，青春和沉着。见到我进来了，所有战士“刷”的一声全体站了起来，报以热烈的掌声、掌声、掌声……

连长肖扬和指导员张鹏飞站在礼堂门口，把我引到了主席台上中间的位子坐了下来。

“同志们，今天，我们请来了一位最尊贵的客人，她就是我们刘老庄连英雄的老连长陆凡的亲妹妹——陆小凡。”连长肖扬对着话筒，大声地说道。

掌声，再次热烈地响了起来。

“下面，有请陆小凡大姐给我们作报告，大家欢迎！”连长肖扬说完，把话筒放到了我的面前，说道，“大姐，给我们说两句吧！”

我从随身带来的一只帆布包里拿出了一只风筝，放到了桌子上，对着全体战士说道：“弟弟们，我今天想给大家先说说这个风筝的故事。这只风筝，是我的三哥陆凡亲手扎的。”战士们听我如此一说，他们一个个都不由得“啊”了一声，伸长了脖子，瞪大了眼睛，好奇地注视台上的风筝。

我的思绪随着这只风筝，飞到了遥远的山西，飞到了中条山下，飞到了那个战火纷飞的年月，还有那一座院子里长着一棵老槐树的家……三哥陆凡亲手扎的风筝，亲手挂到了老槐树上，一步三回头地离开了家，离开了中条山，来到了太行山，进入了苏北淮阴，来到了刘老庄，每一场战斗，都是血与火的考验，都是生与死的离别……若干年后，一个初出茅庐的小丫头，追寻着哥哥的脚步，从家乡来到了千里之外的刘老庄，为八十二位哥哥们守墓。如今，刘老庄在新一代人的手里，正如他们所愿，焕发出了新的活力……

最后，我说道："弟弟们，当年，八十二位哥哥们为了保卫刘老庄的穷苦百姓，他们全部牺牲在了刘老庄那一块土地上，他们的鲜血染红了那里的每一寸土地，每一寸土地都在传颂着英雄的事迹，英雄精神被一代一代的刘老庄人传承、发扬。而今，刘老庄已经变了模样，到处都是生产建设的热潮，到处都是新的风尚。烈士们的愿望，正在我们新一代刘老庄人的手中，一步一步地变成现实。弟弟们啊，刘老庄就是你们的家，永远的家，哪有儿女不回家看看的理？刘老庄的乡亲们盼望着你们早一点回家，早一点亲人团聚，早一点再尝一口亲人们做的小米粥。弟弟们啊，我在刘老庄等着你们！"

掌声，全场再次响起了暴雨般的掌声。

我拿出带来的刘老庄的花生、红枣，递到战士们的手里，告诉他们："吃吧，这是刘老庄的乡亲们托我送给你们的，你们多尝尝吧，他们想念你们啊！"

战士们手里捧着花生、红枣，眼里含着热泪。一位战士对我说道："大姐，请你回去转告刘老庄的乡亲，我们刘老庄连的战士一定会练好本领，不给刘老庄的乡亲们丢脸。"

另一位战士说道："大姐，假如真的有一天战争来临，我也会像八十二烈士一样，英勇杀敌，不做孬种。"

连长肖扬代表全连表态："刘老庄是我们连的根与魂，是我们连名称的诞生地，是我们生命起航的地方，也是我们连'一切为了人民'的见证地。我们一定要赓续红色血脉，继承红色基因，把'生命不息，战斗不止'的刘老庄连的精神永远传承下去，做人民利益和民族利益的忠诚捍卫者，让刘老庄人民放心，让祖国人民放心，让党放心。"

我紧紧地握住连长肖扬的手，说道："刘老庄人民相信你们，信任你们，热爱你们，希望你们再立新功，再创佳绩。也希望你们常回家看看，感受一下家乡的变化。"

报告会上，连长肖扬将一面"刘老庄连"的连旗赠送给我，说道："大姐，这面连旗是我们连刚命名为'刘老庄连'的时候上级授予我们的。现在，我们将这一面旗子赠送给我们的刘老庄人民，请接旗！"

我激动万分，走到舞台中央，双手接过"刘老庄连"的连旗，眼泪再也忍不住了，顺着面颊肆意地流淌着。我把脸贴在旗子上，哭着说道："哥哥们啊，你们用鲜血染红的连旗，已经交到我的手上了，我一定要让刘老庄的乡亲们将它好好珍藏，让它永远飘扬在刘老庄的土地上。”

这时，全场的战士们起立，伴随着昂扬的旋律，一起唱响了雄壮有力的《刘老庄连连歌》：

抗日救亡动刀枪
战斗在淮阴的刘老庄
八十二位英雄汉
抗击三千小东洋
八十二位英雄打江山
新一代来接班
革命精神大发扬
优良传统今又现
为人民战斗为祖国解放
光荣的刘老庄连
万古千秋美名传
……

报告会结束后，连长肖扬和指导员张鹏飞、夏雪等人陪着我，参加了战士们的学习会、座谈会，参观了部队的营房、厨房、训练场，他们还特意带我参观了部队连史馆。在连史馆里，重点讲述了那场发生在刘老庄的战斗。我凝望着三哥陆凡、指导员李尚云、副连长杨瑞、一排长周大海、一排副赵金全、通讯员李建、重机枪手何凯、一排一班班长钱峰、战士刘近山等人的照片或画像，心里默默地对他们说道：“哥哥们啊，我到部队来看望你们了，你们知道吗，现在的四连是以你们战斗过的地方命名的，叫作‘刘老庄连’了。现在的刘老庄连和你们那个时候相比，早已经鸟枪换炮，不是一个档次的了。我们的军队强大了，我们的国家强大了，再也没有哪个国家敢于随便欺负我们了，你们在九泉之下可以瞑目了。”

在部队的日子里，我一有时间，就到战士们的宿舍里，为他们洗衣服。刚开始的时候，他们没有一个人愿意把脏衣服交给我，我就到他们的卧室里去搜。几个回合下来，他们知道我是真心帮他们洗衣服的了，也就不躲着我了，我一去拿衣服时，战士们都会高高兴兴地把自己的脏衣服交给我了。把战士们的衣服洗好后，我会用熨斗把衣服烫好，叠好，再一个个送回去。每一次把洗好的衣服送回去时，战士们总会再三再四地说“谢谢大姐”，弄得我都有点不好意思了。说实在话，我想尽可能地为战士们多做一点事，但我当时能做的，而且能做好的，也就是为他们洗一点衣服这样的小事了。但战士们却把这件事情看得很重，总是想方设法来报答我。有的时候，他们会把削了皮的苹果送给我，也会特意买些糖果给我吃。

最让我感动的是，那天，是一位小战士的生日，他特意邀请我参加了他的生日宴会活动。那天晚上，连队的小礼堂里悬挂着彩色挂带，战士们把桌子围成一圈，桌子上摆放着各种点心和水果，大家为小战士表演了一个又一个节目，现场掌声不断，大家都玩得十分开心。到了最后，连长肖扬提议让我为大家表演一个节目，战士们听了，都热烈地鼓掌。这下可把我为难死了，因为我从来五音不全，也不会唱什么流行的歌曲。

“大姐，你就唱一个吧，你唱什么我们都会喜欢的。”连长肖扬看着我，鼓励道。

我没有了退路，只好站了起来，接过话筒，说道：“我不会什么流行歌曲，那我就给大家表演一段淮阴的地方戏吧！我们淮阴地区有一个著名的剧种，叫作淮海戏，它的特点是乐句结尾突然翻高八度耍腔，具有拉人魂魄的艺术魅力，所以，淮海戏又叫‘拉魂腔’。我就给大家展示一段《樊梨花点兵》选段，如何？”

战士们听了，都兴高采烈地拍手叫好。

我解释道：“在唐代高宗永淳元年，西突厥造反，连续两次进犯大唐，形势危急，唐王朝无人可用情况下，急召著名女将樊梨花挂帅出征。一代女豪杰樊梨花，校场点兵，离长安、出关中，昼夜兼程，打败突厥兵。这一段，就是描写樊梨花点兵时的场景的。这场戏，说明了男儿能上战场杀敌，女子一样能做到。杀敌报国，是我们每一位中华儿女的神圣使命和职责。”

战士们一听，劲头更足了，一齐喊道：“来一个，来一个。”

我清了清嗓子，拉开架势，唱道：

四支铁骑似腾云
五支辎重解粮草
六支细作探军情

七支云梯夺城池
八支战车去冲锋
九支大炮震天响
十支后卫压大营
看那边
大将多威武
胯下战马胜蛟龙
马马马马来
青鬃马 艾叶青
红鬃马 橘粉红
乌骓马 小白龙
花斑豹 玉麒麟
黄骠马一声长啸
兵营中
万马齐鸣
龙虎啸
一排大将多英骄
就地三声炮
尘土万丈高
铁锁对铁锤
宝剑对宝刀
兵像潮河水
马像出海蛟
催阵鼓只打得
白楞登
白得楞登
如爆豆
捉拿苏海
在今朝
在今朝
……

一曲唱罢，把我累得汗都下来了。战士们听得却十分开心，能为战士们演唱，我比他们还要开心呢！

在刘老庄连住了一周后，我说什么都要回家了。连长肖扬劝我道："大姐，你来一趟也不容易，还是多住几天吧，多给战士们讲一讲老连长的故事，讲一讲刘老庄的故事，大家可爱听了。"

我婉拒道："现在正是春耕时节，村里还有好多事情要做，我在这里心里不踏实啊，还是早点回去的好。等到有机会，我再来一次，不就行了？"

连长肖扬说道："大姐，既然你这么说，我们也不好强留你。这样吧，以后，每年这个时候，你都要来我们连一趟，要形成制度，你看好不好？"

我听了，十分高兴，答应道："好，好，我以后每年都来，一定来。"

连长肖扬也高兴地说："以后啊，不管谁做这个连的连长，都要把这个制度执行好，成为我们'刘老庄连'的光荣传统。"

指导员张鹏飞接着说道："连长这个建议好，我们一定要把这项制度坚持下去。大姐，你也一定要遵行这个制度啊！"

我赶紧说道："好，好，好，我说话算数。"

临出门时，全连的战士们列队在门口和我告别。那位过生日的小战士跑出队列，来到我身边把手中的一幅画像递给我，说道："大姐，我平时喜欢画画，我就偷偷地为你画了一幅画，不知道你喜不喜欢？"

我接过画像，打开来，仔细地看了看，由衷地赞叹道："你画得太好了，大姐太喜欢了。这是我这次收到的最好的礼物，谢谢你啊，小弟弟。以后，有机会欢迎你到淮阴去啊！"

小战士听了，十分开心，他大声地说道："大姐，我也是山西人，也住在中条山脚下，和你是老乡，有机会一定去淮阴看看你。"

我惊喜地问道："你叫什么名字？"

小战士回答道："我叫陆正平。"

我听了，大笑起来，说道："好巧啊，你也姓陆，我叫陆小凡，你叫陆正平，我们两人名字连起来念，正好是'平凡'两个字，说明我们虽然做着平凡的事情，但是，我们也会做出不平凡的成绩出来。小弟，你说对吗？"

陆正平听了，大声回答道："报告大姐，虽做平凡人，心怀不凡志，只要能为国家尽忠，为人民尽孝，做什么事情都是光荣的，有价值的。"

我听了，不由得伸出大拇指，赞叹道："刘老庄连的战士，果然不同凡响啊！"

二十五

营长白恩铭牺牲了。

这个残酷的事实，让连长陆凡遭受到的打击非常大。白恩铭是他作为新兵时的第一位连长，也是他特别敬重的一个人，是他一步一步地把他培养成一位优秀的军队基层干部，成为一名坚定的共产主义战士。现在，白营长牺牲了，让陆凡再一次感受到了刻骨铭心的痛。第一次出现这种感觉的时候，是张一蕊牺牲的时候。张一蕊是陆凡的同学，是他的初恋，更是引领他走向革命道路的引路人。这两个人，在陆凡的人生中，都是至关重要的人物，对于他的成长和进步都曾倾注过巨大的心血。换句话说，如果没有张一蕊和白恩铭，就没有现在的陆凡。所以，他们两人的牺牲，对于陆凡内心的打击无疑是无法用言语来表达的。但是，陆凡也清醒地意识到，现在还不是悲伤的时候，现在的任何一滴眼泪，都是对日本侵略者的示弱，都是对亡者的亵渎。现在，是擦干眼泪的时候了，必须让侵略者血债血偿，才能告慰牺牲的亲人们的在天之灵。

就在陆凡秣马厉兵准备为牺牲的战友报仇雪恨的时候，侵华日军驻淮阴城的部队为了挤压淮阴抗日军民的生存空间，加大了在各个军事要点上的据点建设。他们以集镇为点，以道路为线，以“扫荡”“围剿”为面，在淮北抗日根据地以“梳篦子”的战术，反复地进行拉网清理，企图将我抗日武装一举消灭。

日本侵略者的穷凶极恶，在初期确实给我淮北军民造成了重大的损失，很多村庄被焚烧，军民被枪杀，一时间造成了多少十室九空的惨剧。其中，棉花庄、刘皮、梁庄、丁集、张圩、娘庄等地的大屠杀就发生在此期间。

然而，日本人的嚣张气焰是吓不倒抗日的淮阴军民的。为了粉碎日本人的这种封锁、分割的阴谋，淮阴军民实行主力部队进一步地方化，加强地方武装和民兵的力量，形成了主力部队、地方武装和民兵三位一体的模式，采取“避其锋芒，化整为零；集中兵力，各个击破”的方针，动员广大群众发动破袭战，对日军赖以生存的道路等交通线进行破坏，让日军的汽车、坦克等重型装备无用武之地，处处陷入人民战争的汪洋大海之中。

陆凡根据上级的指示，带领刘老庄的群众沿着交通线挖起了交通沟。在四连战士们的帮助下，刘老庄家家户户都在门前挖起了沟，大沟连着小沟，户户有沟，村村通沟，甚至将沟挖到了日军的据点之下。当地的老百姓把这种沟，又称为“抗日沟”。

刘老庄的村子外围，陆凡带着一排的战士和群众正在挖沟，周小红脖子上挂着一条毛巾，手里提着一个陶瓷罐子和几只空碗找了过来。

“来来来，大伙来歇一歇，喝口水吧！”周小红热情地招呼着大家。

见到周小红送水来了，大家一个个放下了手中的铁锹和榔头，围拢了过来，拿起空碗就倒水喝。陆凡一个人闷头挖着土，就好像没有看到周小红来了一样。

周小红端着一碗水来到陆凡面前，递到他的面前，没好气地说道：“我这么大的一个活人，你怎么像没看到似的，什么意思啊？”

陆凡头也不抬，闷声说道：“这么多活还没有干完，哪有时间看你啊？”

周小红没法子，只好把一碗水举到陆凡的眼前，用近乎央求的口吻说道：“你这样没日没夜地干，就是骡子是马，也有喂口料的时候，先把这碗水喝了歇歇再干吧！”

话都说到这个份上了，陆凡也只好把手中的铁锹往泥地上一插，说道："好吧，念你一片诚心，就喝点水再干。"说完，接过周小红手里的碗，"咕噜、咕噜"地喝了起来。

周小红把陆凡插到地上的铁锹拔了出来，埋头挖起土来，一边挖，一边问道："喂，上次跟你说的入伍的事情，你考虑得怎么样了？"

"谁要入伍的啊？我怎么不记得了？"陆凡把水喝完，用手抹了一下嘴巴问道。

"唉唉，不作兴你这样说话的啊，除了我，还说谁啊？"周小红有点生气地说道，"你也太不把我的事当成事了。"

"你干吗非要入伍啊？在地方不是一样干革命吗？"陆凡不解地问道。

"上次不是都跟你说过了吗，怎么又问？要我说多少遍啊？别人入伍都是为了干革命，就好像我入伍动机不纯似的，你到底啥意思啊？"周小红越来越不高兴了。

"我还不是担心你走后，地方上没有人做事的吗？"陆凡解释道。

"屁话，死了杀猪的，大家都不吃猪肉了？少了我一个，地方上就没人干活了？你这是在糊弄我呢，还是在睁眼说瞎话呢？你心里有什么话，就放在明面上说吧，省得你编瞎话。"周小红说道。

"我，我，我还不是怕你出意外吗？你一蕊姐姐走了，如果，万一……"陆凡不愿意再说下去了。

"看看，你还是没有说实话。我知道你心里是怎么想的，一蕊姐姐牺牲了，你心里放不下她，对不对？怎么不言语了，你不是很能说吗？怎么又不吱声了？"周小红步步紧逼，"一蕊姐姐不在了，我知道你心里难过，我就不难过吗？我和她那么好，能不难过吗？可是，可是她已经不在了，你也不能老是这么活在过去，这样对你会有什么好处？你不接受我入伍，就是怕我。我说得对不对，你回答我？"

"对。对又怎样？"陆凡一下子生起了气来。

"哼，你不敢接受我，就是对一蕊姐好吗？你的想法太像一个小鬏了。你今天既然承认了，我也把话撂在这，你想躲开我，那是'烟囱里安家——没门'。"周小红说完，把手里的铁锹一下子扔到了地上，拍了拍手上的泥土，走了。看来，这次，周小红是真的生气了。

看到周小红生气了，陆凡无奈地摇了摇头，又继续干活了。正忙着时，村里的民兵队队长陶士城跑了过来，气呼呼地对陆凡说道："连长，这活没法干了。"

陆凡停下手中的活，问道："什么情况？看把你急得。"

陶士城说道："那个钱井用，就是那个大地主，人人都在挖'抗日沟'，就是他家不挖，还和村里的民兵吵。你说这活还怎么干？"

陆凡听了，把铁锹往泥土上一插，说道："走，看看去。"

陶士城一看连长亲自去处理了，高兴得差点蹦起来，连忙在前头带路。一旁正在干活的通讯员李建看到陆凡走了，也赶紧扔下锹，跟在后面走了。

地主钱井用家住在村子的最西头，是一个四合院式的结构，一律青砖青瓦，十分阔气。钱井用世代地主，拥有良田数百亩，是方圆几十里有名的有钱人。自己的儿子大学毕业后，早先在南京市政府谋了一份差事，跟在省主席的后面当了一个小文书。省主席跑到淮阴后，钱井用的儿子又跟到了淮阴。省主席在日军来犯时，一枪未放拱手将淮阴城让给日本兵后，又跟着省主席一路跑到了宝应一带的水网密布之地躲了起来。钱井用仗着儿子的势，在刘老庄一带横行乡里，作威作福，干了不少坏事。新四军来到刘老庄后，带领群众烧了地契，把他家的土地分给了穷苦百姓。钱井用对此怀恨在心，嚣张气焰收敛了不少，明里不敢公开和共产党领导的抗日政权斗，暗地里却在等待时机，准备反攻倒算。

陆凡一行人来到钱井用家门口时，钱井用和他的老婆正在和村里的民兵吵得不可开交。

"凭啥让我家挖沟，我都一把老骨头了，想叫我早点死呀？"钱井用穿着一身的丝绸衣裤，一身的肥膘，手里拿着一把折叠纸扇子，一边摇着，一边对着门口的一群人怒吼着。

"陆连长来了。"围观的人有人小声地说道，大家自觉地让开了一条道。

陆凡等人来到了钱井用的跟前，钱井用一看是陆凡连长来了，态度立即来了一百八十度大转变，满脸堆笑地说道："陆连长啊，什么风把您吹过来了？"

陆凡冷冷地看着钱井用，一字一板地问道："你说呢？"

钱井用装出一脸无辜的样子，双手一摊，耸了耸肩头，笑道："陆连长，这话怎么说啊？我可从来都是规规矩矩的，没有违反贵党的任何政策啊！”

民兵队队长陶士城愤怒地责问道：“姓钱的，你甭猪鼻孔插葱装象了，我问你，你家凭啥不挖‘抗日沟’？”

钱井用听了，反问陶士城道：“你说我不挖‘抗日沟’，你有什么把柄？甭在陆连长面前乱嚼舌头根子，你想借刀杀人怎么的？”

钱井用的老婆也跟着起哄，扭着个肥臀，说道：“大家都是乡里乡亲的，抬头不见低头见，有多大的节啊，非得去把人家陆连长请过来？这不是扩大斗争面吗？”

钱井用对着自己的老婆翻了翻白眼，说道：“去去去，男人的事，你一个老娘们搭什么腔？你哪儿凉快，哪儿待着去吧！”

钱井用的老婆讨了一个没趣，气得骂道：“你这个老不死的，合着外人来欺负我一个女人，是什么东西？以后，你被外人打死了，我也懒得去给你收尸。哼，哼，哼。”地主婆子一边骂骂咧咧，一边扭着肥臀进院子里凉快去了。

钱井用指着老婆的背影，对着陆凡苦笑道：“你看，你看，娶了这么一个败家婆，真是家门不幸啊！改天我把儿子叫回来，把他老娘带走，省得她天天在家里吵得我不安生。唉，我那个不争气的儿子，天天跟在省领导的后面，也不知在忙些什么？”

“你那个宝贝儿子跟在省主席的后面，天天在忙着如何反共呢！”陆凡讽刺道。

“甭甭甭，我那儿子哪有这个胆子啊？他天天跟在省领导的后面，也就是混一口饭吃而已，要饭的，要饭的。他可从来没有干过一件对不起贵党的事情啊，这一点，我可以拿我的人头来担保。”钱井用慌得脸色都变了。

“没干过那就最好。你告诉他，我们都是中国人，大敌当前，要一致对外，把日本侵略者赶出中国去，千万不要做让‘亲者痛，仇者快’的事情啊！”陆凡教育道。

“那是，那是，我们都是中国人，在民族大义面前，那是必须的，必须的。”钱井用连连点头说道。

“既然你这么识大体，那为什么不挖‘抗日沟’呢？”陆凡问道。

“陆连长啊，话不是这么说的。不是我不挖‘抗日沟’，是我没有办法挖啊！你看啊，我和我老太婆都这么大岁数了，浑身都是病，哪有能力挖这个‘抗日沟’啊？不是我不想挖，实在是使不上劲啊，稍微一动弹，浑身就疼得受不了啦！我的连长唉，你行行好吧，就不要为难我们了，就算我求你了。”钱井用一边装模作样地说着，一边就要跪下来给陆凡磕头。

陆凡一把抓住钱井用的胳膊，把他提起来，大声地问道：“你这是干什么？有话说话，有事说事。”

钱井用站直了身体，小声地说道：“要不这样，我出一点钱，让别人挖，你看如何？”

陆凡想了想，说道：“大家都很忙，哪有时间替你挖？这样吧，你们先慢慢挖，等到明天大家都结束了，再派人来帮你打突击，但你们必须在明天晚上之前完成一半才行。这样，你总该没话说了吧？”

钱井用听了，只得答应道：“好吧，那我先慢慢挖。不过，咱们咸菜烧豆腐有言在先，我要是完不成进度，你可不要怪我。”

陆凡说道：“明天天黑之前，必须完成一半，这不是讨价还价的问题。如果完成不了，一旦打起仗来是要死人的，你知不知道？”

钱井用唯唯诺诺道：“我……我……我知道了。”

这时，营部通讯员骑着马疾驰而来，到了陆凡面前，下了马对陆凡说道：“营部命令，各连明天晚上到渔沟集结，准备攻打凌桥。”说完，就骑上马一溜烟不见了。

陆凡对李建命令道：“立即通知各排，明天下午5点到连部集合，晚上开赴渔沟，准备拔掉凌桥日军据点。”

李建得到命令，马上到各排通知去了。李建走后，陆凡让民兵队队长去通知区小队队长周明强到连部开会，自己也急着去找指导员李尚云商量去了。

陆凡走后，钱井用的脸上露出了一丝诡异的笑容。他拿起一把铁锹，装模作样地在门前挖起了“抗日沟”，围在现场的人们看到钱井用已经开始干活了，也就一个个慢慢地散去了。钱井用看到周围没有一个人了，立刻停下手中的活，将铁锹扔在了门口，急急忙忙回到了院子里，还特意伸出头向外张望了一下，在确信无人看到后，才又赶紧把院门从里面关上了。

天刚刚擦黑，钱井用家的院门悄无声息地打开了，钱井用把肥胖的脑袋从门里伸了出来，四下看了看，没有看到一个人后，才又缩了回去。紧接着，钱井用的老婆鬼鬼祟祟地从院子里走了出来，身上穿着一件干净的衣服，左胳膊上还挎着一只竹篮子，一摇三晃地朝着村外走去。到了村口，四下里看看，没有看到一个人后，便立即加快了脚步，朝着街道的方向走去。到了街道上，先是这儿看看，后是那儿张张，最后，突然拐进了一个小巷子里，推开了一家裁缝店的房门，进去后又立马关上了房门。直到半个多时辰后，钱井用的老婆才又从裁缝店里走了出来，悄悄地溜回了家里。

第二天傍晚，四连各排全部集结到位。晚上 8 点前后，连长陆凡带着部队大张旗鼓地出了村子。部队出了村子之后，一路向着西南渔沟方向走去。刚走到五里地时，陆凡突然命令部队停止前进，后队变前队，迅速向六塘河方向跑步前进。

一排长周大海不明就里，跑到陆凡身边问道："连长，怎么掉向了，我们不去渔沟了？"

陆凡一边跑步前进，一边气喘吁吁地回答道："情况有变，今天夜里要捉一条大鱼了。"

部队急行军十多里后，赶到了古寨附近，陆凡命令停止行军，就地构筑工事准备战斗。战士们拿出随身携带的铁锹、榔头，就在道路两侧"乒乒乓乓"地修筑起了工事。到了晚上 11 点前后，工事全部修筑好了，陆凡一一检查完毕后，把几名排长喊到了一起，说道："同志们，今天我们本来打算到渔沟去的，和全营一起准备拔掉盘踞在凌桥的日军据点。但是，今天晚上任务有了变化，有一伙顽军想趁今天晚上全营去偷袭凌桥之际，前来偷袭六塘河淮海机关总部。因此，营部命令我们连配合其他连队在此设伏，准备一举吃掉这帮顽军。"

周大海听了，吐了吐舌头，说道："我的乖乖，好险啊，差一点上了敌人的当了。"

指导员李尚云接着说道："这次我们连担任正面防御，一定要拖住敌人，不能让他们前进一步。大家要知道，再往前进一步，就是我们的淮海机关总部，那里有几千人，大多是一些文职人员，所以，我们要坚决守住阵地。"

各位排长齐声说道:“保证完成任务。”

正在这时,侦察员前来报告:“前面五里开外,发现有大部队行动。”

陆凡听了,咬着牙说道:“奶奶的,还真来了。好,大家做好准备,听我的命令。”

众人答应着各自回到了自己的阵地上。

不一会儿,公路尽头传来了一阵阵嘈杂的脚步声,其间还夹杂着汽车喇叭的鸣叫声。很快,敌人的先头部队就出现在了视线范围内了。当对方相距陆凡的工事只有三十米左右时,陆凡手里的驳壳枪终于响了,他大声喊道:“同志们,打啊!”

紧接着,几十枚手榴弹雨点般地在黑夜里飞了出去……“轰隆隆”“轰隆隆”……一阵阵爆炸声响起,冲天的火光中,敌人的尸体被炸得凌空飞起,喊叫声、哀号声此起彼伏,十分热闹。敌人还没有反应过来,陆凡他们手中的轻重武器又一齐发言,吐出阵阵火舌,将刚才侥幸躲过一劫的敌人又扫倒了一片。

这支部队不是别的,正是江苏省主席手下的一部顽军。这天晚上,这支顽军在省主席的亲自率领下,正得意扬扬地前往六塘河地区,意欲趁我主力部队攻打凌桥防守兵力空虚之际,前来偷袭淮海机关总部的。这位省主席做梦都没有想到,部队刚刚走到古寨南边,连淮海机关总部的影子都没有看到,就在半路上遭遇了埋伏。

这位省主席,就是在日本兵攻打淮阴城时一枪未放就弃城逃跑的那位。和日本人打仗,他很消极,搞反共摩擦,他是内行,只要有机会,他就会顽固地执行“攘外必先安内”的政策,不敢和日本人交锋,专门和共产党过不去。第一次,他率领顽军进犯淮北地区时,被共产党领导的武装打得丢盔弃甲,自己也成了俘虏。但共产党深明大义,本着团结抗日的原则,没有为难他,将他混在普通的俘虏里,放了出去,保全了他的脸面。他被放出来后,不思悔改,反而变本加厉,再一次纠集部队掀起了第二次反共高潮。第二次的进攻再一次被打败,自己又一次成为共产党的俘虏。第二次,共产党又把他放了出来,希望他能以民族大义为重,共同抗击日本侵略者的侵略。他口头答应,人一出来立马就翻脸。这一次,他得到情报,趁着六塘河地区兵力空虚之际,前来偷袭我淮海总部机关,意图将我总部机关一网打尽。

当下，这伙顽军被四连迎头拦住，损失惨重。这位省主席坐在后面的军用吉普车里，看到自己这边损兵折将，吃了大亏，心里非常恼火。情报里明明说的是淮海机关总部没有多少兵力了，那眼前的这些人又是从哪里冒出来的？他们又怎么知道自己今晚会来偷袭的呢？他也顾不得去追究情报的真假了，事已至此，也只有硬着头皮打下去了。他命令手下的副官组织人马就地展开反击，务必打开通道，为偷袭淮海机关总部争取时间。在他的一再命令下，顽军展开攻击队形，向着四连坚守的阵地疯狂冲锋。四连在陆凡的指挥下，用密集的子弹形成了一道坚不可摧的火力网，将冲在前头的敌军通通打倒在地。后面的顽军见状，纷纷掉头往回跑，跑得慢的就被后面的子弹撵上，一命呜呼了。这位省主席没有办法，只得命令部队从左右两侧迂回过去，对四连的阵地进行包抄。顽军兵分三路，一路在正面牵制四连，一路从左边迂回包抄，一路从右边迂回包抄。

战场上，顽军打起了照明弹，将战场照得亮如白昼。四连指导员李尚云借着照明弹的亮光，觉察到顽军的企图后，立即建议连长陆凡分兵把守。陆凡当即安排一排、二排分别前往阻击。一排、二排得到命令，迅速向着左右两侧运动，对企图包抄的顽军迎头痛击。然而，对面的顽军真是太多了，前面倒下了，后面的又涌了上来……就在四连感到兵力吃紧的紧急关头，从顽军的后面响起了密集的枪声和喊杀声。这些喊杀声从四面八方传来，震天动地，让这些顽军一下子陷入了重重包围之中。原来，新四军几个营的兵力早已经从后面将这伙顽军装进了口袋，而且正在压缩包围圈。

这位省主席一看情况不妙，急得在原地团团转，不知如何是好？一旁的副官见了，立马拿了一身老百姓的衣服递给了他，催促道："主席，快把这身衣服换上吧！"

省主席无奈，只得将自己身上的将军服脱了下来，万般不舍地扔到了路旁的沟渠里，换上了普通老百姓的服装。一群贴身的卫兵簇拥着他下了道路，从山芋地里溜了。

就在顽军溃不成军之际，新四军部队吹起了嘹亮的冲锋号。黑夜里，借助手榴弹爆炸的火光，新四军从四面八方围拢了过来。陆凡带领着四连跳出正面阻击战壕，向着溃散的顽军边打边追击……

新四军在打扫战场时，从沟渠里找到了那身将军服，却没有发现那位省主席的人影，上级立马下了命令，一定要仔细搜查，做到“活要见人，死要见尸”。陆凡接到命令，带领着全连战士在方圆五公里范围内进行地毯式寻找。在寻找到一处农田的涵洞时，陆凡感觉到下面有人，便命令一排长周大海带领着战士们举着火把到下面看看。这一看不要紧，发现里面躲藏着一窝穿军装的人。

“出来，里面所有的人立即出来，不然，我们就开枪了。快点。”周大海举起手里的冲锋枪厉声命令道。

蜷缩在涵洞里的人群在一阵短暂的沉默后，开始一点一点地向外蠕动着。

“一个、二个、三个……”周大海站在洞口，出来一个人就数一下，一直数到第六个人时，就没有人跟出来了。

“里面还有没有人了？”周大海问最后一个出来的俘虏。这名俘虏没敢回答，只是眼神游移地向着洞里瞥了一眼，就赶紧低下头，举起双手从沟底走了上来。

周大海会意，向一旁的战士刘近山努了努嘴。刘近山端着步枪冲进了涵洞里，从里面揪住一个人的衣领，把人拖了出来，嘴里说道：“出来吧，你，还想猪八戒娶媳妇——想好事？”

周大海用火把在他面前照了照，发现是一名穿着老百姓衣服的大胖子，便问道：“说，你是什么人？”

此人便是那位大名鼎鼎的化装逃跑的省主席。他到了此时也不忘摆架子，便一脸不屑地瞅了周大海一眼，傲慢地说道：“你不配和我说话，把你们的长官给我叫来。”

“呸！你是什么人？你一个死到临头的人还敢嘴硬？信不信我一枪打死你？”周大海嘴里骂道，还顺手把冲锋枪的子弹推上了膛，用枪口抵住了他的脑袋。

“咦，你这头‘臊獠子个头不大，架子倒不小’，排长，干脆直接把他给崩了，省得费那么多事。”刘近山向排长周大海建议道。

周大海听了，大声地说道："好，就把他交给你了。"说完，就收起枪往沟上走去。

这位省主席看到了这种架势，吓得"扑通"一声跪了下来，声音颤抖着说道："我交代，我交代，我就是你们要找的人。"

刘近山听了，兴奋地对着站在渠上的陆凡喊道："连长，抓住了一条大鱼。"

陆凡高兴地回道："好，带上来。"

这位省主席被带到了陆凡的面前，满脸沮丧地说道："唉，又被你们活捉了。"

陆凡蔑视地看了他一眼，回答道："自古以来，任何与人民为敌的人都不会有好的下场。你放着日本鬼子不打，却专门与共产党的队伍作对，和日本兵有什么区别？"

这位省主席垂头丧气地回答道："敝人只是执行领袖的政策而已，并无不当之处。"

陆凡冷笑道："你们的领袖置国家安危于不顾，放任东三省被日本人侵略，这样的政策是对还是错？这样错误的政策你还在执行，你岂不成了日本人的帮凶？做了日本人想做而做不成的事情了。你作为一名中国人，竟然说出这样的话来，你不觉得惭愧吗？"

这位省主席听了陆凡的话，低下头，一言不发了。陆凡摆摆手，对周大海说道："把他押到师部去吧！"

这位省主席听了，脸色被吓得一下变了色，哆嗦着从手腕上撸下了一块金表，递到陆凡的面前，乞求道："这块金表我送给你，求求你千万不要把我送到师部去，我已经被你们捉到过两次了。这一次，已经是第三次了，他们肯定饶不了我，求求你放了我吧。"

陆凡不答。

周大海把枪一端，对着这位省主席命令道："甭废话了，走，赶紧走，快点。"

这位省主席没了办法，只好乖乖地跟着周大海走了。

不过，出人意料的是，这位省主席被押到师部后，新四军的领导人并没有为难他，在他再一次做出"保证不再搞摩擦，保证一致抗日"的承诺后，第三次把他给放了。

后来，淮阴地区有一段淮海戏，就是演绎的这一历史事件。戏文中唱道：

乌云如盖罩大地
风云变幻形势急
伪主席忘恩负义施诡计
日伪顽三路分兵枪林逼
二放归山不思报
今日兵马又来不停蹄
新四军　巧埋伏
布下天罗地网神勇兵
四下里　乒乒乓乓枪声响
前堵后追无处遁
化身百姓躲涵门
被擒送袁乞返林
共产党　真仁义
真诚相待盼和平
下决心　三放对手回家园
枪支弹药双奉还
再送六万大洋钱
义薄云天世少见
盼尔说话能算数
休再翻脸像从前
警告你　事不过三当牢记
做个堂堂正正中国人
敢为老虎作帮凶
再逢莫怪除奸佞
……

二十六

我从部队回到了刘老庄后，国家在农村实行了联产承包责任制，将集体土地承包到每一户。这样的改革，让农民迸发出了前所未有的激情和活力，家家户户搞生产的积极性被彻底地激发了出来。而我的担子更重了，不仅要把土地承包的政策落实好，还要处理由此而带来的一系列的矛盾。而其中最大的矛盾，就是如何更快地推动发展的矛盾。那个时候，刘老庄旱田改水田的工作刚刚开始，我每天带着村干部和技术员，忙着量土地、搞规划、修沟渠，但忽略了一个重大而现实的问题：通电。

因为刘老庄村还没有通上电，村民的照明都还是原始的煤油灯。那时的村子，对电的需求还不像现在，电视、电脑、手机、洗衣机……什么都离不开电，一天没有了电，都不知道怎么生活了。那时的农村，对电力的需求，还仅仅停留在照明这一最原始的需求上。没有电，村民用煤油灯来照明也能过得去，不会对生活造成多大的影响。但是，把旱田改造成水田，就需要把河里的水用抽水机翻到沟渠里，再由沟渠里流到每一块田地里。而这一过程，就需要新建设翻水站，而新建翻水站就需要用到电了。那个时候，刘老庄除了公社和其他机关单位能用上电，其他的村子都还没有能通上电。能用上电，对我们这些农村人来说，真是连想都没有想过的美事。

要想新建翻水站，首先要解决用电的问题。为此，我找到了公社书记，向他提出了想要通电的要求。书记听了我的想法，十分赞成，他激动地说道："好呀，这个问题不解决，那旱田改水田就成了一句空话了。通上电了，不仅能解决翻水站的问题，还能让家家户户都用上电灯。到了那个时候，还能让群众看上电视，大年三十晚上就能看上中央电视台的春节联欢晚会了，就能让我们农村人享受到城里人的生活了。好啊，好啊，我举双手支持。"

有了书记的支持，我的信心就像是被吹了气的皮球，一下子鼓了起来。

说干就干。我回到村里后，立即召开村干部会议，商量解决通电问题。当我把问题一提出来，立刻引起了大家热烈的讨论。

大队长宋长信第一个说道："这个是好事，我们必须抓紧办，不能让其他村抢了我们刘老庄村的风头。"

大队会计刘瑾胜听了，拿出一把黑框的木头算盘，"噼啪、噼啪"快速扒拉了一会，然后慢条斯理地说道："好事是好事，但有一个问题是，'兵马未动，粮草先行'，我算了一下，我们要建一个翻水站，要花一笔不小的费用。我先问一下：钱从哪来？还有，如果要盖翻水站，群众也要通电怎么办？是先通群众电，还是先盖翻水站？如果是先把群众的电通上，又是一笔不小的费用，这笔费用怎么出？"

大队长宋长信听了，攞了攞头皮，犯愁道："什么都要钱，这如何是好？"

我说道："依我看，建翻水站和群众通电，两件事情一起做，本来就是一件事，无非就是先来后到的问题。你们想啊，如果我们先建翻水站，群众自己没有通电，肯定会有意见。如果群众先通电，然后建翻水站，那又耽误了工期，影响了进度。所以，我建议两件事一起做。至于费用的问题，我的看法是，第一，涉及群众自家入户的线路费用，由群众自己负责，公共的部分由村里负责。建翻水站的钱，肯定也是村里负责，村里的钱不够，剩下的部分由得到收益的农户平均摊。你们觉得怎么样？"

会计刘瑾胜问道："村里的钱从哪来？"

我回答道："村里有一片林地，那里林子的树木都已经成材了，我们可以把它们都卖掉，能解决大部分费用问题。不足的部分，还可以将集体的水塘和土地对外出租，这样算下来，也是一笔不小的费用。"

新上任的妇女主任时翠花担忧道:“村里的钱有了着落,那群众的钱怎么办呢?假如群众都不愿出钱,那又怎么收场?”

刘瑾胜叹了口气,说道:“我也在害怕这事呢!”

宋长信听了,把面前的桌子一拍,大声地说道:“他们都得到了好处,凭什么不给钱?谁不给钱,就不给谁家通电,也不给他家地里放水。”

看着宋长信激动的样子,我连忙打断了他的话,说道:“大家都不要急,咱们分头做工作,只要把事情说开了,群众一定会理解的,哪怕一时不理解,时间长了,也会最终理解的。这样吧,我们先分一下工吧,你们先认领一些好做工作的群众,剩下的不好做的,都由我去上门,我一个人包了。”

大家听了我的话,你看看我,我看看你,也只好答应了。

村里要通电的消息传开后,可谓一石激起千层浪,整个村子都沉浸在无比的兴奋和企盼中。各个村干部根据各自的分工,都忙着到各家筹集资金去了。而我,却要先考虑村里翻水站资金的问题。只是,我刚刚把村里要卖树的事情说出来,我家门口就热闹了起来。

一天晚上,我在家里正要吃晚饭,一名中年男子骑着一辆“凤凰牌”自行车找上了门,车龙头上还挂着一个褪了毛的猪头。

“陆书记啊,吃过饭了吗?”来人手里拎着猪头进了门,热情地打着招呼。

我连忙拦住他说道:“等等,等等。”

“咋了,陆书记?”来人愣在原地,一脸的困惑。

我赶紧用手指了指他手上的猪头,解释道:“你把这个拿开,我怕这个。”

“噢,你怕这个?也对,这个有点太吓人了。”来人恍然大悟,笑着把猪头放到了屋外的一条板凳上。

我连连摇头,说道:“不是那儿,不是那儿。”

“那放在哪儿?”来人不解地问道。

我没有说话,只是笑着用手指了指他那辆“凤凰牌”自行车。

“噢,行、行、行,我把它挂到脚踏车上。”来人笑眯眯地将拎着的猪头又挂了回去,却又突然像触电般停住了手,有点尴尬地把猪头又提了回来,放在了堂屋的饭桌上,“书记啊,你这是什么意思啊?不就是一个猪头嘛,又不是什么值钱的东西,值得这样不给面子的吗?”

我微笑着说道："有什么话，等你把猪头挂到脚踏车上再说，要不我们就没办法说话了。"

"好、好、好，我听你的。"来人讪讪地只得把猪头重又挂回了他的自行车上，回到了屋里找了一只板凳坐了下来。

我问他："你找我有什么事吗？"

"陆书记啊，看得出你是个直性子，我有话就直说了。"来人说道，"听说你们村里要有一片林子的树要卖，不知道是不是真的？要是真的卖，能不能卖给我啊？"

我笑道："卖给谁不是卖啊？只要价钱合理，卖给谁都是一样的。"

"那好，那好，陆书记果然是个直爽的人，好处事，痛快。"来人伸出大拇指，夸道，"不过，就是价钱上能不能优惠点，毕竟我们都是不远的人，天天抬头不见低头见的。"

我说道："价钱上肯定不能我一个人说了算，得按照市场行情来，不能低于行情。到底要卖多少钱，得干部开一个会，大家集体定一下，不能我一个人做主。"

"那是，那是，肯定不能让陆书记为难。在陆书记不为难的情况下，尽可能地照顾照顾。"来人满脸堆笑着说道。

我说道："你等通知吧！"

"好，好，好，那我先走了，我改天再来。"来人说完，就站了起来，来到屋外推上自行车就走。临走时，还不忘把猪头悄悄地拿了下来，挂到了一旁的柴草上。

我看见了，大声地制止道："这是干什么？我不是说过了吗，我看不得这些东西，赶紧拿走，要不我就把它送到村里去了，就说是你送的。"

来人听了我的话，只得又把猪头拾了起来，挂到了车龙头上，骑上车子悻悻地走了。

第二天上午，周金成一个多年没有来往的表哥来了，见到周金成，又是握手，又是拥抱，亲热得不得了。中午吃饭的时候，表哥开口说道："那个弟妹啊，表哥是个粗人，讲话也不会拐弯抹角的，就是一个直大炮，喜欢'巷口扛木头，直来直去'，哪句话说错了，你就只当我没说。"

周金成听了表哥的话，笑着说道："都是自家人，说话还卖什么关子，有话就直说呗。"

表哥看了我一眼，问道："弟妹啊，你看呢？"

我笑道:“你要是把自己当外人,你就不说也罢。”

表哥听我这么一说,赶紧说道:“得、得、得,我还是说清楚的好,反正弟妹又不是外人,能不帮着家里人吗?”

周金成在一旁听了,有点着急道:“表哥你以前不是这样的啊,现在怎么说起话来这么费劲呢?有话你就说呗,真急人。”

表哥说道:“是这样的,我听说你们村里要卖一批树木,正好呢,我有几个朋友是做木材生意的,我可以帮你们引荐一下,以后也好有个照应。如果生意做成了,你们的收入也能提高一些,最起码也能把住的地方改善一下……”表哥一边说着,一边拿眼瞅着我家的土墙茅草房子,脸上流露出一种轻蔑的神情。

我把筷子往桌子上一丢,板着面孔问道:“你是什么意思?是想让我们拿着村里的资产和你做交易吗?”

表哥看我生气了,忙说道:“是集体的东西,能揩点油水不揩又何必呢?再说了,等你不当这个书记时,你想捞好处都还没这个机会呢!老话不是常说嘛,叫作‘有权不用过期作废’。弟妹,我也是为你们好,过了这个村就没有这个店了。”

我站了起来,指着门外说道:“你如果真的是这么想的,门在那里,那就请你走吧,以后也不要再登这个门了。”

周金成看我真的生气了,赶紧抱怨他的表哥说道:“表哥啊,你也真是的,好久不来,一来就说这些让人不开心的话,何必呢?来、来、来,我们吃饭,谁也不许再说这些不愉快的话题了。”

周金成的表哥气得脸上青一块、紫一块的,他也把筷子往桌子上一丢,站了起来,气呼呼地说道:“不吃了,气都气饱了。你们两口子没有一个透气的,连人情世故都不懂,你们就是这样招待自家表哥的?就是这样和表哥说话的?不吃了,你们家今天就是弄龙肉饭,我也吃不下去了。真是气死人了,走了,以后再也不来了。”说完,头也不回地走了。

周金成跟在后面喊道:“表哥,以后常来啊!”

周金成的表哥远远地回了一句:“你们家门槛高,咱们是小老百姓,高攀不起。”

看着表哥渐行渐远的背影,周金成跌坐在板凳上,抱怨我道:“你呀,就是这种嘛头疯脾气,有话不能好好说吗?以后把人都得罪光了,最后成了人不沾鬼不靠的了,看以后谁还搭理你?”

我笑道："像这样专门引你走歪路的亲戚，以后不来往了也罢了。"

周金成听了，也只好长叹一声罢了。

下午，公社一位干部来村里检查工作，我陪他到准备修建翻水站的地方去看了看。这位干部十分热心，不停地问这问那，最后说道："小陆啊，你还年轻，以后的前途大着呢，以后有用得着我的地方，你尽管开口。"

我听了，十分感动，说道："谢谢领导，今后要请教的地方肯定多着呢，您要多多帮助我啊！"

这位干部笑着说道："这个自然，这个自然。你们这个翻水站的费用是怎么解决的？"

我告诉他，主要是准备卖村里的树木来筹措资金的。

这位干部听了，频频点头道："这个法子不错。那你们准备卖给谁的？"

"还没有想好呢！"我实话实说。

"现在的骗子多呀，你要格外当心啊，不要什么人的话都听，要有自己的主张。这种事情，里面的水深得很呢，一定要找一个懂行的人才行啊！我呢，正好有熟悉这方面的人，改天我给你们介绍认识认识，多一个朋友多一条路嘛！"这位干部热心地说道。

"好的，好的，谢谢领导的关心。有空让您的朋友来给我们村干部上一课，我们正缺少这方面的知识呢！"我小心地回答道。

"村干部？给他们讲？"这位干部不解地问道。

"是呀，我们村遇到集体的事情，都是集体共同决策的，所以，有必要提高他们的决策水平。您看，您的那位朋友什么时候有空能来给我们上课？"我真诚地邀请道。

"这个，这个，那还是先等等吧，他们也忙。好吧，那就先这样吧，我先走了。再见。"这位干部不想继续交谈下去了，赶紧终止了谈话，走了。

陪伴了领导半天，我也觉得累了，就想着回家休息一会。刚走到家门口，就看到妇女主任时翠花气急败坏地撵了过来，一见到我满脸委屈地跟我诉苦道："书记啊，这日子没法过了，干脆离婚算了，我怎么摊上这么一个倒头鬼啊，天天气就能把人气死了。书记啊，这次，你一定要帮我出头啊！"

我听了，一头雾水，只得把她让到了家里，倒了一杯水，让她坐下来慢慢讲。

“你们两口子，整天把锅吊起来打，叮叮当当的，像什么话呀？你现在好歹也是一名村干部了，要注意影响啊，不能老像以前一样了。”我开口就批评时翠花。

老妇女主任罗素珍辞职后，就推荐我做了村妇女主任。我做了村党支部书记后，就推荐时翠花做了妇女主任。甭看时翠花个头不大，做事却很有自己的原则，又细心，让人十分放心。唯一的不足，就是她的丈夫，那个木匠刘大强不是省油的灯，做什么事都要拖后腿，尤其不喜欢时翠花在外出头露面，生怕自己的老婆会被别人拐去了似的，特别小心眼。

“书记，你不知道，我回家一说要通电的事情，刚开始，那个死和尚也挺开心的，后来一听说各家的费用要各家承担，马上就跟我尥蹶子了，说什么也不肯掏钱。你看别的人家都愿意掏钱，就是我们家的不肯掏钱，我孬好也是一个干部呢，这传出去不是丢死人了吗？书记，你一定要帮我去收拾收拾他，给他一点颜色看看，不然都不知道马王爷长了几只眼了？现在，他连你的话都不听了，屙屎把胆屙出来了。”时翠花怂恿道。

我明知道这是时翠花的激将法，但还是忍不住要去刹刹刘大强的威风，否则，时翠花在家里就更没有地位了。我猛然站了起来，一把拉住时翠花的手，大声地说道：“走，看看你们家那位死和尚到底想干什么？”

我拉着时翠花的手，一路向着她的家里走去。一路上，跟着好几个爱看热闹的女人和孩子，她们都欢天喜地地跟着我们，一群人就这么浩浩荡荡地开拔了过去。有好事的孩子腿跑得快，早早地就跑去给刘大强报信去了。那时的刘大强正在院子里做着木工活，一听说我带着一群人向着他家杀奔而来，吓得他第一反应就是快速地把院门从里面关了起来。

我们一群人来到刘大强家门口，我拍着院子的大门，大声地喊道：“刘大强，我知道你在家，赶紧把门开开，我有话问你，快一点开门。”

刘大强在院子里瓮气地说道：“开门，我凭什么？噢，我把门开了，好让你们进来把我揍一顿？你当我傻呀？不开，就是不开。”

“刘大强，你要是不开门，我就把你媳妇带走了，让你永远见不到她了。”我吓唬他道。

刘大强在院子里喊道："你带走吧，那个老娘们，我看着早就烦了。她走了更好，我落得省心，你带走吧！"

时翠花在外面听见了，气得跳脚骂道："你个绝和尚的，没安好心，原来你早就想好了点子把我踹了，你太没良心了。你也不想想，你那年找不到媳妇的时候，怎么不嫌弃我了呀？是谁整天没事找事跑俺们村头等我的呀？是谁把他新婚嫂子的胭脂粉偷偷拿给我的呀……"

时翠花在外面这么一骂，外面看热闹的姑娘、小媳妇们一个个乐得"哈哈"大笑起来。时翠花还要继续骂时，院子的大门一下子打开了。刘大强站在门口，冲着自己的媳妇吼道："好了，好了，甭说了，你不嫌丢人，我还嫌丢人呢！"

时翠花对着刘大强啐了一口，说道："你还知道丢人？我告诉你，你以后要是把我惹急了，我把什么话都说出来，让你更没脸没皮了。"

刘大强一听，忙说道："甭说了，甭说了，以后听你的还不行吗？"

时翠花刚要开口，我把话接了过来，对着刘大强说道："听说给家里装电灯你不给钱，有没有这回事情？"

刘大强说道："不是我不想安电灯，实在是家里没有这么多钱啊！再说了，咱家里这盏煤油灯还是祖上传下来的呢，祖祖辈辈用了多少年，不也这么过来了吗？如果没有电灯，还省钱呢！是不是呀，书记？"

我叹了一口气，说道："刘大强啊，刘大强，你才多大一点年纪啊，思想怎么就像生了锈呢？以前是什么条件，现在又是什么条件？现在城里都用上了电，照明用电，做饭用电，看电视用电，磨面用电，就是你做木工也是用电了。如果你还抱着老观念，那以后你还怎么跟得上时代发展呢？"

刘大强犟道："时代不时代，关我什么事？我只要一天吃饱三顿饭，其他事都和我无关。"

我对刘大强说道："今天你把话都说出来了，你不要后悔啊！下次，等你来求我通电的时候，看你有什么脸来说？"

刘大强说道："书记唉，你放心，我就是天天点煤油灯，把眼都熏瞎的了，我都不会去求你的。"

我对看热闹的人说道："咱们大家今天都做个证啊，今天他刘大强说了，以后绝不会求我给他家通电的，你们都听到了吧？"

在场的姑娘、小媳妇们一起起哄道："听到了，书记。"

我对刘大强说道："好了，今天话就说到这里了，以后我不会再来找你了。我走了。不过，临走时我再提醒你一句话，到你上门来找我通电时，价格就得比现在要翻两倍了，不然，你家就永远甭指望通上电了。好了，我走了。"我说完，拔腿就走了。

时翠花在后面哭着骂刘大强道："你个绝括子的，这日子没法过了，明天就跟你去公社离婚，不跟你过了。"一边骂着，一边跟在我身后就走。

眼看着我和时翠花走了，刘大强有点慌了神，在后面冲着我喊道："唉，书记啊，你不要着急走啊，我刚才又不是说真的，明天把钱交了还不行吗？"

我停住了脚步，转身对着刘大强斩钉截铁地说道："不行，要交就现在交，明天交我不要。"

旁边的一位大嫂笑着劝刘大强道："你又不是没钱的，做事怎么像女人一样？明天交和现在交有什么区别？陆书记也是一心为我们好的，再这样刁难下去，良心真的被狗吃了。"

刘大强听了，只得硬着头皮来到我跟前，从口袋里把钱掏出来递到我面前，没好气地说道："给你，算你狠。"

我对着时翠花一指，说道："把钱交给你媳妇吧！"

刘大强无奈，只好把钱递给时翠花，讨好地说道："翠花，这里还多出两块钱，就给你买衣服穿吧！"

时翠花一把把钱从刘大强的手里夺了过来，口里骂道："死和尚，两块钱就够了，你打发要饭的，再给五块，快点。"

刘大强涨红着脸，只好又从自己的口袋里抠出了一张五块钱的票子，交给了时翠花。

众人一阵哄笑。刘大强也跟着尴尬地笑了起来。

经过短短几天的时间，村民的通电经费已经筹措得差不多了，几户实在困难的家庭就暂时没有收起来，等到以后再说。村里的几片集体树林也在村民的共同参与下顺利卖出，价格比正常的市场价还要高出一些，用买树的商人朱延兆的话来说，"我是做买卖的，赚钱是我的本性，但绝不是我生活的全部。这次买卖我是吃了点亏，但我跟陆大姐相比，这个实在算不了什么，能为刘老庄做点什么，一直是我从小就希望的事情。

今后，如果陆大姐遇到了什么难处，我还会毫不犹豫地支持的”。但是，即便如此，资金缺口还没有完全解决。县供电局的领导听说了我们村的困难后，当即表态，不足的部分和村里几户困难人家的费用通通由局里来承担。

架设通电线路的那一天，村里的男女老少人人上阵，都跑来帮忙。男人们用板车拖运电线杆子，妇人和老人就在旁边卖力地推车，那个热闹的场景，就像是过年看演出一样。

经过一个多星期的紧张施工，一排排电线杆子顺利通到了村子里，接入户下的线路也全都完成了，接下来就是正式通电了。那天傍晚，村民们自发地集中在村里年龄最大的赵奶奶家里，参加刘老庄村的通电仪式。

赵奶奶到底有多大了，没有人能说得清楚。听老一辈人说，自从她的那个儿子在刘老庄的那场遭遇战中被日本兵打死后，她的精神就不太正常了，也没有人能说清楚她到底什么年纪了。她一个人住在那间土坯房的老屋里面，靠着远房侄子一家每天一日三餐将饭做好了递过来。赵奶奶从来不主动去向侄子要饭吃，给一顿就吃一顿，如果饭没有按时送来，她也从来不发脾气。不过，也幸亏了侄子一家的精心照顾，才让赵奶奶得以苟延残喘到现在。赵奶奶平时也没有什么爱好，每天最多的活动无非两样，要么歪在床上，两眼空洞地望着黑乎乎的墙壁发呆，要么坐在院子门口的一张破旧的木头椅子上看着门前的土路发傻。她那张干瘪的犹如松树皮般的嘴巴里总是在念叨着什么，只是从来没有人能听得懂她在说些什么。直到有一天她的侄子的新婚儿媳妇第一次给她送饭，才破解了赵奶奶口中经常念起的密码。原来她一直在念叨着一个人的名字，这个人的名字叫作“陆凡”，原来她一直在念叨着我哥的名字。她就这样，不分白天黑夜地念叨着，也没有人能说清楚她念叨了多少年了。

正因为赵奶奶在村子里年龄最大，为了表示对她的尊重，所以大伙一合计，就把村子里的通电仪式放在了她的家里。那天傍晚，在她家不大的院子里，挤满了前来参加通电仪式的村民。公社书记也兴致勃勃地来到了现场，他把一只白色开关按钮交到了坐在椅子里的赵奶奶手中，对着她大声地说道：“赵奶奶，您家里现在通上电灯了，您把手里的这个按钮按一下，您家的电灯就亮了。”

赵奶奶一脸木然地望着公社书记，上下嘴唇不停地抖动着，在场的乡邻都知道这是赵奶奶在念叨着陆凡三哥呢！但公社书记却不知道，还以为她想跟他说些什么呢，便低下头把耳朵凑到了赵奶奶的嘴巴跟前，大声地问道："赵奶奶，您在说什么？我听不清楚，能不能大声点啊？"

众人听了，都忍不住"哈哈"大笑了起来。

公社书记不明就里，直起腰来问我："小凡啊，大家都在笑什么呢？是不是我说错什么话了？"

我赶紧跟公社书记解释道："没有，没有，绝对没有，是这个情况……"我就把赵奶奶的事情向书记简单地汇报了一下。

公社书记听了，不禁激动起来，他的眼睛眨着泪光对着现场的群众说道："乡亲们啊，我们的这位赵奶奶是经历过刘老庄那些血雨腥风的岁月的，如今，赵奶奶已经老了，老了，已经记不起自己的年龄了，记不起自己的家人了，但她还记得曾经给过她粮食的新四军战士，还能记得新四军的连长。你们知道这是为什么吗？这是因为，我们共产党人时刻把老百姓放在心上，老百姓才会时刻把我们放在心上，这就是我们共产党人能得到人们真心拥护的唯一法宝。现在，就让我们和赵奶奶一起点亮刘老庄的这第一盏电灯吧！"

"好。"

众人一齐伸出手来，握住了赵奶奶拿着电灯开关按钮的手。

"五、四、三、二、一，开始！"

在众人倒计时的呐喊声中，赵奶奶手中的那个按钮被无数只手一齐用力按了下去。

"啪"的一声轻微的声响，赵奶奶家堂屋门口的那盏电灯泡魔幻般神奇地亮了起来，发出了耀眼的光亮，一下子把已经擦黑的小院子照得亮堂堂的，宛如白昼一样。众人见了，都禁不住一起欢呼了起来。

接着，刘老庄的夜晚，一家家的电灯全都亮了起来。远远望去，就像是天上闪烁的星星一般美丽。

今夜的刘老庄，将是一个不眠之夜……

二十七

四连顺利完成保卫淮海机关总部的任务，回到刘老庄后，第一时间就派人把地主钱井用夫妻俩抓到了连部。

“为什么抓我们？新四军不能不讲道理？”钱井用咆哮着责问连长陆凡。

“姓钱的，昨天晚上，你老婆到街上的裁缝店干什么去了？”陆凡看着装出一脸无辜样子的钱井用，冷笑了一声，问道。

“裁缝店，什么裁缝店？你说什么，我听不懂。”钱井用摇着头说道。

“看来你是不见棺材不掉泪啊？好，那就让你见一个人，也好让你死了心。”陆凡笑了笑，说道，“来人，把那个裁缝带过来。”

通讯员李建答应着走了。不一会儿，他押着一中年男人走了进来。这个人身上系着围裙，头顶严重秃发，一双小眼睛像绿豆似的眨巴着，看上去十分猥琐。

“你叫什么名字？”陆凡问来人。

“我，我，我叫钱井有，长官。”裁缝恭恭敬敬地回答。

“好，钱井有，你把那天晚上的情况再如实说一遍，记住，不许说一句假话，否则，将严惩不贷。”陆凡严厉地说道。

"是，是，是，我一定如实说。"钱井有舔了舔嘴唇，咽了一下口水，说道，"那天，是嫂子，噢，就是钱井用的老婆找到了我，说是你们要去打凌桥据点，让我把情报立即传递给我那个侄子，就是钱井用的儿子。他在省主席的手下当差，通过他把情报送给省主席。那天晚上，就是这么一个情况。你们刚把我抓进来时，我就交代清楚了，你们千万要放我一马啊，我家里还有 80 岁的老母呢，你们饶了我这一回吧，我下次再也不敢了。"

一旁的钱井用瞪着大眼，对着钱井有骂道："你这个混账东西，你的良心都被狗吃了，我们家从来没有亏待过你，从小到大我都让着你，惯着你，没想到你是这样一种人，忘恩负义的狗东西，不得好死。"

李建端起步枪，对准钱井用喝道："你住嘴，再乱说话就毙了你。"

钱井用的老婆见了，吓得尖叫一声，直往钱井用的怀里钻。钱井用看到这架势，才闭了嘴，不敢再吱声了。

"你是怎么把情报传递给钱井用的儿子的？"陆凡问道。

"这个，这个，你们不是都知道了吗？"钱井有嗫嚅着小声说道。

原来，那天下午，陆凡他们离开钱井用家后，钱井用的老婆一出村子去报信，就被村口的民兵盯上了。民兵一路跟踪到了街上的裁缝店。等到钱井用的老婆离开裁缝店之后，民兵就带人把裁缝店的钱井有抓了起来。通过突击审讯，钱井有交代了钱井用的老婆传递情报的事情。民兵得到确切消息后，就把这一情况向陆凡作了汇报。陆凡感觉事体重大，又第一时间向团部作了汇报。团部指示陆凡，要让裁缝把情报正常传递出去，不要引起敌人怀疑。陆凡这才又让钱井有把情报传递给了那位省主席派来的情报员。那位省主席得到情报后，大喜过望，认为这是个全歼淮海机关总部的绝好时机，因此，也没有对这个消息的准确性加以验证，就率领着手下现有的队伍趁着夜色前来偷袭淮海机关总部。却不料，新四军虚晃一枪，在古寨街以南设下了口袋阵，将那位省主席的人马一网打尽，那位省主席自己也做了新四军的俘虏。新四军为了团结抗日，才将他放了回去。那位省主席回去后，反共气焰收敛了不少，但仍然没有彻底放弃反共的立场，最后竟然在淮阴西北运河东岸的程道口集结重兵，意欲和新四军一较高下。当然，这是后话，在此不再赘述。

当下，陆凡对钱井用说道："现在，你还有什么好说的吗？"

钱井用像是泄了气的气球，垂头丧气地回答道：“我有罪，我愿意接受人民政府的惩罚。”

陆凡说道：“你的问题，人民政府是会处理的。现在，有一个让你立功赎罪的机会，你是否愿意抓住这个机会？”

钱井用一听，双腿一软，“扑通”一声跪在地上，对着陆凡声泪俱下地说道：“陆连长，我听你的，我什么都听你的，你叫我干什么，我就干什么。”

陆凡说道：“那好，你现在就写一封信给你的儿子，让你的儿子要认清形势，不要跟着顽固派一心和我们共产党斗，要多做对抗日有利的事情。今后，对于那位省主席和顽军的动态，要及时向我们反馈，为我们收集相关的情报。怎么样，能做到吗？”

钱井用连连点头，说道：“要的，要的，这封信我马上就写，马上就写。”

陆凡点头道：“好，希望你说到做到。来人，拿纸和笔来。”

李建拿过纸和毛笔递给了钱井用，警告道：“爬起来吧，好好写，甭耍滑。”

钱井用一边爬起来，一边小心翼翼地回答道：“一定，一定。”

李建催促道：“抓紧写。”

钱井用坐到了桌子边，抓起毛笔一字一句地写了起来。一会儿，写好后，把信呈给了陆凡，问道：“连长，行吗？”

陆凡接过信笺，从头至尾浏览了一遍，然后满意地说道：“还行。这样吧，这封信还是通过你的渠道发出去吧，我们以观后效，看结果。”

钱井用说道：“放心，放心，我儿从小就听我的。他一定会为贵军效力的，我敢担保。”

陆凡说道：“好，就这样，先把他们押下去吧！”

“走吧！”李建端着枪，把钱井用夫妻俩和裁缝等人押了下去。

这时，周小红走了进来，嘟着嘴，把一碗面条放到了陆凡面前的桌子上，一声不吭地掉头就走。

“站住。”陆凡在后面叫道，“你这是怎么了？净拿冷脸给谁看呢？”

周小红站住了，转过身来，冷冷地说道：“我哪敢啊？只有人家拿冷脸给我看，我还能有冷脸给别人看呢？我才是拿热脸碰人冷屁股呢！”

陆凡说道:“你不就是想当兵吗？那得有你哥批准了才行。”

周小红听了,脸上终于露出了笑容,半信半疑地问道:“真的假的?”

陆凡说道:“真的。只要你哥同意了,我就批准你入伍。”

周小红兴奋地说道:“好,我现在就去找我哥。”说完,撒腿就往外跑。还没跑几步,又转过了身,跑了回来,对着陆凡说道:“你赶紧把面条吃了吧,趁热吃啊,我还在里面打了一只鸡蛋呢!”

陆凡笑了,说道:“好,我知道了。”说完,拿起筷子,端起碗来,张开嘴吃了起来。

周小红看了,脸庞泛起了一片羞色,抿着嘴悄悄笑了起来,才又兴高采烈地跑去找她的哥哥周明强去了。

没一会工夫,只听得连部外面人声嘈杂,脚步混乱,一群人向着连部奔了过来。陆凡感觉有大事要发生,赶紧向屋外走去想了解情况。刚走到院子里,就看见一排长周大海和几名战士抬着一个人闯了进来。周小红跟在人群里,哭哭啼啼十分伤心。

“大海,什么情况?”陆凡焦急地询问道。

周大海和战士们把手中的担架放到了陆凡的面前,陆凡低下头一看,心头猛地一紧,脸色大变,忙问周大海:“周明强怎么了?”

周明强躺在担架上,高大的身躯上满是血迹,眼睛紧闭,脸色蜡黄,宽厚的嘴唇上十分苍白,连一点血色都没有了。周小红扑在担架旁边,使劲摇晃着周明强的胳膊,拼命地喊着:“哥,哥,哥,你醒醒,你醒醒,你怎么了？你怎么不说话啊？你醒醒啊……”

“卫生员,卫生员。”陆凡站直了身子,对着满满一院子的人群大喊着。

一名女卫生兵从人群中挤了进来,她拿出听筒在周明强的胸口听了一会,然后站了起来,望着陆凡没有说话,只是轻轻地摇了摇头。

“哥啊,哥……”周小红一声撕心裂肺的哭喊声,像六塘河上提升起来的闸门,一下子打开了在场所有人的泪水,人们再也忍不住了,一个个放声痛哭起来,整个院子都沉浸在一片悲恸之中。

周明强是一个地地道道的刘老庄人,父亲是一个识字不多的农民,母亲更是扁担长一字不识。童年的周明强连续两次被土匪劫为人质,家里为了交纳天价赎金,向地主钱井用家借了高利贷,致使家境很快败落了下来，日子一天不如一天了。周明强 13 岁开始念私塾，14 岁上了新庄小学，16 岁考取了五里庄高级小学。高小毕业后，又到了淮阴城里读中学。他在学校里常常接触进步同学，阅读进步刊物，受到了革命思想的影响。中学毕业后回乡参加了渔沟抗日青年训练班学习。不久，苏北抗日同盟成立，他率先参加。中共淮阴党组织成立后，他又加入了党组织，受党组织的委派，到刘老庄地区成立抗日义勇队，任区小队队长。

早上，周明强带着两名区小队队员，骑着自行车到凌桥据点去侦察敌情时，在凌桥附近的大路上，突然遇到凌桥据点 30 多名日军出来进行“扫荡”。周明强一看躲闪不及，只好和其他两名队员拉开距离，一前一后地向前走着。为了避免日军认出自己，他特意把头上戴着的帽子的帽檐拉了下来，遮住了自己的半边脸儿。

日军在一名翻译的带领下，一个个扛着三八大盖，在大路上耀武扬威地行进着。不时地，还有日军看到路边田埂上有老百姓的鸡子在觅食，就端起步枪“砰”的就是一枪，把鸡子打死了。日本兵一看鸡子在地上扑腾了几下死了，就立马得意扬扬地跑下队伍，把鸡子捡了起来，用绳子捆住了脚挂在枪刺上，又跑回了队伍里。其他的日本兵看到他回来了，一个个嘻嘻哈哈地打闹了一番，然后，各人都在寻找目标，不时地他放一枪，你放一枪，不多一会儿，好多日本兵的枪头上都挂上了鸡、鹅、鸭之类的家禽。他们的脸上露出狰狞的笑容，把枪杀中国老百姓的家禽当成了一种乐趣。

有几个日本兵看到田野里有一位农妇在劳作，他们竟然跑下队伍，端着枪就冲了过去。吓得那位农妇连竹篮子和镰刀都不要了，撒腿就往河岸边跑。三个日本兵一看，更是来了兴趣，跟在农妇的后面“叽里呱啦”地乱嚷嚷着，一步步地撵了过来。农妇被逼到了大运河堤上，举目四望，但见滔滔运河水奔流不息，河上甭说一座桥没有，就是连一只船儿都看不见。农妇绝望地看着河面，急得眼泪都流了下来。身后的三个日本兵追到了河堤上，看到农妇已经没有了退路，顿时放松了下来，他们把枪往地上一扔，一边开始解开身上的纽扣，一边淫笑着向农妇围了过来。

农妇十分惊恐，她从地上捡起了一根枯树枝，对准日本兵喊道：“你们想干什么？不许过来，过来我就打死你们。”

三个日本兵看到农妇害怕的样子，反而更加激起了他们的兽性，他们一个个仰头大笑着，慢慢地向农妇靠了过来……

农妇将手里的木棍奋力地砸向一个最近的日本兵，然后猛地转过身来，向着天空凄厉地大喊了一声："孩他爹，替我报仇啊！"喊完，一头栽进了大运河里。

古老的运河水迅速地吞没了她，河面上除了激起一圈小小的浪花后，很快就恢复如常，好像什么都没有发生过一样。

三个日本兵面面相觑，一下子愣在了原地。等到反应过来后，他们迅速往回跑，捡起扔在地上的枪支，跑到大运河口，对着汩汩流淌的河水连开了数枪。看到河面上没有任何反应后，三个日本兵才彻底死了心，怏怏地回到了队伍里面。队伍里等待他们的日本兵看到他们回来后，都咧开嘴嘲讽了起来。

"八嘎呀路，开拔。"领头的日本军官十分不满三个部下的无能，气呼呼地下达了出发的命令。一队日本兵又如狼似虎地上路了。

恰在这时，周明强他们迎头碰上了这队日本兵。

周明强把帽檐拉得低低的，尽量不让自己的脸部露出来。这队日本兵还沉浸在刚才没有祸害到中国农妇的懊恼之中，根本没有留意到周明强几个人的路过。就在周明强他们骑着自行车即将和这支日本兵擦肩而过时，那位带路的翻译突然看向了周明强，把他叫住了。

"你的，站住。"翻译对着周明强命令道。

周明强心里"咯噔"一声，心中暗叫不好，停下了自行车，右手不由自主地想向腰间摸去。后面两位不远处跟着的队员，也只得把自行车停了下来，用脚支着车子等待着。此时，他们是上前不是，退后也不是，非常窘迫。

周明强慢慢地侧过身来，拿下帽子，对着翻译官问道："你是在叫我吗？"

翻译官眼睨着周明强，嘴角往上翘着，轻蔑地说道："不是叫你，还是叫谁？我怎么看你好眼熟啊，好像我们在哪见过。说，你是干什么的，叫什么名字？"

周明强镇定地回答道："我是五里人，是做木材生意的，今天来凌桥要账的。怎么，不能来吗？"

翻译官眼珠子一翻，说道："我又没说你不能来。不过，你到凌桥哪家要账的？我可是正宗的凌桥人，在整个凌桥没有我不认识的，你要是敢瞎嚼蛆，小心我让你脑袋搬家。听明白了吗？说，老实说，你到底是干什么的？”

周明强平静地说道：“我到凌桥豆瓣集村龚老二家的，他家是搞木材生意的，你能不认识他吗？”

翻译官问道：“你说的是那个祖上搞煤炭的龚老二吗？”

周明强回答道：“是呀，你也认识他？正好，有空我们一起喝两杯。怎么样？”

翻译官听了，脸色缓和了不少，说道：“不认识，不过，听说过这个人。以后有机会吧。好，你走吧！”

周明强抱了抱拳头，说道：“好，改天再聊。”说完，跨上自行车就走。

日本兵也列队要走。

“他是周明强，快抓住他，他是共产党的抗日分子。”正要上路的翻译官猛地回过头来，指着周明强对着日本兵大声喊了起来。

周明强大吃一惊，趁着日本兵还没有反应过来，从自行车上迅速跳了下来，几乎是在落地的同时，他腰间的手枪已经被拔在了手上，随着“砰”的一声枪响，翻译官眉心中弹，仰面倒在了地上，不动弹了。日本兵听到枪声，队形一下子乱了套，一个个呆若木鸡，不知道如何是好了。就在日本兵还没有反应过来之际，周明强已经蹿下大路，钻进了路边的林子里了。后面的两名队员看到这种情景，也是第一时间拔出手枪，对着日本兵的队伍一阵乱射，几名日本兵中弹倒地。紧接着，两人跟在周明强的后面，也跑进了树林里。

短短的几分钟后，日本兵反应了过来，他们在那名日军军官的指挥下，发疯似的向着树林追了过来，双方在树林里开始了一场混战。周明强看到日军人多势众，树林里不宜久留，便指挥着大家向着附近最近的一个庄子冲了过去。这个庄子紧靠运河大堤，是个只有十来户人家的小村子，地势开阔，没有什么障碍物可以利用，唯一的可能就是借助于那些民房进行抵抗。三个人冲进了第一户人家的院子，立即关上院门，并用木棍从里面把院门顶了起来，然后一齐撤到堂屋里，把门闩了起来，从两个窗户口向外观察着，随时准备消灭敢于闯进院子的日本兵。

日本兵在军官的带领下，冲到了村头，他们把村头第一家院子牢牢围了起来，却又不敢贸然发动攻击。没有办法，日本兵便集中手榴弹向着院子里扔了过来。“轰隆隆、轰隆隆……”一阵阵爆炸声中，院子里升起了一团团黑色的烟柱。

等到院子里的黑烟消散后，日军军官指挥着日本兵从围墙上面翻进院子。一个日本兵大着胆子在围墙上刚一伸出头，就被一颗子弹打中了脑袋，从围墙上栽了下来，倒在地上死了。又有两个日本兵从东西两个方向爬上了围墙，同样，也是被从堂屋窗户里射出的子弹打了下来，死了。其他的日本兵见此情况，吓得不敢再爬墙头了，便远远地把院子围了起来，等待着院子里的周明强他们弹尽粮绝时再攻进去。

“队长，这里有人。”一名队员悄悄地向周明强报告道。

周明强一看，原来是在墙角里蜷缩着瑟瑟发抖的一男一女。两人年龄都在50岁左右，躲在墙角一句话也不敢说，只是睁着惊恐的大眼睛望着周明强他们。

“老乡，你们不要害怕，我们是共产党的队伍，专门打小鬼子的。你们出来吧！”周明强对着两人和颜悦色地说道。

听了周明强的话，一男一女才慢慢地从墙角钻了出来。原来，两人是这家的夫妻俩，上午在家做着家务时，听到外面传来了枪声，因怕危险，就躲在了屋子里没敢出来。后来，周明强三人躲进了他们家里，因不知道他们是什么人，所以也一直没敢站出来，也始终没敢说话。听说周明强三人是共产党领导的队伍，夫妻俩才敢走了出来。

“老乡，这个村子叫什么名字？街道上有多少日本兵啊？”

大爷回答道：“这个村子叫双闸村，紧靠着大运河。过了这个河，对面就是杨庄街了。凌桥街上听说来了不少日本鬼子，那天来的时候，足足有四辆大卡车，他们一个个都扛着三八大盖，还有几门小钢炮呢！你们是不是要打凌桥街了？唉，就盼着你们来了，这些天杀的小鬼子不知祸害了多少家的姑娘，真是作孽啊……”

周明强又详细地询问了街道上日本兵的兵力部署情况，最后找来了一块白布，将凌桥街的日军兵力部署画了下来，最后小心地将白布叠好，藏在了自己的贴身口袋里。

“老乡，等到日军打进来的时候，你们要尽量躲得远远的，不要伤到了你们。”周明强对着夫妻俩说道。

大爷说道："你说的啥话？你们为了打鬼子连命都不要了，我们都这么一把年轻了，还怕什么？大不了，一同拼了，也不能让小鬼子小看了咱们中国人。"大爷说完，就从家里找来了一把镰刀交给了大妈，自己则拿了一把斧头。

周明强正要说什么，突然，院子的大门被强行打开了，五六个日本兵从院门冲了进来，周明强他们立即开火，打倒了两个，其余的日本兵吓得立即退出了院子，趴在院子外面向着院子里射击。这个时候，几个日本兵悄悄地从东西两个方向翻进了院子，摸到了门口，闯进了屋子里。周明强来不及开火，抓住最前面的一个日本兵就厮打了起来。其他的两名队员也和随后闯进来的日本兵扭打在了一起。周明强在扭打中，抽出日本兵腰间的匕首，直接给他抹了脖子，又将刀子刺入了另一个日本兵的后背。大爷、大妈抄起手里的镰刀和斧头，对着另外的日本兵就是一番猛砸……终于，闯进了屋子里的几个日本兵都被一一干掉了。

趁着这个空儿，院子外面的日本兵一窝蜂似的冲进了院子里。周明强带着众人冲到了院子里，大爷把周明强用力一推，大喊一声："快翻墙走，走啊！"说完，就举起手中的斧头向着日本兵迎着冲了上去，砍翻了一个日本兵。

大爷还要再砍其他日本兵时，后面两个日本兵把刺刀捅进了大爷的胸口，大爷的嘴角渗出了一缕鲜血，身体一下子瘫软了下来，手里的斧头也滑落在地，发出了"哐当"一声响。大妈一看，挥动着手里的镰刀，哭喊着向日本兵冲了过来。两个日本兵将刺刀从大爷的身体里抽了出来，像狼一样地嗥叫着，将带血的刺刀又扎进了大妈的胸口，鲜血从大妈的胸口迸涌了出来，大妈倒在了地上。就在日本兵的刺刀刺向大妈的时候，大爷佝偻的身躯才轰然倒下，至死，都怒目圆睁。大妈倒地后，看到了倒在地上大爷的尸体时，拼尽了最后一点力气，挣扎着爬到大爷的身边，倒在了大爷的手臂里，闭上了眼睛。地上，留下了一条殷红的血痕。日本兵还不解气，冲上去对着大爷、大妈的尸体又是一通乱捅，直到两人尸身都血肉模糊了，才罢了手。

就在大爷、大妈舍身和日本兵殊死搏斗时，周明强和两名队员也冲入敌群和日本兵肉搏了起来。搏斗中，一名队员被日本兵刺中了胳膊，他大喊着："队长，你们快走。"然后，将一个日本兵紧紧地抱住不放，摸索着拉下了日本兵腰间手雷的拉环。“轰”的一声响，手雷爆炸了，那名队员和日本兵同归于尽了。剩下的那名队员拼死挡在日本兵的面前，掩护着周明强突围。他大喊着：“队长，走啊，走啊！”

周明强抡起手中抢过来的一把三八大盖，扎死了一名鬼子后，一个翻身，跃上了围墙的墙头。一个日本兵见了，举枪就打。那名队员一见，将手中的三八大盖抡圆了，像标枪一样猛地掷了出去，正中日本兵的胸口，日本兵号叫了一声，倒在了地上，身体抽搐了几下，死了。其他的日本兵见了，举枪对着那名队员一阵乱射，将他的身体打成了筛子，他的身躯紧紧靠在围墙上，慢慢地倒下了。身后的围墙上，留下了一片鲜血。

墙头上的周明强带着一身血迹，含泪飘然落下，钻进了围墙外面的庄稼地里，消失不见了……

院子里剩下的日本兵急忙追到了院子外面，对着一望无垠的棒子地，只能望而兴叹，打了一阵乱枪了事。临走的时候，还不忘将这里十几户人家的房子全部一把火烧了。将抓到的二十多位男女老幼集中到运河大堤上，架起了机枪，将其全部杀害了。更为让人发指的是，日本兵竟然将几名儿童的心肝挖了出来，带回凌桥据点当作下酒菜，炒熟了吃了。日本人的凶残，由此可见一斑。

周明强从棒子地里逃脱后，躲在了运河里，一直等到日本兵走了，他才从河里爬上了岸，找到了一只小渔船，乘船到了杨庄街，找到了党的地下交通站。交通站的负责人将他秘密地送回了刘老庄，在路上，周明强因伤势过重而牺牲。

交通站负责人见到连长陆凡后，将周明强他们在凌桥战斗的经过一一作了汇报，并将周明强画在一块白布上的凌桥街日军布防图交给了陆凡。陆凡展开那张血迹斑斑的布块时，泪水夺眶而出，他把布块交给通讯员李建，吩咐道：“这是周队长他们用生命和鲜血换来的，快把它交到营部去。快，一定要快。”

李建接过布块，慎重地叠好，放进了自己的贴胸口袋里，对着陆凡说道：“连长，你放心吧，我现在就去。”说完，骑上马，向着营部的方向疾驰而去。

陆凡扶起悲痛欲绝的周小红，安慰道：“小红，你放心，我们一定会宰了凌桥那帮鬼子，给你哥报仇。”

周小红哽咽着说道："哥哥走了，以后再也没有人替我做主了，我也入不了伍了，不能亲手为哥哥报仇了。"

陆凡听了，心中顿时升起一股怜悯之情，他对周小红说道："明强哥哥不在了，以后我就是你的哥哥了，有什么事情，我会为你做主的，你放心好了。"

"那我入伍的事情，你会答应吗？"周小红问道。

"好，我答应你。"陆凡同意了。

"那你们打凌桥的时候，一定要带上我啊！"周小红说道。

"行，你放心吧！"陆凡说道。

安葬完周明强后，陆凡亲自带着周大海等人潜进了凌桥街，对周明强提供的情报进行了确认，并对新增加的几个火力点进行了标注。陆凡从凌桥回来后，及时地将情况向营部作了汇报。

"营长，什么时候打凌桥啊！同志们都等得不耐烦了？"陆凡问新任营长张瀚。

二营长白恩铭牺牲后，原来的副营长张瀚就接替了营长的位置。张瀚身材瘦弱，个头不高，总是给人一种病怏怏的样子，却十分精明，尤其是他那一双并不大的小眼睛，任何时候都是神采奕奕，给人一种温暖的感觉。

"怎么，等不及了？"张瀚营长问道。

"是啊，同志们都想着早日为周明强队长报仇呢，大家心里憋屈得慌啊！"陆凡说道。

"上一次周明强他们去侦察，已经引起了日军的警惕，他们明显增加了兵力。所以，我们要做万全的准备。这次拔除凌桥据点，一定要集中优势兵力，确保一次成功。"张瀚营长分析道。

"营长，凌桥我已经去过了，对那里的情况熟，开打的时候，让我们四连担任主攻吧！"陆凡请求道。

"好，好钢用在刀刃上。到时，让你们四连担任主攻。"张瀚营长说道。

"营长请放心，我们四连绝不会给二营丢脸的。"陆凡坚决地说道。

"好，等着你们胜利的消息。"张瀚营长高兴地说道。

二十八

现实中，一种新的生活方式的改变，往往是突如其来的，并不需要多长的时间。就好像在一个盛满了水的容器里，滴入少许高锰酸钾溶液，整个容器里的水立马就会变成深红色一样，快得让你还没有反应过来，整个世界都已经变了模样了。

刘老庄村自从通上电以后，人们的生活、生产以肉眼可见的方式，发生前所未有的变化。

我刚到刘老庄的时候，一到夜晚，庄子里家家户户点的都是煤油灯。豆大的灯光，将屋子里的人影投放到墙面上、屋顶上，黑黝黝的、庞大的影子像是阿拉伯神话里的魔鬼在屋子里移动着，那种压迫感和局促感是如此强烈。家里的孩子们围着小小的煤油灯，趴在桌子上做着功课，一不小心，额前的头发就会被火苗点着了，发出了“嗞嗞嗞”的声音，一股难闻的焦煳味就会弥漫在小小的空间里。

现在，家里的电灯取代了煤油灯，一到了晚上，开关只需要那么轻轻地一拉，“咔嚓”一声，电灯泡就亮了起来，那明亮的光线将房间里的角角落落都照遍了，连房间都变得宽敞了起来，温暖了起来。孩子们为了享受电灯带来的学习的快乐，吃完晚饭，早早地就捧起了书本，认真地阅读了起来，好像生怕不知什么时候灯泡会像煤油灯那样燃尽了油熄灭了似的。

一些生活条件稍好的家庭，欢天喜地地从淮阴城里买回来了一台电视机。我记得第一家买的那台电视机，是14英寸的“飞跃牌”黑白电视机。这台电视机成了全村人眼中的宠儿，晚上，这家人还没有吃过晚饭，邻居们就像是有人招呼过了似的，一个接着一个来到了他的家里，有的人手里还从自己家里带来了一只小板凳。这家人也不吝惜，大方地把电视机从屋里小心地搬了出来，放在院子里的正方形八仙桌子上。八仙桌子前面，早已被各种小板凳和长条凳子占满了。

电视开关一开，电视画面上出现了霍元甲大战日本武士的形象时，院子里虽然满满都是人，却没有一丁点的杂音，大家都聚精会神地投入到了电视剧的情节中了。人越来越多，院子里已经挤不下了，后来的人就干脆爬到了墙头上，骑在围墙上看电视。还有更绝的，竟然直接爬上了院子外面的树木上，骑在树杈上往院子里看，即使看不清画面，就是听到里面的歌曲也是一种享受。那个时候，村子里无论大人小孩，唱得最多的就是：

昏睡百年国人渐已醒
睁开眼吧小心看吧
哪个愿臣虏自认
因为畏缩与忍让
人家骄气日盛
开口叫吧高声叫吧
这里是全国皆兵
历来强盗要侵入
最终必送命
万里长城永不倒
千里黄河水滔滔
江山秀丽叠彩峰岭
看我国家哪像染病
冲开血路挥手上吧
要致力国家中兴
岂让国土再遭践踏
个个负起使命
……

也不知是从哪一家开始的，“燕舞牌”录音机走入了村民的日常生活，“燕舞，燕舞，一曲歌来一片情”的歌词，又时常地挂在了村里孩子们的嘴上了。

而最深层次的变化，是农业种植结构的变化。长久以来，刘老庄的产业模式是单一的小麦和棒子，亩产不高，品质退化，群众一年的收入也仅仅能够养家糊口而已，口袋里还是干瘪瘪的，没有多余的钱来改善生活。当时，流传着一首民谣，就是刘老庄落后的农业生产的真实写照：

一年有四怕
春天怕干旱
夏天怕水灾
秋天怕霜冻
冬天怕天寒
忙碌一整年
口中无余粮
身上无新衣
为了活在世
外出讨生机

村里通上电后，修建了翻水站，调整了种植结构，将大片的旱田改造成了水田，村民们栽上了水稻，吃上了香喷喷的大米了。为了增加村民收入，我动员群众发展多种经营，其中一条主要的措施就是发展蚕桑业。那个时候，我们村里靠近河边的很多的土地没有得到很好的利用，只是栽植一些普通的洋槐树，生长周期长，经济效益不高，我在经过一番市场调研的基础上，提出了种植桑树养蚕的想法。刚开始，村民们没有人养过蚕，不知道到底怎么养。为了消除村民的疑虑，我就动员周红叶和我一起开始试养，先搞一个试点。因为，村民们是最讲究实际的，只有让他们看到实际的成果，才能让他们对你产生信任感，才能心甘情愿地跟你走，否则，即使你把嘴皮磨破了，他们也不会听你话的。

养蚕的第一步，是要有合适品种的桑树。我从县里农业站买来了几百棵特殊品种的桑树苗，这种桑树苗长大后，个头不高，枝条粗大，叶片肥硕，营养丰富，十分适合作为蚕儿的养料。我把属于我家的河边上的洋槐树全部刨除，换上了买来的桑树苗。村民们看到地上一排排毫不起眼的小树苗，都觉得十分好奇，他们不理解这样的树苗能有多大的价值。

养牛的张养年大爷怕我吃亏，晚上独自摸到了我的家里，对我进行了一番开导。张大爷已经很老，须发都已花白稀疏，满口牙齿也掉的差不多了，整个面颊都瘦小了许多，脸上的皱纹越发粗密了，看上去犹如黄土高原纵横的沟壑，每一条沟壑里都隐藏着一段精彩的故事。

“你呀，你哪里晓得种田啊？你搞这个小苗子，要是被羊啃了，被牛吃了，被冰豆砸了，你的脸往哪搁？你还是太小了，没经过大事，‘不听老人言，吃亏在眼前’，你还是再合计合计吧，千万不能蛮干啊！”张大爷一边吸着旱袋烟，一边语重心长地劝导我。

“大爷，你放一百个宽心吧，这个桑树苗子是从县里农业站买来的，是公家的，不会有事的。”我解释道。

“公家的就没有骗人的？”张大爷反问道。

“公家的就是政府的，政府的还能骗你？又不是路边的小流动摊贩，上午卖了，下午就跑了。庙还在呢，难不成就跑了？”我说道。

张大爷想了想，觉得也有一些道理，也就不像一开始那样态度强硬了，不过，嘴里还是不依不饶地说道：“那样敢情更好，但是呢，凡事还是谨慎点，‘常听老人言，吃亏上当不沾边’，我说的这些，还不是为了你好？谁叫你一到刘老庄就碰见我了呢，我不罩着你，谁还来罩着你？”张大爷喋喋不休地说着。

看到张大爷有点犯迷糊了，我赶紧哄着他说道：“就是呢，还是张大爷对我最好，最疼我呢！记得我刚来那会儿，还不是你没事就帮我挑粪水、修房子、整菜地什么的，所以啊，我任何时候都记得您的大恩大德呢！”

张大爷听了，心里十分受用，他那满脸皱纹的老脸终于舒展了开来，心满意足地把烟袋嘴往脚底板上敲了敲，说道：“我没看走眼，我没看走眼。好了，甭说了，说多了你要烦了，我走了。不过，有什么要我老头子做的，吱一声就行了。”说完，把旱烟袋子往腰里一别，就一路往回走，一路嘴里哼着歌：“万里长城永不倒，千里黄河水滔滔……”

然而，世事难料。让人没有想到的是，那一年春天恰逢干旱，一连个把月没有降雨，田里的泥土干得都快着火了，庄稼的叶子都枯萎了，桑树苗子栽下去因为缺水，迟迟没有发芽儿。我急得心如火燎，一方面向上级政府求援，一方面带领群众抗旱自救，借用机器，将六塘河的水向支干渠里翻，再将支干渠的水向着田沟里放。连续一个多星期，我都没有睡个一个囫囵觉，人都瘦了一圈了。猛然想起自家的桑树苗子，自己也没有时间去浇水，就赶紧往桑树地里跑，看看树苗子到底干死了没有。

快到地里时，远远地看到有一个佝偻的身影正在吃力地从不远处的沟渠里挑水，然后往我家里的桑树地里走去。到了地里，放下水桶，从一只水桶里取下一只瓢儿，从桶里舀水再一株一株地给树苗浇水。

我快步走近一看，让我大吃一惊的是，这个帮我家田里浇水的不是别人，正是张养年大爷。再看看地上的那一株株桑树苗子，在充足的河水的浇灌下，一个个早已发芽，长出了嫩嫩的叶子来了。

“张大爷，这些天都是你帮我浇水的啊？”我激动地上前问道。

“再不浇水，它们就都干死了。”张大爷一边低头浇水，一边说道，“别人家的田都得救了，要把你家的田干死了，那谁心里能过意得去啊？再说了，真的把这些苗子都干死了，那些蚕儿还怎么养活啊？到时候，你这个书记还有脸去说别人吗？”

“张大爷，让我怎么感谢你呢？”我感动地问道。

“说啥呢？什么谢不谢的？要说谢，我们刘老庄人怎么感谢你呢？怎么感谢你哥哥他们呢？以后啊，可再也不带说这些话了，把人都说得像是两旁世人一样了。你要记住，我们是一家人，一家人不说两家话，记住了吗？”张大爷说道。

“嗯，我记住了，以后再也不说谢谢了。”我含着热泪点了点头答应了。

桑树苗子一天天长大了，叶子也一天比一天肥胖了，到了孵化蚕种的时候了。

我把从县农业站领回来的蚕卵放在一个小硬纸盒子里，为了保持相对高的温度，我把盒子放在棉被里包裹了起来。这样，过了四五天，那些原本像是黑芝麻一样的蚕卵竟然动了起来，随着天数的增长，一天过后，这些小小的蚕儿就要开始进食了。我把采下来的那些嫩嫩的桑树叶子，用菜刀切得细细的，碎碎的，小心地撒在了盒子里，引导着那些小生命爬到桑叶上进食桑叶子。

四天下来，这些蚕宝宝们就都换了衣裳，变成了白嫩嫩的小蚕儿了，个头也长大了不少。这个时候，蚕宝宝就要换新家了，原来的小盒子已经容纳不下它们了。我把它们分到了一些用竹片编织成的一个个竹匾子里了。这个竹匾子的底部是要篓空的，便于蚕宝宝排尿便，因此，要在上面预先铺上一层纸。那个时候，我为了节省，就从上级政府里面找来了一些过期的报纸，一张张地铺在竹匾子底部，再把那些长了个子的蚕宝宝分进去。这个时候，一般要分到三四个竹匾子才行。蚕宝宝新家分好后，就要给它们喂食了。因为蚕宝宝已经长大了，就不需要把桑树叶子切碎了，而是直接把干净的桑叶直接撒上去就行了。

一般到了三四天左右的时间，蚕儿就要休眠一次，休眠的时间一般是一天一夜，休眠期间蚕儿是不吃不喝、一动不动的。等到休眠结束了，蚕儿就醒了过来。结束了休眠的蚕儿，个头又长大了不少，食量也增大了不少。这时候，又到了分匾的时候了，将变得拥挤的蚕儿再分到更多的竹匾子里。竹匾子多了，没地方安放了，我就收拾出了一个房间作为专门的蚕室。在蚕室里，我和周金成、周红叶等人一起，用木头搭建了一层层的木架子，木架子中间的格子大小要够刚好放下一只竹匾子才行。这样，所有的竹匾子都不用放在地上，而是全部上架了。这样做，既节省了地方，又使原本狭小的空间变得整齐干净了。

蚕宝宝经过五次这样的休眠，就不再休眠。结束了休眠的蚕宝宝的"饭量"大增，就像一个孩子在成长过程中到了"吃壮饭"的时候，原来一天三次的"饭量"已经满足不了它生长的需要，必须夜间也要进行喂养。这个时候，每天采桑叶的工作量就变得特别大了。每天早上，天刚麻麻亮，我就要和周红叶拿着蛇皮口袋到桑树地里去采桑叶。

采桑叶其实是一件很快乐的活儿。满地的桑树，一眼望去，嫩汪汪的，绿油油的，身处其中，让你感觉是荡漾在碧绿的海洋上，又似徜徉在生机盎然的世界里，生活中的烦恼、工作中的不如意，都通通地忘却了，流淌在心间的，只有那如诗如画的意境，让人物我两忘，完全陶醉在大自然无尽的春色里。那采桑的动作，虽然不及江南采莲"江南可采莲，莲叶何田田，鱼戏莲叶间。鱼戏莲叶东，鱼戏莲叶西，鱼戏莲叶南，鱼戏莲叶北"那般的充满生活的情趣，也不及采茶时"手摘都篮漫自夸，曾蒙八饼赐天家。酒狂去后诗名在，留与山人唱采茶"那般的潇洒，却也自有"谁家采桑女，楼上不胜春。盈盈灞水曲，步步春芳绿。红脸耀明珠，绛唇含白玉。回首渭桥东，遥怜春色同。青丝娇落日，缃绮弄春风”的秀色。记得有一篇文章中曾说过抗战时期八路军在延安开展大生产运动，人人都有纺纱车的经历，那纺纱的动作，像体操，更像是舞蹈。这也是人们在艰苦的环境中以苦为乐的乐观主义精神的生动写照。但在我看来，采桑的动作，更像是在抒写一篇舒缓的、情境交融的散文诗的过程，那份体验，那份心境，绝非没有亲自做过而能感受得到的。

当然，采桑叶也是一个辛苦活。且不说站在田里的时间长了，免不了腰酸背痛。也不说那一袋桑叶足有百十斤重，扛在肩上背回来的时候，就像是一座大山压在身上般地沉重。但说那采桑叶时，每采下一片叶子，当嫩嫩的叶儿根部被折断的一瞬间，都会有一股白色的液体迸射四溅，飞落到脸上、手上、衣服上……这种液体白白的，像是牛乳一般，有一股淡淡的味道。这种液体黏性很强，沾到皮肤上、衣服上就不容易洗掉，时间长了，手上和衣服上都常常留有斑斑点点的，像是老人斑一样的东西。这种污渍，沾在皮肤上的，要经过多次清洗，才会被清理干净。沾在衣服上的，即使清洗多次，也很难完全清洗干净。因此，我和周红叶在采桑叶之前，都会换上一件旧的衣服穿在外面，这样，就权当是一件“工作服”了，等到养蚕结束了，也就把那件“工作服”给扔了。

桑叶采回来后，要及时把叶子从口袋里倒出来，时间长了，会将叶子捂黄了，就影响了口感，蚕宝宝就不爱吃了。叶子要倒在一张铺在地上的塑料布上，要均匀地摊开来，还要每隔一段时间就要喷一回清水，这样做的目的是保持桑叶的水分和新鲜度。同时，也要洒上一些从农药店里买回来的一种专用药水，是防止蚕宝宝生病用的。

这个时候，蚕宝宝每天的任务就是一个字“吃”。一走进蚕室，就能听到到处都是蚕宝宝奋力咀嚼桑叶时的声音。那种声音，一会儿“沙沙沙”，像是江南的雨儿滴打在芭蕉叶上的声音，一会儿“哗哗哗”，犹如贝多芬那激昂的命运交响曲。看着那些昂头挺胸进食的蚕宝宝们，我不禁感慨别的生物进食时往往都是低着头的，只有我们的蚕宝宝，在吃饭的时候都保持着一种高傲、优雅的姿态。

蚕宝宝生长到一个多月以后，生命就进入了成熟期，俗称就是要“上山”了。这时得提早给它们准备好“上山”的物品了。我们最原始的做法，就是将提前准备好的麦秆子收集起来，清理干净，用铡刀将麦秆铡成筷子左右的长度，一堆一堆地码放整齐。用麻绳将这些铡好的麦秆绞成一条条长龙，将这些麦秆长龙放在竹匾里，等待着即将“上山”的蚕宝宝。

蚕宝宝长到45天左右，基本上就不再吃桑叶了，它们那胖乎乎、圆滚滚的身体发生了一个显著的变化，就是通体变得透亮，亮晶晶，光闪闪的，身体还特别柔软。一旦蚕宝宝的身上发生了这样的变化，就是蚕宝宝到了“上山”的时辰了。这个时候，就要在第一时间将那些蚕宝宝拾到准备好的那些麦秆长龙上了。如果耽误了“上山”的时机，有的蚕宝宝会将肚子里的丝到处乱吐，这样吐出来的丝就没有任何利用价值了。有的蚕宝宝会发生身体僵硬的情况，几天之后，身体发生僵硬的蚕宝宝的身体就会变黑，死亡了。所以，一旦蚕宝宝出现了“上山”特征，就必须迅速地将蚕宝宝送到“山上”去，便于蚕宝宝下一步的吐丝。

蚕宝宝“上山”后，就会在麦秆长龙上围绕着自己的四周开始吐丝了，先是吐了薄薄的一层，形状就像花生果子似的。随着时间的推移，果子皮越来越厚，四五天过后，果子已经很坚实了，蚕宝宝也就停止了吐丝。至此，蚕宝宝的使命也就告一段落了。

进到蚕房，看着白花花的一片蚕茧，心中的那份喜悦真的是用言语无法形容的。那白花花的蚕茧，承载了太多的希望，有家里的柴米油盐酱醋茶，有家人的新衣服，有农作物的肥料，有准备盖房子的砖瓦水泥……总之，看到了那些白花花的蚕茧，就看到了美好的未来生活。

茧子成熟了，到了采摘的时候了。

一家人男女老少齐上阵，连公公婆婆都被请了过来，一家人忙着把麦秆长龙上的蚕茧采了下来，堆放到一只大篓子里。从早忙到晚，终于将所有的蚕茧都采摘完成了。我和周金成将蚕茧装进麻袋里，用自行车背着送到了淮阴城里去卖。当时，群众养蚕的少，乡下还没有设立蚕茧收购站，所以，只有城里才有收购点。到了城里的收购点，将蚕茧卖了以后，拿到了一沓钞票，周金成伸出一只食指，蘸了一下口水，然后歪着头仔细地数了起来。

数了一遍过后，我问他：“一共多少钱？”

周金成没有说话，只是将手里的钱又数了一遍，数完，还是没有说话。

“说话啊，多少钱啊？”我急不可待地追问道。

周金成把手里的钱高高地举了起来，大声地喊道："我们发财了，一共75元。"

我一听，简直不敢相信自己的耳朵，又问了一遍："多少？"

周金成把钱交到了我的手里，兴奋地说道："75元。给你，都是你的。"

我手里拿着那沉甸甸的75元，眼泪一下子下来了。那是幸福的泪水。

我养蚕成功的消息像长了翅膀一样，一下子传遍了刘老庄村，甚至连外村的人都知道了。人们纷纷到我家来参观，要我介绍养蚕的经验。刘老庄乡政府借助这次机会，在全乡大力推广蚕桑生产。那些日子里，我经常参加乡里大大小小的学习会、交流会、观摩会，系统地向群众传授我的养蚕技术。从那以后，我们刘老庄村一下子扩桑三千多亩，家家户户都搞起了养蚕业，村民的收入年年攀高。刘老庄村，成了远近闻名的富裕村，更是成了全县养蚕的标兵村。

当然，有一个人，我始终没有忘记，他就是张养年大爷。如果没有他当年挑水救活了我的那一片桑树林，也就没有后续的故事了。除了张大爷之外，还有县农业局的技术员张海洋，他多次到我家来当面指导我如何栽桑、养蚕。春季养蚕结束后，他又一次来到我家，帮助我将桑树条子用剪子剪掉。我很好奇，问他为什么要将这些枝条剪掉。他告诉我说，春天的时候，当桑树的叶子被采完后，要及时将光秃秃的枝条采伐，这样做的目的，是为了刺激桑树再发芽，再生长。果然，伐完条子的桑树很快又长出了新的枝叶，比原来的长势更好了。而且，剪下来的桑树条子还有很多的用途，除了可以作为做饭的柴草外，桑树皮被剥下来晒干后，还是一种中药，可以卖给药店赚钱呢！剩下的枝条，还可以被用于做菜园箢子的材料。桑树真是全身都是宝啊！

一个人成功的背后，往往是有更多的人在幕后默默地支持了你，只不过有的人愿意承认，有的人不愿意承认罢了。滴水之恩，当涌泉相报，这是做人的原则，也是做人的底线。

二十九

“哗哗哗，哗哗哗……”

天空就像是被谁捅漏了似的，一个劲地往地面上倒着雨水。一场不期而至的大雨，整整下了一天一夜了，还没有停止的迹象。大运河的水面迅速地提高了，有的地方已经溢出了堤岸，冲毁了支河里的小木桥。沟渠里的水漫过了田地，漫到了路面上，已经分不清哪里是沟，哪里是路了。

就在这瓢泼的大雨里，陆凡连长带着四连的队伍在艰难地行进着。在他们连队的后面，是二营的其他连队。他们的方向只有一个：凌桥！目标也只有一个：拔除凌桥日军据点。

周小红身穿崭新的新四军军服，背上背着一支步枪，跟在队伍中间，突然，她的脚下一滑，整个人都摔倒在了泥水里。一旁的战士刘近山一把将她从地上拉了起来，抱怨道：“不让你来，不让你来，你偏来，看看，这下拖后腿了吧？”

周小红浑身已经湿透了，脸上、衣服沾满了污泥。她挣脱了刘近山的手，生气地责问道：“我怎么就拖后腿了？我是让你们扛着了，还是让你们驮着了？以后，再听到你说这种意歪话，我要你吃不了兜着走。”

刘近山一看周小红真的生气了，忙双手举起来告饶道：“好好好，小红姐，算我嘴贱，我保证下次再也不说了，好吧？”

周小红没好气地说道：“以后说话多动点脑子，不要成天嘴上没个把门的，想怎么说就怎么说，把人得罪了都不知道是怎么回事。”

刘近山一听周小红这么说他，心里就不乐意了，他反驳道：“我不就是刚才说了你两句嘛，怎么就变成了‘成天’了，我哪天说话嘴上就没有把门的？我又得罪了谁了？你能不能今天把话说个清楚啊？”

两人正闹着，陆凡听到声音走了过来，呵斥道：“你们两个干什么呢？这是在行军，知道不知道？注意行军纪律。”

两个人听了，都不敢再吱声了。

陆凡看到周小红连雨披都没有，就把自己头上的斗笠取了下来，戴到了周小红的头上，关切地说道：“快把这个戴上吧，小心一会儿受凉了。”

周小红赶紧把斗笠从头上拿下来，递给陆凡说道：“我没关系，还是你自己戴着吧！”

陆凡冷下脸，说道：“怎么这么啰唆？一会儿生病了，打起仗来谁有时间照顾你？甭废话了，赶紧戴上吧！”说完，就大步流星地赶上前边去了。

周小红没办法，只好把斗笠又戴了回去，嘴里嘟囔道：“戴就戴呗，干吗这么凶？有什么好凶的？”

刘近山在一旁听到了，忍不住插嘴道：“甭把连长的好心当作驴肝肺了，你要是不要，就给我戴吧！”说完，伸手就要去抢周小红头上的斗笠。

周小红一个巴掌就把刘近山的手打掉了，说道：“你想得美！连长给我的东西，你凭什么要？”

刘近山委屈地说道：“不是你自己不想要的吗？”

周小红嗔道：“我说不要就不要了？我说过不要的东西还多着呢，你都当是真的？你这是什么脑袋瓜子，怎么这么不开窍？”

指导员李尚云从队伍的后面跟了上来，听到两人的谈话，笑道：“你们还是安心行军吧，还有好远的路要走呢，留点力气吧！”

两人听了，才都不再言语了。

雨，还在没边没岸地下着。

突然，前面的队伍停了下来，后面的战士纷纷猜测前面一定是遇到了什么事了。李尚云一路小跑来到前头，却发现是部队被一条河流挡住了去路。河面大约有二十米宽，河水像是脱缰的马，夹带着大量的草木和垃圾，咆哮着、低吼着，向着下游奔腾而去。两侧的河堤上，还能看到一座小木桥被洪水冲毁后留下的部分桥身，歪歪斜斜地耸立在河面上。

“昨天这里还有桥的，哪知道才过了一夜，桥就被洪水冲走了。”一排长周大海向着一旁的陆凡汇报着情况。

陆凡凝视着河面的断桥，问道：“离下游最近的桥还有多远？”

周大海回答道：“还有 10 公里。”

李尚云听了，焦急地说道：“那也太远了，走过去，起码要耽误一个小时，我看还不如直接蹚过去吧！团部要求我们必须在晚上 9 点到达指定位置的，看看天就要黑了，我们再去绕路，时间就来不及了。”

陆凡抬腕看了看手表，又抬头看了看灰蒙蒙的天空，说道：“雨还在下着，看样子一时半会也停不了，我们干脆就按照指导员的意见，从这里渡河吧！”

“从这里渡？水这么急，怎么渡？”周大海一脸的疑惑，问陆凡。

“这个简单，你现在带人去找一些粗一点的绳子过来，安排水性好的战士把绳子拴到对面的那棵大柳树上，这边把绳子绑在树上，大家拉着绳子过河。”陆凡说道。

“这样行吗？”周大海问道。

陆凡刚要说话，一旁的指导员李尚云说道：“行不行先试试再说，走，我和你一起去多找一些绳子来。”

周大海一看指导员要亲自去，赶紧说道：“这一点小事，哪里要劳累指导员大驾，有我就足够了。保证完成任务。”周大海说完，向着陆凡和李尚云敬了一个礼，就转头带着几个战士离开了。

约莫过了一袋烟的工夫，周大海他们回来了，战士们的肩上都扛着一捆捆的绳子。身后，还跟着几位当地的群众。

“连长，这是几位当地的老乡，他们对这里的情况熟悉，是来帮助我们过河的。”周大海高兴地向陆凡汇报道。

陆凡一听，也是十分高兴，他和几位老乡一一地握手，对他们说道：“太感谢你们了，谢谢啊，谢谢！”

一位领头的老乡对陆凡说道：“你跟我们还客气什么？你们帮助我们打鬼子，我们为你们做这一点小事还不是应该的。我们都是一家人，就甭客气了。”说完，就指挥几位同来的人抓紧干活了。

他们先是来到断桥边，用一根木棍子伸到水里试了试水位，然后，选择了离断桥上游十来米远的地方作为下水处。几位老乡把绳子连接在了一起，将绳子的一端拴在了岸上的一棵洋槐树上后，两位老乡扛着剩下的绳子下了河。

陆凡看着河里湍急的河水，对着下河的老乡喊道：“你们小心点啊！”

“噢，知道了。”两位老乡答应着下了水。

“你放心吧，他们从小就在这岸上长大，对这里的地势再熟悉不过了，淹不着他们的。”领头的老乡对陆凡说道。

陆凡担心地说道：“还是小心一点为好，千万不能出现任何问题才好。”

领头的老乡说道：“他们走的这一处地方，以前是一个挡水坝子，水大了，坝子就被埋在水里了，从上面是看不到的，只有当地人才会知道。走在坝子上面，就不会有问题的，一会儿，绳子拴好后，你们拉着绳子，脚下踩着堤坝走，千万不能掉到两边去，两边可深了，一定要小心点。”

陆凡听了，才放下心来，说道：“‘要知山中路，须问地头人’，这话果然一点不差，你们不说，别人哪里知道这水底下竟然还有一道堤坝呢！”

说话间，两位老乡已经晃晃悠悠地走到了河中央，河水也才淹没到他们腰间的位置。即便这样，水流也是十分湍急，随时都有可能将他俩冲到下游去。陆凡的心都提到了嗓子眼了，他冲着他俩喊道：“你们慢一点呀，不行就赶紧回来啊！”

两人在河里一边摸索着往前走着，一边大声地回答道：“放心吧，没事。”

很快，两人就走到了河对岸，上了岸，麻利地将绳子在岸上的那棵大柳树上拴好了。又试了试绳子的松紧，再次将绳子绷直了，然后冲着对岸喊道:“可以过河了。”

这边领头的老乡紧紧地扶着绳子,对着陆凡说道:“好了,你们过河吧!”

陆凡拉了拉绳子,然后对着身边的战士们大手一挥,命令道:“过河。”

战士们得到命令,立刻簇拥着纷纷下了河,手里扶着绳子一步一步地向着对岸走去。

“大家注意脚下,跟着绳子的方向走,不要偏离了方向,注意安全。”陆凡大声地喊道。

这个时候,雨势变小了,由开始时的瓢泼之势,变成了黄豆粒子般地砸了下来,砸在人的脸上、皮肤上,有一种轻微的酸痛感。趁着这工夫,四连的战士们一个个快速而又小心地过了河。最后,只剩下周小红几个人了。周小红看着奔腾不息的混浊的河水,试了几次还是不敢下去。对岸的战士们聚集在河边,冲着周小红喊道:“过来啊,过来啊!”

周小红迈出去的一条腿,迟迟落不下来,急得涨红了脸,差点哭出声来。

领头的老乡笑着说道:“没事的,你尽管往前走,有我们在呢!”

周小红带着哭腔说道:“我就是不敢。”

陆凡看到了,来到周小红的身边,二话不说,就从一条腿上解下了绑带,一头拴在自己的腰上,一头递给了她,温和地说道:“拿着。”

周小红望着陆凡,心里一阵热乎乎的,也不觉得怎么害怕了,而是顺从地接过了陆凡递过来的绑带,拴在了自己的腰上。就这样,陆凡在前,周小红在后,一前一后,小心翼翼地顺着河面上的绳子往前摸索着。越往前走,河水的冲击力越大,身体似乎也跟着河水漂了起来。周小红紧张得张大嘴巴,拼命地喊道:“啊,啊,我不行了,我不行了。”刚说完,两腿一软,一下子跌倒在了河里,河水瞬间就淹没过了她的头,手里的绳子也松开了。陆凡也被周小红这突如其来的动作带倒了,跌倒在河里连续被呛了几口水。但是,陆凡的一只手死死地抓住绳子,才使得自己和周小红没有被河水冲走。岸上的战士们看见了,一个个都紧张得瞪大了眼睛。指导员李尚云和一排长周大海等人迅速地再一次下了河,向着河中心，前来接应陆凡、周小红两人。

陆凡挣扎着从河水里站了起来，他伸出另一只手，抓住了周小红的衣服，将她从河水里提了起来。她头上戴着的斗笠也不知道什么时候被河水冲走了。周小红在陆凡的搀扶下，好不容易站稳了身体，连打了二个喷嚏，难受得眼泪都下来了。

陆凡安慰道："没事吧？你把我抓紧了。"

周小红双手紧紧地抓住陆凡的胳膊，含着眼泪点了点头，小声地说道："有你在，我不怕。"

陆凡鼓励道："好，把我拽紧了，我们慢慢走，不要怕。"

周小红"嗯嗯"地答应着，两只手把陆凡的胳膊抓得生痛。这个时候，陆凡也顾不上疼痛了，搀扶着周小红艰难地往前挪动着脚步。好在这时，指导员李尚云和一排长周大海他们赶了过来，几个人齐心协力，一起将周小红连拖带拽，安全送到了对岸。岸上围观的战士们都兴奋地鼓起了掌。

"同志们，准备出发。"感谢完几位老乡后，陆凡对着战士们下了命令，"大家注意了，接下来的行军，我们要加快速度，确保将耽误的时间抢回来。大家有没有信心？"

战士们在雨中列队高呼："有，有，有。"

"好，出发。"陆凡发出了简短有力的命令。

四连的战士们顶风沐雨，在坑洼不平的乡间小道上行进着，头顶的天空依然是乌云四合，雷电交加。但战士们情绪饱满，精神抖擞，尽管每一个人都身负几十斤重的武器装备，但没有一个人喊怨叫苦，更没有一个人掉队，大家都在拼命地往前赶路，生怕耽误了集结的时间。一路上，除了风雨声，还有枪械相互碰撞的金属声。

晚上 9 点前，四连终于到达了凌桥街东边的外围攻击位置。新四军的其他部队也陆续抵达了预设地点，悄悄地将整个凌桥街围了个水泄不通。

凌桥，是淮阴县西南角一个不大的集镇，东西长不过 2 公里，南北长 1.5 公里，居住户约 300 来户，总人口 8000 左右。凌桥街虽然不大，战略位置却十分重要，她地处大运河沿岸蒋集和袁集两个区的结合部，是连接淮海、淮北两个根据地的重要通道。蒋集、袁集两个根据地的建成，给淮阴城的日本兵造成了很大的威胁。日本兵为了确保淮阴城的安全，进而摧毁蒋集、袁集抗日根据地，控制运河线，切断淮海、淮北之间的战略联系，同时，也为了给新四军的活动制造障碍，淮阴城里的日本兵除了经常出动到凌桥一带进行“扫荡”外，还在凌桥街道上设立了前哨据点，配备了日本兵 100 人，伪军 170 人，顽军 120 人，组成了一个完整的防御体系。

日本兵设在凌桥的据点，确实给新加军的活动造成了很大的麻烦，也给蒋集、袁集和凌桥一带的老百姓带来了深重的灾难。为了彻底铲除这一毒瘤，新四军指挥机关决定趁日本兵在凌桥街道还没有建立碉堡之前，集中兵力一举歼灭凌桥之敌。根据战前的分工，新四军二营将负责攻击凌桥街东门，而四连作为主力连将率先发起攻击。

四连到达指定位置不久，二营营长张瀚冒雨来到了四连的埋伏地点，找到了连长陆凡，一见面就眯着一双小眼睛，笑眯眯地问道：“一路上辛苦了吧？”

陆凡答道：“还好，就是河上有一座桥被洪水冲毁了，过河时耽误了一点时间。不过，我们连还是在规定的时间赶到了。”

张瀚营长赞许道：“你们四连在这样的恶劣天气下按时赶到指定位置，十分难得，这也说明了四连是一支特别能吃苦、特别能战斗的连队。在接下来的战斗中，你们四连要发扬连续作战的优良作风，坚决、彻底、干净地消灭当前的敌人，为全团打下凌桥再立新功。”

陆凡回答道：“请营长放心，我们四连坚决按照营部的指示，在第一时间打下东门，为全营杀出一条血路，不使一个敌人漏网。”

“好。你们连担任主攻，其他几个连，一连、二连担负外围保障任务，阻止淮阴城日军的增援，三连作为后备力量，随时支援你们。记住，战斗打响后，你们连要力争在其他部队拿下南、西、北三个城门之前，率先拿下东门。你们四连，能做到吗？”营长张瀚问道。

“能做到。”陆凡斩钉截铁地回答道。

营长张瀚十分满意地走后，陆凡带着指导员李尚云、一排长周大海等人悄悄地潜伏到凌桥街的东头不远处树林里。陆凡举起望远镜，仔细地观察着凌桥街外围的情况。但见烟雨之中，凌桥一片黑漆漆的，只有东街头岗亭子上面有一盏探照灯在慢悠悠地来回晃动着，东大门紧闭着，看不到一个人影。街道里面的情况就看不清楚了。就在陆凡心里着急的时候，只见东大门突然打开了，从里面走出来一个穿着雨衣的伪军，他手里推着一辆自行车从东大门出来了。随后，笨重的东大门又在他的身后关上了。这名伪军出了东大门，骑上自行车就顺着一条公路向着陆凡他们潜伏的方向过来了。

这名伪军一面骑着自行车，一面嘴里哼着："天涯啊海角，觅呀觅知音，小妹妹唱歌郎奏琴，郎呀，咱们俩是一条心，哎呀哎哎呀，郎呀咱们俩是一条心……"

看着这名伪军越来越近，陆凡向着周大海等人说道："去，把他挡下来。"

周大海会意，带着两名战士猛地从树林里跳了出来，挡住了伪军的去路。周大海低吼一声："站住，干什么的？"

这名伪军猝不及防，一个激灵，伸手就想去抓后背的步枪。周大海抢上一步，将他的步枪夺了过来。一名战士把这名伪军从自行车上揪了下来。

"你们吃了豹子胆了，连你朱四爷的枪都敢抢，是不是活腻了？"伪军满嘴酒气，骂骂咧咧地说道，态度十分蛮横。

周大海将手里的步枪对准伪军，喝道："甭废话了，再说我就毙了你。"

伪军看到黑洞洞的枪口，态度顿时软了下来，他结结巴巴地问道："你……你……你们是什么人？"

周大海回答道："我们是新四军。"

伪军一听，满眼的惊恐之色。他双手高高举起，连连说道："长官，长官，别杀我，别杀我。"他的那辆自行车跟着"哐当"一声倒在了雨水里。

"走，跟我们走一趟。"周大海命令道。

"好，好，好，我走，我走。"伪军战战兢兢地说道。

周大海把伪军押到了树林里，来到了陆凡的面前。另一名战士把地上的自行车也扶了起来，推了跟着过来。

“你是什么人?”陆凡威严地问这名伪军。

“我……我……我叫朱前光,是这里的皇协军,不,不,不,是这里的伪军,我当伪军,也就是混一口饭吃,我可从来没有干过一件伤天害理的事情啊!长官,你们一定不要杀我啊,我家里还有80岁的老母没人问呢,长官……”伪军十分害怕,再也没有了一开始的嚣张气焰了。

“好,朱前光,你老实回我的话,就不会为难你的。如果有一句假话,决不饶你。”陆凡说道。

“好,好,我一定老老实实说,一句都不隐瞒。”朱前光规规矩矩地说道。

陆凡问道:“你现在出来是干什么的?”

朱前光把身子往前靠了靠,小声地说道:“我就是凌桥泗河村人,我母亲生病了,病了几天了,我在街上买了点药,趁着晚上想送回家的,没想到刚出街道就被你们逮住了。”说完,从口袋里掏出一个布袋子,里面装着几盒子治疗感冒的药物。

陆凡接过布袋子看了看,随手又递给了朱前光,说道:“好吧,我们只当你说的是真话。那你告诉我,凌桥街一共有多少个鬼子,现在是什么情况,说得越细越好。”

朱前光听了,连连点头,说道:“是,是,是,我一定如实说……”

听完朱前光的介绍后,陆凡让一名战士把他押了下去看管了起来。

“同志们,看来,凌桥街的敌人比我们预想的要多,光是小鬼子就100人,如果加上伪、顽军,起码要有400人,这是一场恶仗啊!”陆凡对大家说道。

“是呀,根据朱前光的交代,敌人虽然没有在四周建起碉堡,但是主要的兵力都放在了四个城门口。我们一旦对城门展开攻击,守候在城门口两侧的敌人就会被惊动,就会将我们堵在城门口进退不得。所以,这场战斗,贵在神速,要速战速决,不能拖泥带水。”指导员李尚云补充道。

“好,同志们,根据团部命令,我们夜里12点准时发起攻击。”陆凡最后说道。

大家答应着都各自回去准备了。

时间,一分一秒地过去了。雨,还在无休无止地下着。

临近12点钟,陆凡带领着四连的战士已经摸到了凌桥东门口。东门口的大门紧闭着，岗楼上的那盏探照灯还在不停地转动着。指导员李尚云端起一支步枪，悄悄地瞄准了它。战士刘近山抱着炸药包跟在陆凡的身后静静地等待着。

陆凡抬起手腕，默默地看着手表上的指针，心里默数着："五、四、三、二、一。"当数到最后一个数字时，他果断地下了命令："开始！"

与此同时，李尚云扣动了扳机，只听见"砰"的一声枪响，随着子弹飞出枪膛，岗楼上的那盏探照灯"哗啦"一声熄灭了，四周顿时陷入了一片黑暗之中。岗楼上的敌人哨兵还没有反应过来是怎么一回事，这边战士刘近山早已抱着炸药包，身手敏捷地摸到了城门下面，将炸药包放靠在了大门上，拉响了导火索后，迅速地撤离了回来。

"轰隆"一声巨响，随着一团火光和浓烟升起，城门被炸塌了，敞开了一个豁口。

"同志们，冲啊！"陆凡猛然站了起来，高举着驳壳枪，大喊一声，第一个向着城门里面冲了过去。后面的战士们紧随其后，呐喊着奋不顾身地向前冲锋。

东城门街道两侧的民房里的百姓早已被日本兵赶走了，成了日本兵的兵营。那些日本兵一个个还在睡梦中，就一下子被爆炸声惊醒了，他们在黑暗中一个个手忙脚乱地爬了起来，像没头苍蝇似的，连衣服也来不及穿，有的抓起枪打开房门就往外跑，有的躲在窗户口向着外面的街道上盲目地射击着……一时间，枪声、喊声、爆炸声响成一团，场面十分混乱。

陆凡抬手将冲到面前的两个日本兵打倒在地，而更多的日本兵跟着冲了出来。陆凡他们来不及开枪，一个个冲入敌群和日本兵肉搏了起来。一个日本兵端着三八大盖，嘴里"呀呀"乱叫着，对着陆凡的胸口就狠狠地刺了过来。陆凡一个侧身，刺刀贴着他的胸口掠了过去，把他的衣服都挑破了。陆凡不待这个日本兵还过手来，一只手抓住枪管，一只手用手枪对准他的脑袋狠狠地砸了下去，顿时，日本兵的脑袋开了瓢，污血从伤口流了出来，身子一软，瘫倒在地。陆凡夺过三八大盖，这时，两名日本兵左右夹击，对着他用枪刺了过来。陆凡用枪隔开了一个日本兵的刺刀，快速跳出包围圈，对准他的腹部用力刺了下去，日本兵惨叫着倒了下去。另一个日本兵脸上显出了惊恐之色，但还是硬着头皮冲了上来，陆凡砸开他的枪身，日本兵用力太猛，没收住脚，差一点跌倒在地。陆凡没有再给他机会，还不等他完全转过身来，就反手一刺，将他送回到那个岛国见天皇去了。

周大海在敌群中左冲右突，杀得性起，一连挑了三四个日本兵，浑身是血还在冲杀不止。突然，他一个趔趄倒在了地上，三个日本兵冲了过来，举起刺刀就要扎下去，只见周大海一个就地滚，躲开了刺刀，又一个鲤鱼打挺，跳了起来，将手中的刺刀扎入了一个日本兵的腰间。另外两个日本兵见了，龇牙咧嘴地扑了上来，却被不远处的李尚云看到了，抬手两枪，将他们送去见阎王。

四连的战士们很快就将冲到街道上的敌人消灭干净了，然后，沿着街道逐屋争夺，战斗一度十分激烈。营长张瀚赶到现场，立即命令作为机动部队的三连投入了战斗。

几乎是在同时，新四军一营、二营、三营也对凌桥街的南门、西门和北门发起了攻击。很快，二营的四连、三连就和各营的部队在街道上会合了。他们在街道上来回反复冲锋了十多次，将盘踞在凌桥街上的几百名日伪顽军全部消灭干净了。

战斗结束后，打扫战场时，新四军部队有 12 名战士光荣牺牲了。牺牲的烈士躺在担架上被抬到了凌桥街道北门口，他们的身上盖着一块块白布，好多凌桥的百姓围在他们的身边默默地流着眼泪。

当地的区小队组织人员在凌桥街北门口不远处的一块空地上，挖好了十二个墓穴。十二口棺木整齐地排放在墓穴旁边。战士们和群众一起，小心地将烈士遗体安放到棺木里，再一个个放置到挖好的墓穴里。

安葬完毕后，新四军战士们列队操枪，枪口向上。

“砰、砰、砰……”

清脆的枪声，响彻凌桥街黎明前的夜空。

雨，不知道什么时候已经停止了。东方的天空已经露出了鱼肚白，破晓欲出的旭日正在天际的云层里孕育、成长……灾难深重的凌桥，已经迎来了一抹黎明前的曙光。

三十

屈指算来，我在刘老庄已经生活了半个多世纪了。

五十年，从刚来时的茕茕一人，不谙世事，到如今的皓发苍颜，儿孙绕膝。漫漫岁月，改变了我的容颜，催老了我的身体，却从来没有改变我的追求，那就是讲好刘老庄八十二位哥哥们的故事，让更多的人知道刘老庄，了解刘老庄，支持刘老庄。尤其是我从村党支部书记的岗位上退下来以后，我就一门心思地投入红色宣讲活动中，还义务担任了刘老庄八十二烈士纪念园里的讲解员和刘老庄红军小学的校外辅导员。活动明显增多了，有的时候，一天就要演讲几次。为了讲好哥哥们的事迹，我常常在夜深人静的时候，独自一人趴在家里的小书桌上，在信笺纸上撰写我的讲话稿，我一共用坏了多少支钢笔、铅笔、圆珠笔，连我自己也说不清楚，我只记得我写过的演讲稿摞起来能有一人多高，大概有300多万字。粗略统计一下，我在有生之年，参加各类纪念演讲活动不低于3000场次，受众少说也有40万人次左右。

在我无数次的演讲中，有一次给我的印象特别深刻，那是回我老家山西的一次活动，竟让我有了意外的收获。那一天，我回到山西运城参加当地组织的一次抗战纪念活动。自从我离开中条山后，就很少回来。不是不想回来，而是因为路途太过遥远，也因为刘老庄这边的事情太多了，尤其是上了年岁以后，腿脚有点不方便了，就不太想走动了。父母亲去世以后，对老家的牵挂越发少了，回去的次数当然也就更少了。不过，那一次的活动，在主办方的盛情邀请之下，我不好意思拒绝，就抱病前来，在全市的抗日战争纪念活动中讲述了我三哥陆凡他们当年如何从中条山下走向太行山、来到苏北淮阴、如何在刘老庄以身殉国的战斗故事。

活动结束后，我拖着疲惫的身体回到入住的酒店，来到房间关上门，用毛巾洗了一把脸，然后坐在沙发上拿起刚才在大会上的讲稿，又细细地看了一遍，修改了其中的几个错别字。

“叮、叮、叮。”

就在这时，门口响起了一阵门铃声。

“去开个门。”我对一同陪我回山西的老伴周金成说道。这么多年下来，周金成也老了，已经不再是当年那位意气风发的小帅哥，而成了一位满头白发的农村老头。不过，他虽然岁数大了，但身材还是那么挺拔，声音还是那么洪亮，眼神还是那么温暖，对我的呵护不仅没有减少，反而与日俱增。我到哪儿，他都不放心，非得陪着我去，近一点的，就骑着电动三轮车带我，远一点的，就牵着我的手送我去坐车，生怕我碰着、磕着、跌着了。总之，在他的眼里，我就是一个小孩子，什么都不会，什么都需要他来帮忙，离开他我连生存都成了问题。不过话又说回来，我这一生，能有他的悉心陪伴，我也就知足了。人的一生，能有一个知冷知暖的人陪伴你，是一件多么幸福的事情啊！而能用一生的时间去做同一样的事情，又是多么了不起啊！从这一点上来讲，我和周金成两个人都做到了，他用一辈子的时间来陪伴我，我用一辈子的时间来守护八十二位哥哥们，守护我们的刘老庄。

“你找谁？”周金成开了门，站在门口问道。

“请问，陆小凡大姐是住在这间房子吗？”门口，传来了一位中年男子的声音。

“老周，是谁啊？”我扭头问周金成。

“一个男同志，是找你的。”周金成在门口回答道。

“那快让人进来吧!”我说道。

“嗯。”周金成说着,就把房门完全打开了。

一个中等身材、西装革履、留着平头的男人走了进来。他看起来也就人到中年,生得面方耳阔,天庭饱满,十分精神,一看就是个成功人士。来人手里捧着一束鲜花,来到我的面前,恭恭敬敬地把鲜花送到我面前,说道:“大姐好,好多年没看到你了,没想到能在家乡看到你,真是太好了。”

我惶恐地急忙站了起来,接过对方的鲜花,疑惑地看着对方,不好意思地问道:“您是……”

来人笑着说道:“大姐,你不认识我了?我是陆正平啊,就是在部队的时候,你认识的那个小老乡,你说过的,你叫陆小凡,我叫陆正平,我们两人名字连在一起‘平凡’两个字。你当时还说了,我们人虽然平凡,但要在平凡的岗位上做出不平凡的业绩出来呢!怎么样,都想起来了没有?”

我听了,恍然大悟道:“原来是小弟弟啊,快,快,快请坐!”

陆正平坐下后,我仔细地端详着他那张已经发福了的脸,感慨道:“你也看出年纪了,不再年轻了。”

陆正平笑道:“岁月不饶人啊!我的儿子都工作了,我能不老吗?”

我听了,点点头,说道:“是呀,你儿子都工作了,我的女儿都有孩子了,我们这一辈人的芳华算是结束了,也该退出历史的舞台了。”

陆正平听了,笑道:“大姐能说出‘芳华’这两个字,就说明大姐心理年龄还是小姑娘呢,不老,不老,大姐的‘芳华’才刚刚开始,你要做的事情还多着呢!”

我笑了笑,问道:“你现在怎么样啊,具体是做什么工作的啊?”

接下来的交谈中,我才得知,原来,陆正平在我和他分别后不久,他就考上了河南信阳一所军事学院。三年的学院生活结束后,他又回到了刘老庄连所在的82集团军。在部队做到副团后,转业回到了家乡山西运城当地一个知名的盐业生产集团,工作几年后,他现在已经是集团的副总了,可谓位高权重的顶梁柱。

“大姐,我这次参加活动,就坐在台下,听你演讲,那真是非常激动。

回想当年你去我们部队时的情景，真是历历在目。一晃几十年过去了，我们都老了，我在台下都差一点认不出你来了。等到你演讲结束后，我本来想去和你打一声招呼的。哪知道结束后，那么多领导在陪着你，我连插话的机会都没有，只好远远地看着你，看着你在众人的陪伴下坐车离开。我向工作人员打听，听说你住在这个大酒店里，就赶紧过来看你了。大姐，说真话，看到你真的非常激动啊，真希望你能在这里多待几天，带你到中条山脚下的盐湖去看一看，再到我们厂子去转一转，你看好不好啊？”

我笑道：“当然好了，既然来都来了，客随主便，那就听你的安排吧！”

陆正平听了，开心得像个孩子似的笑了起来，说道：“那就说好了，不许反悔。”

我回道：“你大姐是那样的人吗？”

陆正平一拍大腿，说道：“好，我现在就打电话安排。”

翌日上午，陆正平带着一名驾驶员，开着一辆黑色奔驰轿车来接我和周金成了。车子沿着宽阔的马路行驶了半个多小时，就来到了中条山脚下的盐湖的北岸。

我们下了车子，隔湖远眺，但见湖之南，横亘着一座连绵的大山。这座大山，就是远近闻名的历史名山——中条山。远远望去，山势如一幅中国的山水画，似云含雾，如黛似眉，虽险峻却不失清秀，虽蜿蜒却又首尾相望，疑一叶柳丝浮于云水间，叹一道凝眉落在碧波上，说不尽重峦叠嶂潮头涌，道不完远树飞泉别样景，真乃一座神山也。

我们参观的第一站，是盐湖北岸的池神庙。池神庙背山面水，楼殿飞檐翘角，雕梁画栋，气势雄伟，十分壮观。

走进池神庙，陆正平边走边介绍道：“这座池神庙始建于唐大历十二年，也就是公元777年，唐代宗李豫赐运城盐池为‘宝应灵庆池’，钦定在盐池建庙，赐封池神为‘灵庆公’，列入国家祀典。这座池神庙是一座以崇拜自然神为主的神殿，是赞颂、礼拜大自然的庙宇，建筑风格独特，被誉为‘神龟探海’之势。庙内的三座大殿分别为池神庙、风神祠和太阳神祠，分别代表着制盐过程中的三个重要环节——水、风、火。”

我们来到一处门楼，陆正平指着门楼上“舜弹乐处”四个字说道：“当年舜帝曾经在此抚琴，一面抚琴，一面吟唱《南风歌》，歌道‘南风之薰兮，可以解吾民之愠兮；南风之时兮，可以阜吾民之财兮’。这个盐湖，被历代封建王朝视为‘国之大宝’，谁拥有它，就拥有了问鼎中原的资本，在唐大历年间，盐税达到全国财赋八分之一、全国盐税四分之一。可见，这么一个重要的经济命脉，在古代很大程度上影响着我国社会的政治、经济、军事、文化的发展，地位非常重要。”

登临楼上，俯瞰盐湖。但见风景优美的中条山脚下，一湖池水汤汤，波光潋滟，水天相接，一望无垠。在阳光的照耀下，湖面上闪烁着五彩斑斓的光影，像是画家手中巨大的调色板镶嵌在湖面上，光艳夺目，美轮美奂。

“这个盐湖是怎么来的？湖面上为什么会有各种色彩呢？”周金成不解地问道。

“这个盐湖的形成，可以追溯到百万年前，由于地壳运动、海陆变迁，中条山北侧地势下陷，大量含盐藻类矿物质汇集于此，经过漫长的自然蒸发、沉淀富集，形成了今天看到的天然盐湖。这个盐湖，是我国最大的内陆咸水湖，也是世界上最古老的盐业开采区之一，距今已有 4600 多年的历史，盐度高达 30%左右，又被称为‘中国死海’，湖中除了盐藻、卤虫以外，其他的生物不能生存。由于湖中钾、钠等成分浓度不同，加上湖中盐藻、卤虫的繁殖，在高温和强光的作用下，就形成了‘七彩盐湖’的美景了。”陆正平耐心地回答道。

“这个湖中盐度这么高，人躺在水里能漂起来吗？”周金成好奇地问道。

“当然能了，要不你下去试试？”陆正平笑着说道。

“不用了，不用了。”周金成听了，连连摆手。

“那我们去厂里看看吧？”陆正平提议道。

“好，去看看吧！”我附和。

车子在盐湖北岸一个现代化工厂的门口停了下来，我们下车后，陆正平指着工厂说道：“这个工厂就是我们运城最大的一家盐业制造厂，主要生产各种食用盐，产品不仅销往全国各大城市，还销往海外。近期，我们还准备到外地去考察，准备投资建厂，把生产基地建到外地去。”

我听了，突然想起来了一件事。我在淮阴老家的时候，曾经记得淮阴电视台的新闻节目报道过一则新闻，说是在淮阴的洪泽湖畔勘探出一个储量巨大的地下盐矿和芒硝资源，现有的储量够开采上百年的，具有很好的商业开发价值。

我把这个情况跟陆正平说了，并试探着问道："如果这个消息属实的话，你们不就可以到我们淮阴投资办厂了？"

陆正平听了，蓦然来了精神，眼睛闪着亮光，迫不及待地问道："是真的假的？我什么时候到淮阴去考察一下，你看如何？"

我笑道："看把你急的，我只是偶然间听到电视里这么说的，到底是真的假的，等我回去后再打听一下，有什么情况及时告诉你。"

陆正平说道："大姐那你千万甭忘记了，一回去就打听啊！"

我笑道："心急吃不了热豆腐，甭急啊，我一回去就打听，保证误不了你的事。"

陆正平笑道："我还不是怕大姐事情多嘛，贵人多忘事，我提醒提醒。"

陆正平说着，带领着我们走进了工厂大门，领着我们参观了工厂的各个生产车间，详细介绍了盐和芒硝的工业化生产的流程和工艺。工厂车间管道林立，机器轰鸣，运送产品的车辆进进出出，到处是一派欣欣向荣的繁忙景象。

参观完工厂，在我的一再要求下，我们又到了中条山上，参观了永乐宫，攀登了五老峰。站在五老峰上，纵观莽莽苍山，滔滔黄河，我不由得想起了韩愈《条山苍》的诗句：

条山苍，河水黄。

浪波沄沄去，松柏在山冈。

中条山，我又回来了。

我站在中条山上遥望着家的方向，想起了我的父母家人，想起了我的哥哥陆凡。当年，这里是战火纷飞的战场，中国守军和日本兵浴血鏖战二十个日夜，付出了伤亡 13751 人的代价，最终被迫撤离了中条山。也就是那一次"中条山战役"后，三哥陆凡跟随着八路军离开了家乡，进入了太行山，最终到达了苏北，来到了刘老庄，牺牲在了刘老庄。如果三哥地下有灵，他是否梦回故乡，是否回到中条山，是否看一看今天运城的面貌？

“大姐，是不是又想起连长了？”陆正平望着我，关切地问道。

“是呀，当年我三哥离开中条山的时候，才十七八岁，还是一个孩子啊！那一天走了以后，却再也没有回来过，永远地回不来了。如果他还健在的话，也八九十岁了。”我叹了口气，说道。

“当年，和连长他们一起离开中条山的人，几乎都牺牲在了外面，没有一个人活着回来了。他们，为了民族的解放，流尽了最后一滴血，是我们中条山的骄傲，也是我们运城人的骄傲。如今，我们这些活着的人，更应该把中条山建设好，把运城建设好，把国家建设好。只有国家强盛了，我们的胳膊更粗了，更有力了，那些蠢蠢欲动的反华势力才不敢肆意妄为，宝岛台湾才能真正回归。”陆正平正色道。

“是呀，三哥他们打下的江山绝不能再次成为别人嘴里的肥肉了，否则，他们当年的牺牲就不值了。”我感慨道。

“现在不一样了，我们的国家强大了，人民军队更强大了，任何敢于觊觎我国领土的人，在中国人民解放军面前都必将被撞得头破血流。我是一名老兵，国家有召，我第一个回部队，重新拿起枪杆子，和敌人血拼到底。大姐，你就放心吧！”陆正平说道。

“有你们在，有军队在，我有什么不放心的？三哥他们肯定更放心了。”我说道。

“等我到淮阴的时候，一定要第一时间去刘老庄，向连长他们汇报我的成绩，汇报我们刘老庄连队的成绩，让他们一百个放心。”陆正平说道。

“好，期待着你早日达成淮阴之行。”我伸出手，热情地说道。

“行，有大姐这句话，我一定早日去看望连长他们。”陆正平握着我的手，高兴地说道。

那一次从山西运城回到淮阴，我第一时间来到淮阴县委，向县委书记汇报了山西之行。县委书记听了汇报，十分重视，立即安排分管招商引资的副县长和我对接，了解详细情况。随后，县委书记亲自带队，来到山西运城，当面邀请陆正平尽早来淮阴实地考察、调研。

一个多月后，陆正平率领着工厂一群高管组成的考察团，正式踏上了淮阴的土地，开始了他们的投资考察之行。

刘老庄八十二烈士陵园，是陆正平他们淮阴行的第一站。经过几十年的建设，刘老庄烈士陵园早已换了模样，由最初的砖头砌成的纪念塔，变成了高大巍峨的纪念碑。新建了三层楼的纪念馆，馆名是由国防部原部长题写的，字迹遒劲有力，熠熠生辉。占地面积也空前扩大了，由原来的 10 多亩地，扩展到 500 多亩，增加了游客接待中心、停车场和附属设施。如今的烈士陵园，已经成为国家 3 A 级景区，更是被中央宣传部列为全国 100 条红色旅游线路之一。

在县委书记的陪同下，陆正平一行缓缓来到了烈士纪念碑广场。广场上，众人列队伫立，低首默哀。四名身材笔挺的礼兵在献花曲中，抬起两只高大的花篮，缓步走向十八级台阶，来到了纪念碑跟前，将花篮放置在纪念碑下。陆正平在县委书记的陪同下，一步一步登上台阶，神情肃穆地来到花篮前整理着缎带。此时，原本湛蓝的天空竟然飘起了蒙蒙细雨。陆正平脸上的泪水和雨水和在一起，顺着面颊无声地流淌着。他弯下腰，深深地鞠了一躬，又一躬。

广场上空，响起了少先队员们稚嫩的歌声：

我们是共产主义接班人
继承革命先辈的光荣传统
爱祖国，爱人民
鲜艳的红领巾飘扬在前胸
不怕困难，不怕敌人
顽强学习，坚决斗争
向着胜利勇敢前进
向着胜利勇敢前进前进
我们是共产主义接班人
……

几百只和平鸽扑棱着翅膀，飞向天空，萦绕在烈士陵园上空，飞了一圈又一圈，将悠扬的鸽哨声洒向陵园的每一处角落，也久久地停留在每一个人的心田。

之后，陆正平一行又参观了烈士纪念馆，在每一幅图片和实物前，都认真地聆听着讲解员的讲解。陆正平还不时地低头仔细地观看，不停地向讲解员提出自己的问题,讲解员都热情地一一作答。

在展柜里一只破旧的牛皮公文包前,陆正平伫立良久。

我解释道:“这只公文包前后有过两个主人。第一个主人是张一蕊大姐,这是她生前一直使用过的。大姐牺牲以后,这只公文包就传到了三哥陆凡的手里,三哥一直把它带在身边。刘老庄战斗打响后,三哥在临牺牲之前,将它埋在了战壕里,直到战斗结束后,乡亲们打扫战场时才发现了它,把它珍藏了起来,保留到了现在。”尔后,我把张一蕊大姐和三哥陆凡的故事细细地告诉了陆正平。

陆正平听了,眼睛湿润了,他哽咽着说道:“这只公文包是连长和张队长爱情的见证,如果他们两人还健在的话,也已经是儿孙满堂了。”

我叹了一口气,说道:“谁说不是呢?如果他们都还在,那该多好啊!”

在埋葬着八十二位烈士的陵墓前,陆正平献上了一束鲜花,又绕着陵墓一周,品读着刻在四周的名人题字。突然,他问我:“大姐,按照我们中国人的习惯,陵墓一般都是坐北朝南的,为什么这座却偏偏是坐东朝西的呢?”

我回答道:“是的,按照我们淮阴的风俗也是应该坐北朝南的,但为什么刘老庄的乡亲们把它又修成面向西边呢?就是因为我们的四连是从山西那边过来的,大部分的战士都是山西人。我们中国人是讲究落叶归根的,生前无论身处何方,身后都要想着法子回到自己的出生地。我们的八十二位烈士牺牲后,按照当时的条件是无法把他们送回家乡的,所以,乡亲们就把他们的陵墓修成朝西的,这样,他们就能日日夜夜看到自己的家乡了,也就了却了他们的思乡之苦了。”

“噢,原来是这样的。那新中国成立后,又怎么没有把他们送回到我们山西呢?”陆正平继续问道。

“这有两个方面的原因,一是山西也好,淮阴也好,都是咱们中国自己的土地,都是在自己家里,‘青山处处埋忠骨,何须马革裹尸还?再说了,多少烈士都未能回到自己的家乡,甚至是出国参战的烈士,他们至今还埋骨异域,无法回国。三哥他们能埋在国内已经是很幸运的事情了。另一个原因就是刘老庄的乡亲们无法割舍这份情感,不舍得烈士们离开这里,他们已经把八十二位烈士当成了自己的家人了,每到 3 月 18 日这一天，四面八方的老百姓就会赶往烈士陵园来拜祭。那一天，刘老庄的乡亲们不管有多远，哪怕是在外地，也会想方设法赶回来，不为别的，只为给烈士们献上一朵花，鞠上一个躬，看上一眼。刘老庄八十二烈士，他们早已融进了这片土地，成为刘老庄的一分子，谁也无法将他们和刘老庄分开了，永远，永远。”我说着，眼泪却不由自主地流了下来。为了八十二位烈士哥哥们，也为了深情的刘老庄的乡亲们，更是为了这片温暖的土地。

陆正平没有说话，他仰着头，目光越过陵墓，越过纪念碑，望向苍茫的天际。两行热泪，顺着他的面颊，无声地流淌着，流淌着……接下来的行程里，我陪着陆正平一行参观了刘老庄的红星家园、丁胡庄新农村示范点、影视拍摄基地、工业集中区等地方，每到一处，陆正平都兴致勃勃地观看着、交谈着，对刘老庄的一草一木都表现出了浓厚的兴趣，仿佛恨不得走遍刘老庄的每一寸土地，接触到刘老庄的每一位乡亲。

在红星家园，看着一幢幢漂亮整洁的红色住宅楼、整齐的道路、干净的环境、如茵的草坪、高大的行道树，陆正平由衷地赞叹道：“刘老庄真美啊！”

我在一旁说道：“是呀，现在的刘老庄早已今非昔比了，都是全国闻名的文明村了。”

陆正平说道：“当年连长他们舍身保卫刘老庄，不就是为了让刘老庄人民能过上好日子吗？如今，他们的愿望终于实现了。我作为后来者，一定要为刘老庄做点什么，为淮阴人民做点什么，只有这样，才能不愧为刘老庄连走出来的战士。”

经过这次考察、调研，陆正平一行回去以后，很快复电淮阴：工厂领导层经过充分讨论研究，决定在淮阴投资兴办新的盐业加工厂。

经过两年的紧张筹备，投资 30 亿元的淮阴运城盐业集团终于竣工投产了。

竣工投产的那一天，集团举行了盛大的庆典仪式。庆典现场，嘉宾如云，热闹非凡。陆正平一身崭新的藏青西装，系着大红领带，胸前佩戴一朵带着红绸的郁金香，喜气洋洋地把我拉上了舞台，面对着话筒，对着台下密密麻麻的观众大声地说道：“今天，我向大家介绍一位特殊的嘉宾，她就是刘老庄八十二烈士连长陆凡的亲妹妹陆小凡。”

台下骤然响起了热烈的掌声。

“当年,为了抗日图存,为了民族解放,为了保卫刘老庄,连长陆凡和他的战友们离开了家乡,离开了山西,来到了淮阴、来到了刘老庄,将一腔热血洒在了淮阴这块土地上。后来,连长的妹妹陆小凡只身一人来到刘老庄,来到淮阴,不为别的,只想把刘老庄、把淮阴建设得更加美好。如今,跟随着连长陆凡和他的妹妹陆小凡的脚步,我们又来了,我们只有一个心愿,那就是把前人未竟的事业继承下来,把红色的基因赓续下去,让淮阴的明天更美好。”

台下的掌声如骤雨,似狂风,经久不息。

“下面,请陆小凡大姐为我们说两句话,大家欢迎!”陆正平突然将了我一军,这完全不在计划之中。我不解地望着陆正平。陆正平把话筒递到了我的手里,悄悄地耳语道:“随便讲,想讲什么就讲什么。”

我接过话筒,面对着台下的听众,笑眯眯地说道:“好,既然陆董事长让我说两句,我就说两句,多一句废话都不讲。”

台下哄堂大笑起来。

“第一句话:感谢我山西老家来的运城盐业集团,你们的到来,必将为淮阴的经济发展助一臂之力。这是第一句话。”我说道。

“那第二句呢?”陆正平问道。

“第二句话:仅仅运城集团来了,还远远不够,你们要将更多的上下游企业招引过来,否则,你们只能得一个及格分。你们想不想得满分?”我大声地说道。

陆正平完全没有估计到我会在嘉宾面前这么说,他怔了一下,然后接过话筒说道:“完全出乎我的意料,没想到大姐现场当着这么多领导的面,给我出了一道附加题,这道题有点难。”

台下有人趁机起哄道:“董事长,这道题必须答啊!”

陆正平望着台下笑道:“好,我现在就答题:我保证在五年之内,给我们淮阴引进五家十亿元以上的工业企业。我是刘老庄连的战士,我说话算数。”

掌声,再一次响起。

三十一

又是一个春天的到来。

今年的春天特别寒冷，即使已经到了3月，依然还是天寒地冻，六塘河里的水还是那么冰凉刺骨。河边的芦苇还是那么干瘪枯败，经历了一个冬天洗礼的芦花像极了年画上寿星的髯须，在春日的风里来回地摆动着。河堤上，一棵棵的洋槐树的枝条光秃秃的，还看不见一星半点的嫩芽。倒是河坡上那些紧贴着地面生长的巴根草的根茎，已经悄悄地变绿了，偶尔还能看到一两点尖尖的、亮亮的芽儿冒了出来。

春天，正以一种无法阻挡的脚步，来了。

这一年，刚进入春季，淮北抗日根据地的形势就骤然紧张了起来。随着新四军主力部队地方化、地方部队群众化的实施，主力部队、地方武装和民兵更紧密地结合了起来，形成了一个有力的拳头，经常给予日本兵以沉重的打击。与此同时，根据地内普遍开展了减租减息和轰轰烈烈的大生产运动，广大人民群众的对敌斗争情绪日益高涨，生产运动蓬勃发展，根据地的面貌发生了新的变化，一切都在向有利于我的一方发展。日本兵在我军民的联合打击下，被迫收缩战线，龟缩在淮阴城和周边的各个据点里，不敢轻易露头，更不敢随便出来“扫荡”了。

淮北根据地像是一把锋利的尖刀，牢牢地插在日本人的心脏上面，威胁着日本人的指挥中心和战略要地徐州和淮阴，使其在淮海区的两大交通命脉运河、盐河长期处于瘫痪状态。她又像一条坚韧的纽带，把我山东抗日根据地和华中抗日根据地紧紧地连成了一片。

然而，日本人是不甘心失败的，他们在政治上加紧对国民政府进行诱降，开出了许多优惠条件。在日本人的这一阴谋下，国民政府内的右翼分子开始和日本人暗通款曲，相互来往，实行消极抗日、积极反共的政策，在全国范围内掀起了第三次反共高潮。驻扎在淮阴地区的顽军部队频繁出动，对我抗日根据地进行大规模的军事摩擦，严重威胁我方军民的安全。日本人在军事上加紧对我根据地的进攻，抽调出大部分的兵力，对我淮北、淮海各个根据地采取分进合击的战术，对我中心地带进行残酷"扫荡"，意图合围六塘河沿岸一带的淮海党政机关，并寻歼我主力部队，妄想以优势兵力一举摧毁我淮海根据地，切断我山东与华中两个根据地之间的联系。

日本兵为了达到目的，兵分十一路，倾巢出动，蜂拥而来，矛头直指六塘河，大有不达目的不罢休的骄横气焰。为了粉碎日本人的阴谋，新四军二营四连在连长陆凡的带领下，集中兵力，采取灵活机动的方法，或聚集，或分散，行踪不定，来去无影，给前来进犯的日本兵以沉重的打击，让日本指挥官十分头痛。

17 日下午，在刘老庄西村头的小树林里，陆凡正带着部队在休息时，侦察兵赶了回来，向他报告敌情："报告连长，泗阳、众兴的敌人，已经抵达后圩子，正在向钱集方向进犯；灌云、东海的敌人，已经进入了淮海区的腹地高沟、杨口，又继续向中心区移动；涟水的敌人，今天上午，从对岸的码头偷渡盐河西犯；徐州的敌人也偷偷地出来，增援到沭阳，配合原来在沭阳的敌人，正在沿淮沭公路南下；淮阴城的敌人也已经出城……十一路敌人已经对六塘河地区形成了合围之势了。"

"连长，我们下一步怎么办？"听完侦察兵的报告，指导员李尚云焦急地问陆凡。

陆凡问道："现在距离我们最近的敌人是哪一支部队？"

侦察员回答道："应该是涟水的敌人，他们已经过了老张集了，正在向我们这边压过来。"

陆凡又问道："五连还在村东头吗？"

侦察员回答道："还在。"

陆凡对侦察员吩咐道："在就好，你去通知五连，我们四连准备在老张集通往刘老庄的公路上伏击日军，请他们做好后继支援工作。"

侦察员答应着跑开了。

"指导员，我们不能便宜了这帮鬼子，主动出击一下，给老乡们多争取一点时间。"陆凡对李尚云说道。

"好，听你的。"李尚云态度坚定地回答道。

"好，同志们跟我走。"陆凡手一挥，带着全连战士跑步向着老张集通往刘老庄的公路前进了。

部队来到了公路的一处拐弯口，但见一条小河穿路而过，河上只有一座不大的木头桥时，陆凡高兴地对李尚云说道："你看，这个地方是个天然打伏击的地方，我们就在这里揍鬼子一下，如何？"

李尚云说道："这个地方好，我们把部队埋伏在河的东岸，等到鬼子冲过来时，我们就把他们往东边引，引得越远越好。"

"周大海，你带人去桥上埋炸药，等到鬼子来时，就把桥给炸了。"陆凡对身边的一排长周大海命令道。

"是。"周大海得了命令，喜滋滋地带着几名战士到小桥上安放炸药去了。

陆凡带领着其他的战士都悄悄地埋伏在河东边的沟渠里，静静地等待着日本兵的到来。

很快，侦察兵回来向陆凡报告道："连长，鬼子已经过来了。"果然，很快，前方道路的尽头传来了汽车的马达声和战马的嘶鸣声，整个地面都跟着颤抖了起来。

桥下面，周大海和几个战士正在紧张地忙碌着，显然，他们还没有察觉到危险正一步步地逼近。

"周大海，快回来。"陆凡焦急地压低嗓子向着周大海他们喊着。因为距离较远，周大海他们一点反应都没有。

"真急死人了，这个周大海。"陆凡急得直搓手。

"我去喊他们。"这时，陆凡一旁的周小红突然说了一句，紧接着就从水沟里爬了上来，手里提着一支步枪，猫着腰向着小桥方向冲了过去。

“这个周小红，也太冒失了。”陆凡生气地咕噜了一句。

公路的拐弯处，日本兵的汽车已经出现了，车门上贴着的一面面膏药旗十分刺眼。车厢里，坐满了荷枪实弹的日本兵，他们一个个头上戴着的钢盔，在太阳的映照下，发出一片亮晃晃的白色。每一辆汽车的驾驶室顶上，都有一名日本兵架着一挺歪把子机枪趴在那里，随时做好射击的准备。汽车的后面，跟着一队骑着东洋马的日本骑兵，每一个人的腰间都悬挂着一把日本军刀，趾高气扬地行进着。骑兵的后面，就是一眼望不到头的步兵队伍。这支日本兵一路杀气腾腾，十分嚣张。

眼看着日本兵的第一辆汽车就要驶到小桥头了，周小红才带着周大海他们气喘吁吁地，连滚带爬地撤了回来。

“你们怎么搞的，这么慢腾腾的？”陆凡不满地问周大海。

周大海的头上冒出了黄豆粒大小的汗珠子，晃了晃手里的起爆器，笑眯眯地回答道：“连长，我怕他们吃不饱，又给他们加了一点料。这一下，保证够这帮兔崽子喝一壶的了。”

陆凡又扭过头批评周小红道：“你也真是的，擅自行动，如果出了事算谁的？”

周小红眼睛盯着小桥的方向，头也不回地急急喊道：“连长，鬼子上桥了。”

果然，日本兵的第一辆汽车先是试探性地来到了桥头，慢慢地驶上了桥，好像是在看看桥身能否承受得住汽车的重量。然后，才又缓缓地向着桥的中央开了过来。看到第一辆汽车安然无恙地上了桥，后面的第二辆汽车也就没有了顾虑，放心大胆地加大马力，犹如草原上的野狼似的低吼着，跟在第一辆汽车的后面也上了桥。

战士们隐蔽在沟渠里，紧张得连大气都不敢出。直到第一辆汽车快要到达对岸了，桥面上已经有了三辆汽车时，陆凡才把早就抬起的右手狠狠地压了下去，同时，大声地喊了一句：“炸。”

随着陆凡的喊声，周大海毫不犹豫地按下了手中的起爆器。

几声冲天巨响过后，一团团烈焰腾空而起，小桥连同桥上三辆满载士兵的汽车瞬间被炸得飞上了天，木头、汽车、尸体的碎片在天空中飞舞着，尔后又溅落到河水里、河岸上、田地里和树梢上。一股浓烈的尸焦味在阵地上飘着，弥漫着。一只燃烧着的汽车轮胎飞出去老远，一直飞到陆凡他们埋伏的沟渠前面的不远处，才失去了动力，垂头丧气地掉落到了地面上。

陆凡他们看到眼前的场景，都开心不已。陆凡对着周大海的胸口就是一拳头，兴奋地说道："好家伙，回去给你记一功。"

周大海得意地说道："等你给我发了一个大一点的奖章，我就寄回老家去，让俺娘也高兴高兴。"

陆凡说道："放心，等打完这一仗，就给你记功。"

周大海听了，脸色涨得绯红，手里握着步枪盯着前方的敌人，大声地说道："连长，我再多打死几个鬼子，让你多给我发一个奖章啊！"

周围的战士们听见了，都禁不住笑了起来。重机枪手何凯接话道："给我留几个，我也要奖章呢！"

大家听了，又忍不住笑了起来。

这时，正在准备过桥的日本部队遭到突然袭击，后面的队形一下子就乱了套，骑兵的战马受了惊，不安地嘶叫着，向着四周乱窜，差点把马背上的那些日本兵摔了下来。汽车上的日本兵像下饺子似的，一个个从汽车上面跳了下来，抱头鼠窜。后面跟着的日本步兵不明原委，被强烈的爆炸声吓得四处散开，噘着屁股趴在地上胡乱地向着四周开枪。

陆凡抓住机会，率先对着敌人开了一枪，喊了一声："打。"

战士们手中的武器一齐开火，招呼着眼前的日本兵，打得他们纷纷中弹倒地。而这些日本兵也不是无能之辈，毕竟训练有素，在短暂的混乱后，就稳住了阵脚，在指挥官的指挥下，骑兵过河向着四连的阵地冲了过来。后面的步兵也纷纷下了河，跟在骑兵后面，嗷嗷怪叫着，扑了上来。

就在这时，隐蔽运动到敌人后方的新四军二营五连也适时开了枪。腹背受敌的日本兵一下子慌了神，一会儿掉头向东，一会儿掉头向西，都不知道如何是好了。

四连看到这种情况，趁机对着眼前的日本兵又是一阵射击，打得他们人仰马翻。日本指挥官一下子恼羞成怒起来，把兵力一分为二，一部分向着四连阵地压了上来，一部分掉头去对付五连了。

陆凡扔出一颗手榴弹后，笑着对着战士们下达命令道："撤。"

战士们得到命令，跟着陆凡迅速撤离了战场，顺着田埂，向着刘老庄相反的东北方向撤走了。

日本指挥官一看四连跑了，哪里能咽下这口恶气，拔出指挥刀，命令士兵不顾一切地尾随追击。

与此同时，五连也撤离了战场，带着后面的日本兵在荒野里兜起了圈圈。

整整一个下午，四连带着后面的日本兵，一会儿向东，一会儿向西，一会儿向南，一会儿向北，跑了百十里地，把日本兵当成猴子戏耍，累得日本兵一个个精疲力竭，溃不成军。到了天色昏暗，夜幕降临，四连已经完全摆脱了日本兵的追击，来到了邻县涟水境内的一个小村庄。

“同志们抓紧吃点东西，稍事休息啊！”指导员李尚云对着战士们说道。

跑了一个下午，战士们也都累得够呛，一个个迫不及待地一屁股坐到了地下，大口大口地喘着粗气。有的战士把背包放到地上，头一靠上去就打起了呼噜，睡着了。

他们太疲惫了。

“来，吃点东西。”周小红拿着一只已经洗干净了的山芋，来到陆凡跟前，递给了他，关切地问道，“饿了吧？”

陆凡没有说话，只是接过山芋“呼哧”就是一口，咬下了一大块，心满意足地咀嚼着。

“吃了别人的东西，也不知道谢一声？”周小红白了陆凡一眼，嗔道。

陆凡一听，立马把手里的山芋往周小红的手里塞，嘴里嘟嘟囔囔地说道：“来来来，拿去吧，吃你一个山芋还要那么多礼数？”

周小红一看，叹了一口气，无奈地说道：“算啦，算啦，你就吃吧，想得到你的一个谢字，真是比登天还难。”

“什么比登天还难？”两人正说着话，指导员李尚云大步流星地走了过来，好奇地问道。

“没什么，没什么，随便聊聊。”周小红立马回答道。

李尚云见了，也不好再说什么，便转头对陆凡说道：“连长，我到这个村子里去转转，看看有没有什么情况？”

陆凡一听，赶紧说道：“好好好，我跟你一块去。”说完，也不待李尚云点头，便拉着李尚云走了。

李尚云一边被拽着往前走，一边责备道："你是一连之长，这一点小事你干吗也跟着去啊，我去就行了。"

陆凡也不解释，只顾拽着李尚云一个劲地往前走。后面的通讯员李建不明所以，也只好跟在他俩后面，手里提着手枪警惕地四下张望着。

到了村子里，一连看了几家，发现家家户户的大门上都挂上了一把锁，村子里竟然连一个人影都没有。

"奇怪，人都去哪了？"李尚云像是在问陆凡，又像是在自言自语道。

"这还用问吗，肯定都跑反去了。这几天鬼子'扫荡'的动静这么大，老百姓不跑掉才怪呢，谁还敢安心地躺在家里睡大觉？"陆凡回答道。

就在这时，村外的不远处传来了几声沉闷的枪声。李尚云侧耳听了听，判断道："这应该是鬼子三八大盖的声音，难道鬼子已经跟过来了？"

正说着，一名侦察员跑了过来，报告道："连长、指导员，敌人的大部队离这里不到三里地了。"

陆凡一听，立即命令道："通知部队，立即转移。"

李尚云问道："往哪里转移？"

陆凡回答道："回刘老庄。"

部队刚走出不远，迎头遇到了日本人的三个侦察兵。日本兵发现了陆凡他们，其中一人举枪就要射击，陆凡眼疾手快，抬手一枪就把他撂倒了。其他两个日本兵见状，还没反应过来，已经被李尚云和周大海一人一枪，打得仰面朝天，横躺在地上不动了。不远处的日军大部队听到枪声后，疯狂地冲了过来。一时间，日本人的大部队就要冲到眼前了，连日本人叽里呱啦的喊叫声都听得清清楚楚了。

战士们悄悄地埋伏在了田埂下，等到日军快要接近时，所有人猛地扔出了一波手榴弹，飞入了日军的人群里，把他们炸得是死的死，伤的伤。趁着日军混乱的当口，新四军战士们迅速地顺着野外的沟渠撤离了战场。

四连在夜色的掩护下，经过三个多小时的急行军，于晚上 9 点钟前后回到了刘老庄村。恰巧，五连也回来了。四连仍然回到村西头临时驻防，五连则去了村东头休息。

晚上 10 点钟，二营长张瀚带着警卫连来到了刘老庄村。张瀚一到，立即召开了四连、五连排以上的干部会议。连续多日的奔波，张瀚的身材更消瘦了，眼窝深陷，胡子拉碴的，但精神却很好，说话的声音也十分洪亮。

“同志们，这次啊，日本人集中了重兵，对我们采取了分进合击的策略，可谓来势汹汹，咄咄逼人啊！敌人想把我们一网打尽。可是，他们的如意算盘是不会得逞的，团部要求我们二营要迅速集中起来，跳出敌人的包围圈，向着洪泽湖西岸集结。一来呢，可以避开敌人的锋芒，保存自己的有生力量；二来呢，到了洪泽湖西岸后，要配合新四军四师剿灭当地的顽固武装，开辟新的抗日根据地。”

干部们听了张营长的话，都热烈地讨论了起来。

“张营长，我们都撤走了，鬼子来了，刘老庄的百姓怎么办？六塘河的淮海机关总部怎么办？”四连一排长周大海大声地问道。

“是呀，他们怎么办？”下面有人附和着。

张营长看了看大家，说道：“你们提到的问题，上面也都考虑到了。驻守在六塘河总部的上千名机关人员，从今天晚上开始，已经正式向外撤离了。当地的老百姓，包括刘老庄的乡亲们，要配合区小队，做好撤离工作，要远离大路，到沟深河多的地方去躲起来，等到敌人走了以后再回来。告诉乡亲们，走的时候，能带走的东西全带走，尤其是粮食，一粒都不能留给日本人。带不走的，要就地掩埋起来，坚决做到坚壁清野，让敌人扑个空，一样东西都得不到。”

“那我们什么时候撤离呢？”五连的一位干部问道。

“现在就要出发。”张营长说道，“四连、五连跟我们营部一起走，现在就走。”

“现在就走？”四连连长陆凡踌躇道，“可是，我们还有几个班分散在其他村子里一时半会收拢不起来。再说了，还有许多老百姓没有撤离，我们要去帮助群众搞坚壁清野，这些都需要时间，哪有这么快的？”

张营长问陆凡：“那你们连现在能跟我走的有多少人？”

陆凡回答道：“炊事班的东西多，行动慢，就让他们先跟你们走吧！我们剩下的人最迟明天早上从刘老庄出发，向西去追赶你们。”

张营长略一迟疑，说道：“好吧，那就让五连和你们四连的炊事班和我们先走。你们四连最迟要在明天下午 2 点之前赶到洪泽湖边的山子头，我在那儿等你们，你们一定要按时赶到啊！”

“放心吧，营长，我们明天下午见。”陆凡说道。

“好，我等着你们。”张营长说道。

会议结束以后，陆凡立即安排通讯班派出人员，到各个村去通知人员到刘老庄村集中。又安排副连长杨瑞带人到群众家中，帮助群众做好坚壁清野和撤离工作。

一切安排停当之后，陆凡找到周小红，面色凝重地对她说道：“小红，交给你一个特殊的任务，你一定要完成好。”

周小红看着陆凡一脸严肃的样子，心里又激动，又不安，因为，陆凡从来没有这样郑重其事和她说过话。看来，连长交代给她的任务一定非常重要。

“连长，是什么任务，你就尽管吩咐吧！”周小红努力地压抑着心中的激动，表面上故作轻松地说道。

陆凡一本正经地说道：“是这样的，现在营部要求我们炊事班和他们一起连夜向山子头撤离，我怕炊事班不安全，所以就让你带领着炊事班先撤，我们明天就到。怎么样，能完成任务吗？”

周小红听了，一下子愣住了，半晌，她犹豫着问道：“连长，为什么要让我去带领炊事班先撤呢？炊事班不是有班长的吗？再说了，还有那么多的男同志在呢，干吗非得让人家去啊？”

陆凡一听，有点不高兴了，责备道：“你哪来的那么多问题啊？你刚刚还说让我尽管吩咐呢，怎么真的吩咐你了，倒又不干了，你是怎么回事啊？我叫不动你了？翅膀变硬了，还是怎么的？”

周小红被陆凡一通抢白，脸色红一阵白一阵，她委屈地说道：“你凶什么凶？人家还不是担心你嘛，人家走了，你怎么办？人家只是想和你一起留下来，不管是祸是福，都陪着你，不能吗？你犯得着这么凶吗？”说着，眼圈慢慢地变红了，眼泪也止不住地无声滑落了下来。

陆凡看着周小红一副受委屈的样子，心里也觉得很不过意，声音柔和了许多，哄她道：“你看，这么重的担子交给你，你还不高兴？再说了，我和同志们都在一起，还用得着担心吗？你们先走一步，我们明天下午就到，到时，你们炊事班弄一点好吃的，好好犒劳犒劳我们，怎么样？我都好多天没吃一顿饱饭了，早馋死了。”

周小红听了，方才破涕一笑，问道："真的馋了？"

陆凡板起面孔，说道："那还能有假？"

周小红羞涩地一笑，说道："那行，明天一定让你吃个够。"

陆凡这才露出了笑容，说道："好了，不说了，抓紧和炊事班一齐出发吧！"

周小红高高兴兴地跑开了，脑后面两条乌溜溜的小辫子上下跳跃着，像是春天六塘河上快乐的小燕子似的。

半个时辰后，四连炊事班的全体战士带着做饭的家伙，整齐列队等待着陆凡作动员讲话。这时，张营长带着警卫连和五连已经出发了。

陆凡看着面前一张张消瘦而又疲惫的面容，走过去，和他们一个个握了握手，然后把手一挥，大声地说道："同志们，明天见！"

炊事班的战士们齐声高呼道："连长，明天见！"周小红跟在炊事班的后头，一步三回头，依依不舍地和陆凡他们挥着手。突然，周小红又急急忙忙地跑了回来。陆凡看见了，忙迎了上去，问道："怎么了，什么东西落下了？"

周小红大口大口地喘着气，从口袋里掏出了一只红皮山芋塞到了陆凡的手里，急急地说道："我们走了，你们吃饭都成了问题，把这个留着吧！"说完，猛然转过身，头也不回地向着炊事班离开的方向，消失在了漆黑的夜色中，不见了身影。

陆凡怔怔地站在原地，望着周小红消失的方向，久久没有挪动脚步。

很快，分散在各个村的四连战士们都陆续返回了连部。

"报数。"指导员李尚云排好队伍，大声地命令道。

"一、二、三、四……七十九、八十、八十一、八十二。"

"报告连长，四连现有八十二人集合完毕，请指示！"李尚云向陆凡报告道。

陆凡看着面前的战士们，心疼地说道："同志们，你们辛苦了。我们明天一早还要赶路，现在，我命令你们抓紧休息。解散。"

此时，已经是 3 月 18 日凌晨 1 点时分。

此时的刘老庄村，静谧，寂然，而又透出一丝隐隐的不安，空气中飘着一缕不易觉察的血腥味。

三十二

我从小时候开始，就是听着八十二位烈士的战斗故事长大的，这个故事的每一个细节都深深地印在我的脑海里，仿佛是我亲身经历了一样。

在我的人生中，讲述刘老庄的战斗故事，已经成为我生活中的一部分了。从年轻的时候开始讲起，一直讲到现在的耄耋之年。每一次的讲述，都是一种情感的痛苦的煎熬，作为连长陆凡的亲妹妹，我无法忍受亲人牺牲时的生离死别，无法直视哥哥们血淋淋的画面。但我又要忍受这一次次的煎熬，因为，讲述他们的故事、传承他们的精神是我的责任，一种历史赋予的责任。红色的基因需要赓续，历史的经纬不能被割裂，因为，它是我们民族的一部血泪史。忘记了历史，就意味着背叛。既然历史的接力棒交到了我的手中，我就一定要跑好自己的这一棒，对历史负责。

今年的 3 月 18 日，是烈士们殉国 80 周年纪念日。整整 80 年了，如果当年他们还活着，如今也大多数都是百岁老人了。80 年了，每逢阴雨连绵的天气，刘老庄的乡亲们仍然能听到烈士陵园里传来的激昂的军号声，乡亲们都说，那是八十二位兄弟在出操苦练杀敌本领呢！八十年的风雨，仍然没有吹散那一天凌晨突然传来的枪声。

“砰、砰、砰。”几声枪响。

枪声是从五里乡的方向传来的，清脆，短促。

连长陆凡正在迷糊中还没有醒来。他处理完手中的事情，刚刚躺下还不到一个时辰。连续多日的战斗，让他没有睡过一个囫囵觉，他太疲惫了，也太需要好好睡上一觉了。

然而，村子外面传来的枪声还是把他惊醒了。陆凡翻身下床，提着驳壳枪冲出院门，大声地喊道：“哪里打枪？哪里打枪？”

不一会，通讯员李建急匆匆地跑了过来，大声地报告道：“连长，南边发现敌情。”

原来，凌晨时分，盘踞在淮阴城的 1600 多名日伪军趁着天还没有亮，悄悄地打开城门，兵分两路，直扑淮海机关总部所在地的六塘河，企图一举消灭总部机关。为了达到目的，这次，日本军队不仅带上了五门小钢炮，还出动了精锐的骑兵部队，几乎是倾巢出动了。

其中一路日本兵顺着淮阴、丁集、五里、刘老庄、徐溜一线，耀武扬威而来。每到一处村庄，日本军队就纵兵杀人、放火、抢粮，制造了无数起屠村血案。日本兵所到之处，老百姓横尸遍野，血流成河，恸哭声不绝于耳，景象惨不忍睹。

起雾了。

在五里乡和刘老庄的交界处，有一条不大的小河，其实也就是平时灌溉用的小水沟。但是，就是这样的一条小水沟，却有一个神奇之处，就是每当进入 3 月，一到凌晨时分，这里就会起雾，雾起处连绵三四里。过了这个区域，别的地方却又一点雾都没有了，真的是好神奇。这天凌晨，交界沟区域又是浓雾弥漫，对面都看不到人影。

在路口放哨的四连哨兵于浓雾之中，突然看到影影绰绰有一个人影在晃动，紧接着，又有几个人影从浓雾里钻了出来，向着哨兵所在的方向急匆匆地跑了过来。

哨兵十分警惕地拉响了枪栓，厉声喝问道：“站住，什么人？再跑就开枪了。”

前面的几个人影慢慢地停了下来，一个人回答道："我们是跑反的老乡，自己人。日本兵过来了，正在我们村里杀人呢！"

哨兵一听说是跑反的老乡，放下了枪，热情地喊道："老乡，我们是新四军，你们快过来吧！"

几个老乡一听说是新四军，他们立马跑了过来。其中一个老乡来到哨兵身边，气喘吁吁地说道："不好了，来了好多的日本兵，他们还用马车拉着大炮，见人就杀啊，那阵仗好吓人啊！你们也快跑吧，要不然，等到鬼子来了，就跑不掉了。"

哨兵安慰老乡道："你们不要怕，有我们在，你们就安全了。你们快往北边跑，我们的大部队都在北边呢！"

几个老乡听了，头也不回地撒腿就往北边跑了。

这时，越来越多的老百姓从浓雾里钻了出来，拖儿带女地从哨兵面前跑过。哨兵大声地喊道："大家往北边跑，我们的部队在北边。"

一名跑反的老大爷从哨兵面前跑过，看到他还待在原地不动，着急地大声催促道："快跑啊，小同志，有十几个小鬼子化装成跑反的老百姓，从后面追过来了。快跑啊，再不跑就来不及了。"

哨兵听了，意识到跑回去报告已经来不及了，就果断地立马举枪向着天空"砰、砰、砰"连续打了三枪，用枪声向后方预警。

很快，连长陆凡就带着四连的战士们从庄子里面冲了出来。哨兵迎头撞上他们，大声地喊道："连长，鬼子从五里乡方向冲过来了。"

"来了多少人？"陆凡大声地问道。

"不清楚，听说还带着大炮呢，应该不少人。"哨兵气喘吁吁地回答道。

陆凡掉头对身旁的指导员李尚云说道："指导员，你带着一个班赶快到村子里协助老乡们撤离，我带着其他人在这里阻击一下。"

李尚云说道："好，我结束了就赶回来。"说完，就带着一个班的战士们跑步离开了。

李尚云他们走后，陆凡对着其他的战士们命令道："快，我们进入前面的交通沟。快，快，快。"

在陆凡的带领下，战士们以百米冲刺的速度，抢先进入了村外的一条交通沟里，各自找到了战斗岗位，做好了战斗准备。陆凡猫着腰在沟里来回走动着，检查着每一位战士的准备情况。陆凡来到小战士刘近山的身旁，拍了拍他的肩膀，小声地问道："近山，紧不紧张？"

刘近山扭过头，一脸稚气地笑着回答道："连长，咱又不是新兵了，什么仗没打过？"

一旁的周大海听了，嘴一撇，不屑地嘀咕道："吹吧，才当了几天兵，尾巴就翘天上去了。"

陆凡又来到重机枪手何凯身边，小声叮嘱道："等会打起来时，你给我瞄准了，不要浪费子弹啊！"

何凯听了，扭头望着陆凡，满脸委屈地说道："连长啊，你这是又要马儿跑，又要马儿不吃草啊，这不是活活难为死我了吗？"

陆凡笑道："刚说你一句，你就喘起来了，下次还不能说你了。行了，你爱怎么打就怎么打吧，子弹管够。"

何凯一听，立马满脸都是笑容，说道："这还差不多。不过，连长你就放心吧，咱也是过日子的人，不当败家子，保证一颗子弹消灭一个敌人。"

正说着话，就见到前方不远的浓雾里传来了一阵杂乱、急促的马蹄声。声音越来越近，也越来越大了起来，似乎都能感觉到战马鼻翼的"呼哧"声了。

"同志们，准备战斗！"陆凡拔出手枪，大声地命令道。

战士们迅速地把子弹推上了膛，枪口直指前方。

战场上一下子出奇地安静了下来，安静到战士们都能听到自己心跳的声音。

"嘀达，嘀达……"

时间，在一分一秒地过去了。

终于，随着杂乱的马蹄声，十几个黑影从雾团里冲了出来，毫无顾忌地向着四连预设的阵地冲了过来。

五十米、四十米、三十米……

"砰"的一声，陆凡的手指扣动了驳壳枪的扳机。一下子，四连阵地上的轻重武器一齐开火，瞬间就将七八个黑影从马背上打了下来。有的马儿中了弹，四脚朝天栽倒在地，嘴里有气无力地"咴儿、咴儿"地叫唤着。有的马儿背上的累赘没有了，自个儿惊慌失措地跨过交通沟，跑到四连阵地的后面去了。最后面的几个黑影见势不妙，不敢再往前冲了，拼命地勒住马头，双腿夹打着马肚子，掉转头蹿回去了。

战场上又暂时恢复了平静。

这时，指导员李尚云带着一个班的战士折返回来了。

“怎么样，老乡们都转移了吗?”陆凡一见面就问李尚云。

“乡亲们都转移了。”李尚云说道，“不过，刚才团部来人说，驻扎在六塘河的淮海机关总部还有一些人没来得及撤离，让我们四连多挡一会，给他们多争取一两小时。等时间一到，就让我们连向洪泽湖的山子头撤离，和营部会合。”

陆凡听了，点头道:“阻击一两小时，肯定没有问题，保证完成任务。”

“现在是什么情况?”李尚云问道。

“刚刚来了十几个骑兵，做了替死鬼，还有几个逃回去了。现在雾大，敌人摸不清我们的底细，肯定不敢贸然进攻。只有等到雾散了，才有可能再来。我们现在要做的事，就是抓紧让战士们小憩一会，先养养神，等养足精神再揍这帮畜生。”陆凡信心十足地回答道。

“好，就这么办。”李尚云笑着说道，然后就顺着交通沟看望战士们去了。

情况确实如陆凡所料的那样，日本骑兵作为先头部队在前面开路时，冷不防被四连打得丢盔卸甲，落荒而逃，在日本指挥官的心里留下了阴影。因搞不清楚对方到底有多少人，日本指挥官也不敢冒进，只好等待大雾散了再行决定。不过，在这期间，日本指挥官也没有闲着，而是通过电台，联络上另一支从淮阴城出来“扫荡”的日军部队，告之他们自己遇上了新四军的主力，让他们速来刘老庄助自己一臂之力，共同“剿灭”他们。另一路日军接到信息后，放弃了原来的“扫荡”路线，立即掉头向着刘老庄赶来。两路日军合到了一处。

一个多时辰过后，浓雾终于散去了。早春的一轮太阳像是一张白纸画出来似的，毫无光泽地悬挂在冷清清的天幕上。日本兵端着三八大盖，上面悬挂着像太阳一样苍白的膏药旗，在指挥官的督战下，密密麻麻地发起了第二次试探性的进攻。

连长陆凡趴在交通沟里举着望远镜，密切地监视着日本兵的一举一动。进攻的日本兵先是弯着腰，缓缓地、一步一步地向前挪动着，看到四连阵地上迟迟没有动静时，他们的胆子渐渐地大了起来，直起腰来，用日语狂呼着“天皇万岁”的口号，中了魔似的向着四连阵地冲了过来。雨点般的子弹落在了四连的阵地上，打得交通沟边沿上尘土飞扬。

日本兵越来越近了。战士们蹲在沟里，手里拿着手榴弹，所有的手榴弹后盖已经打开，一只只手指套在了拉环上，全神贯注地等待着连长陆凡的命令。直到日本兵还有三十来米了，陆凡才大喊一声：“扔。”

战士们一齐拉响了手榴弹扔了出去。一颗颗手榴弹在空中划出了一条条优美的曲线后，准确在落在了进攻的日本兵的队伍中。“轰隆隆、轰隆隆”，接二连三的爆炸声响成一片，随着一股股烟尘的升起，好多日本兵一个个被炸得飞上了天，然后又重重地摔在了地上，当场就领了盒饭。后面的日本兵“哇哇”怪叫着，踏着死去的日本兵的尸体，犹如得了狂犬病的恶狼一样扑了过来。四连战士们手中武器的枪管都打红了，还在英勇地射击，日本兵像是被割韭菜一样地倒在了枪口下，剩下的还在玩命地往前冲。一些亡命徒一度冲上了四连的阵地，跳入了沟里，被四连战士们用刀刺、用枪托砸、用锹砍，最终被一一消灭。后面督战的日本军官用望远镜目睹了他们失败的过程，只好无奈地下达了停止攻击的命令。

日本指挥官没有料到对方的抵抗如此顽强，他错误地认为对方一定是新四军的主力部队，而且人数一定超过二百人。这真是“踏破铁鞋无觅处，得来全不费功夫”。新四军的主力就在眼前，哪里用跑到什么六塘河去寻找！日本指挥官想到这里，心中一阵狂喜，他迫不及待地命令通信兵立即联络其他九路日军，全部到刘老庄来会合，一举拿下新四军主力，彻底解决淮海、淮北地区的新四军这个心头大患。

得到消息的其他九路日军，不想被驻守淮阴城的日军抢了头功，都着急忙慌地，纷纷向着刘老庄这个弹丸之地包抄了过来。四连，即将陷入日本兵的重重包围之中。

“现在过去多长时间了？”在四连阵地上，陆凡趁着战斗的间隙，问李尚云。

“接近三个时辰了。”陆凡回答道，“根据团部的命令，我们已经完成了阻击任务了，可以撤离了。”

陆凡抬头仰望着天上那轮已经升高的太阳，眯着眼睛说道：“再等一会吧，防止总部机关还有人没走。”

李尚云听了，点头赞成道：“好，那我再去各个战位看看，加强对日军的监视。”

陆凡说道：“好，你去吧！”

不久，李尚云返了回来，对陆凡汇报道：“连长，日军的援军已经到了，我们再不走就没机会了。”

陆凡闻言，悄悄地站到了一个高处，举起望远镜四面观察着。果然，远处的道路上尘烟滚滚，人喊马嘶，不知道日军到底来了多少队伍。

陆凡看罢，眉头皱了一下，说道：“看来，日军真的把我们当成主力了。这样也好，我们把日军大部队吸引了过来，就减轻了总部机关的压力了。既然两个时辰早已经过了，刘老庄的乡亲们也都撤离了，那我们就不陪他们玩了，让他们自个玩自个去吧！走，同志们，顺着这条沟向西撤退。走啊！”

战士们得到了命令，立即收起了枪，猫着腰，顺着交通沟快速地往西运动。

然而，就在这时，日军第三次进攻开始了。这次，日本人换了一个打法，先是用密集的炮火对四连的阵地进行全覆盖，然后用步兵冲锋。密集的炮弹像蝗虫一样落在了交通沟的四周，炸起的尘土飞起老高，把战士们都震得东倒西歪的。有的炮弹直接落进了交通沟，几名战士当场就牺牲了。

陆凡大声地喊道：“周大海，快，快带着你的一排在前面开路，我在后面掩护，快。”

周大海从沟沿边站直了身体，摇了摇头上的尘土，大声喊道：“一排的，跟我来。”说完，第一个带头向着前面的交通沟冲了过去。一排的战士呼啦啦地跟了过去。

日军步兵开始冲锋了。日军的十几挺重机枪从各个方向同时开火，压制着正在运动的四连战士。密集的弹雨打进交通沟的土壤里，发出了

“啾、啾、啾”的怪响。

“连长，日军的火力怎么这么猛?”通讯员李建把头埋在沟沿下，对着陆凡说道。

“没什么好怕的，把鬼子放近了再打。”陆凡语气坚定地说道。

“好，我去传达。”李建爬了起来，去传达命令去了。

“等放近了再打。”

“等放近了再打。”

……

战士们一个接一个传递着命令。

近了，更近了，连日本人脸上的五官都能看清了。

“打。”陆凡大吼一声，战士们猛然抬起头，端起手中的枪开火了。重机枪手何凯双手紧紧握着重机枪，两眼喷出怒火，大声喊叫着，扣动扳机，把一串串仇恨的子弹无情地射向了冲锋的日军。在重机枪的碾压下，冲到阵前的日军一波接着一波地倒了下去。后面的日军像是发了疯一样，不要命地拼命往前冲。战斗，进入了白热化的状态。

突然，只见周大海顺着交通沟跌跌撞撞地跑了过来，一脸万分焦急的样子。

“你怎么回来了?”陆凡一见，大吃一惊，问道，“不是让你在前方开道的吗? 你怎么又跑回来了?”

周大海闻言，拍了一下自己的大腿，愤怒地说道：“连长，这是一条断头沟，前面有一百多米都没有挖通，是一片开阔地，鬼子把那片开阔地用机枪封锁死了，我们冲上去几名战士，都牺牲了。”

指导员李尚云听了，一把抓住周大海的衣领，大声地问道：“你说什么?”

周大海低下头，痛苦地说道：“我们冲不出去了，我们被包围了。”

李尚云松了手，没有再说话，只是默默地看着连长陆凡。周围的战士们也都看向陆凡，等待着他最终的抉择。

片刻，沉默了片刻，陆凡迎着战友们信任的目光，面容坚毅，态度坚决地说道：“同志们，现在的处境大家都看到了，冲出去是死，留下来也是死。你们说，是冲出去，还是留下来?”

李尚云慷慨说道:“既然横竖都是死,那还不如和小鬼子拼了,杀了一个够本,杀了两个就是赚了。和小鬼子拼了,死也不当亡国奴。”

副连长杨瑞接着说道:“是呀,不就是一死嘛,咱们宁愿战死,也不能让小鬼子瞧不起。”

“对,和小鬼子拼了。”

“和小鬼子拼了。”

“拼了。”

……

战士们一个个视死如归,强烈要求和日本兵血战到底。陆凡看到这一幕,心里十分欣慰,这就是他的兵啊,关键时刻,没有一个人做孬种,个个都是顶天立地的中华好男儿。陆凡掷地有声地说道:“好,我们不愧是中国军人,宁愿战死,也绝不给中国人丢脸。同志们,我们现在打一个反冲锋,坚决把敌人压下去。”

“好。”战士们齐声答应道。

陆凡端起一支上了刺刀的步枪,跳出交通沟,大喊一声:“同志们,冲啊!”第一个冲入了敌阵。

“冲啊!”

“冲啊!”

……

战士们纷纷跳出交通沟,潮水般义无反顾地冲了上去……日本兵的进攻又一次被打退了。

此刻,已经是中午时分了。太阳,懒洋洋地挂在头顶上,没有一丝热度,冷漠地注视着眼皮底下发生的一幕幕正义与邪恶的较量。只有天上一朵朵洁白的云彩,不忍目睹新四军战士以血肉之躯浴血抵抗数倍于己的敌人的壮举,而悄悄地洒下一串串泪珠后,就躲到别的地方去了。

从凌晨到中午,四连的战士们没有吃上一口饭,喝上一口水。连续打退日本兵的多次进攻后,一个个又渴又饿,十分疲惫不堪了。

“指导员,我们的伤亡怎么样?”陆凡歪靠在沟底,嘴唇干裂,动了动嘴唇,嘴里发出了细微的声音。

指导员李尚云的腿部负了伤,他挣扎着挪到连长的跟前,掏出一个小本子，打开来，对着陆凡汇报道："连长，我们一共 82 个人，牺牲了 26 人，重伤了 15 人，轻伤 28 人，能战斗的还有 41 人。"

"给战士们找一点吃的吧！"陆凡小声地说道。

李尚云凑在陆凡的耳边，悄悄地说道："现在什么东西都没有了，连一口水都没有了。"

陆凡听了，慢慢地坐直了身体，从口袋里掏出了一只红皮山芋，递给了李尚云，说道："这是昨晚周小红走的时候留下来的，你分给重伤员吧，好歹吃上一口。"

李尚云听了，只得把山芋接了过来，让通讯员李建把它送给了重伤员。

利用中午的时间，日军已经完成了对新四军四连阵地的重重包围。为了切断当地武装对四连的支援，在包围圈的最外面，日本兵动用了骑兵部队，不间断沿着包围圈进行巡逻。淮阴的地方武装发现有新四军部队在刘老庄村陷入敌人重围后，及时地运动到刘老庄附近，然而，都被日本兵的骑兵部队发现了，遭到了他们的疯狂阻击，始终无法再向前靠近一步。无奈，地方武装的人员只能眼睁睁地看着四连在敌人的包围圈里，孤军奋战，无法得到一星半点的援助。

日军对四连的进攻很快就进入了更猛的模式。之前，因为日本兵迟迟无法拿下眼前的阵地，错失了围攻我六塘河淮海总部机关的最好时机。负责这次战斗指挥的日军指挥官受到了上级的严词批评，要求其务必在一小时之内结束战斗，否则，将要剖腹自杀，以谢天皇。

日军新一轮更猛烈的进攻开始了。

日军的炮兵部队将小钢炮阵地向前移，一直抵达离四连阵地不到 2 公里的地方才停了下来。所有小钢炮一字排开，炮口直指四连所在的一段狭小的交通沟。炮击开始了，日军将所携带的炮弹不要命地往四连的阵地上砸。一枚枚炮弹将四连所在的交通沟像用犁耙彻底地耕了一遍一样，浅浅的交通沟几乎都被填平了。战士们毫无掩体可用，伤亡惨重。陆凡的左膀子都被炸断了，鲜血直流。陆凡咬着牙用右手简单地进行了一番包扎后，命令战士们用枪榴弹干掉日军的炮兵阵地。

战士们冒着日军的炮火，迅速地拿出枪榴弹装在步枪上，将步枪排成一排。一波齐射过后，枪榴弹呼啸着向着日军炮兵阵地飞了过来。日军还没有反应过来，飞速而来的枪榴弹已经在日军炮兵阵地爆炸了，直接将其炮兵阵地送上了天。

日军指挥官一看炮兵阵地被炸了，当即恼羞成怒，命令步兵不惜一切代价拿下四连阵地。这一次，日军不再盲目组织步兵冲锋了，而是改为组织一帮敢死队，脱去上身军衣，一律穿着白衬衫，头上扎着一条上面印着膏药旗的白布条子，排成一排排整齐的队形，踢着正步，嘴里喊着“天皇万岁”的口号，白花花一片，明晃晃地向着四连阵地压了过来。

陆凡强忍着剧痛，用右手举起望远镜观察了一下，大声地喊道：“同志们，上枪榴弹，炸死这帮畜生。”

周大海大声地喊道：“连长，枪榴弹已经用光了，没有了。怎么办?”

陆凡吼道：“上子弹，用刀砍，用牙咬，也要把他们消灭掉。”

重机枪手何凯喊道：“连长，我的子弹已经不多了。”

陆凡听了，命令道：“同志们，把子弹集中给机枪用，其余的人上好刺刀，准备拼刺刀。”

战士们听了，都立即把已经为数不多的子弹集中到了何凯的身边。几个重伤员躺在何凯的身边，摸索着帮着他压子弹。

指导员李尚云对何凯吩咐道：“等敌人靠近了再打。”

日军敢死队慢慢接近了阵地，接近阵地时，改成了强攻，一个个咆哮着，拼命地向前冲了过来。何凯的重机枪发言了，吐出的火舌，将一排排的日本兵像秋风扫落叶一般扫落在地。陆凡右手挺着一支步枪，跳出阵地，带领着剩下的新四军战士，呐喊着冲入日军群中厮杀了起来……日本兵遭此冲击，抵挡不住，纷纷败下阵来。

日军的第四次进攻又失败了。

“同志们，抓紧检查一下武器弹药，看看还有多少子弹?”指导员李尚云对着战士们说道。

一排副赵金全捏了捏空瘪瘪的子弹袋子，无奈地摇了摇头。一排一班长钱峰举起手说道：“指导员，我还有 5 发。”

“其他人呢?”李尚云问道。

大家一个个都摇了摇头。

就在大家无奈之际,小战士刘近山突然指着阵地前不远处日军的尸体说道:“他们那儿有,我去捡一些回来。”说完,爬起来就要往沟外跑。

一排长周大海眼疾手快,一把抓住刘近山的后衣领,把他揪回到沟里,教训道:“你瞎跑什么?子弹不长眼睛,打到你怎么办?我是学火药出身的,对弹药我是内行,还是我去吧!”

李尚云点头道:“好,你去吧,要注意安全。”

周大海先是从沟里探出半个脑袋,向着日军阵地观察了一下,看看对方没有什么防备,就猛地从沟里蹿了出去,紧紧贴着地面,一点一点地朝着最近的日军尸体爬去。很快,他就爬到了一具日军尸体旁边,用手一摸,心中大喜,子弹袋子里还有好多的子弹呢!周大海赶紧把子弹袋子解了下来,还顺手把尸体上的两颗手雷也拿了下来。接着,他又向着日军的另外一具尸体爬去……不多一会儿,周大海的身上就挂满了子弹袋和十几颗手雷。

“快回来,能回来了。”李尚云趴在交通沟口,焦急地小声呼喊着。

听到指导员的喊声,周大海艰难地转过身子,往回慢慢地爬了过来。快到交通沟边口时,周大海一下快速地向沟里翻了下来。然而,就在这时,对面日军的机枪响了,密集的子弹像雨点般地扫射了过来,周大海后背十几处中弹,身体像一个装满了土豆的袋子,重重地砸在了沟底。

陆凡看见了,一个箭步冲了过去,把浑身是血的周大海抱在怀里,大声地呼喊着:“大海,大海……”

周大海圆睁双目,一个字都没来得及留下,就没有了气息。陆凡没有流泪,围拢过来的战士们也没有流泪。他们,已经没有时间去流泪了,他们要做的,就是要日本兵血债血偿。陆凡伸出仅剩下的一只右手,将周大海的眼睛合了起来,把他轻轻地、轻轻地安放到了一处比较平坦的地方。

“对面的新四军听着,你们不要开枪,我有话要跟你们说。千万不要开枪啊!”对面日军阵地上蓦然传来了一阵喇叭的声音。

陆凡趴到沟边一看,原来是一名戴着黄皮帽子、穿着一件黑色绸缎外套、胖乎乎的翻译官小心翼翼地走了过来。这名翻译官走到离四连阵地百十米的地方,停下脚步,躲在一棵树后,举着喇叭大声地喊道:“新四军弟兄们，你们已经被包围了，外面到处都是皇军的人，你们就是插上翅膀也飞不出去了。皇军知道你们弹药已经不多了，皇军本着建立大东亚共荣圈的美好愿望，给你们指明一条生路，只要你们放下武器投降，皇军保证你们的生命安全，让你们一个个当大官、发大财，再也用不着跟着共产党过吃了上顿没下顿的日子了……”

陆凡听到翻译官的声音感到有点耳熟，莫非是？心里想到了一个人，又不敢确认。于是，他右手拿起望远镜看了一会，才终于确认此人不是别人，就是他和张一蕊在山西的同班同学顾大成。

陆凡的眼里冒着火，悄悄地伸手把李建手中缴获的一支三八大盖拿了过来，推上子弹，准星对准了远处的汉奸顾大成。

“喂，对面的新四军听到了吗？皇军给你们十五分钟考虑时间，时间一到，皇军就要进攻了。你们考虑清楚了，识时务者为俊杰，还是抓紧投降吧！”顾大成拿着铁皮喇叭，又扯着嗓子喊了起来。

陆凡大声地问道：“对面的可是山西的顾大成？”

顾大成一听，这里竟然还有人认识我，心里一高兴，便回答道：“你是谁啊？你怎么会认识我的？”

陆凡回答道：“我是你的老同学陆凡，你过来，我们好好谈谈。”

顾大成一听是自己的老同学陆凡，心里想着，怎么这么倒霉，偏偏又遇上他了。上一次在淮阴城门口，差点被他开枪打死了。得了，真是冤家路窄啊！

顾大成仗着胆子露出半个脑袋，得意地说道：“原来是陆凡啊，真是大水冲了龙王庙了，一家人不认识一家人了。上次没被你打死，我们又见面了，这次你过来吧！怎么样，还犹豫什么，快过来吧，有我在……”

顾大成的话刚说了一半，陆凡手里的枪响了，一颗子弹飞出枪膛，直奔顾大成的脑门而来。顾大成一声惨叫，仰面栽倒在地，像狗一样地躺在地上抽搐着，不一会儿就一命呜呼了。

战士们见了，都开心得大笑了起来。

陆凡击毙了汉奸顾大成后，把剩下的为数不多的战士们喊到了自己的身边。大家没有人说话，也没有人害怕。他们一张张年轻的脸庞上虽然挂满了硝烟、尘土、汗水和疲惫，但他们的眼神是坚毅的、勇敢的、沉着的。

陆凡望着一张张熟悉、亲切的面容，缓缓地说道："同志们，留给我们的时间已经不多了。我提议，等会我们冲锋的时候，共产党员要冲在最前面，不是党员的往后靠。"

李尚云说道："好，到时我先上，不是党员的跟在我身后。"

小战士刘近山听了，反驳道："说什么呀，凭什么让我们跟在你们党员后面？"

通讯员李建也嚷着："我现在就要求加入中国共产党，请党组织批准。"

几名不是党员的战士听了，纷纷提出现在就要加入中国共产党。

李尚云看了一眼陆凡，说道："连长，现在我们开一个连支部会议吧，正式讨论他们加入中国共产党的事项。现在，我表个态，我个人同意他们加入中国共产党。你呢，你个人是什么意见？"

陆凡庄重地说道："你把他们的名字都记下来，我同意，我签字。"

李尚云从口袋里掏出了那个小本子，用钢笔把李建、刘近山、何凯等人的名字都一笔一画地写好后，把本子递给了陆凡。陆凡用右手接过本子，又掏出自己上衣口袋里的钢笔，用牙齿咬掉了钢笔上面的帽子，在本子上签上了自己的名字"陆凡"二字。

李尚云把本子收了起来，对着新加入中国共产党的战士们说道："好，新加入的党员同志们，我们现在举行宣誓仪式，我说一句，你们跟着说一句。"

我宣誓：我志愿加入中国共产党，终身为共产主义事业奋斗……遵守党的纪律，保守党的秘密，执行党的决议……坚决抗战到底……永不叛党！

宣誓仪式结束后，陆凡说道："同志们，我们把多余的武器全部拆毁、丢弃、掩埋，绝不能让敌人拿到一件战利品。"

"好。"战士们按照陆凡的命令，把所有用不到的武器全部拆毁，把零件都扔得远远的。有的枪支零件太大了，容易被发现，就把枪管砸弯了，埋到了沟底下。

陆凡把自己脖子上的那件张一蕊送的银色挂件小心翼翼地取了下

来，托在手心里看了一眼，然后依依不舍地把它放进了自己的牛皮公文包里。这只公文包是张一蕊生前用过的，她牺牲后，陆凡就把它留在了自己的身边了。陆凡用手轻轻地摩挲这只公文包，眼里隐隐地透出一丝泪光。很快，泪光一闪而逝。他找了一个地方，挖了一个坑，把公文包放了进去，用土埋了一层又一层。

“轰隆隆，轰隆隆。”随着一阵马达的轰鸣声传来，只见四五辆日军的乌龟壳子开了过来，发射出的炮弹不停地落在四连的阵地上。这些坦克的后面，跟着黑压压的一群日本兵。

日本人最后一次的冲锋开始了。

何凯的重机枪开火了，冲锋的日军像割麦子一样倒了下去。然而，前面倒下去了，后面的日军又冲了上来，一层又一层，密密麻麻望不到头。看来，日军这次是把全部的赌资都压上了，企图最后一次翻本了。

很快，何凯的重机枪哑火了，没有子弹了。四连其他战士们的子弹也都打光了。日本兵听不到枪声了，知道对面的新四军已经没有子弹了，一个个大大咧咧地从地上爬了起来，狞笑着端着三八大盖逼了上来。

陆凡右手挺着一支步枪，昂然地从沟里站立了起来，大声地对着战友们说道：“同志们，最后的时刻到了。我们的背后是祖国，是家人，绝不能让鬼子的铁蹄再蹂躏我们的国土了。让我们为祖国，再尽最后一次忠吧！”

李尚云、杨瑞、赵金全、钱峰、何凯、李建、刘近山……一个个都跟着站立了起来，他们有的人握着长枪，有的人拿着大刀，有的人攥着手榴弹，神情刚毅，怒视前方……在夕阳的余晖中，他们的身影像雕塑般被定格在了淮海大地上，像巍峨的纪念碑一样高高地矗立着，散发出熠熠光辉……

日本兵已经冲到面前了。

新四军战士们拼尽了全身力气，呐喊着冲入敌阵，和敌人展开了惨烈的肉搏战。喊杀声、刺刀撞击声、钢盔破裂声，混响交织，乱成一片……战士们的刺刀捅弯了，枪支砸断了，大刀砍折了，就用手掐，用头撞，用牙咬，战场上到处都是日本兵哭爹呼娘的哀号声、断气前的呻吟声……这里正在进行的，不是一场普通的战斗，而是一场正义和邪恶的较量，是一场文明和野蛮的决战，更是一场光明和黑暗的拼杀……

发生在 20 世纪 40 年代刘老庄的这场战斗，是一场敌众我寡、实力悬殊的战斗，新四军四连 82 名勇士面对 3000 多名日伪军的轮番进攻，面对强敌，敢于亮剑，毙伤日、伪军 400 余名，82 人全部壮烈牺牲，成为世界反法西斯战场上中国军人视死如归、宁死不屈、不畏强暴、血战到底的杰出代表。

如血残阳，如诉春风，如泣六塘河，见证了八十二位勇士为了国家的独立、民族的解放、人民的幸福，洒尽了最后一滴血，全部壮烈殉国的壮举。

80 年后，中国著名导演徐铮有感于刘老庄八十二烈士的壮举，写下了《凝望》一首歌，歌中唱道：

地平线上，升起五彩霞光
无垠的田野，映上八十二座雕像
深情的土地，写下你的承诺
血染的风采，化作使命担当
亲亲我的刘老庄
朝向爹和娘
精忠报国殉千古
砥柱中流铸铜墙
生命不息
苍松翠柏巍然屹立
战斗不止
一往无前旗帜飞扬
……

尾声

中条山下风和煦
少年手中线儿牵
竹篾为骨纸为翼
一只风筝上青天
新四军装身上穿
哥哥为国赴前线
风筝留给小妹妹
家人牵挂线儿断
刘老庄前战火燃
英雄血洒为家园
八二勇士抗倭寇
威震敌胆美名传
风筝虽轻情意重
带着思念飞远天
妹妹守陵心不悔
一生守望情绵绵
手中风筝高高放

英雄故事讲不完
春风吹来暖又柔
陵园上空风筝游
战旗飘飘英雄志
战斗精神永不朽
妹妹眼中含泪光
望着风筝思绪长
哥哥虽去斗志在
红色基因永相依
风筝高飞入云端
带着希望与祈愿
先烈故事心中留
传承精神到永久
……

3月的刘老庄，已是桃红柳绿，花团锦簇了。恰逢刘老庄八十二烈士殉国八十周年，一群孩子在老师的带领下，来到刘老庄八十二烈士陵园凭吊先烈。在巍峨的纪念碑脚下，年轻的女老师给孩子们讲述着关于那只风筝的故事。蓝天碧云下，孩子们唱起了那首在淮阴地区流传很广的童谣《风筝谣》。

悠扬的歌声，又一次把人们的思绪带回了八十年前的那场战斗场景中。

刘老庄战斗结束后，刘老庄的乡亲们眼含热泪给牺牲的战士们收殓遗体。乡亲们在战斗现场挖好了一个巨大的墓穴，将牺牲的战士们一个个的遗体清理整洁后，盖上一床床棉被，再小心地抬到墓穴里面。村里乡亲们家里的棉被不够用了，一些姑娘们就把自己准备结婚用的被子拿了出来，许多老人把自己准备去世用的被子也拿了出来。

在墓穴旁，乡亲们放了一只蓝边大海碗，每抬进一名烈士，他们就在碗里放一粒棒子粒儿，最后，整整放了八十二粒。八十二粒棒子粒，就是八十二条鲜活的生命啊！

据当年参加掩埋烈士遗体的刘老庄的老乡回忆说，当时在战场上还发现了一名身负重伤的伤员，是这名重伤员断断续续地讲述了那一场战斗的全过程。然而，令人痛心的是，这名负伤的小战士因为伤势过重，在第二天凌晨牺牲了。至此，新四军三师七旅十九团二营四连 82 位英雄，在淮阴刘老庄，从拂晓到黄昏，抗击 3000 余名日伪军一整天的进攻，最后全部壮烈牺牲，无一生还。

战斗结束后，刘老庄的乡亲们挑选了当地一批优秀的青年，充实到部队，重组新四军四连，并被上级命名为“刘老庄连”，从此，一个英雄的连队诞生了。

这支连队重组后，跟随大部队转战全国，为新中国的成立和建设立下了不朽功勋。

1944 年春，参加华中局反攻作战，打垮国民党顽军段海洲、王毓文部，基本恢复原豫皖苏边区抗日根据地。

1945 年，进入淮南，配合第二、第七师进行淮南津浦西反顽战斗。

1945 年 9 月，参加解放淮阴城战斗。

1945 年 10 月，进军东北。

1946 年 2 月，首战秀水河子歼灭战。

1946 年 3 月，参加四平战役。

1946 年 6 月，参加三下江南，四保临江战役。

1948 年 8 月，参加辽沈战役。

1948 年 11 月，参加平津战役。

1949 年 5 月，渡过长江，参加湘赣战役，歼灭白崇禧集团，决战大西南。

1950 年 3 月，参加解放海南岛战役。

1978 年 12 月，参加对越自卫反击战。

1998 年 7 月，参加长江武汉抗洪抢险。

1999 年 10 月，参加国庆 50 周年大阅兵。

2005 年，参加“和平使命—2005”中俄联合军事演习。

2007 年，参加苏丹国际维和任务。

2008 年，开赴汶川地震灾区抗震救灾，成为第一个成建制赶到震中的部队。

2015 年 9 月，参加纪念中国人民抗日战争胜利 70 周年大阅兵。

2019 年 10 月，参加庆祝中华人民共和国成立 70 周年大阅兵。

后记

写下“后记”这两个字的时候，我的心里一下子有了一种空空如也、如释重负的感觉，却没有半点的惊喜，这一点，和我预想的完全不一样。

《飞扬的风筝》这本书，在我的心里打腹稿已经好多年了，但一直没有正式动笔。真正开始静下心来的，是从2024年3月1日开始动笔，到今天7月30日结束，整整五个月的时间，每天晚上都是10点钟以后进入写作状态，到晚上12点结束。每天写得不多，大概也就一千多字。我从来不把写作当成任务，而是当成了一种生活，一种生活的状态，平常的状态。如果在平常的状态中，你给自己平添压力，我觉得就不是一种生活的状态了，反而容易成为生活的一种负担。每天写一点，看似不多，却有两大好处，一是对自己的日常生活、工作不造成任何影响，尤其是不能影响第二天的工作。不是有人常说嘛，叫作“工作、生活两不误”，在我的人生信条中，工作永远是第一位的，必须放在写作之前。有了工作，才能更好地写作。记得1986年我读初二时，那一年放暑假期间，我到苏州去参加首届全国中学生文学夏令营，第一次见到了我的文学启蒙老师陆文夫老师，他问我这么小为什么就喜欢写作？我回答说主要是喜欢。陆文夫老师听了，笑了起来，他说，你还小，要以学习为重，等将来有了稳定的工作，再写作也来得及，如果没有稳定的工作，那样光靠写作你的一生会很累的。陆文夫老师的教诲，我一直记在心里。所以，我在任何时候，都只是把写作当成一种业余爱好，而不是职业，更不能因为写作而影响了工作。至于，后来别人怎么说，我也就无可奈何随他去了。反正我没有影响工作，你爱怎么说就说去吧，但我的这一宗旨是始终没有改变过的。每天坚持写一点的第二个好处，就是能积少成多，聚沙成塔，今天一点，明天一点，慢慢地就多了起来。就像蚂蚁搬山一样，看似不可能，其实世上的事只要用心去做，没有什么不可能的。一切皆有可能，就看你去不去做而已。

《飞扬的风筝》写完了，为什么会有空落落的、如释重负的感觉呢？那是因为刘老庄八十二烈士的题材太宏伟了，太大了。简单地查阅一下，写过这个题材的歌曲、情景剧、报告文学、散文、文史等等不计其数，一句话，各种题材的都有。别人已经写过的东西，再想写出新意来几乎是不可能的。刘老庄的故事，大家都是耳熟能详，再熟悉不过了。那么，怎么办呢？我想，第一是要找好定位。这本小说的定位是小说，是文学作品，而不是文史类的作品。文史类的作品讲究的是一个“严谨”，每一个事件，每一句话，都是要有出处的，是不能胡编乱造的。而文学作品却不然，她可以进行再加工的，真所谓是“来源于生活，又高于生活”的道理。文学作品如果完全按照事情本来的面目来写，那就不具有文学的创造性了，失去了文学创作的魅力了，因为，那已经不是文学作品了。定位找好了，下一步就是作品的故事结构问题了。现在大家都熟悉的是八十二烈士指导员和他妹妹的故事，这个故事的本身就很有感染力和艺术性，是一个非常好的结构。但是，关键在于这个结构大家都了解了，再这样写下去，也就没有什么新意了。我从史料中了解到，我们新四军四连的前身是从陕西那边过来的，大多数的人都是陕西和山西的人，当然，后来兵员补充，也有我们淮阴的当地人参加了四连。四连连长是陕西那边的人，这一点是肯定的了，我就把故事的起点放在了离陕西不远的山西中条山脚下，写成了连长和他妹妹的故事。为什么要设置成中条山的场景，那是因为抗日战争期间，发生在山西中条山的战役是一场被称为“最失败”的战役，但这场战役在国内的关注度却非常小，几乎没有多少人知道中日之间曾经还有那么一场战役。再加上中条山下有天然的盐湖，几千上亿年形成的盐湖。而淮阴的地下也有天然的盐矿，两者之间就有了联系的纽带了。接下来要解决的问题，就是写什么的问题。以前的作品，大多是仅仅写刘老庄战斗的场景，如果还是那样写，就落入了俗套，同样没有了新意。我就把这部小说分成两个部分来写，一部分写哥哥连长在刘老庄成长、战斗的故事，另一部分写妹妹如何建设刘老庄的故事，历史和现实就联系在了一起。前面三个问题都迎刃而解了，最后就要解决第四个问题。这第四个问题就是，同时把哥哥和妹妹一起写，写作形式怎么办？如何做到两个主线能齐头并进？后来就采取了两条线一齐推进的办法，一条线以第三人称写哥哥，一条线以第一人称写妹妹，两条线交叉进行，中间又有交集。就像是编辫子的两股头发，一直不停地相互缠绕在一起，最后合成了一条又粗又长的大辫子。

为解决这几个问题，我写作这部小说，简直是费尽了心思，调动了肚子里所有的积蓄。就像一个女人十月怀胎，一朝分娩后，肚子也就空了。而我肚子里的那点墨水，也都出来了，变成了文字了。现在肚子里什么都没有了，能不空吗？所以就有了空空如也、如释重负的感觉了。记得《红楼梦》里有一个空空道人，他为什么起名叫空空道人，是不是也是因为肚子里时常发空？我没有考证过，也就不敢妄言了。

不过，五个月的写作，说起来确实不长，比起《红楼梦》的十年磨一剑，实在是小巫见大巫，简直不值一提了。不过，酝酿这部小说的时间比较长，少说也有几年的时间了。那时为什么没有写，其实，只是一直没有寻找到触发写作的一个触点罢了。

现在，这部小说好歹已经出来了，丑媳妇总得见公婆的，还是把评判的时间留给各位朋友吧！

陈进

2024 年 7 月 30 日